i
imaginist

想象另一种可能

理
想
国
imaginist

强风吹拂

風が強く吹いている

[日] 三浦紫苑 著
三浦しをん

林佩瑾
李建铨
杨正敏 译

九州出版社
JIUZHOUPRESS

图书在版编目(CIP)数据

强风吹拂 / (日) 三浦紫苑著；林佩瑾，李建铨，杨正敏译. -- 北京：九州出版社，2023.11
ISBN 978-7-5225-2358-3

Ⅰ. ①强… Ⅱ. ①三… ②林… ③李… ④杨… Ⅲ. ①长篇小说—日本—现代 Ⅳ. ① I313.45

中国国家版本馆 CIP 数据核字 (2023) 第 201778 号

KAZE GA TSUYOKU FUITEIRU by SHION MIURA
Copyright © 2006 SHION MIURA
First Published in Japan in 2006 by SHINCHOSHA PUBLISHING CO.
Simplified Chinese translation rights arranged with SHINCHOSHA PUBLISHING CO.
Through Future View Technology Ltd.
All rights reserved

本书译文由漫游者文化事业股份有限公司授权使用。

著作权合同登记图字：01-2023-5649

强风吹拂

作　　者	[日] 三浦紫苑 著　林佩瑾　李建铨　杨正敏 译
责任编辑	张艳玲　周　春
出版发行	九州出版社
地　　址	北京市西城区阜外大街甲35号（100037）
发行电话	（010）68992190/3/5/6
网　　址	www.jiuzhoupress.com
印　　刷	山东韵杰文化科技有限公司
开　　本	1230毫米×880毫米　32开
印　　张	13.75
字　　数	360千
版　　次	2023年11月第1版
印　　次	2023年11月第1次印刷
书　　号	ISBN 978-7-5225-2358-3
定　　价	65.00元

★ 版权所有　侵权必究 ★

目 录

序　章……………………………………001

第一章　竹青庄的房客………………005

第二章　天下第一险峰——箱根山………033

第三章　开始练习吧！………………063

第四章　纪录赛登场…………………097

第五章　夏之云………………………129

第六章　灵魂的呼喊…………………159

第七章　预赛，开跑！………………183

第八章　冬天又来了…………………213

第九章　奔向彼方……………………259

第十章　流星…………………………327

尾　声…………………………………427

致　谢…………………………………433

主要参考文献…………………………434

序　章

　　尽管这块土地距离环状八号线[1]的外侧仅二十分钟路程，入夜后空气却相当清净；很难想象在晴朗的白天，这里经常会广播提醒民众小心光化学烟雾的危害。小小的独栋住宅鳞次栉比，住宅区中灯火阑珊，万籁俱寂。

　　清濑灰二走在蜿蜒的狭窄单行道上，抬头望向天空。虽然这儿的星空远远比不上他的故乡岛根，但夜空确实悬着细微的光点。

　　要是能看见流星该有多好，清濑心想，但天空依然静谧。

　　夜风刮过他的脖子。都已经快4月了，夜晚还是那么冷。他常去的澡堂"鹤汤"，烟囱居高临下俯视家家户户的低矮屋顶。

　　清濑不再眺望天空，把下巴埋进披在身上的棉袄衣襟里，加快脚步。

　　东京的澡堂不论哪一家，水温都非常烫。今天清濑洗完身体后，一泡进浴池又忍不住马上站起来。"鹤汤"常客泥水匠老爹，在淋浴区看到清濑的窘状，不禁笑道："灰二啊，你的'一秒泡澡'功力还是一样强啊。"

　　反正钱都付了，不多待一下很吃亏，于是清濑再度坐到淋浴区的塑料椅上，对着镜子用自己带来的刮胡刀修起胡子。泥水匠悠哉走过清濑后方，哼呀哼地泡到浴缸里。

　　"老东京人有一句话说，'泡澡的水温要烫到咬屁股，才算刚刚

---

[1] 由东京都大田区羽田机场经世田谷区、杉并区、练马区、板桥区，连接至东京都北区赤羽的环状主要道路。上空有许多汽车废气形成的污染物质，会在天气晴朗时与空气中的水蒸气结合成为带状云，人称"环八云"。——译者注。本书脚注，皆为译者注。

好'。"

泥水匠的声音回荡在贴满瓷砖的挑高浴室里。女浴室毫无声息,而柜台的澡堂老板,从刚才起就无聊地拔着鼻毛。看来,这儿的客人只有清濑和泥水匠两人。

"我一直觉得老爹这句话说得很好,只是有一个问题。"

"啥问题?"

"这里又不是下町,而是山手[1]。"

清濑刮完胡子,再次走近浴槽。他一边紧盯着泥水匠,一边扭开水龙头,将冷水注入热水中。两种不同温度的液体荡漾、融合在一起。试过水温后,清濑将身子泡进浴槽、固守在水龙头旁,在水温适中的池水中伸长双脚。

"既然你已经能区分下町跟山手的差别,看样子你也习惯这边的生活了。"

泥水匠似乎无意夺回水龙头,只见他避开逐渐变温的池水,移到清濑的对角线位置。

"毕竟也来这里四年了。"

"竹青庄最近怎么样?今年有可能住满吗?"

"还剩下一间房,我也不知道租不租得出去。"

"要是能租出去就好了。"

"是啊。"

清濑打从心底这么想。今年是最后一年,最大的机会即将来临。只差一个人。他捧起热水,用双手搓揉两颊。这个人非找到不可!

热水弄得他的脸隐隐刺痛,八成是刮胡子时把脸刮伤了。

---

[1] 山手是江户时代的东京中产阶级以上人士居住区,下町则是同时代的平民区,多为工商地带。老东京人指的是下町人。

清濑和泥水匠一起走出澡堂,然后跟牵着脚踏车的泥水匠悠闲地走在夜路上。拜热水澡之赐,他一点也不觉得寒冷。正当清濑思索是否该脱掉棉袄时,背后远远传来一阵慌乱的脚步声与怒吼声。

回头一看,小路的另一头出现两名男子的身影。

其中一名男子在大声叫嚷着什么,另一名男子则踩着稳健的步伐朝他们这里跑来,而且转眼间便逼近清濑和泥水匠。等清濑看清楚这是个年轻人时,他已经从清濑身旁呼啸而去。过了好一会儿,身上围着便利店围裙的男子才追了上来。

那名年轻男子跟清濑擦身而过时,呼吸平稳顺畅、丝毫不乱。清濑差点想也不想就跟着跑过去,却被泥水匠的评论一棒打醒。

"偷东西啊,真是世风日下。"

经他一说,清濑才注意到方才从后头追来的男店员似乎大喊着"帮我抓住他!"只是当时的清濑没意识到那句话的含义。

因为他的心神早已被那个年轻男子矫健如飞、如机械般反复运转的双腿夺去。

清濑从泥水匠手中抢过脚踏车把手、据为己有。

"借我一下!"

他抛下目瞪口呆的泥水匠,奋力踩动踏板,追向那名消失在黑暗中的年轻男子。

是他!我一直在寻找的人,就是那小子!

清濑心中燃起信念的火苗,宛如在阴暗火山口蠢蠢欲动的岩浆。他不可能跟丢。在那条狭窄的小路上,只有这个人跑过的轨迹熠熠发亮。它仿佛横亘夜空的银河,又像引诱虫儿的清甜花香,绵延不绝地为清濑指引一条明路。

迎面而来的风吹得清濑的棉袄鼓起、翻飞,脚踏车灯总算逮住男子的身影。清濑每踩一下踏板,白色光圈便在男子背部左右摇曳。

协调性很好——清濑拼命压抑着心头的悸动，一边观察男子的跑姿。他的背脊挺得笔直，步伐又大又稳，肩膀不紧绷，脚踝柔软得足以承受着地的冲击。他跑得轻盈优雅，却又强而有力。

男子似乎察觉到清濑的气息，在路灯下微微回头。清濑看到那张浮现在夜色中的侧脸，不禁轻叹一声。

原来就是你啊。

一种不知是欣喜抑或恐惧的情感在他的心头纠结、翻搅。清濑唯一能肯定的是：他的世界即将有所改变。

清濑加快踩踏的速度，与男子并肩而驰。仿佛有一种无以名状的东西在操控着他，一阵发自内心深处的呼喊驱动着他。蓦然间，一句话从清濑嘴里迸出，而他根本身不由己。

"你喜欢跑步？"

男子骤然止步不动，冲着清濑摆出一种既困惑又愤怒的表情。那双蕴含着激昂热情的乌黑眼眸，闪着纯净的光芒反问清濑。

——你自己呢？你有办法回答这种问题吗？

那一瞬间，清濑顿然了悟。假如这世上有所谓的幸福或至善至美，那么，这个男人，就是我心中的真善美。

震撼清濑的那道信念之光，此后仍将永不止息地照亮他的心坎，恰似灯塔照射在漆黑的暴风雨海面上。那束光芒，将永远引领清濑向前迈步。

朝朝暮暮，直到永远。

第一章　竹青庄的房客

　　阿走从来没想过，跑步能在这种时候派上用场。

　　橡胶鞋底踩踏在坚硬的柏油路上。藏原走品尝着这个滋味，扬起嘴角。

　　全身肌肉轻柔地化解脚尖传来的冲击，耳畔响起风的呼啸，皮肤底下一阵沸热。阿走什么都不必想，心脏就能让血液循环至全身，肺部就能从容地摄入氧气，身体也变得越来越轻盈，能带他前往任何地方。

　　只是，究竟要去什么地方？又为了什么而跑？

　　阿走这时才想起自己奔跑的原因，稍微放慢速度。他竖起耳朵，试探性地聆听身后的动静。怒吼声与脚步声已不再响起，只有抓在右手里的面包袋沙沙作响。为了湮灭证据，阿走打开袋口，边跑边大口吞下面包，吃完后一时不知该如何处置袋子，索性直接塞进身上那件连帽外套的口袋中。

　　留着空袋子，肯定成为自己偷东西的铁证，但他就是没办法随地乱丢垃圾。说来还真可笑，阿走心想。

　　直到今天，阿走依然自动自发地练跑，一日都不曾停歇，因为已经跑习惯了。同样的道理，他也没办法随手乱丢垃圾，因为从小就有人告诫他不准这么做。

　　只要是在自己能够接受的范围内，阿走总会遵守别人的要求。如果是他自己决定的事，他更是会比任何人都还严格约束自己。

　　或许是吃了甜面包、血糖上升的缘故？阿走的双脚又开始规律地踩踏地面。他感受着心脏的跳动，一边调整呼吸。他半阖着眼，凝视一步之遥的前方，眼里只有不断踏动的脚尖，以及画在黑色柏油路上的那条白线。

阿走沿着那道细线继续跑。

明明不敢乱丢垃圾，却能脸不红气不喘地偷面包。现在的他，正沉浸在饿得发疼的胃终于得到安抚的满足感中。

简直跟动物没两样，阿走心想。为了跑得又快又远，他每天练跑，练就出正确又强韧的跑姿；为了填饱饥饿难耐的肚子，他到便利商店偷面包——这样跟野兽有什么差别？他就像一头野兽，一头遵循特定路线巡查自己的地盘、在必要时出手夺取猎物的野兽。

阿走的世界既单纯又脆弱：跑步，以及摄取跑步所需的能量。除此之外，就只剩下一股无以名状、混沌不清的烦闷在心头摆荡。而在那股烦闷中，他有时还会听到不明所以的嘶吼声。

阿走畅快地在夜路上奔驰，眼前再次上演这一年来反复在他脑海里浮现的影像：狠狠挥出、一击又一击的拳头，在他眼前渲染为一片赤红的激情。

阿走心想，这或许就是所谓的后悔。而那些发自体内的呐喊，是深埋在他心底的自责声浪。

阿走再也受不了这份煎熬，只能转开视线、环顾四周。茂密得几欲覆盖道路的群木，朝天空伸出细细的枝丫；发芽的季节即将到来，柔嫩的新绿却尚不见踪影。树梢上高挂着一颗闪烁的星星，空面包袋在他口袋里发出有如踩过枯叶时的声响。

阿走蓦然察觉到除了自己以外的其他动静，倏地绷起背脊以对。

有人追过来了。真的有人在逐渐逼近中。生锈金属发出的嘎吱声从他背后紧追而来。即使塞住耳朵，这种感觉恐怕还是会透过皮肤传遍全身。在大地上奔跑时，他感觉得到其他生物的律动、呼吸声，以及风的味道有所变化的瞬间——这一切，他早在比赛时体验过无数次。

一股久违的激昂之情，令阿走的身心为之震颤。

但这里不是要人绕圈转个不停的田径跑道。阿走猛地转身、拐进小学旁的路口，开始抄小路全速冲刺。想抓我？想都别想！

这一带的道路错综复杂，每条路都非常狭窄，窄到令人分不清是私家巷弄还是公有道路，也因此到处都有死巷。阿走慎选每一条路径，只怕走错一条路，就会被逼得无路可退。他跑过蒙上夜色的小学窗台下，一边全力向前飞奔，一边斜睨今年春天即将就读的私立大学校园。

阿走来到一条稍宽的马路上，一时间犹豫着是否该右转跑向环状八号线，最后还是决定往前直奔住宅区。

交通信号灯没能阻止阿走穿越马路，宁静的住宅区回荡着他的脚步声。但是，追捕他的人似乎对这一带也相当熟悉。对方的气息越来越接近了。

阿走这才意识到自己不是在"奔跑"，而是在"逃跑"。悔恨之情顿时涌上喉头。我一直都在逃！这下子，他更不能停下脚步了，否则岂不等于承认自己是在逃跑？

一道微弱的白色光束投射到阿走的脚上。那左右微幅摆动的光源，现在已紧贴在他的背后。

原来他是骑脚踏车！阿走不禁错愕。怎么现在才发现这一点？他明明听到了金属的嘎吱声，却完全没想到来人是骑脚踏车的可能性。其实他早该知道的，因为很少人能跑这么长一段距离，而且还跟得上他的速度。

这是因为阿走在不知不觉间，把这个追捕者当成自己心中那团既模糊又可怕的东西，才会这样拔腿狂奔。

他突然觉得自己好蠢，微微转头往后一瞧。

一名年轻男子正骑着带篮子的女式脚踏车，直直朝他而来。由于夜色太暗，阿走看不清他的表情，但他似乎不是那家便利商店的店员。

他不只没围着围裙，还穿着一件类似棉袄的外套，踩着踏板的那双脚上则只套着保健拖鞋。

搞什么鬼？

阿走放慢速度，以便观察那名男子。那辆脚踏车发出类似古老水车的声响，极其自然地跟阿走并肩前行。

阿走偷瞥男子一眼，只见他相貌清秀、顶着一头湿发，看起来像刚洗完澡似的。不知为何，脚踏车的前置篮里装着两个脸盆。男子也不时打量阿走，一双眼睛老盯着他跑动的双脚。该不会是什么变态狂吧？阿走觉得越来越诡异了。

这个骑脚踏车的男子跟阿走保持着些许距离，默默跟在阿走身边。阿走则一边揣测对方的企图，一边维持节奏继续往前跑。是店员拜托他来抓自己的吗？或者只是某个八竿子打不着关系的路人？正当阿走心里的忐忑、紧张和焦虑即将达到顶点时，一个沉稳的嗓音有如远方的潮浪般传进他耳里。

"你喜欢跑步吗？"

阿走吓得停下脚，样子宛如一个道路在眼前骤然消失、惊慌失措发现自己伫立在断崖边缘的人。

阿走呆立在夜晚的住宅区街道中央，心跳声回荡在耳底。本来在他身旁飞驰的脚踏车发出尖锐的刹车声，阿走缓缓转过头去。跨在脚踏车上的男子直直凝视着阿走，他这才发现，刚才发问的人正是这名年轻男子。

"不要突然停下来，再慢慢跑一会儿吧。"

语毕，男子再度徐徐踩动脚踏车。凭什么要我跟你走？你谁啊？——尽管阿走如此暗忖，却依然有如被操纵似的迈出步伐，追向男子。

阿走望着身披棉袄的男子背影，心头涌上一股既愤怒又讶异的情绪。已经好久没有人问他喜不喜欢跑步了。

对这个问题，阿走无法像餐桌上出现喜欢的食物时那样轻松地说出"喜欢"，也无法像将不可燃物丢进资源回收桶时那样淡然地表示"讨厌"；这种问题教人怎么回答？阿走心想。明明没有目的地，却仍日日不间断地跑下去——这样的人，能够断言自己究竟是喜欢还是讨厌跑步吗？

对阿走而言，能纯粹地享受跑步的乐趣，只停留在幼时踏着青草跑遍高山原野的时期。之后的跑步生涯，无非是被困在椭圆形跑道上，拼命挣扎并抵抗时间流逝的速度——直到那一天，那股一发不可收拾的冲动粉碎了过去堆砌起来的一切。

脚踏车男逐渐放慢车轮转动的速度，最后在一间已经拉下铁门的小商店前停下来。阿走也停下脚步，如常做起简单的伸展操，放松肌肉。男子在发出单调光线的自动贩卖机买了冰茶，把其中一罐丢给阿走，两人不约而同并肩在店门前蹲下。阿走感觉手里那罐冰冷的饮料似乎将体内的热度一点一滴吸走了。

"你跑得很好。"

一阵沉默后，男子又开口。"不好意思。"

男子慢慢将手伸向阿走包裹在牛仔裤下的小腿。管他是变态还是什么，随便了，懒得理他——阿走豁了出去，任凭男子抚摸自己的腿。他实在渴得不得了，把男子买来的茶一饮而尽。

男子的手部动作就像在帮人检查有没有肿瘤的医生，机械性地检查起阿走的腿部肌肉。接着他抬起头，直直盯着阿走。

"为什么要偷东西？"

"……你哪位啊？！"

阿走没好气地反问，将空罐扔进旁边的垃圾桶。

"我是清濑灰二，宽政大学文学院四年级。"

那是阿走即将就读的大学，于是他马上半出于下意识地老实回答："我是……藏原走。"

从中学开始，阿走就待在那种跟军营一样注重阶级观念的社团，因此对"学长"这种身份的人完全没辙。

"'走'[1]啊，真是个好名字。"

这个自称清濑灰二的男子，突然亲昵地叫出阿走的名字。"你住在这一带吗？"

"4月起，我也要进宽政大学就读。"

"喔！"

清濑的眼中闪过异样的光芒，阿走见状不由得往后一缩。这男人骑着脚踏车一路追来，还乱摸陌生人的脚，看来果然不是什么正常人。

"那我先走了。谢谢你的茶。"

阿走忙要起身，清濑却不肯放过他，伸手揪住阿走的衬衫下摆，硬是把他拽回自己身边。

"什么学院？"

"……社会学院。"

"为什么要偷东西？"

话题回到原点，阿走就像一个无法逃离地球重力束缚的航天员，蹒跚地再次蹲下。

"说真的，你到底在打什么主意？想威胁我是吗？"

"不是啊，只是觉得如果你有什么困难，或许我可以帮你。"

阿走的戒心更重了。这人绝对有什么企图，否则不可能这么好心。

"既然知道你是学弟，总不忍心丢下你不管啊……是缺钱吗？"

"嗯，算是吧。"

---

1 "走"在日文中为跑步的意思。

阿走本来还期待他这么问是想借钱给自己的意思，但清濑看上去，现在身上似乎只带着两个脸盆和口袋里一些零钱而已。

结果清濑果然没要给他钱，而是继续提出问题。"父母给你的生活费呢？"

"本来要用来付房租的契约金，全被我拿去打麻将了。在下个月的生活费汇进来前，我只能在大学里打地铺。"

"打地铺。"

清濑向前倾身，两眼直盯着阿走双脚，陷入沉思。阿走觉得不自在，扭了扭运动鞋里的脚趾头。

"这样很辛苦吧？"

半晌后，清濑语气诚恳地又说："不嫌弃的话，我可以介绍你来我住的公寓，现在刚好有一间空房。那里叫做竹青庄，就在这附近，走路到学校只要五分钟，房租三万日元[1]。"

"三万日元？"

阿走不禁大喊出声。这远低于行情的超低价，背后隐藏着什么样的秘密？阿走想象着夜夜渗血的衣橱、徘徊在公寓阴暗走廊的白影，不禁打个哆嗦。他一直活在用马表将速度化为数值的世界里，一心一意为跑步锻炼体魄，而且乐在其中，实在不知道怎么应付幽灵或灵异现象这些超自然的东西。

但清濑似乎将阿走的哀号误认为叹息，一个赌麻将赌到荷包空空的人发出的悲叹。

"放心吧，只要跟房东拜托一下，房租可以晚点交。而且住竹青庄不需要押金，也不需要给礼金。"

没等阿走回答，清濑便丢掉空罐站起身，踢起脚踏车的侧脚架。

---

[1] 合人民币约一千五百元。

阿走对这个来路不明男子居住的竹青庄，只觉得越来越可疑。

"好，走吧！我带你去，"清濑催促阿走动身，"但是去竹青庄前，我们得先去拿你的行李才行。你在学校的哪里打地铺？"

体育馆旁边一座户外的水泥阶梯下。阿走就靠它遮风挡雨。他从老家带来的行李只有一个运动提袋，因为他觉得若还有什么需要，日后再请家人寄来就行了。住处还没有着落，阿走就冲动离家来到东京，而且抵达当晚就在麻将馆把身上的钱输个精光。

即使如此，他也没有因此觉得恐惧或不安。他对独自在人生地不熟的地方生活不以为苦，反而感觉如获新生。但是他确实想在开学前找好住处，也厌倦了慢跑时顺便去商店偷东西的生活。

清濑看着乖乖起身的阿走，满意地点点头。他没跨上脚踏车，只是牵着吱吱作响、仿佛就要掉链子的车子向前迈步。他身上披着的那件破旧棉袄，在路灯的照射下熠熠生辉。

奇怪的是，清濑明明如此关注阿走的跑姿，却没问他"你待过田径队吗"也不告诫他"别再偷东西了"。阿走下定决心，唤住走在前头的清濑。

"清濑学长，为什么你要对我这么好？"

清濑回头，宛如一名瞧见青翠的杂草在柏油路裂缝中萌芽的人，悄然笑道："叫我灰二就好。"

阿走不再追问，与牵着脚踏车的清濑并肩而行。管他是多廉价的公寓，管他里头的房客有多古怪，都比餐风露宿打地铺好多了。

公寓远比阿走想象的还老旧。

"……灰二学长，是这里吗？"

"对，这里就是竹青庄。我们都叫它'青竹'。"

清濑得意洋洋地抬头望着矗立在两人面前的建筑物，阿走则是看到呆掉，说不出半句话来。这还是他头一次见识到这么老旧却不是文化遗产的木造建筑。

这栋简陋的木造两层楼房看起来摇摇欲坠，很难想象竟然还有人住在里头。而且，恐怖的是，竟然还有几扇窗户正亮着柔和的灯光。

这栋竹青庄，位于宽政大学与澡堂"鹤屋"的中间地带。两人穿过巷弄后，来到一块新建大楼与陈年田地杂陈的区域，而围着翠绿树篱的竹青庄就建在这里。它没有大门，透过树篱的缺口就能望尽整片房地。

竹青庄宽广的前院铺满碎石子，左手边一直到底，是看似房东自己住的平房；或许是刚换过屋瓦，星光洒落屋顶上，使之微微发亮。而右手边那栋建筑，就是本次的主角：竹青庄。

"这里共有九间房。多亏有你加入，这下子总算住满了。"

清濑踩着碎石子，带着阿走来到竹青庄的前门。这是一扇嵌着薄玻璃的格子拉门，而在布满羽虱的细长灯罩中，室外灯正一明一暗地闪着。阿走就着昏黄的灯光，努力想辨识挂在前门一旁的旧木牌上写了什么。上头那几个苍劲潦草的大字，写的应该就是"竹青庄"。

清濑将脚踏车随手一停，腋下夹着两个交叠的脸盆，两手放到拉门上。

"接下来，我带你去一个个认识这里的房客。大家都是宽政大学的学生。"

开这东西需要一点诀窍——清濑边说边将门往上抬，拉开卡住的拉门。

一踏进屋里，是一片没铺木板的水泥地，旁边摆着一个有数个门盖的鞋柜。这鞋柜似乎兼具信箱功能，只见每个盖子上开了一条长方形投入口，上头还用胶带贴着纸片，并用圆珠笔潦草写着房间号码。这些纸片都已经被晒到泛黄。阿走扫视鞋柜一遍，得知一楼有四间房，二楼有五间。

通往二楼的楼梯位于玄关右手边，不用走上去，就能看出楼梯是歪斜的。这栋建筑物居然能撑到现在还没垮掉，简直是奇迹，阿走心想。

清濑把脚上的保健拖鞋脱在水泥地上。

"上来吧。"他催促道。

阿走依言将运动鞋收进写着"103"的鞋柜里。

"灰二哥，你回来啦——"

突然有人出声，阿走吓得环顾四周，却没看到任何人。一旁的清濑也纳闷地皱起眉头。

"这边这边！"

那人又喊了他们一次，清濑和阿走闻声抬头望向天花板。玄关的天花板竟然开了一个拳头大的洞！一张脸紧贴着洞口，一对眼睛窥伺着底下的两人，露出顽皮的笑意。

"城次，"清濑低声说道，"这个洞是怎么回事？"

"不小心踩破了。"

"我现在过去。你给我待在那里！"

清濑气归气，爬楼梯时却轻盈得听不到半点脚步声。阿走犹豫了一下，最后还是决定跟上，而他每踏出一步，楼梯就发出莺声地板[1]一般的剧烈嘎吱声。

爬上昏暗陡斜的楼梯后，阿走好好打量了二楼一番。天花板比想象中高，楼梯旁有两扇看似厕所和洗脸间的门，再过去还有两个房间。走廊的另一边，也就是楼梯的对侧，还有三个房间。二楼的每个房间都静悄悄的，只有三个房间紧邻的那一侧、楼梯正对面那一间贴着"201"号门牌的房间，有灯光隐约从门缝透出。

---

1 日本古代为了防止敌人入侵建筑物而设置的机关地板，一路上去就会发出声响。

清濑毫不迟疑地走向201号房,敲也没敲就把门打开。阿走站在门口,怯生生地往房内窥探。

201号房约有十六平米大,中间的矮饭桌是房间的分界点,两侧各铺着一床棉被。看来这间房里住着两个人。棉被四周一片凌乱,到处散落着个人的书籍和杂物。

当中最引人注目的,莫过于这个房间的房客:两个长相如出一辙的男子,冲着清濑两人摆出无辜的眼神。这对双胞胎长得还真像。阿走像在玩"大家来找碴"似的,一下子看看这人,一下子又看看另一人。

"我不是要你们小心点的吗?是谁踩破的?"

清濑双手叉腰,向两人兴师问罪。这对紧靠在一起的双胞胎,异口同声说道——

"是老哥!"

"是城次!"

"老哥你太贱了,怎么可以赖到我头上!"

"明明就是你把洞弄大的!"

"我只是不小心踩进你弄破的洞而已!"

这两人连音调也一模一样。清濑轻轻举起右手,像在示意双胞胎"给我住嘴"。

"我不是跟你们说过,靠近玄关的木头地板已经越来越脆弱,要你们千万小心吗?"

201号房是榻榻米房,只有玄关正上方的位置铺了木板。听到清濑的抱怨,双胞胎不约而同猛点头。

"我们很小心啊!"

"我只是正常走路而已!真的!谁知道它会突然啪的一声破掉。"

清濑不以为然哼了一声。

"正常走法当然会踩破。以后你们走在上面时要把皮绷紧,知道吗?"

双胞胎再次点头如捣蒜。清濑小心翼翼地跪到木头地板上,检查破损的程度。

"灰二哥。"双胞胎其中之一畏缩地出声叫清濑。

"干吗?"

"那人是谁啊?"双胞胎将视线投向杵在房门口的阿走。

"对喔!"

清濑这才想起阿走在场,转头看着他说:"这位是藏原走,他和你们俩一样,是宽政大学的新生。从今天开始,他就是这里的房客。"

阿走踏进房内,站在矮饭桌旁略欠身一鞠躬。"请多指教。"

"你好。"双胞胎同时答腔。

"阿走,这两个家伙是城家双胞胎,哥哥城太郎和弟弟城次郎。"

双胞胎依序向阿走点头致意。他们俩要是交换位置,阿走肯定认不出谁是谁。

"叫我城次,叫我老哥城太就好,"次郎亲切地跟阿走搭话,"大家都这样叫我们。"

"那个洞应该可以拿来做什么用,你说对吧,阿走?"太郎也不怕生地将话锋转到阿走头上。

"嗯……"阿走一时语塞,完全无法招架像连珠炮一样讲个不停的双胞胎。

清濑站起身来。

"看来只能先拿本杂志盖住,把洞堵起来了,"他边说边看着洞口,"踩破地板时,有没有伤到脚?"

"那倒没有。"

双胞胎速度一致地摇摇头。他们知道清濑已经消气,脸上明显露出安心的表情。

阿走心想，能让这对双胞胎怕成这副德行，灰二学长一定是这座竹青庄的老大。一想到今后将在这栋老旧公寓里过着团体生活，阿走不禁深深叹了口气。难道不管去到哪里，自己都摆脱不了派系斗争和长幼阶级制？

"我都还没带阿走参观房间，你们就先给我搞出这种事儿。算我求你们，不要再破坏青竹了。"

撂下这句话后，清濑随即走出201号房。城太和城次走到门口送客。

"才刚来，就被你发现这房子有多破。"

"其实只要住久了，你会发现这里是个清幽的好地方。"

阿走对这两个你一言、我一句的双胞胎道晚安，连忙追上开始步下楼梯的清濑。

没错，竹青庄确实是一片静谧。这对双胞胎吵成那样，却一直不见其他的房客现身，不知道是不在或怎样。阿走只听到零星散布在房屋四周的杂树林沙沙作响，以及时而传来的车辆呼啸声。春季乍暖的夜风载着田里泥土的气味，由敞开的前门徐徐吹进屋里。

阿走拎起放在玄关水泥地上的运动提袋。头上那个才刚破掉的洞，已经被一本泳装女郎封面的杂志盖住。少了双胞胎房间的灯光，玄关变得昏暗起来。

现在，阿走总算能好好观察竹青庄的一楼。这儿的格局和二楼似乎没什么差别，玄关前方就是一条直通到底的走廊。

从玄关这边看过去，走廊左侧由近到远分别是厨房、101号、102号房；刚才那对双胞胎住的201号房，就位于玄关和厨房的正上方，所以二楼比一楼多一个房间。清濑住的101号房位于202号房下方，以此类推，102号房的上方就是203号房。

至于一楼走廊的右侧，则和二楼的格局完全一样。楼梯一旁的两扇门分别是厕所和洗脸间，再过去是103号房和104号房，分别位于

204 号和 205 号房的下方。

阿走正准备跟着清濑往走廊走去,却被吓得停下脚,因为一楼走廊的尽头正弥漫着不寻常的浓浓白烟。

"灰二学长,是不是失火了?"

清濑面不改色。"哦,那个啊。"他正要解释,走廊左侧边间的 102 号房的门猛然开启,一条人影从里头冲出来。阿走以为那人是发现失火才夺门而出,于是绷紧神经以待,没想到他不是跑向阿走他们所在的玄关,而是直接上前狂敲对面 104 号的房门。

"学长!喂,尼古学长!"

他粗暴地连敲了十几下,一楼所有房门都跟着震动起来,然后 104 号房的门总算开了。

"吵个鬼啊,阿雪。"

一个庞大的人影缓缓现身,但由于烟雾实在太浓,阿走看不清他的模样。这两人似乎没注意到站在厨房附近的阿走和清濑,开始激烈大吵。

"你的烟都飘到我房里了!"

"不用买烟就能享受烟味,这还不好吗。"

"我又不抽烟!总之拜托你节制一点,不要造成我的困扰!"

你看,全都是烟! 102 号的房客挥舞着双手把烟挥开。这些白色有害物质甚至还飘到阿走他们这边。阿走这才恍然大悟,眼前的烟雾确实带着烟味。不是火灾固然值得庆幸,但这两人吵得越来越凶了。

"你的音乐也很吵啊!恰喀波喀、恰喀波喀的,整晚都能听到那种莫名其妙的音乐,吵得要命,想害我做噩梦是不是?"

"深夜我都会戴耳机听!"

"又没用,我还不是照样听得到那些讨厌的恰喀波喀!"

"都怪这公寓太老旧,我哪有办法。"

"我也不是故意让烟味飘出去啊！都怪门的密合度太差……"

"好了，到此为止。"清濑拍拍手，引来这两个吵得不可开交的房客注意。"正好，我来介绍你们认识新房客。"

争吵声一停，102号房传出的重低音音乐交杂着电子噪音，以及104号房飘出的干冰一般的纯白烟雾，立即源源不绝往走廊涌入。阿走一点都不想过去，清濑却不以为意，向走廊尽头那两人走去。

这两个住在竹青庄一楼最里侧的房客顿时气焰大减，就这样抢着拳头张着嘴，等待清濑和新成员阿走到来。

"学长、阿雪，这是今天起要住进103号房的藏原走，社会学院一年级生。阿走，这位是竹青庄的元老——104号房的平田彰宏学长，大家都叫他尼古学长。"

"因为他是尼古丁大魔王。"还没被介绍到的阿雪，在震耳欲聋的音乐声中没好气地说。

清濑要他别插嘴，继续往下说："尼古学长从今年春天起，升上理工学院三年级。我刚住进来时，他还是我的学长，现在却变成学弟了。"

虎背熊腰的尼古连客套一笑也懒，只是对阿走点了点头。

"那你就是我的邻居啰。多多指教了。"

满脸胡茬的尼古一副天不怕地不怕的样子，实在不像个学生。

"请问一下，大学最多可以读几年？"阿走悄声问清濑。

"八年。"

清濑才刚说完，尼古随即补充："我才第五年。"

那个还不知道本名叫什么的阿雪不耐地开口打岔："别忘了你重考过两次。"

意思是，他今年已经二十五岁了？阿走暗自速算了一下，望向威严十足的尼古。即使一旁有人捣乱，尼古依然不显愠色，一派泰然自若的样子。阿走虽然想远离烟害，但这位尼古学长看来不是难搞的人物。

然后，清濑终于开始介绍另外一位。

"阿走，这位是岩仓雪彦。他是法学院学生，跟我一样四年级，大家都叫他阿雪。别看他这样，他可是已经通过司法考试了。"

"你好。"阿雪淡淡地打了声招呼。

人如其名，他的皮肤透着不健康的苍白，戴着眼镜，瘦得像竹竿一样，看起来有点神经质。阿走告诉自己，最好少惹这个人。

尼古从口袋掏出香烟点燃，阿雪埋怨的眼神根本没被他放在眼里。

"灰二啊，刚才二楼闹哄哄的，是在吵什么？"

"不出我们所料，那对双胞胎很快就把地板踩破了。"

"这么快啊！"尼古笑了。

"真够白痴的，这两个家伙，"阿雪板起脸，"亏我们特意把青竹最大的房间分给他们兄弟，结果却把地板踩破，白费我们一番心意。"

"二楼靠近玄关的房间本来就很脆弱。现在得想个法子来加固才行。"

经清濑一说，阿雪倏地皱起眉头。"我觉得都是王子害的。"

清濑和阿雪忙着交谈时，阿走和尼古默默地杵在一旁。尼古用他惊人的肺活量，一下子就把滤嘴前那一大段香烟吸成灰烬，然后直接在自己的房门上捻熄。

"喂，阿走，"尼古跟其他三人一样，才刚认识就亲昵地直呼阿走的名字，"我有个重大发现。"

"什么？"

"你们三个的名字，跟知名卡通里的角色一模一样！"

"是吗……"

阿走对卡通不熟，所以只能回他一个不痛不痒的反应。只见尼古用夹着第二根烟的指头，依序指向清濑、阿走与阿雪。

"灰二是海蒂，你姓藏原，所以是克拉拉，还有就是山羊小雪。我没说错吧？"[1]

"拜托你不要随便把别人说成山羊。"

刚跟清濑说完话的阿雪，硬把尼古推回104号房。

"而我呢，就是那个彼得……"

阿雪不等尼古说完，猛地关上104号房门。怒火中烧的他跟着转身躲进自己房里，粗暴地甩上102号房门，独留烟雾与余音浮游在阴暗的走廊上。

"请问……"阿走语带困惑，清濑只是轻轻一耸肩。

"你别放心上，他们就是这副德性。看来这两人都很喜欢你，太好了。"

清濑打开103号房的门。

"好，这就是你的房间。钥匙在这里，"清濑指着挂在门后的黄铜圆头钥匙，"想从房里锁门时，要跟从外头锁门一样，把钥匙插进去才行。大家都嫌麻烦，所以待在房里时几乎都不上锁。"

阿走拿起那把暗金色钥匙：怀旧的外形，仿佛在宣告可以用来打开魔法之门。它在历任房客的手中传承下来，镀金已然斑驳，透着一股温暖的圆润感。

清濑径自上前打开103号房的窗户，让风吹进来。房间约有十平米大，也有壁橱。为防万一，阿走蹑过去拉开壁橱门，往里头瞧一眼——没有他原先担心的血迹，而且房内虽然看起来很旧，但仍整理得干干净净。

"明天我再告诉你去哪里租棉被，今晚你就先用我的毯子将就一下吧。待会儿我再拿来给你。"

---

[1] 尼古说的是《阿尔卑斯山少女》这部卡通。日文中，灰二（Haiji）与海蒂（Heidi）音同，而藏原（Kurahara）和克拉拉（Clara）音似。

"麻烦你了。"

"每层楼都有厕所和洗脸间。打扫工作的轮值表每个月都会贴在厨房，你才刚来，4月起再加入就好。至于伙食，早餐和晚餐都由我一手包办。"

"灰二学长一个人负责做饭？"

"只是些简单的菜色而已。中餐每个人各自解决，如果当天不需要吃早餐和晚餐，必须在前一天告诉我。"

清濑继续滔滔不绝地对阿走说明竹青庄的规矩。

"洗澡的话，可以去这附近的'鹤屋'洗，也可以跟房东借浴室。想借房东的浴室，只能在晚上8点到11点之间。不需要事先预约，也不需要打扫浴室，因为打扫浴室是房东的兴趣。"

"好。"

阿走专心听着，好把清濑的话全都牢牢记到脑子里。

"我们这里没有门禁，如果还有什么不懂的地方，尽管来问我。"

"吃饭的时间呢？"

"每个人上课时间都不一样，所以我都是先煮好，要吃的人再自己热来吃。早餐通常在8点半左右，晚餐大概是在7点半吧。"

"知道了。"

阿走先是点点头，然后又郑重地向清濑一鞠躬。"今后还请多多指教。"

清濑再度露出微笑。阿走原本以为清濑带自己来竹青庄别有企图，但在见过这里半数的房客后，他实在很难再怀疑这个人的居心。先是清濑，然后是一一现身的那几个房客，虽然他们都有点古怪，却也都马上接纳了阿走。而此刻清濑脸上的微笑，也不带半点强迫意味，反而显得相当含蓄。

厨房传来挂钟的报时声。

"10点半了,"清濑猛然回过神,看一眼搁在玄关入口处的脸盆,"现在还能跟房东借浴室。如果你不累,要不要顺便跟我去主屋向他打声招呼?"

两人再次一起走出玄关。清濑觉得一下脱鞋、一下穿鞋有点麻烦,建议阿走随便借一双保健拖鞋先穿着。玄关一角散落着好几双拖鞋任他挑选,因为竹青庄的房客喜欢穿拖鞋在附近随意活动。

他们踩着碎石子穿越庭院,前往主屋那栋木造平房。其实,说是说庭院,也只有几棵适合乘凉的大树沿着树篱乱长而已,其他都是些乏善可陈的东西。除此之外,还有一辆大型白色面包车承袭着庭院的风格随意停放其中,而且那还不是它的固定车位,感觉像是车主想停哪里就停哪里一样。这块土地位于寸土寸金的东京都内,屋主却在使用上如此奢侈随性。

找到住处后,阿走内心似乎也踏实许多,头一次对这个学区萌生一种亲切感。

本来以为东京只是个杂乱、匆忙的地方呢。阿走深深吸了一口夜晚的空气。没想到,竟然不是这么一回事。这里的人也很用心生活,和他土生土长的故乡没什么两样;他们一样也种植树篱、造园作景,追求恬适的生活。

或许是听见阿走两人的脚步声,某种生物兴奋的喘息声从黑暗中传来。定睛一看,一只棕色混种狗从主屋缘廊[1]下现身,朝两人猛摇尾巴。

"我把最重要的房客给忘了,"清濑蹲下来抚摸小狗的头,"这是房东养的狗,它叫尼拉[2]。"

"好怪的名字。"

---

1 类似于中国建筑的檐廊,但是缘廊铺地板,可供坐躺。
2 尼拉(ニラ)与日文的"韭菜"音同。

阿走在清濑身旁蹲下,看着狗儿那双乌黑、水汪汪的眼睛。

"它是以前住在青竹的学长捡回来的,"清濑用手指撩起尼拉下垂的耳朵,"听说在冲绳那边,'尼拉'是'极乐'的意思……大概是这样吧。总之,这就是它名字的由来。"

"是吗……原来是极乐的意思。"

这只狗确实看起来天真无邪、无忧无虑的样子,很适合这个名字。

"虽然是只看到谁都会黏上去的笨狗,但真的蛮可爱的。"

尽管清濑一下子玩它的耳朵、一下子把它卷曲的尾巴故意拉长,尼拉仍然频频对两人示好。阿走也摸摸它的头,当作向它打招呼。尼拉戴着漂亮的红皮项圈,没被系上锁链。"你戴起来很好看啊。"阿走对狗儿轻声说道。

房东是个名叫田崎源一郎的矍铄老人。

清濑将阿走的遭遇适当地修饰了一番,并请求房东晚点向他收租。老人只是面不改色地点了点头,但当他一听到阿走的名字,表情却略产生变化。

"藏原走……你该不会是仙台城西高中那个藏原吧?"

房东急切地开口问,神情就像在海边被细碎浪花溅了一整脸的人,看不出他是觉得不悦还是兴奋。面对一个可能知道自己过去的人,阿走不禁紧绷全身以对,同时也再度怀疑起清濑带自己到竹青庄的企图,心情顿时一沉。他不想再为纪录而跑了,也不想再接近那个被队友的嫉妒、竞争心所摆弄的世界。

阿走僵着一张脸,低着头伫立在主屋的前门口。房东可能察觉阿走的态度有异,因此没再追问下去。

"总之,你就跟大家好好相处吧。小心别拆了我的房子啊。"

语毕,房东便径自回到传出电视声的起居室。可是我才刚来,就看到地板破了一个洞——阿走暗自心想,一边回头看清濑。

"别说,"清濑说,"只要房子没垮,房东就不会来巡视。"

浴室位于主屋最里侧,换衣间里还有一台大型洗衣机。墙上用图钉钉着一张纸,上头写着"洗衣请在晚上10点前完成,内衣裤需先手洗再放入",字体气势磅礴,跟挂在旅馆壁龛的字画没两样。由于字迹和内容的落差实在太大,阿走一时看得入神,这时突然有人从黑漆漆的浴室开门走出。

一个黑人浑身冒着热气地来到换衣间。这一连串突发状况让阿走吓得往后一退,一屁股撞上身后的洗衣机。只见黑人纳闷地望向阿走他们,一边用毛巾擦拭身体,一边用完全没外国口音的日语对清濑打招呼。

"晚安,灰二兄。这位是?"

"他是新来的房客藏原走。阿走,他是留学生姆萨·卡玛拉,目前住在203号房,是理工学院二年级生。"

"阿走,请多指教。"

姆萨光着身子,落落大方伸出手来。不习惯和人握手的阿走,略显僵硬地握住姆萨的手。

姆萨的身高跟阿走差不多,眼神透着一股沉静与深谋远虑。经历之前那些聒噪房客的精神轰炸后,总算遇到一个正常又沉稳的人,阿走不禁稍微松了口气。不过,还是有件事让他觉得奇怪。

"为什么你洗澡没开灯?"

阿走一问,姆萨回以爽朗一笑。

"为了自我锻炼,"姆萨说,"人在黑暗下水时,心中往往会产生很大的不安,然而我认为这是一帖省视自我的良方。阿走,你不妨也试试看。"

姆萨的日语非常标准,以口语来说略嫌生硬,感觉非常奇妙。

"我会试试看。"

嘴上这样说，其实阿走内心想的是：又一个怪胎。

等清濑和姆萨走出换衣间，阿走终于得以独处，不禁轻吐了一口气。

他脱掉衣服，打开浴室的电灯，在淋浴区搓洗身体。好一阵子没钱上澡堂，阿走已经很久没好好洗个澡了。洗完身体后，他决定关掉电灯试试。

姆萨说得没错，在黑暗中泡澡的确会让人心生不安，更何况阿走还是头一遭造访这间浴室。黑暗中，他分不清东南西北，不小心撞到浴缸内侧的阶梯。这想必是特地为房东他老人家设计来当垫脚台用的吧。

阿走伸手摸索着小心翼翼坐下，在逐渐变温的洗澡水中伸展双脚。置身黑暗中，连水也变得沉重。不知是否出于多心，阿走觉得每次自己挪动身躯，回荡在浴室中的水声听来也格外响亮。

阿走闭上双眼。迎向新生活的恐惧与不安，此刻跟着阿走一起悬浮于水面。"我们会定期汇钱给你，你爱怎样就怎样吧。"他想起父母亲失望的脸庞，以及近乎听之任之的口吻；他想起每天不断在椭圆形跑道上奔跑时，映入眼帘的一排排屋舍；他想起队友对他的恶意羞辱，还有他们粗暴关上置物柜的声响。诸如此类的片段一股脑儿涌上心头。阿走让自己逐渐向下沉，直到池水淹过鼻子。

呼吸越来越困难，但阿走依然不换气，只是出于习惯地计数自己的心跳。比这还痛苦的经验，他在跑步时可尝过许多；跑到肺部充血，跑到血的气味涌上喉头，是很寻常的事。尽管如此，他还是继续在跑，这是为什么？因为他在跑步中找到快乐吗？还是他不想输给任何人，不想输给自己？

心脏开始剧烈鼓动，令它的位置所在变得无比鲜明；即便用湿漉漉的手捂住耳朵，仍掩不住回荡在体内的怦咚巨响。阿走终于从水中探出头，猛地吸入新鲜空气，同时睁开紧闭的双眼。

从阴暗的浴室窗户向外望去，主屋隔壁的竹青庄朦胧地映入阿走的眼帘。灯火通明的窗户比刚才多了几扇，光线柔和地洒向漆黑的庭院，印下窗户的轮廓。

他不禁心想，或许姆萨并非喜欢在黑暗中洗澡，而是喜欢在过程中眺望这幅景致。

等阿走回到刚被分配到的竹青庄寝室时，清濑的毯子已经搁在那儿了。

房间四处嘎吱作响，天花板一带尤其严重；枯枝断裂般的声音不绝于耳，一刻不停歇。

从今以后，这里就是我的栖身之处。

阿走躺下来盖上毯子，上头的榻榻米味拂过鼻尖。虽然嘎吱声仍在耳边挥之不去，心里却比在外头餐风露宿时踏实多了。

一闭上眼，阿走立即进入梦乡。

姆萨·卡玛拉在竹青庄的玄关和清濑道别，走上二楼要回自己的房间。

去年春天他刚搬进来时，这栋木造房屋曾经让他觉得相当不安，连走在走廊上都得提心吊胆。姆萨的老家是殖民地风格的石造洋房；以前的他，压根没想过自己会住在墙壁薄到能听见隔壁房客说话声、走廊窄得连两人错身都有困难的房子。

但现在的姆萨，却深深爱上竹青庄这栋建筑，以及同住其中这一票年龄相近的房客。

姆萨想起刚才在主屋浴室认识的阿走，暗自希望也能和他相处融洽。姆萨脑中浮现阿走那运动员般的灵活身手，以及看着他时那对略带迷惘却又透着坚定意志的眼神。或许——或许，阿走也会很快就习惯这里，姆萨心想。

姆萨房间的前一间，也就是走廊左侧那三间房间正中央的202号房，房门开了一条缝。姆萨经过时顺便往里头瞧了一眼，只见那间房的房客——社会学院四年级的坂口洋平——正在跟住姆萨对门205号房的商学院三年级生杉山高志一起看电视。

"你们好。"姆萨很想找人聊聊，于是出声跟他们打招呼。

"喔，进来啊。"房内的两人回过头来，一派轻松地邀他入内。

姆萨接过表面凝着水滴的罐装啤酒，跪坐在榻榻米上。

"KING兄，你又在看猜谜节目了？"姆萨看着屏幕里那些抢答的艺人，略感诧异地说。

202号房的房客坂口热爱猜谜节目，喜欢到要录下来的地步，死也要看到每一个猜谜节目不可。竹青庄的人习惯半取笑地叫他KING，也就是"猜谜王"的意思。

"那还用说！"KING边说边猛敲一下手边的纸巾盒，然后对着电视大声喊出谜底，"卡拉卡拉浴场[1]！"

原来纸巾盒是抢答铃的替代品。

"跟KING一起看猜谜节目真有意思，怎么看都看不腻，"杉山笑着朝姆萨比了个劝酒的手势，"因为他的反应实在太惊人了。"

杉山的外号叫"神童"。姆萨起初很纳闷：为什么这个讲话如此斯文的人会叫做"震动"[2]？

"不是那个！"神童赶紧解释，"我的故乡是在深山里的一个小村庄，每次返乡都得花上整整两天。啊，你知道什么是'返乡'吗？"

"知道。可是真的得花上两天吗？即使是我，只要搭飞机飞个一天多，就能从日本飞回我的国家呢。"

---

1 罗马皇帝卡拉卡拉（Caracalla）在罗马城外建造的巨型公共浴场，遗址存留至今。
2 日文中，"震动"与"神童"音同。

"哦，所以，从时间看来，我的故乡比你的国家还来得偏远啰？让我再度深深体会到，我们那个村庄真是个穷乡僻壤……啊，你知道什么是'穷乡僻壤'吗？"

"这我就不太懂了，是指乡下吗？"

"嗯，没错。村里的人都叫我'神童'，但是说穿了，我也只有在那里才能当神童。啊，所谓'神童'呢，是指神的小孩……"

竹青庄的房客和姆萨说话时，多半不会刻意放慢速度，也不会回避俗语。姆萨本来就具有中级以上的日语能力，但是遇到俗语只能举双手投降。所有人当中，只有神童会不厌其烦为姆萨解释他不懂的俗语与艰涩的单字，姆萨也因此把日语说得越来越流利。尽管如此，姆萨还是决心向温文儒雅的神童看齐，尽量不用那些已经学会的俗语。住一楼的尼古偶尔会取笑他说："姆萨，听你说话实在让我浑身不对劲。"

姆萨喝着啤酒，跟着两人看起猜谜节目。

在竹青庄里，只有KING、双胞胎和尼古房里有电视。但尼古房里有严重的烟害，所以很少有人愿意靠近，而KING又一天到晚看猜谜节目，因此想看电视的人，大多会去找双胞胎。

不过现在，虽然隔壁双胞胎的房里也传来电视声，但没听到说话声。看来，今晚双胞胎终于得以摆脱这些聒噪的学长，兄弟俩自己安安静静度过一晚。

KING不厌其烦地猛敲纸巾盒，继续自顾自在电视屏幕外抢答；等节目一切入广告，就立刻拿起手边的遥控器快进画面。姆萨这才知道，原来这是录像带。

广告飞速闪过，节目再度开始。接下来不是抢答单元，KING总算稍微从电视分出一点注意力。

"唉，姆萨。神童居然能闷声不吭地看猜谜节目，真的很夸张，对不对？"

姆萨歪了歪头，显然对 KING 的话一头雾水。KING 转过身，面向并肩而坐的姆萨与神童。

"一般人看猜谜节目一定会脱口说出答案，这样才正常！好比当主持人问：'请问鱼字边再加上青字是念成……？'大家自然而然就想回答：'鲭！'可是这小子却跟哑巴一样死不开口，让人看了很没劲！"

"KING 兄自己一个人看节目时也会大叫出声呢。"姆萨想起 KING 每晚在隔壁鬼吼鬼叫的情景，内容全是些莫名其妙的单字。

"那还用说！猜谜节目就是要这样看才有趣啊。我不懂，怎么会有人看电视时动都不动，跟一尊地藏王石像没两样！"

是吗？姆萨暗忖。

"是吗？"神童这下倒真的出声回嘴了，"我才觉得你是奇葩呢。明明不是参赛者，你怎么能狂热到这种地步？我实在不懂。"

"你何不报名参加节目，去当参赛者呢？"姆萨也插嘴道。

KING 逛遍所有猜谜相关网站，每天埋首研究谜题。他热衷到甚至胆敢踏进人人闻之色变的白烟地狱，向尼古借电脑用。KING 对猜谜的狂热，竹青庄的房客全都（躲得远远地）看在眼里。

"只有真正的行家才懂，在屏幕前比那些有名的猜谜王答得更多、更快、更正确，是多么有趣的事！"

KING 挺起胸膛。他看上去很厚脸皮，骨子里其实很害羞，根本没胆子上电视。姆萨看出这点后便不再多说，神童也只是淡淡地搭腔："是这样吗？"

姆萨看 KING 一副有点尴尬的样子，赶紧另起一个话题。

"两位知道青竹来了个新房客吗？"

"什么时候的事？"

"什么样的人？"

两人闻言立即凑过来，KING 甚至还调低了电视音量。看来，

KING 和神童对这个话题很有兴趣，姆萨也就顺势交代了自己在浴室遇见阿走的经过。

"我想他是今晚才来的。灰二兄说他要进入社会学院就读……灰二兄看起来很开心。"

"我有一种不祥的预感。"KING 喃喃说道。

"为什么？阿走看起来是个认真的好人啊。"

"KING 他担心的，不是新房客的人品，"神童解释，"姆萨，你知道灰二哥一心想把 103 号房租出去吧？"

"知道，可是那又如何？"

"那就是重点啊，"KING 将手肘挂在盘坐的腿上，装模作样地摩挲起下巴，"姆萨，你应该从今年春天起就听了上万遍吧？灰二就像'番町皿屋敷'[1]的阿菊一样，成天念念有词地说：'还差一个人，还差一个人……'"

"什么是'番町皿屋敷'？"

"就是……"

神童正想告诉姆萨，KING 却打断他的话，斩钉截铁地说："事情不单纯。灰二绝对有什么阴谋。"

"为什么灰二哥这么坚持青竹要住满十个人？"

神童歪头思索，KING 则煞有介事地推理起来。

"我在这里已经住第四年了，可是住满十个人……我现在可不是在说笑。"

"知道，别卖关子了。"

"可是这里从来没有住过十个人，因为竹青庄只有九间房。"

---

[1] 讲述女鬼阿菊数盘子的知名鬼故事。内容多是阿菊被诬赖打破盘子，含冤而死后，鬼魂在井边徘徊不去，出声数着："一个盘子……两个盘子……三个……"

"说得也是。"

"但是今年不一样了。打从双胞胎住进201号房,灰二就开始跟个幽灵一样不断咕哝着'还差一个人'。"

"的确,灰二兄好像非常坚持,一定要住满十个人。"

姆萨也点头表示认同。清濑平常不轻易表露自己的情感,不论竹青庄闹出什么大小事,他也总是淡然处之。今年他却满心挂念着103号房能否租出去,还让旁人一目了然。姆萨也曾经为此纳闷,心想他到底怎么了。

"凑满十个人后,究竟会发生什么事?"

"谁知道,"KING撂下这句话后,又随口瞎猜一句,"搞不好会出现数盘子的女鬼!"

"是你自己先嚷嚷事情不单纯的!拜托你认真想想好不好?"

神童对中途离开话题、转头继续看电视的KING提出抗议,但KING的注意力已经完全被猜谜节目吸引了,只有一搭没一搭地心不在焉随便回应。姆萨和神童两人又聊了一下清濑的企图,但终究讨论不出个结果。

202号房陷入一阵短暂的沉默。

就连猜谜节目,这时也出现好长一段空白,静候挑战者答题。这时KING突然又冒出一句:"不管怎样,要是会发生什么对我们不利的事,灰二一定会跟我们说的。那家伙虽然老是拿扫厕所这种事碎碎念个不停,但除了这个之外,基本上还算是个好人啦。"

一点也没错!姆萨心想。清濑绝对不可能做出陷害竹青庄房客的事。

姆萨完全没感觉到什么"不祥的预感",因为刚才他见到的清濑,看起来是那么开心。那神情,几乎跟去年姆萨生平第一次目睹积雪时一模一样。

第二章　天下第一险峰——箱根山

阿走每天早晚都会慢跑10公里。这是他从高中时代起养成的习惯。

在体能状态最佳、练习量最大的高二那年夏季大赛中，阿走缔造了五千米跑13分54秒32的纪录。这项成绩不只在高中田径圈可谓出类拔萃，甚至能媲美国家田径选手，因此许多大学向阿走表示了兴趣。更何况，阿走还有很大的成长空间，难怪大家都想网罗这个可望在奥运创造佳绩的选手——直到他引发暴力冲突、退出高中田径队，一切到此画下句点。

不论是代表学校参加竞赛，或是在世界舞台上留下纪录的可能性，阿走对这些都毫无眷恋。相较之下，他更喜欢感受肉体破风前进的舒畅感，自由任意地奔驰。那些被组织的期待与野心束缚、像只白老鼠一般任人宰制的日子，他早就厌倦了。

缔造五千米纪录那一天，阿走的肚子其实很不舒服；但健康管理本来就是这场战役的重点之一，所以事后也没什么好辩解的。只是阿走觉得，自己应该还能跑得更快。他认为，自己绝对有能力将纪录缩短到五千米13分40秒。

退出田径队后，阿走仍持续进行自我锻炼，想到达那个他尚未能得见的疾速世界。流逝而过的景色，掠过两耳的风。等他跑出五千米13分40秒的成绩时，自己将目睹什么样的景致？自己的肉体又会使血液沸腾到什么地步？无论如何，他一定要亲身体验这未知的世界。

左手腕上戴着有马表功能的手表，阿走默默地跑着。就算没有指导教练、没有彼此竞争的队友随行，阿走也不觉得彷徨。拂过皮肤的风会指引他，胸腔里的心脏也会对他呼喊：你还能跑！再快一点！

住进竹青庄几天后，阿走几乎已经记住每个房客的长相和名字了。或许因为这样，阿走的心情轻松了许多，就连那天的晨跑，他的脚步也格外轻盈。

绿意盎然的单行道上没什么人，一路上只有几名遛狗的老人与赶着搭公交车的上班族，跟阿走擦身而过。阿走略低着头，定定凝视着白线，一步步跑在身体正逐渐熟悉的慢跑路径上。

竹青庄坐落在京王线和小田急线之间一片小巧的古朴住宅区中。周边的大型建筑物，大概只有宽政大学的校舍。离那里最近的车站，在京王线是千岁乌山站，在小田急线则是祖师谷大藏或成城学园前站。每一站都说近不近、说远不远，徒步得花二十分钟以上，因此许多人都利用公交车或骑脚踏车前往车站。

不用说，阿走去车站绝对不会搭乘交通工具，毕竟对他来说，用跑快多了，而且还能当成一种自我锻炼。他曾经受清濑之托到附近的商店街采购食材，也曾经跑着跟共乘一辆女式脚踏车的双胞胎到成城逛书店。久而久之，他对这一带的地理环境也越来越熟悉。

阿走自己定出的几条慢跑路径，大多是车辆稀少、两旁还留有杂树林或稻田的小径。他在比赛中很少边跑步边欣赏风景，但平常慢跑或练习时，他偶尔会让脑袋放空，欣赏周遭的景致。

停放在屋前的三轮车、搁在稻田一角的肥料袋——阿走就爱观察这些东西。遇到下雨天，三轮车会被拉到屋棚下；肥料袋里的内容物会一天天减少，不久后又换上全新的一袋。

每次阿走发觉这一类的居民生活轨迹时，总会忍不住窃喜。这些屋主不知道阿走每天早晚都会经过这条路，还偷偷观察着三轮车和肥料袋的变化。每一天，他们都在不知情的情况下挪动、使用这些东西。一想到这里，阿走心里就有一种莫名的快感。那种心情，就像在偷窥一个箱子里的天堂乐园。

阿走看一眼手表。6点半,该回青竹吃早餐了。

就在要从小公园一旁跑过去时,阿走瞥见一幅令他在意的景象。他一边原地踏步,一边伸长脖子望着公园:清濑正独自坐在公园长椅上。

阿走踩着地上一层薄薄的沙,进入了公园,清濑则始终低着头未察觉。阿走在单杠附近停下脚,隔着几步之遥观察清濑。

清濑身上穿着T恤,下半身是一条老旧的深蓝色运动长裤。他似乎是带尼拉出来散步,长椅上还搁着一条红色牵绳。清濑卷起右脚裤管,揉了揉小腿肚。阿走看到他的膝盖到小腿上半部之间,有一道手术留下的疤痕。

清濑还没注意到阿走,但在树丛间玩耍的尼拉,已经跑到阿走的脚边。尼拉的脖子上系着一个超市塑料袋,里头装着它的粪便;只见它用湿润的鼻头嗅了嗅阿走的鞋,终于认出他是谁,开始狂摇尾巴。

阿走蹲下来,双手捧着尼拉的脸来回抚摸。在外头遇见熟人令尼拉兴奋不已,频频发出接近干咳的剧烈喘息声,就像老人喉咙里卡着饼干块时那样。

这声音终于引来清濑的注意。他抬头一看,随即尴尬地放下裤管。阿走刻意用开朗的语气对清濑喊了声"早安",走到他身边坐下。

"带尼拉散步也是灰二哥你负责吗?"

"反正我每天都会出来跑步,就顺便了。这是你跟我第一次碰到。"

"同样的路线跑久了会腻,所以我都会稍微改变路线。"

阿走感觉得出来,自己正在试图缩短他与对方之间的距离,就像把超音波发射到海里、借由反射的信号来探查鱼群下落。

"……你跑步,是为了健康的因素吗?"

话才出口,阿走不禁暗自咂了咂嘴。这下可好了,本来打算发射超音波,结果却投下一枚鱼雷。这么一来说不定会吓到鱼群,让它们就此闪耀着背鳍上的光辉、怀抱着秘密往深海潜去。阿走惊觉自己太过躁进,不禁暗自失措。这也让他更加讨厌自己这种只懂有话直说、不会拐弯抹角的个性了。

但清濑没有生气,只是近乎无奈地一笑。阿走知道自己不懂套话这一类话术,只好乖乖静待清濑的反应。只见清濑隔着运动长裤,轻轻抚摸着自己的右膝。

"我不是为了健康而跑,也不是把跑步当成兴趣,"清濑直截了当地说,"我想,你应该也跟我一样吧。"

阿走点点头。不过,假如有人问阿走"那你是为了什么而跑",他肯定也答不出来。他只知道,自己怎么也没办法在应征打工的履历表兴趣栏里写"跑步"两个字。

"我在高中时受过伤。"

清濑抽回放在膝盖上的手,轻轻吹了声口哨叫唤尼拉。本来在公园内闲晃的尼拉,随即跑回清濑身边。他弯下腰,把牵绳系到尼拉的红色项圈上。

"不过,我的伤已经好得差不多了。现在,我知道自己身体的感觉和速度都回来了,所以跑得很开心。"

打从见到清濑的伤痕,阿走心里就有谱了:清濑跟自己是同路人,都是一路上为跑步付出许多心血的人。两人相遇的那一晚,清濑之所以拼命骑脚踏车紧追在后,是因为被阿走的跑法吸引了。

颈子上套着牵绳的尼拉频频拽着清濑,催促他动身。清濑拉着尼拉,转头问阿走:"怎么样?要一起回去吗?"阿走仰靠在椅背上,若有所思半晌后开口问:"你介绍我去竹青庄住,是因为知道我待过田径队吗?"

"我会一直追着你,是因为你的跑步姿势太好看了,"清濑说,"但是带你去竹青庄,是因为你跑步的样子自由奔放……你跑得好开心,好像完全忘了偷东西那件事一样。这一点实在让我很欣赏。"

"一起回去吧。"

阿走从长椅上起身。清濑的回答没有伤他的心。

早晨的空气,直到这时才开始流动起来,涌进冷清清的公园。马路上传来喇叭声;某户人家传来打开信箱拿报纸的声响;还有一些声息,来自那些赶着上班上课的人。

如果把这些全都吸入肺里,浑身上下的血液一定瞬间立即活化,一路循环到指尖。

阿走和清濑一走出公园,便再次迈开步伐往竹青庄跑去。尼拉也跟两人相当有默契,向前直奔而去。尼拉的爪子在柏油路上发出的摩擦声,无形中成了两人的速度指针。对阿走来说,这速度比平常还慢得多,但他一点也不在意。拉着牵绳与他并肩而跑的清濑,似乎相当清楚该如何摆动身体。阿走知道,只有每天努力不懈地勤奋练跑,才能呈现出这样的跑姿。

"灰二哥,我问你个问题,"阿走一边跑,一边提出心中的疑问,"为什么你要把塑料袋绑在尼拉的脖子上?"

"因为我懒得拿。"

清濑回答,一副理所当然的样子。他说话时永远不带一丝迟疑。

这算什么理由啊?阿走不禁同情起尼拉。狗儿的嗅觉比人类敏锐得多,把排泄物挂在它鼻子前,根本就是在整它嘛。

尼拉浑然不觉阿走的关心,自顾自地往前跑,卷曲的棕色尾巴在屁股上饶富节奏地左右摇摆着。

一进入4月,竹青庄的房客顿时忙得天翻地覆。

为了新生训练与选课,大伙儿必须经常往学校跑,恰似乘着春风飞舞的蜜蜂,一刻不得闲。

城太和城次在开学典礼结束后，满脑子只想物色有美女出没的社团；已经没有退路的尼古，认真研究着学生们私底下流传的"学分攻略大全"，烦恼该选哪几堂课；KING 的房间每晚传出"找工作、找工作"的噩梦呓语，声音响遍整个竹青庄；去年就通过司法考试的阿雪，连研讨会也不参加，只顾着每晚到夜店报到，沉浸在音乐的洪流里；至于正经八百又不动如山的姆萨和神童，则完全不受其他人影响，两三下就完成选课，忙着找新的打工机会。

而阿走，也在费尽九牛二虎之力选完课后，很快就认识了几个朋友。因为他没钱，所以每天忙着混进不同的迎新会，骗免费的酒喝。没有人会打探他的过去，也没有人会逼他未来非得做什么不可。这里的人都不爱干涉他人，阿走没多久就融入这股随性的校风。

终于，全校学生的选课都告一段落，明天就要正式上课了。阿走结束傍晚的慢跑，一踏进竹青庄的玄关，就看见双胞胎房间那个破洞垂挂着一张字条，上头写着："今晚举行阿走的迎新会，所有房客请于 7 点到双胞胎的房间集合。"

我的迎新会！阿走不禁感觉不好意思又有点惊喜。他来这里已经快两个礼拜，每晚大家都假借各种名目聚在某人房里喝酒或打麻将，所以他本来以为不会帮他办什么欢迎会了。但现在知道大家有这分心意，他还是觉得很高兴。

"我回来了！"

阿走大喊一声，来到走廊上。清濑和双胞胎在厨房准备派对上要吃的料理。只见清濑正在用中式炒锅翻炒洋葱丝和大蒜，阿走不禁纳闷。那明明是中式炒锅，为什么会散发出橄榄油的香气？这时，一脸认真地看着火候的清濑突然出声："就是现在！"城太闻言立即手脚利落地打开罐装西红柿，一股脑儿地往炒锅倒入。看来他们是在自制意大利面酱汁。

城太一手倒罐头，一手摇着另一只平底锅，一大堆芥菜、小鱼顺势飞舞在空中。这回换成麻油香在厨房中流动四溢。

"我在做拌饭，"城太看到阿走，笑嘻嘻地说，"喜欢芥菜吗？"

意大利面和拌饭。看来今晚是碳水化合物大餐。阿走一边心想，一边点头以对。

城次一个人坐在餐椅上，面前是一大碗看起来像菠菜拌豆腐泥的东西；只见他奋力搅拌食材，额上浮现一层薄薄的汗水。淡绿色的糊状物逐渐成形。阿走越看越不放心，想出手帮忙却被他们以"主角什么都不必做"为由赶出厨房。双胞胎的欢迎会似乎早在阿走来到竹青庄前就办过了。城太与城次仗着身为"竹青庄前辈"的威严，坚决挑起掌厨的重任。

没事可做的阿走，只好去"鹤汤"泡个澡。洗完澡后，整个人神清气爽，他决定在自己房里静待7点钟到来。

等着等着，阿走打起瞌睡来。等他惊醒时，已经6点55了。他本来想马上前往双胞胎房间赴会，但如果他比约定时间早到，又怕显得自己很猴急。于是他悄悄打开房门，观察四下的动静。厨房里空无一人，一楼安静无声。人声和脚步声，全都集中在二楼的双胞胎房间里。

阿走又等了三分钟，才步上二楼。

一打开双胞胎的房门，他当场目睹尼古正在大声恐吓姆萨："管你的，反正你这堂课帮我代点就对了！"一边说还一边对他使出锁喉功。

"啊，阿走！"城太尴尬地大呼一声，"搞什么，阿走来了！"

阿走不禁纳闷，难道自己来得不是时候？原来，他们本来打算阿走一走进来就同时朝他发射拉炮礼花以表庆贺。"都怪尼古学长搞这出，害我们错过时机！"城次一脸不满。神童一边帮忙劝解，一边从尼古的魔爪中救出姆萨。

双胞胎的房间被大家挤得水泄不通，中间的矮饭桌和四周摆满了清濑和双胞胎做的料理，以及每个人各自带来的点心和酒。老早就开始抓着食物大快朵颐的KING，嘴里一边嚼着、一边招呼阿走："来了啊。坐！"

众人不听清濑的劝阻，从窗口对着主屋一口气拉爆所有拉炮。吓个半死的尼拉从缘廊下冲出来，对着月亮狂吠猛叫。

"好，来干杯吧！"尼古拿起罐装啤酒。

"感觉好像少了什么。"清濑环顾一下四周。

"因为王子不在！"双胞胎异口同声说。

"谁？"

阿走一问，阿雪随即答道："204号房的柏崎茜，文学院二年级生。"

原来还有阿走没碰到面的房客。但话说回来，为什么大家要叫他"王子"？

"我去叫他，"清濑起身，"阿走，你也一起来。"

清濑走出双胞胎的房间，敲敲离楼梯最近的204号房门。

"我要进来了，王子。"

没等王子应声，清濑便径自打开房门。一看到房内的景象，阿走差点没晕倒。

在这个跟阿走房间相同格局的狭小空间里，从地板到天花板都堆满了漫画，而且几乎淹没整片榻榻米，只留下一条很窄的走道，一直通到窗边。那里搁着一条折好的毯子，想必是因为房里连铺棉被的空间都没有，房间主人只能裹条毯子睡在那里。而现在，房里虽然亮着灯，却不见主人的踪影。

总归一句话，漫画的数量实在太惊人了。这间房位于阿走房间的正上方。原来天花板每晚传来的嘎吱声，是这些漫画造成的啊。阿走不禁伸手轻轻碰了碰堆叠成一整面墙的漫画。

"喂，不要乱摸！我可是有分类的！"

一旁的漫画山顶传来说话声。阿走吓了一跳，后退一步想看看是谁在说话，后背却不小心撞到漫画山，一本本漫画立即从头上砸下来。

"啊啊啊，气死我了！"

一个长相俊美的男子从天花板和漫画山的缝隙间爬下来，纤长浓密的睫毛在他脸上眨呀眨的。难怪他的外号叫"王子"。

"搞什么啊？灰二哥，这家伙新来的？"

"已经两个礼拜了，"清濑捡起散落一地的漫画，递给王子，"今晚是阿走的欢迎会。你没看到玄关那里吊着的字条吗？"

"没，因为我这几天都没跨出青竹一步。"

"请你'务必'共襄盛举。"

王子尽管嘴上抱怨着"有够麻烦的"，但仍在清濑的眼神攻势下步出房间。

"不好意思，"阿走赶紧开口，"我的房间会发出很严重的嘎吱声……"

"这里每个房间不都这样。"或许是受到食物香味的吸引，只见王子就这样抱着漫画，摇摇摆摆地往双胞胎的房间走去。

"不，我的房间绝对比其他的严重。"阿走极力强调。住在这满坑满谷的重物下面，实在太危险了。"王子，跟我换房间吧。"

"这些漫画这么宝贵，怎么可以放在湿气那么重的一楼！"王子立刻否决阿走的提案。"你叫阿走对吧？你应该换个角度想，把自己当成'住在尼亚加拉瀑布下'。"

"什么意思？"

"华丽壮观，每天惊险刺激度日，"王子打开双胞胎的房门，"别人还会羡慕你说：'好好喔，竟然能住在这种奇观下面。'我的漫画收藏，就是这么有价值！"

阿走对清濑露出求助的眼神。

"我很清楚你想说什么,"清濑叹口气,"劝你还是死了这条心。"

这下,竹青庄的房客总算在双胞胎的房间全员到齐。大伙儿举起啤酒干杯后,室内空气的酒精浓度便急速蹿升,欢笑声此起彼落。

王子被众人逼着负起囤积漫画的罪责,坐在最容易崩塌的木地板上。阿走和清濑并肩而坐,背靠着面对庭院的那扇窗。从这个角度这样看着大家,可以看出竹青庄众房客之间的人际关系。要在这么小的公寓里过着半团体生活,房客当然都得是波长相合的人才行,但即使如此,还是会自然而然形成比较要好的小圈圈。

只见双胞胎和王子一边猛嗑零食,一边争论漫画的内容;姆萨和神童,则正在专心听KING倾吐找工作的烦恼。

"我连买西装的钱也没有。"

"去打工如何?"

"你的高中制服不是那种西装式外套吗?穿那个就可以。"

至于尼古和阿雪,两人正忘我地聊着阿走觉得不知所云的电脑话题。虽然口气还是一样很呛,但阿走已经明白这是这对冤家一贯的相处模式,所以也见怪不怪了。抬杠的过程中,尼古还时不时踱到阿走身后的窗边,对着窗外吞云吐雾。

阿走和清濑两人没有刻意找话聊,只是径自喝酒吃菜。两人尽管沉默不语,气氛倒也不觉尴尬。

他们知道彼此都热爱田径,却不自觉地避开这个话题。清濑的膝盖有伤,阿走则对高中时代的事还没办法释怀,不知道该从何说起。这种情况下聊起田径,只怕会变成两个人互舔伤口,而他们俩都不想这样。

罐装啤酒喝完了,大伙儿跟着打开神童乡下老家寄来的当地清酒。这种连听都没听过的酒喝起来有一种奇怪的甜味,但大家都不在意,还从厨房找来味噌腌小黄瓜当下酒菜,继续拼命摄取酒精。

就在这时候,清濑不疾不徐地开口说话了。

"大家听我说,我有重要的事要宣布。"

本来正尽情喧闹的房客们,顿时全都好奇地看着清濑,跟着自然而然地以酒瓶为中心聚拢起来。阿走转头看身旁的清濑,也很好奇他想说什么。

"接下来这将近一年的时间里,我希望大家能帮我一个忙。"

"怎么,你想参加司法考试啊?"尼古一派轻松问道。

"那我可以给你一些建议。"阿雪说。

每个人都以为清濑想说的是"我要开始找工作了,所以不想再替大家做饭了"之类的话,但清濑摇了摇头。

"大家一起攻顶吧。"

"……攻什么顶?"

阿雪小心翼翼地催他把话说清楚。双胞胎胆怯地紧紧依偎着彼此。KING则自顾自嘀咕道:"我老早就怀疑灰二想玩什么花样了。"

神童和姆萨面面相觑。

"集结我们十个人的力量,靠运动攻顶,"清濑高声宣告,"顺利的话,跟女孩子搭讪无往不利,对找工作也有帮助。"

"真的假的?!"

双胞胎马上上钩。两人往前靠上去,人墙顿时缩小,越来越靠近清濑。

"当然是真的。大家都知道,女生喜欢擅长运动的男生,大企业也很欢迎这种人。"

话才说完,双胞胎立刻讨论起来。

"要是能增强女人缘,我就加入。老哥你呢?"

"我也一样。可是到底要用什么运动来攻顶?棒球是九个人啊。"

"足球的话是十一人。"

"该不会是卡巴迪[1]？"尼古插嘴。

"都不是。"清濑说。

阿雪冷冷瞥尼古一眼："你真的以为这年头在日本，有人能靠玩卡巴迪出名爆红，然后轻松找到工作吗？"

"而且卡巴迪一队也才七个人啊。"KING秀出他在猜谜节目中锻炼出来的杂学功力。

尼古和王子当场举手表态："那我退出。"刚刚才挖苦尼古一顿的阿雪也跟着举手说："你们自个儿好好加油吧。"

姆萨扫视众人一圈，笑嘻嘻地报告："这样就刚好七个人了。"

"姆萨，我不是说了不是卡巴迪吗？"清濑轻咳几声，"况且，阿雪没有资格逃跑。你应该没忘记，因为你吵着说不想回家，害我每年过年都得特地煮年菜和年糕汤给你吃吧？"

"威胁我是吗？灰二。"

阿雪出声抗议，却只是个空包弹，没半点威力可言。清濑露出不怀好意的笑。

"你们以为这些日子来，我是为了什么每天做饭，照顾你们的健康？"

清濑到底想说什么？这些在生活各方面长期受清濑关照的房客，惊觉大难临头，吓得大气都不敢吭一声。看我把你们养得多肥美，准备进我的五脏庙吧！这票人活像一群被带到巫婆面前的迷途兄弟，只能眼睁睁看着巫婆磨刀霍霍。

清濑对阿走的跑步能力表现出高度的关切，他自己也待过田径队；

---

[1] 卡巴迪（kabaddi），起源于南亚的印度、巴基斯坦和孟加拉国，类似中国的民间游戏"老鹰抓小鸡"，采一队七人的编制。

今晚硬是把王子拉来参加欢迎会,坚持竹青庄所有房客全员到齐;还有,他刚才说是十人编制的运动——

想到这里,阿走暗忖:不会吧?!

"我的目标是什么,你们还想不到吗?"

清濑撩拨着在场所有人的情绪,一副乐在其中的样子。每个被清濑视线扫射到的人,无不像刚孵化的蚊子一样,怯生生的,低头轻摇着。

"这项运动呢,每个人这辈子肯定至少看过一次。就是每年过年时,大家一边吃年糕汤,一边在电视上看到的那个……"

"你该不会是指……!"神童倒抽口气。清濑背倚着窗框,悠悠地说出口:"对,驿传。我的目标是箱根驿传[1]。"

双胞胎的房间,顿时陷入怒吼与混乱的漩涡。

"不可能!""你疯了吗!""凭什么要老子大过年的穿着短裤、披着布条去爬山?""'箱根义船'是什么东西?""所谓'驿传'呢,起源于'驿马传马'[2]这个制度……""我们这里又没半个田径队员!"大家你一言我一句,拼命发表自己的意见。

这当中,只有阿走沉默以对。

对跑田径的人来说,"箱根驿传"是别具意义的大赛,非常清楚这是多么困难的事。清濑的提议就像天方夜谭一样。这绝对不是竹青庄这群外行人能随便拿来当成目标的事。

只见清濑猛地起身、走到门外,一反常态地大声踏步下楼去。

"他生气了?"城次不安地嗫嚅道。

---

1 驿传就是长程接力赛,"箱根驿传"仅限关东地区的大学队伍参加,举办日期为每年的1月2日到3日。驿传与一般的接力赛不同,跑者传递的并非接力棒,而是披在身上的"接力带"。
2 驿马传马,一种借由接力的方式,由骑马的传令兵在中央与地方政府间传递书令的制度。当中的"驿"字,是指等距离设置在官道上的驿站。

"我才气好吗!"阿雪烦躁地一饮而尽杯里的酒,"灰二那家伙……这笑话一点都不好笑!"

正当阿走思忖事情会如何发展下去时,房门再次被人用力推开。清濑回来了,手里拿着那块挂在竹青庄门口的大型木牌。众人以为他要拿它来揍人,连忙像乌龟一样缩起脖子。但清濑只是站到大伙儿中间,用衣摆擦去木牌上的污渍。

"给我看清楚!"

清濑把木牌当印笼[1]一样高高举起,然后朝着在座所有人转了一圈,好让每个人都能看清楚。

"什、什么鬼啊!"

惊呼声此起彼落。阿走也探身向前细看木牌上的文字,不禁当场愣住。这就是所谓的"目瞪口呆"吧?

这块原木板上,用毛笔写着"竹青庄"三个字,但又不只这样而已。之前因为太脏而看不清楚,其实上面还写了另外两行小字。

宽政大学
田径队训练所

"听都没听过。"

竹青庄元老尼古幽幽地说,新来的城次和城太则一脸惨白地面面相觑。事到如今,众人总算知道清濑不是在说笑,而是真的想挑战箱根驿传。

"我们学校真的有田径队吗?"

---

1 日本古代用来装药物的小容器。此处是影射日本的民间故事《水户黄门》;水户黄门是水户藩第二任藩主德川光圀,平时喜欢微服出巡,每当要惩罚坏蛋时,水户黄门身旁的部下就会亮出德川家的印笼,让坏蛋知道眼前的老者是大名鼎鼎的德川光圀大人。

神童可怜兮兮地问清濑，样子活像个在哀求地方大老爷降低税赋的农民。

"虽然很弱小，但还是有的。我不是跟你们说过，我一年级时参加过比赛吗？"

"我还以为你是以个人名义参赛的。"不了解田径界制度的王子一个人在那里碎念着。

清濑完全不为所动，举着木牌又撂下更劲爆的话。

"不只我，你们也全都是田径队队员。"

"搞什么？！"

众人这次的反弹，比清濑宣布全员挑战箱根驿传时还要更激烈。阿雪站起身，逼问清濑："什么时候的事！"

"从你们住进来的那一天起，"清濑淡淡地说，"你们都不觉得奇怪吗？这年头竟然还有房租三万日元的房子，而且还有人煮饭给你们吃？想也知道，天下哪有白吃的午餐。"

有别于其他人的激动，阿走冷静地盯着清濑。

"也就是说，我们住进青竹的时候，你就帮我们填了田径队入队申请书？"

"没错。"

"然后，因为这样，我们顺理成章加入了关东学生田径联盟？"

"没错。"

"没错？我说你啊……"阿走叹了口气，"没经过当事人同意自作主张，你不觉得太卑鄙了吗？田径队总共有几个人？"

"短跑组大概有十几个人吧，但是弱到不行。至于长跑组，就是现在在场的这十个人。"

"就说我们什么时候变成田径选手了？！"

KING气冲冲上前想抢清濑手中的木牌，姆萨赶紧出手制止他：

"现在还不清楚事情的来龙去脉。咱们还是先好好谈一谈吧。"

"说得对。大家冷静一点，都坐下吧。"

清濑下达指示，一副若无其事的样子。这破事还不都是你搞出来的！众人心里这么想。但是清濑的话在竹青庄一向颇具分量，大家也只好按捺着满腔怒火，再次围圈而坐。结果，半晌没有人开口；事情实在来得太突然，大家反而一时不知道该说什么。

阿雪用手肘顶了顶阿走的侧腹，两眼向他示意"你上啊"。阿走面露难色，看了看围坐成一圈的大家，只见双胞胎正对他露出求救的眼神。除了成天窝房间里嗑漫画的王子在状况外，竹青庄所有人都知道阿走每天早晚都会一个人去慢跑。

阿走早就过惯了讲究上下阶级观念的生活，现在要他抢先这些学长发言，难免令他有所迟疑。但话说回来，眼下能跟清濑天马行空的提议相抗衡、据理力争的人，也只有熟悉田径世界的阿走了。看来，他只能硬着头皮、代表大家质问清濑。

阿走立即坐直身子。"为了慎重起见，想请教你一个问题。请问教练是谁？他对这些连自己是田径队员都不知道的幽灵队员，有什么看法？"

"这你们不用担心，教练就是我们的房东，田崎源一郎。"

"这是在恶搞吧！"

惨叫声再次此起彼落。

"让那个已经一只脚踏进棺材的老爷爷当教练，不用跑就知道注定失败啦！"城次被一口酒呛到，一边猛咳一边指控。

"没礼貌！房东先生可是被人尊称为'日本田径界之宝'的人物呢。"清濑语带责备地说。

"那是什么时代的事？"城太一边帮城次拍背，一边战战兢兢地问。

"我想想……在圆谷幸吉[1]写下那篇提到一堆食物的遗书死掉时，房东先生就已经是宽政大名鼎鼎的教练了。"

"完全听不懂。"姆萨苦恼地歪了歪头。

这一次，连神童和"杂学天王"KING都无暇他顾，没能帮姆萨解答疑问。圆谷幸吉是在东京奥运夺得铜牌的伟大马拉松选手，但要是解释下去肯定没完没了、模糊了讨论的焦点，阿走只好也无视姆萨的叹息。

"灰二哥，你说希望大家挑战箱根驿传，但恕我直言，那根本是不可能的任务。"

阿走说得斩钉截铁。在场除了清濑之外，所有人都大大松一口气。

"还没试，怎么会知道？"

"我当然知道。那些田径名校都是每天疯狂操练、好几年这样磨炼下来，但最后能在箱根驿传出场的，还是少数中的少数学校而已。"

"不是我在自夸，我啊，几乎没怎么跑过，"一直顾着看漫画、好像这一切跟自己无关的王子，终于抬起头来，"要等我练到能出场去跑箱根驿传，恐怕草履虫都先一步进化成人类了。"

"王子你再怎么不才，脚程一定还是比草履虫快啦。"KING安慰人的功力实在很拙劣。

"草履虫就是草履虫，再怎么进化也不会变成人类。"阿雪冷冷地丢下这么一句。

清濑直视阿走，充耳不闻外野的杂音。

"我还真的没想到，你会连试都不试就夹着尾巴逃跑。练习固然重要，但是能不能出场，重点应该不在训练严不严厉吧？"

---

[1] 圆谷幸吉（1940—1968），日本马拉松选手。自杀前留下一封遗书，内容提到许多食物，诸如"寿司很好吃""柿子干很好吃""苹果很好吃"等。

阿走也正面接受他的挑战。

"灰二哥,既然你也跑过,就应该很清楚才对。这些人全是外行,你何必把他们拖下水,让他们陪你做梦,逼他们受苦?"

"不挑战看看,才会真的永远只是一场梦,"清濑难得显露出情绪,而且越说越激动,"况且,他们每个人都有很好的资质。尼古学长跑过田径,双胞胎和KING在高中时待过足球社,阿雪练过剑道,神童以前每天走山路上学放学,来回共10公里,而姆萨在肌力[1]上的潜力也无可限量。"

"大家以为黑人就跑得快,其实是一种偏见,"姆萨有气无力地说,"就像有些黑人也讨厌嘻哈,不擅长跳舞……我的脚程真的没有特别快。"

"我跑过田径?那已经是七年前了。"尼古又点了一根烟,苦笑着说。

"你好像漏了我,不过我确实是运动白痴。"王子穷极无聊地翻着漫画,有点闹别扭地说。

清濑的眼中依然只有阿走,慷慨激昂地对着他说:"然后,阿走加入了青竹。十个人都凑齐了!箱根不是海市蜃楼的虚幻山峦,不是痴人说梦!我们一定可以接力攻顶,这绝对是真实的!"

现场响起有气无力的零落掌声。清濑大喝一声"不要闹了!"打断了掌声,也打断本来想继续反驳的阿走。清濑见机不可失,一口气背出"箱根驿传参加资格"。

"'参赛者必须登记于参赛学校所属之关东学生田径联盟,且向本大会提出参赛的次数不得超过四次,预赛的参赛次数亦包含在内。'青竹的所有房客都是宽政大学田径队队员,而且已经自动完成联盟登记手续;包括预赛在内,在座所有人都没有参加过箱根驿传。看吧,我

---

1 指肌肉主动运动时的力量、幅度和速度。

们确实完全符合参赛资格。"

"问题就在预赛，"阿走终于能插嘴了，"想在箱根驿传出赛，必须先通过预赛。"

"是吗？以前都不知道。"神童喃喃说道。

"这是因为大多数人都只看过新年期间举办的决赛，"阿走点点头，"虽然共有二十所学校可以参加箱根驿传，但是能得到种子队伍资格的，只有去年排名前十的学校。每年大约会有三十所学校挑战10月举办的预赛，争取剩下的参赛名额。"

"全关东只有三十所学校挑战预赛，听起来也不是很多嘛。"

"你太天真了！"城次一说完，阿走马上吐槽他，"箱根驿传是由十个人跑十个区间，但是每个区间都有20公里以上的距离。不用说，每所大学的选手都必须在预赛中跑完20公里，最后再由每个学校的总成绩决定哪些队伍晋级。可是……这20公里首先就是一个大难关。"

阿走用眼神催促清濑说下去，后者只好勉为其难开口补充说明。

"要确保十个人都能以一定的速度跑完20公里，是不容易的事，而且最近大会要求的速度越来越严苛，连参加预赛也有资格限制。参赛者必须拥有17分钟内跑完五千米，或是35分钟内跑完一万米的正式纪录才行。"

大家大概是被这些具体的数字吓到，屋内霎时陷入一阵沉默。这回换阿走接口。

"那些参加箱根驿传的强校，选手平均都能在14分钟30秒内跑完五千米，而且，他们全都是从全国各地网罗来的好手。箱根驿传不是那种做做样子就好、对所有人敞开大门的比赛。像我们这种没有体育保送生的无名田径队，根本想都别想。"

王子小心翼翼地举手发言："那个，嗯，我不是很清楚那个纪录有多厉害。"

"你在高中体育课没跑过耐力跑吗？"城太低声问。

"没有，"王子一个劲儿地摇头，"我高中是念升学学校，所以你们说的耐力跑也才三公里而已。"

"如果要在17分钟内跑完五千米，那跑一公里的时间必须少于三分半。"阿雪冷静地展现心算成果。

"三分半！我记得我跑三公里就花了15分钟啊。"

"那真是……慢到人神共愤啊。"尼古吞云吐雾没停过，嘴里一边咕哝着。

"17分钟内跑完五千米，这还只是参加预赛的条件。要是我们没办法每个人都在14分钟内跑完，想去箱根确实很困难。"清濑越来越能冷静地直指问题的核心了。

"所以说，就凭我们几个，根本不可能。"

城太以为终于能逃过一劫，整个人开朗起来了，但清濑不打算放弃。

"长跑需要的是持久力和集中力。所谓的练习，不是只要拼命操练就好；只要能定出一套以箱根驿传为目标的练习进度，我们就能化不可能为可能。"

"你凭什么这么有自信？"阿走诧异说道。

"凭什么？刚才我不是说了吗，青竹的人是有潜力的。"

清濑面不改色地说。这些跟他在竹青庄同居这么多年的房客，之前一定想都没想过他骨子里竟然这么热血。

"我来说个具体的数字吧。阿走的五千米纪录是13分钟左右，这在参加箱根驿传的选手中，也是屈指可数的亮眼成绩。至于我，在腿受伤前跑过14分十几秒的纪录。最近我的伤也在慢慢痊愈了，一定会再刷新纪录，抱着断腿也在所不惜的决心跑完箱根驿传。"

"算了吧，干吗搞到断脚断手的？"讨厌人卖弄热血的阿雪冷不防冒出一句，"还有，拜托不要把我拖下水。"

但清濑完全把阿雪的话当耳边风。

"还有,我觉得姆萨应该可以跑出接近14分的纪录,因为那些参加箱根驿传的外籍选手,成绩都在13分钟左右。"

"那些人本来就是因为跑得快,才被请来日本留学的吧?"姆萨一边用眼神向神童求救,一边拼命帮自己开脱,"我绝对不行,我只是理工学院的公费留学生而已。再说,在敝国,我上下学都是由司机接送的。"

"像你这样的有钱人,干吗来住青竹这种地方?"城次提出合理的疑问。

"为了增加一些社会经验啊,谁知道会碰上这种事……"

姆萨变得跟枯萎的牵牛花一样垂头丧气。清濑没理他,自顾自做起结论。

"总之呢,其他几位,只要把你们平常打麻将、玩通宵的热情分一点到跑步上,就一定能跑出好成绩。毕竟,你们别的不说,至少在体力方面完全过剩。"

阿走从现场气氛可以感觉到,有几个人快要被清濑的热情打动了。事情哪有那么简单!阿走忿忿地把酒倒入杯中。

一群杂牌军,竟然想挑战箱根驿传?而且距离10月的预赛只剩下半年!要是让认真跑田径的人听到这么菜鸟的计划,绝对只会大笑说:"你们在说梦话吗?"清濑到底把跑步当成什么了?

那时候带我来竹青庄,原来是有这个企图?到头来,灰二哥跟高中那些只会称赞我跑得快的人也没两样!

阿走气归气,却没办法掉头就走。他很清楚与其跟着这种无聊事瞎起哄,不如早点闪人回房。想是这么想,但不知怎么的,他的身体却动也不动。在他内心深处,有一个声音在低语着:"很有趣,不是吗?难道你打算就此离开田径界,永远孤单地跑下去吗?那样的话,倒不如跟竹青庄的人一起在箱根驿传赌一把，反正试试看又不吃亏。"

内心的低语，幻化成点燃阿走冲劲的火种。

清濑说过，阿走跑起来是那样的自在、奔放、开心，所以他才会叫住阿走。除了清濑，从来没有人对阿走说过这种话。

跑步不需要开心。玩乐、恋爱、朋友什么的全都应该抛在脑后，你只要全心全意提升速度就好——这些话，领队、教练、学长们不知道对他说了几百遍，他听都听腻了。一直以来，大家一直要求阿走像个机器人一样跑步，马表的数值就代表他这个人的价值。这样的日子，阿走以为自己已经不想再经历了，但是……

其他人也都默不吭声，似乎各有心事。阿走不知该如何处理心中那团乱麻，只好盯着一动也不动的众人。

半晌后，终于，神童抬起头。

"我不介意试试看。"

在场的人，无不略带诧异地望向神童。没想到，平日最沉着、踏实的神童，居然最快下决定。

"以前在乡下，每天都要走上好几公里的山路，所以我对自己的持久力很有自信。况且，假如我们能参加箱根驿传，电视不是会转播吗？我爸妈看了一定会很高兴。"

"既然神童兄要参加，那我也愿意挑战看看，"姆萨说，"不过话说在前头，我的脚程真的不快。这样真的没关系吗？"

"只要接下来好好练习，你一定会进步的。"

现在是关键时刻，清濑特意把语气放柔，哄诱大家入瓮。

"喂喂，你们几个！"尼古皱起眉头。

阿雪看着窗外，一副事不关己的样子。王子正蹑手蹑脚地偷偷往门口挪动。其他几个配合度比较高的二楼房客，在神童和姆萨表态后也开始蠢动。

"哎哎，灰二哥，参加比赛真的能招桃花？"

"你不是在说大话？"

"真的对找工作也很有帮助吗？"

双胞胎和 KING 雀跃地接连发问，清濑也信心满满地打包票："那当然！"

你们被骗了！阿走很想大喊，但他知道说再多也无济于事。双胞胎和 KING 只是想暂时逃离现实生活的无力感，才会扑向悬吊在眼前那个叫做"箱根驿传"的诱饵；就像马匹那样，一看到有人拿着以梦的结晶制成的糖果在眼前晃来晃去，就忍不住上钩。

KING 的兴致整个上来了，精神抖擞地说："好！那我就帮你一把，实现你的野心！"

"接下来……"清濑逐一扫视尚未表态的尼古、阿雪、王子与阿走。

"依照少数服从多数的原则，参加箱根驿传这件事算确定了。不过，我看你们几个绝对不会服气吧？"

清濑接下来会使出哪一招？阿走屏住气息，准备好接招。清濑冷静地继续恐吓他们几人。

"所以呢，我决定强制通过此案，不准你们行使否决权。"

"太霸道了吧！"

"法治国家不允许这种事！"

尼古和阿雪拼命抗议，却被清濑嗤之以鼻。

"尼古学长，当你哭着说这场考试绝对不能挂掉的时候，是谁像老妈一样恩威并用、硬把你挖起来准时赶考的？又是谁，每年帮你换掉被香烟焦油熏黄的壁纸？还有，你踩破走廊的木头地板时，是谁瞒着房东帮你修好的？"

清濑此言一出，尼古就像个在行刑前洗心革面的囚犯，瞬间乖顺得像只猫。清濑跟着将矛头转向阿雪。

"阿雪，你应该没忘记我做的年夜饭是什么味道吧？你该不会忘了自己去年为了准备司法考试没去打工，一天到晚跟我哭穷，拉我请吃午餐请了整整一年……"

清濑话音甫落，阿雪马上变成一个坏掉的人偶，垂头如捣蒜。清濑还不打算收刀，只见他一个转身，从背后挥刀劈向正在开门准备开溜的王子。

"王子，竹青庄快被你那堆藏书压垮了。看你是要把漫画丢了，还是跟我们一起挑战箱根驿传。选一个吧！"

王子虽然闻言立即腿软，却仍勇敢地正面抗战。

"两个我都不要！你不如叫我死了算了！"王子仰天长啸，屋里回荡着他悲痛的叹息。

"是吗？"清濑只是抱胸以对，然后转向阿走。

阿走举起双手，示意他明白清濑的意思。

"我知道你要说什么。你想说'也不想想是谁带你来竹青庄，不想参加就给我滚'，对吧？"

"我不会对身无分文的你说这种话，"清濑放下手，"好吧，我就给阿走和王子几天时间考虑，等你们改变心意再来找我。"

王子停止哀号，稍微靠近站在房间正中央的清濑。

"如果我没改变心意呢？"

"难不成要宣布戒严？"阿雪语带嘲讽。

"不，"清濑沉稳地微微一笑，"我会用最大的耐心呼唤你们，直到你们投降为止。"

阿走和王子不约而同一馁，垂下肩头。

过了几天，阿走下课后朝大门口直奔而去。由于才刚开学，校园里学生很多，有的三五成群，有的并肩边走边聊，阿走只能蛇行穿梭在他们之间。

跑着跑着，突然有人出声叫道："阿走、阿走！"于是他停下脚步，环顾四下，在通往正门的喜马拉雅雪松大道旁瞧见王子的身影。那里摆着从教室搬来的长桌，而王子就坐在一旁的小椅子上，频频对阿走招手。

"你在招募社团成员？"

阿走一靠近，王子立即喜滋滋地递上学校的笔记本。

"在这里写下你的姓名和联络地址。"

"联络地址……我们不是都住在青竹？"

阿走仔细端详一下笔记本。看来社员招募不太顺利，上面只有城太和城次写下自己的名字与青竹的地址，而且可能还是因为人情压力不得已。

"……什么样的社团？"

阿走迟疑地问。果不其然，王子回答："漫画研究社！"

"我啊，今年想尝试看看'从同一位漫画家的不同作品中撷取各种画面，创作出一个全新的作品'。"

王子开心大谈社团的预定活动内容。阿走在王子身边的椅子坐下。

"王子，你想好要怎么做了吗？"

"你是指'那件事'吗？"王子故意说得神秘分分，但阿走明快地点头。

"对，要不要参加箱根驿传这件事。"

被阿走破坏了自己玩间谍游戏的兴致，王子露出一脸不悦。

"参加啊，不然还能怎么办？"王子合上笔记本，"我的漫画多成那样，哪可能说搬家就搬家？况且我也没那个钱。"

"灰二哥说'不参加就把漫画丢掉'，只是在吓唬你吧？"

"你真的这么想？"

不，很难说。阿走其实没有把握。或许清濑真的会把王子的宝贝漫画当成垃圾清掉也说不定。

清濑的"劝降计划"，依然持续针对阿走悄悄进行着。这阵子，竹青庄每天的晚餐总会出现醋酸凉拌小菜，而且只有阿走那一碗的分量特别多。昨晚他也是苦着脸把醋酸凉拌海带和小黄瓜吞下肚。看来，只要阿走一天不向清濑的计划妥协，这个醋酸攻击就会一直持续下去。

"被人逼着跑步，我怎么也没办法接受。"阿走说。

王子耸耸肩："话是没错，可是既然我们大家住在同一个屋檐下，只能做某种程度的让步。"

这可不是"做某种程度的让步"就能解决的问题，阿走心想。跟运动绝缘的王子根本不了解，想挑战箱根驿传必须经历多少严苛的训练。清濑正在引诱竹青庄的人一步步走向一条险恶的道路。这条悬崖边上的小路到处都是危险，而且它还不保证能够抵达目的地。

王子没注意到阿走陷入沉思中，径自往下说："灰二哥好像在一年级时参加过田径比赛。听说他当时练得很认真。"

"为什么他后来不跑了？"

阿走佯装对清濑的膝伤一无所知。

"有些高中会强迫选手过度练习，结果害很多人受到运动伤害……尼古学长这样说的。"

尼古抽烟抽成那样，怎么可能是从事运动的人。

"尼古学长真的待过田径队吗？"

"嗯，他说在高中毕业以前，他一直都是田径队的。"

王子拿起笔记本，飞快翻弄着空白一片的内页，掀起一小阵微风。

"阿走，我一点都不讨厌住在青竹庄。想跑却不能跑的人是什么样的心情，我也多少能体会，那大概就跟万一哪天我不能再看漫画一样惨吧……所以我才会想帮灰二哥这个忙。"

当天晚上，竹青庄的房客再次齐聚在双胞胎房里。当阿走和王子表态愿意参加箱根驿传，双胞胎随即高声欢呼。

"太好了，这样就十个人到齐啦。"城次说。

"明天就开始练习吧。"城太说。

姆萨和神童兴高采烈地去厨房把清濑做的料理端来。大盘子上的炸鸡，堆得跟山一样高。

"如此一来，得多多补充营养才行。"

"你们俩终于下定决心啦。"

这一餐已经不见醋酸凉拌小菜的踪影。阿走悄悄瞥清濑一眼，尽管一脸无辜的样子，但他肯定早料到阿走和王子这两天内就会表态。被清濑看穿自己的一举一动，这让阿走心里有点不是滋味。

"来来来，拿着拿着。"

城次在房里绕了一圈，发给每个人一罐啤酒。"来干杯吧。"

最后一道防线也被攻破，尼古和阿雪掩不住心中的失望，意兴阑珊地从城次手中接过啤酒，悄声对阿走抱怨。

"你干吗不拒绝到底啊？"

"还以为你有点骨气，没想到这么软心肠。"

半出于立下崭新目标而热血澎湃，半出于一种豁出去舍命陪君子的心情，所有人一起举起啤酒罐干杯，同时出声大喊："目标天下第一险峰——箱根山！"

双胞胎的房间接下来瞬间变成无法无天地带。王子坐在木头地板上，埋头默默看起漫画，一副"我已经表态参加，接下来没我的事了"的样子；尼古、KING和城太搬出麻将桌，宣称"玩它最后一把"，围坐一圈打起麻将，城次则在四边走动观战。

"阿雪，做人有必要这么狠吗？"

"尼古学长,是你自己不长进吧。"

"喂,城太!我不是说过不能乱喊和牌!你懂不懂规则啊?"

"嗯,是不太懂。"

"城次,不准把偷看到的牌告诉城太!"

神童和姆萨看着电视,静候轮到他们打下一圈。

"他明明说'将于星期一深夜播出,敬请期待!'屏幕上却打出星期二凌晨 1 点,神童兄,你不觉得奇怪吗?"

"因为他们觉得就算过了深夜 12 点,只要在上床睡觉前都还算是'星期一'。不过,这种说法确实很容易让人搞混。"

啤酒不一会儿就告罄,众人开始改喝地瓜烧酒[1]。屋内弥漫着一股朝新目标全力以赴的决心与希望。尽管没有人说出口,却能感觉到大家都在压抑那份雀跃又不好意思的心情,努力装出若无其事的样子。

阿走避开麻将桌,坐到窗边的位子。

你们能开心也只有现在了,阿走心想。眼前这些被清濑花言巧语骗倒的人,一定没多久后就会厌倦练习,丢下一句"我不跑了"。所谓跑步,每天不间断地跑,不是那么简单的事,而箱根驿传也不是光靠气势就能出场的比赛。

灰二哥的计划,迟早会因为这些人的造反或脱队而失败告终,阿走想着。在那一天到来前,我只需要随便应付一下他们就好,继续照往常的步调跑我自己的。

清濑坐在阿走一旁剥着花生壳,剥好的花生全放到盘子上,一脸看起来非常满足的样子。

"吃吧。"稍微歇息后,清濑端起盛着烧酒的杯子,另一手把盘子

---

[1] 地瓜制成的日本烧酒,味道浓厚、有独特的臭味,因此评价两极。近年来酿酒技术越来越进步,以往为人诟病的臭味也越来越淡。

推向阿走。

"你是认真的吗?"阿走平静地问清濑。

"是啊,别客气。"

"我不是在说花生。灰二哥应该很清楚,这根本是个愚蠢的赌注。"

清濑沉默半晌,然后不置可否地举杯对着灯光,仿佛杯子上写着一条条的问题似的。

"阿走,你喜欢跑步吗?"他反问。

两人初次相遇的那天晚上,清濑也问过同样的问题。阿走愕然,无言以对。

"我很想知道,跑步的真谛究竟是什么。"

清濑说道,两眼一直凝视着酒杯。这个答案,完全没有回答阿走的问题。

然而,直到很久很久以后,阿走仍能清楚记得清濑当时那真挚的眼神。

第三章　开始练习吧！

"没人起床啊。"

"没人……"

4月上旬的清晨5点半。说是清晨，天色却比较像黑夜。早起的鸟儿还没开嗓就急着张嘴唱起来，送报摩托车的引擎声呼啸过耳边，飞驰而去。

竹青庄的院子里，站着阿走和清濑两人。

"你们昨晚的热情难道都是假的吗？你们不是说不管怎样都不会放弃，为了跑步奉献生命也不足惜，还有你们宁死也要化成一阵风登上箱根山吗，阿走！"

"别看我，不是我说的。是KING自己HIGH过头瞎说的。"

城太和城次当时好像也举起拳头跟着KING瞎起哄，但这三人恐怕早就把一切忘得一干二净了。谁让他们喝那么多酒，阿走暗忖。不过，为了避免刺激到清濑，他决定还是不要多嘴。

小看酒精威力的清濑，等着等着终于也不耐烦了。"我去挖他们起来。"说完便消失在玄关那头。

阿走径自做起热身操，一边看着东方的天空逐渐变亮，缓缓转为浅粉色。竹青庄里传出听来像是用汤勺敲锅底的声音。仿佛受不了那阵噪音似的，尼拉从缘廊下走出来伸了个懒腰。阿走和尼拉在院子里玩起你追我跑的游戏。

等阿走热身完，几个刚睡醒、脸部浮肿的人，在清濑的带队下步出玄关。

"好，开始吧。首先，我们得克服预赛的参赛条件，提升所有人的速度和体力。"

清濑说得铿锵有力，众人却没什么反应。他们就像被浪潮打上岸的海藻一般瘫软无力。浑身酒臭、摇来晃去的城太，还得靠阿走帮忙搀扶才能站稳。

但清濑毫不以为意，继续往下说。

"今天早上，我们就先从这里跑到多摩川的河滩吧！等我了解每个人的程度了，再帮大家拟练习计划。"

"早餐呢？我肚子饿了。"城次含蓄地抱怨。

"才刚起床你吃得下？年轻果然不一样。"

尼古打了个大大的呵欠，搔搔一头的乱发，一旁的阿雪还在睡——站着睡。

弥漫在空气中的睡意、食欲与不满情绪，清濑全没放在眼里。

"跑完再吃饭。来，出发！"

"从这里到河滩，至少有五公里吧？"王子脸色铁青地说，"你要我们来回跑 10 公里？这么大清早？"

"你们只要照自己的步调来跑就好，很轻松的。"

清濑就像不离不弃、全程监督羊群的牧羊犬一样，把这群在原地磨蹭的人强制驱离竹青庄。最先听从清濑指示的是姆萨和神童，两人分别抓住 KING 的双臂，硬是拉着他跑。阿走也对双胞胎说了声："走吧！"

"刚吃完饭就跑步，一定会肚子痛。稍微饿一下，跑起来反而比较轻松。"阿走轻拍城次的背，一边鼓励一边督促他往前跑。

才跑到公车道，王子已经上气不接下气。

"再两小时，我大概就能跟你们在河滩会合了。"王子边说边跑，速度慢得跟散步没两样。

"阿走，你先跑吧，"清濑没有催促王子，只是在一旁静观其变，"我来押队，你负责记录大家的抵达时间。"

"什么是'押队'？"姆萨问神童。

"就是跑最后一个的意思。"神童轻快地跑着，神态和往常一样从容。

几乎同时从竹青庄出发的这一行人，几个跑得不快的人已经开始落后，队伍越拉越长。阿走穿过队伍，开始照着自己的步调往前跑。九个人的呼吸声、说话声、脚步声，转眼间被他抛在身后。

好久没跟别人一起跑步了。然而，到最后还是得自己一个人跑。人毕竟无法与别人共享速度与节奏，这一切只属于自己。

跑着跑着，天空变得越来越明亮。通往河滩的沿路上几乎都是住宅区，渡过仙川和河野这两条多摩川支流后，要先越过一片广大的空地，然后穿过小山丘上的高级住宅区。这是一条高低起伏变化极显著的路线。

越过家家户户的屋顶往前望去，就是多摩川的堤防。空气清澄时，这里甚至能看到远方的丹泽群山和富士山，但这天的清晨一片雾霭蒙蒙。

阿走冲上堤防，俯瞰河面。霭气随着河川绵延而去，河滩上没什么人，只有几个在做体操的老人家和遛狗的人。小田急线的列车驶过铁桥。才一大清早，上班上学的人潮已经挤满车厢。

土堤上的绿意沾着露水，在朝阳下熠熠生辉。跑步时最忌讳突然停下脚步，于是阿走开始在堤防上来回慢跑。他大约是以一公里三分半的速度跑到河滩。才五公里的路程就花这么多时间，这对他来说已经算龟速了，但竹青庄的房客却连一个都还没到。阿走只好一边做伸展操，一边不时张望马路、看手表。

等双胞胎、神童、姆萨、KING 终于抵达河滩，距离大家从竹青庄出发已经过了 25 分钟。KING 跑得上气不接下气，一脸痛苦的样子，其他五人倒是显得游刃有余。

"你们好像还能再多跑一些嘛。"

阿走说道。城太对他的多功能手表表现出浓厚的兴趣，一边接话："不知道，毕竟我从来没刻意跑过五公里的距离，不知道自己能用多快的速度跑多远，反正就这样悠哉悠哉地跟大家一起跑过来。"

"饿扁了！"城次随手拔下身边的小草，根本无心欣赏朝露的美。阿雪往潮湿的土堤上一倒，满心只想补个眠。至于神童和姆萨，正老神在在地帮KING拍背。

阿走暗忖，或许这些人真的很适合跑步。虽然他们没有田径经验，也不懂跑步的诀窍，但至少看起来不讨厌跑步。

清濑会不会早就看透这一点了？神童和姆萨的基本体力相当充足，双胞胎和KING则是踢过足球，训练中通常包含越野长跑训练，因此应该很习惯于跑步。至于练过剑道的阿雪，当初想必也练跑过，而且练剑道不会让肌肉过度发达，正好适合长跑。

阿走本来以为他们一定会叫苦连天，但照这情况看来，说不定他们真的能跑出不错的成绩。看着刚跑完的这群人，阿走的想法稍微有点改变了。当然，最后成功与否，还是得看今后的练习状况而定，但清濑说得没错，他们确实有潜力。阿走开始觉得自己没有立场说"随便应付一下他们就好"这种大话，也无法再冷眼旁观。

"跑完后，得让身体放松一下才行，"阿走摇醒阿雪，"建议你先去土堤上来回慢慢跑几趟，调整好呼吸后，先做个伸展操再坐下来休息。"

阿走不想在这里枯等，也觉得今天早上还没跑过瘾。他对众人示范伸展操的做法，然后把手表交给城太，回头去找还没抵达河滩的尼古、王子和清濑。

才刚下堤防回到马路上，阿走就跟尼古碰个正着。

"嗨，阿走，"尼古尽管气喘如牛，却仍努力往前跑，"我觉得身体好重，肺也好痛苦，感觉快挂了！"

看来尼古脱离田径圈已经太久，身体早就忘记怎么跑了。

"我看我得先戒烟和减肥。"尼古边说边朝着河滩跑去。阿走和尼古分道扬镳，再次沿着原路跑回去。

王子倒卧在小山丘住宅区的山脚下，清濑拿着瓶装运动饮料蹲在一旁照顾他。

"大家都到了吗？"清濑问。

阿走点点头。

"然后我刚在回来的路上碰到尼古学长。"

"他也太慢了。"

"他说要戒烟跟减肥了。"

"算他有心。其他人呢？"

"一公里差不多将近五分钟吧。"

"你觉得他们跑得怎样？"

"应该还有进步空间。虽然他们没正式跑过，但是姿势的协调性还不错。"

"嗯。"清濑似乎非常满意，但眼下还有一个问题：倒在路边的王子。

"那个……王子他没事吧？"

"怎么可能没事，"王子本人亲自回答，"我连站都不想站起来了。阿走，你背我回青竹吧！"

跑步的话，要我跑再远都没问题，但背着重物一起跑，这就有难度了。阿走正犹豫着不知该怎么办，清濑跟着摇头说："不行。用走的也没关系，你一定要走到河滩。用你自己的双脚，感受一下五公里的距离。这一点很重要。"

阿走颇感意外，没想到清濑这么有耐心。在开始跑步前，清濑一下子施行高压统治，一下子使出在晚餐菜色上动手脚的烂招，简直跟竹青庄的独裁者没两样。但是开始跑步后，清濑却改而采取尊重个人步调的方针，在一旁默默守候，看着大家凭自己之力跑到终点。

灰二哥这个人，跟我以往认识的领队和教练不太一样。阿走顿时觉得心里莫名的有点慌。这时的他还不知道，那其实是因为他心中开始有所期待。阿走从没遇过"志同道合的指导者"，所以下意识地压抑自己心中的期待。

"至少回程让我搭电车？"

清濑用沉默驳回王子的提议。

"你只要走一走，就会自然而然想跑的。"阿走随即将刚才的想法抛到脑后，对王子这么说。

阿走从小就不喜欢慢慢走；走着走着，他的双脚总会忍不住自动跑起来。跑步不只可以早一点抵达目的地，划过皮肤的风和越来越激昂的心跳，也令他觉得痛快又舒畅。

"又不是每个人都那么爱运动，"王子站起身，满脸无奈，"——啊，蝴蝶。"

顺着王子的视线回头望去，一只犹如白色花瓣的蝴蝶正飘然越过阿走和清濑身后。早晨的和煦阳光，从转角人家的屋檐边缘投射而下。

半晌间，三人就这样定定望着蝴蝶横渡光之河。

"不要心急，慢慢走。走着走着，你就会又有体力跑了。"清濑说。

他这句话不只说给王子听，也像在对自己说一样。

人类蹬地跑步，就如同蝴蝶乘风飞舞。对阿走来说，跑步甚至比呼吸还来得自然。然而，原来不是每个人都这么想。真是不可思议，阿走暗忖。

在这之前，阿走接触过的都是立志从事田径运动的人。他的生活被练习占去大半，朋友与老师也多半是田径圈的人。

所以他从来不知道有人鲜少跑步、稍微跑一下就叫苦连天，也不知道有人不管多么想跑，却碍于某些因素而无法尽情奔跑。

原来，以前的我跟一具行尸走肉没两样，不懂得思考，也不懂得去感受。阿走这么想着。社团里，全都是"跑得快又耐跑"的人，大家聚在一起只为了达成一样的目标。在那样狭隘的人际关系里，他忙着求生存，根本无暇思考、感受其他事物。

外行人妄想挑战箱根驿传——打从这个异想天开的计划付诸行动的第一天早上起，阿走便开始遭遇一连串的震撼。双胞胎他们明明有跑步的资质，却一直对跑步毫无兴趣；清濑和尼古则因为腿伤和荒废练习，而无法尽情发挥实力。然后是王子。跑步对有脚的动物而言是最基本的行为，王子却对它深恶痛绝。

这个世界比我想象的复杂多了，但幸好不是会扰乱人、令人厌恶的那种复杂。

阿走一边思索着，一边任视线随着蝴蝶朝水边飞去。

当天傍晚，阿走从大学回到竹青庄时，其他房客正排排站在院子里。看样子，他们八成一踏进门，就被守株待兔的清濑逮个正着。

全员到齐后，清濑终于开口。

"我已经拟好大致的练习计划了。因为我想照程度分组，所以等会儿要测一下你们认真跑五千米的成绩。"

做事还真有效率。阿走由衷敬佩起清濑，但双胞胎免不了又出言抱怨几句。

"早上才跑过，又要跑？"

"已经很累了啊，而且我的'那里'有点痛。"

城次随口埋怨髋关节作痛。清濑每个字都听进去了。

"很痛吗？"

"这个，也没那么痛……"

"是因为还不习惯跑步？还是因为姿势不良？还是关节本来就比较弱？"

清濑忧心地在城次跟前弯下腰，用大拇指轻轻揉了揉他的腿根。

"噢噢，灰二哥，不要乱摸人家那里……"

城次拼命扭动身子，看起来很痒的样子。

"会不会是鞋子的关系？"阿走指出问题所在，"那是篮球鞋吧？"

"还真是！"清濑站直身，扫视每个人的脚，"为什么你们不是穿篮球鞋就是普通运动鞋？到底有没有心要跑？"

"我就只有这双鞋啊。"

和城次穿同款篮球鞋的城太躲在王子身后说道。王子更离谱，竟然穿着像从廉价量贩店买来的普通球鞋。

"全都去给我买慢跑鞋！"清濑喝令道。

"已经买了。"神童和姆萨高高拎起运动用品店的袋子。

阿雪也紧接着亮出本来藏在身后的新鞋。

"今天早上跑完后，觉得跑步还蛮好玩的，所以……"

"你本来不是很不屑吗？现在倒想跑了？"一旁的尼古挖苦道。

"很好！"清濑点点头，"其他人也趁早买双合脚的鞋。可以的话，最好顺便买一块有计时功能的表。"

"我想要跟阿走一样的，"城太探头盯着阿走手腕上的表，"这块表够帅。是 NIKE 的吗？"

阿走的表是塑料材质，造型呈浑圆的流线型，不只功能完备，也十分轻巧，是跑者专用的表。在用过的所有手表当中，阿走最喜欢这一只。

"这个还有别的颜色。除了马表功能，还能累计成绩……"

阿走对城太、城次说明手表的功能。两人一边听，一边不断出声附和。

"看来得多找几个兼职了。"

神童才刚说完,清濑便郑重告诫道:"青竹的人今后不但禁止打麻将,也严禁打工。你们现在还有时间打工?给我专心练习!"

"那你说,我们要拿什么来买鞋和表?"KING出声抗议。

"记得顺便买运动服,"清濑不为所动,"你们现在穿的,不是尼龙材质的高中体育服,就是普通的吸汗运动衫……王子竟然还穿牛仔裤来跑!这些材质都不容易排汗,会让体温降低。还有,请你们在练习前先准备好毛巾跟替换衣物,一流汗就马上换掉。"

"你听不懂人话吗?不打工哪有钱买衣服!"KING再一次呛回去。

"放心,只要你们从早练到晚,就不会有时间玩乐。到时光是靠家里给的钱生活,还是能马上存够钱。"

"什么!"抗议声再次扬起。

"你们在院子里吵什么啊!"

挂名"教练"的房东打开主屋前门,从里头走出来。本来在闭目养神的尼拉一听到主人现身,立即开心地摇起尾巴。

"钱的事,你们不用担心,"房东环顾众人,"灰二都告诉我了。如果你们真的有心挑战箱根驿传,我去拜托后援会给你们必要的协助。"

"后援会?我们学校有吗?"阿雪狐疑地问。

"现在才要成立。"房东说。

不用指望了,尼古暗自嘀咕道。

"好,我们去运动场吧!"

清濑一声令下,大伙儿旋即穿着便服迈步出发。尼拉也跟了过来,大概以为他们是要去散步吧。

阿走本来以为清濑想带大家到学校操场测量时间,没想到他却往反方向前进。看来,目的地是仙川另一头的区营运动场。

"灰二哥,怎么不去我们学校的操场?"阿走纳闷地问,"那里离青竹比较近，设备也比较齐全不是吗？"

"很多运动队伍和社团都要用操场，想轮到我们，大概要等一百万年吧。"

"可是我们是田径队，难道没有优先使用操场的权利？"

"不管什么事，都有先来后到的规矩。"

清濑的口气有点冷，言下之意是："我们是小到没人在乎死活的社团。"阿走乖乖闭上嘴，以免不小心踩到清濑的雷。

虽然场地杂草丛生，但区营运动场还是有个像样的四百米椭圆跑道。

清濑对众人简单说明练习的流程。每次在正式练习前后都得进行一小时左右的热身跑，然后再做伸展操，接着两人一组互相帮对方按摩。

"所谓'热身跑'，就是慢慢跑的意思吗？"姆萨问。

"嗯，意思是慢慢跑、轻松跑，不要给身体带来太大负担。如果突然起跑或是跑到一半突然停下，很有可能会受伤。"

"要我在练习前先跑一小时？跑完我已经没力啦。"王子一脸绝望。

"王子，你今天早上不是跑了五公里吗？跑着跑着你就会习惯了，放心吧，"清濑拍胸脯保证，"只要好好练，你一定能跑出成绩。"

清濑说的，倒也不全是吹牛的场面话。长跑选手需要的肌力和短跑选手不同，他们不需要激发瞬间爆发力，而是必须长时间维持一定的推进力。短跑选手的实力多半取决于肌肉构造上的先天优势，但长跑选手只要天天努力不懈，就能一点一滴增强实力。

换个角度来说，如果不每天跟自己的身体对话、累积练习量，就没办法在长跑项目拿到好成绩。每一种运动都需要天分，但长跑运动需要的"努力"绝对大于"天分"，而这也是它和其他运动最大的不同。

区营运动场里几乎没什么人，这一伙人决定分成两组，分头测量时间。由于有人嚷嚷着"才不要白流一小时汗才开始计时!"而且这是第一次正式测跑,于是清濑决定让阿走和他自己以外的人先全速跑一次五千米再说。就这样,阿走和清濑决定一心二用:两人一边热身,一边在同一个跑道上帮其他人测量时间。他们心里的打算是:等自己热身完毕,王子差不多也跑完了,然后两人再认真挑战五千米。

不过,一边进行热身跑、一边时时留意这些尽全力奔跑的伙伴,需要很大的专注力。稍不留神,很容易就会忘记他们已经跑几圈了。

"要是尼拉能帮忙按表就好了。"清濑哀怨地瞥一眼在场边闻来闻去的尼拉。阿走和清濑并肩缓缓跑着。

"灰二哥,问你个问题。你不觉得要王子练到能参加预赛,好像有点太强人所难吗?"

此情此景下的王子,速度依然大幅落后于其他人。

"他已经落后一圈以上了。"

"放心吧。"清濑又说出这句话。

"你叫我怎么放心啊?"

"阿走,你觉得什么样的人适合长跑?"

"这……有很多种啊,比如说,耐力够强的人?"

"我觉得是执着的人。你看过王子那堆漫画山吧?像他这样满脑子除了漫画以外什么都不想,这可不是一般人能做到的。王子他既不爱夜游也不爱乱花钱,把所有金钱和时间全都奉献给漫画,而且热情历久不衰,真的很了不起。这种全心全意投注在同一件事上却不以为苦的个性,绝对很适合长跑。"

阿走偷偷瞥一眼清濑,只见他一脸认真的样子。看来,他的赞美并非随口胡诌的。

等所有人跑完五千米后,阿走将测量得到的数据抄写到纸上。

阿走	14 分 38 秒 37
灰二	14 分 58 秒 54
姆萨	15 分 01 秒 36
城次	16 分 38 秒 08
城太	16 分 39 秒 10
神童	17 分 30 秒 23
阿雪	17 分 45 秒 11
KING	18 分 15 秒 06
尼古	18 分 55 秒 06
王子	33 分 13 秒 13

所有人团团围上，探头盯着这张纸。

"阿走，你是故意放水吗？"

"没有啊！我只是没跑出最佳状态而已。灰二哥你也没资格说我，这不是你该有的水平吧？"

"那是因为我还在复健中。话说回来，姆萨果然不是盖的，你一定可以跑出13分钟的成绩。"

"哪里哪里，这已经是我的极限了。我还以为自己的心脏要爆掉了。"

"总之，以第一次来说，这样的成绩还算不错，"清濑环视众人，"我果然没看走眼，你们每个人都很有天分。现阶段就能跑出这样的成绩，相信以后只要多加练习，你们绝对能跑得更好。"

听到清濑的担保，双胞胎和神童立刻开心地相互击掌。不过，阿雪似乎不太能接受自己的成绩。

"我竟然跑17分多……一定是姿势有问题，影响了速度。"脑袋清楚的他，马上开始分析问题所在。

"反正我就只跑得出18分！"KING闹起别扭来。

"你啊，流的汗都是烟臭味。"

尼古被阿雪一说，马上抬手嗅嗅自己的胳膊："有吗？"

"KING、尼古学长，你们只是身体还不习惯跑步而已，姿势其实没什么问题，今后一定能将时间越缩越短。"清濑不着痕迹地为两人找台阶下。"好，大家回青竹吃饭吧。"

城次拉了拉清濑的衣角。

"灰二哥、灰二哥，你忘了一个人。"

王子整个人趴倒在跑道上。尽管尼拉担心地探出鼻尖戳他，他仍然一动也不动。

"王子的成绩多少？"

"33分13秒13。"阿走告诉清濑。

"果然……让人无言以对呢，"清濑揉揉太阳穴，"不过，这个漫画宅男光是能跑完，已经很了不起了。大家对他要有信心。"

搞半天，王子在你眼里还不就是个宅男！阿走在心里吐槽清濑，但没有说出口。

"明天起，就要开始正式练习了。虽然现在光是跑五公里就好像要你们的老命一样，但我保证你们以后绝对能跑得更快、更远，请大家安心追随我吧。完毕，解散！对了，回青竹还是得用跑的。"

尼古一个人在房里烦恼着。之前兼职接下的软件设计案子迟迟没有进展，于是尽管练跑已经让他疲惫不堪，但由于案子已经火烧屁股，独自背负学费和生活费重担的尼古，再累也得硬着头皮把案子做完。

正当他对着电脑唉声叹气时，有人敲门了。老子现在忙得要死，该不会是KING又要来借电脑了吧？尼古有点不耐烦，却也觉得可以借此转换一下心情,于是应声道:"进来吧。"

双胞胎和王子打开门,往房里探头探脑。城次一踏进房里,立即高声欢呼:"厉害!"

"学长的房间竟然没有白烟!"

"你真的在戒烟。"城太也用力吸入一口新鲜空气。

"托戒烟的福,害我工作一点进展也没有。"尼古哀叹道,又完成一个手指大小的铁丝小人。每次犯烟瘾时,他就做一个来转移注意力。结果,现在榻榻米上四处散落着这些铁丝小人。

"好像什么诅咒娃娃,让人心里毛毛的。"王子把小人往旁边一拨,然后一屁股坐下。"电脑能不能借我一下?"

"不会太久的话就借。你要干吗?"

"王子想上网买跑步机。"城太代替王子回答。当事人早就全神贯注在拍卖网站上了。

"现在还搞这个干吗。"

尼古惊觉自己又下意识地找起香烟,于是又拿起铁丝把玩。

"因为我觉得一边看漫画一边在房里跑步,好像是个好主意……尼古学长,这什么啊!"王子看到鼠标旁一个不明物体,大叫一声。

"叫什么叫!我的烟。"

一个烟盒被人用铁丝一圈圈紧紧缠绕起来。王子见状,不禁拭去眼角泛起的感动泪花。

"力石[1]!尼古学长,你是力石啊!"

但是,太遗憾了!在场没人看过《小拳王》漫画,他的话完全无法引起任何共鸣。

---

1 力石彻,千叶彻弥的漫画《小拳王》中的角色。书中有个桥段是力石为了减重而绝食禁水,当他渴到意识不清、冲去厨房找水喝时,却发现屋内所有水龙头都用铁丝绑死了。

"尼古学长,原来你是认真的。"

王子睁着湿润的眼眸直直望着尼古,看得他头皮发麻。

"你们不也一样?认真到想买跑步机练习。"

"人在江湖身不由己啊,谁让灰二哥那么认真。"

城次一边整理铁丝小人,一边叹气。城太也点头同意。

"我们喜欢青竹,也喜欢灰二哥。既然灰二哥说他想挑战箱根驿传,也只能舍命陪君子了。"

灰二,真羡慕你有这种愿意为你两肋插刀的学弟啊,尼古在心里对清濑说。

"可是为什么偏偏是箱根驿传?"王子停下操作鼠标的动作,不解地歪着头,"想跑他自己一个人跑就好,何必把我们这一大票人都拖下水?"

"因为一个人没办法跑接力赛啊。"尼古现在想烟想得要命。

"我知道阿走和灰二哥跑得很快,"城太说,"可是,他为什么不去别的地方找跑得比我们快的人?"

"会不会是青竹刚好有十个人,所以他想说干脆叫我们来跑?"

尼古这么一说,正在操作鼠标的王子顿时板起脸来。

"有没有这么懒?拜托他别随便拿我们来充数!"

"先别气,我们又不知道灰二哥的真正想法是怎么,"城次一派悠哉地说,"我倒觉得跑步还挺不错。"

城太和城次开始互相按摩彼此的腰部和双脚。

"我也是。"

尼古也开始帮坐在电脑前的王子揉起肩膀,并随意一笑。打从阿走踏入竹青庄的那一天起,他就多少猜到了。尼古毕竟以前也跑过田径,所以他知道阿走就是清濑期盼已久的那个人。

为跑步而生的阿走,以及很清楚"想跑却不能跑"有多痛苦的清濑。这两个对跑步怀抱无比热情的人,一定能影响彼此,抵达大多数人难以窥见的至高境界。

竹青庄的其他伙伴,必须助他们一臂之力。距离预赛还有半年,到时我们能进步多少呢?能否参加箱根驿传,会成为改变阿走和清濑未来的重要关键。尼古猛地握紧自己的手,阻止它伸向香烟。

又有人敲门了。这回探出头来的人是神童。

"王子,原来你在这里。"

"干吗?如果是要我参加猜谜大赛,跟 KING 说我现在没空。"

"KING 跟姆萨都累到睡着了。"

神童一如既往,一派稳重老成地走进尼古房里,找个角落正经地席地跪坐。"你不是说想要跑步机吗?刚才我打电话回老家,家里人说仓库里有一台,大概还能用。你要的话,我叫他们寄过来,怎么样?"

"我要我要!"

王子马上关掉网页。

"你家怎么会有跑步机?"城次问。

"乡下人家里通常都会有按摩椅、跑步机这种健康器材,只不过上头都积了一层灰尘吧。"神童回答。

"开什么玩笑,我老家就没那种东西!"尼古在心里吐槽,双胞胎却不疑有他,纷纷赞叹:"真好啊!""你家真大!"

王子连忙说:"那就麻烦他们马上寄来,我再付运费给货运公司。那就这样,明天还得早起,我去睡啦。"语毕,王子便匆匆走出门外。

他就是这样,总是有点不太合群。双胞胎明明是陪他来的,王子却丢下他们说走就走。不过他们似乎也不以为意,只是停止为彼此按摩,跟着打开门说:"那我们也闪了。""晚安——"

这时阿雪忽然从对门冲过来,怒吼着:"你们到底吵够没,害得我都不能睡!"

"你不要因为被禁止去夜店,就暴躁成这样好不好?"尼古轻描淡写地说。

"你有资格说我吗!也不看看自己那副戒烟戒到快疯掉的德行!"

"好了好了,明天早上6点还要晨练,你们就别吵了,"性情温厚的神童出面打圆场,"对了,尼古学长,你这些铁丝创作能不能给我一些?"

"好是好,不过你要干吗用?"

"山人自有妙计。"

神童抓起一把铁丝小人,塞进自己的运动裤口袋里。

二楼的房客鱼贯上楼去。脚步声和关门声悄然止息,竹青庄终于回归宁静。

"你真的打算帮灰二吗?"阿雪站在门口,轻声对尼古说。

"不行吗?你自己还不是干劲满满。"

"我无所谓。反正我学分都修完了,司法考试也过了……但是你不一样。你今年要是又不能升级,就没有退路了。"

不论进大学前还是进大学后,尼古总是在绕远路;幸好他这一路上也尝试了许多感兴趣的事物,因此练就一身谋生技能。就算他最后没办法毕业、到公司企业上班,也绝对能够靠自己的力量活下去。不过,他知道阿雪是在关心自己,于是说道:"谢啦。"

阿雪只是略耸耸肩,借以掩饰自己的害羞。

"唉,阿雪。"

当阿雪转身想回自己房间时,尼古唤住他。

"一起好好度过这一年吧。"

这是他们在竹青庄共度的最后一年。

阿雪不发一语,默默消失在门的另一边。烟瘾持续发作中的尼古,重新目不转睛地盯着电脑。

结果他的软件设计工作还是没任何进度，只徒然生产了一堆铁丝小人。

清濑依照各人的程度，拟出三种不同的 4 月份训练计划表。阿走和清濑属于重量级，王子是轻量级，其他成员则是介于两者间的普通级。

不论哪种程度的训练计划表，都着重让身体适应跑步的节奏，同时逐渐提升速度和耐力。为了避免大家对训练感到厌烦，清濑还特地挑选了几个不同的场地。这份训练计划表不只掌握了跑者的心理，也顾虑到每个人的实力差距。阿走再次深深体会到：灰二哥果然不简单。

既然清濑能设计出如此周到的训练内容，想必是个很有实力的选手。阿走很想知道，膝盖受伤前的清濑究竟是怎么跑的。现在既然知道清濑是个中好手，他没办法不放在心上。搬进竹青庄至今，他头一次兴起和清濑好好讨论田径的念头。

然而，竹青庄的房客几乎都是田径门外汉，当然不可能从这份训练表看出清濑的实力，只能一头雾水地盯着手中的训练表。

好奇心旺盛的城次率先发难。

"灰二哥，什么是'C. C.'啊？"

"Cross country，是越野赛跑的简称。不是在运动场的跑道上跑，也不是在马路上跑，而是在大自然中跑步。我们要在草地上练跑。"

"草地？那里离竹青庄有两公里远，有必要特地去那里练吗？"

"跟柏油路比起来，泥土地对双脚造成的负担比较小。草地的地面起伏比较有变化，而且还能顺便转换心情，有什么不好？"

"那，这个'C. C. 2.5k×6'该不会是……"这次换城太提心吊胆地出声。

"为了测量草地上的练跑距离，我规划了一条一圈 2.5 公里的路线。至于是怎样的路线，我待会再告诉你们。你刚刚问的，就是那个路线跑六圈的意思。"

"你是说我们总共得跑15公里？"王子有如一颗泄了气的气球。

"这样还算少呢，毕竟你们是初学者，"清濑毫不心软，"阿走可是得跑八圈的。"

姆萨举手了。

"那什么是'配速跑'？"

"就是照着设定好的速度来跑。每一次跑步前，我都会依据你们的体能状态和跑力[1]来调整速度。"

说到这里，本来看着训练表的清濑抬起头看看众人，确认大家是否都听进去了。

"没问题，到目前为止没有不懂的地方。"姆萨笑着打包票。

"这份训练表的设计，主要是针对持久力，也就是体力的养成。大家不要太勉强，只要能跑完全程就好。练习前后的Jog也一样，绝对不可以跑太快，跑得上气不接下气。我说过很多次了，跑步时最重要的是放松身体，好让自己能跑得久、跑得越来越远。"

"那个Jog，就是慢跑的意思吧？"神童认真地抄下清濑传授的跑步术语。

"如果只是一成不变地慢慢跑的话，没办法提升跑速，所以我们也必须练习加速跑和间歇跑。加速跑是慢慢地加快速度，然后冲刺；间歇跑则是一种快跑和慢跑交错组合的跑法。"

"冲刺的话，我知道，"KING说，"就是那种类似五十米或百米赛跑的跑法。"

"正是。不过，基本上长跑跑者不需要做那种短距离冲刺练习，因为长跑和短跑时运用的肌肉不一样。"

---

[1] 跑力，速度与耐力的能力统称。

清濑的视线又落在训练表上。

"4月下旬的阿走练习栏上,不是写着'B-up[1] 10000'吗?意思就是'在一万米的练跑中,逐渐加速前进'。具体来说,就是假设跑第一公里的速度是3分05秒,到了跑最后一公里时必须把速度提高到2分50秒左右。我认为这对阿走应该会很有帮助。"

"太过了吧!这样不是很苦吗?"城次看着阿走,帮他担心起来。

"大概吧。"阿走只是淡淡地回答。

"练跑的目的就是增加心肺功能的负担,当然要辛苦一点才有意义,"清濑微微一笑,"如果能够以一定的速度跑完10公里,那他一定能应付更远的距离。为了在速度和持久力之间取得平衡,大家必须提高心肺功能。这些速度训练的用意就在这里。"

"可是,也不能做得太过火,对吧?"阿雪推了推眼镜,搬出他自己整理出的一套理论,"速度训练容易造成疲劳,也会增加脚的负担。"

"对,要是练跑练到受伤,那就得不偿失了,"清濑点点头,"对初学者来说,练加速跑还太早。虽然我的重点在于培养大家的体力,但速度训练也是不可少的,所以我才把间歇跑放进来。"

哪个是间歇跑啊?城太一头雾水地看着练习表。

"你看这边的'200(200)×15',像这种有另外加上括号的,就是间歇跑。"阿走告诉他。

"它的意思是,"清濑继续补充,"先快速跑完两百米,然后再放慢速度跑两百米,两种速度来回交替,重复十五次。像这样,跑者就可以在放慢速度的那两百米中喘口气了。"

"连喘口气的空当也得跑!有没有这么壮烈啊?"

阿雪突然正色,直视清濑:"你说的快速,具体来说是多快?"

---

[1] 即Build-up,加速跑。

"我是希望你们可以在 30 秒到 32 秒左右跑完两百米,不过,要你们马上办到确实很强人所难,所以我会视情况调整。"

"阿走的间歇跑训练计划也太猛了吧!"城次大喊一声,听不出到底是赞叹还是傻眼。"竟然有'400(200)×20'这种东西!"

"现在才 4 月,所以这样的练习量还算轻的,"阿走说,"到了夏天,还要更拼才行。"

"还要更拼?!"

一行人顿时觉得未来一片黑暗。

王子打从一开始就闷不吭声。阿走本来还担心,王子是因为只有自己的训练计划跟别人不同而暗自神伤,但其实是阿走自己想太多。王子根本是在忙着想有没有办法逃避跑步练习,才会一声不吭。

"我……"王子企图在自己和清濑之间找出一个妥协点,"我想一个人专心进行自主训练,不知道可不可以。"

"什么样的自主训练?"

"神童他给了我一台跑步机。有了那个,我就能一边看漫画一边跑步。而且我啊,几乎一整天都在看漫画,等于从早跑到晚……我想这样做,效果应该会不错。"

"跑步机的速度有多快?"

"跟慢慢跑……差不多?"

清濑挑了挑眉,然后环顾众人。

"除了越野赛跑,我们所有练习都在区营运动场的跑道上进行。大家要把训练表看仔细,千万不要搞错集合地点。"

王子的话被当成空气,计谋宣告失败。

清濑是个性谨慎细腻的人,因此要求每个人都要填写练习日志。除了必须记下训练表规定的练习花费多少时间,也得记录自己每天自发地做了哪些训练,跑了多久、多远。

"瞎掰没有用,我只要看到你们在正式练习中的表现,就大概知道是怎么回事了,"清濑叮嘱众人,"重点是,你们必须把不满和身体哪里不舒服都写出来。如果有什么话不方便当面对我说,尽管写在练习日志里。"

"不满什么的,我都说了啊,"王子嘀咕道,"可是你都没有听到。"

"等到我感觉你真的不行了,就会认真考虑你的意见。"

接着,清濑开始号召有意愿参加早、晚慢跑的人,要大家一块儿练跑。

"要是有人担心自己早上起不来,还是没把握跑完全程,尽管来找我,我来帮忙解决。"

阿走想照自己的步调练习,所以决定还是一如既往,自己进行早、晚练跑。向来奉行个人主义的阿雪,以及厉行戒烟减肥、亟欲找回跑步感觉的尼古,也表明想要自己练跑。至于其他人,则暂且听从清濑的号令,一起进行自主训练。

接下来的日子里,阿走在致力于正式练习和自主训练之余,也不忘密切观察其他人的动向。为了挑战箱根驿传,大伙儿每天练得三魂七魄跑了一半,就算哪天有人中途开溜也不足为奇。

毕竟,大学生最不缺的就是时间,而这些人早就随心所欲惯了。别说是跑步,光是调整生活作息,对他们当中大多数人来说已经无异于酷刑。

一大早就起来慢跑,跑完后匆匆吃早餐,吃完去大学上课。放学后大家又赶紧集合,前往草地或区营运动场进行当日的练习,接下来还得在睡前腾出时间进行晚间的慢跑。

每天天色一亮,清濑就敲锅子叫大家起床;到了晚上,所有人都已筋疲力尽,甚至越来越多人连澡都不洗就昏死过去。

"青竹最近好像有一股怪怪的味道。"

姆萨在主屋的浴室里对阿走这么说。他们两在换衣间巧遇,为了节省时间,决定一起挤浴缸泡澡——当然,照姆萨的洗澡规矩来:不开灯。

"毕竟住了十个臭男人,而且还有人运动流了一身汗也不洗澡。"

"名字我就不明说了,就是双胞胎、KING兄,还有王子。"

"你等于已经说出来了,姆萨。"

呵呵,姆萨笑了笑。

"KING兄和王子是真的很辛苦,但双胞胎只是懒得洗澡而已。"

"这样是不对的。"

阿走和姆萨讲话时,不由自主跟着正经八百起来。

"我很为他们忧心。不洗澡,是得不到女孩子青睐的。阿走,你跟双胞胎是同侪不是吗?下次你最好不着痕迹地提醒他们一下。"

这是我有生以来头一遭,在日常生活中听到人家讲"同侪"这个词呢。阿走心里一边想,一边回答:"好。"

"前几天晚上出去慢跑时,发生了一件事,还算有趣。"

"什么事?"

姆萨没有回答,只是又"呵呵"笑出来。

"是我们在商店街跑步时发生的。阿走,下次你不妨也来看看。"

浴室一片漆黑,两人抱着膝盖、在浴缸里面对面而坐。一个白色的圆形光影,在两人之间的水面上浮荡。

"啊,阿走。我还以为是外头的灯光,原来是月亮。"

从敞开的窗户往外望去,确实有一轮朦胧的月亮高挂在春天的夜空。

"你瞧。"

姆萨将两掌轻轻探入水中,微微一笑:"捞到了。"

"是啊。"阿走觉得有趣,也跟着笑了。小小的月亮宛如一块白玉,柔和地渗进姆萨手中。

大伙儿已经练习了一星期,目前却还没有任何人开口说"不玩了"。阿走对此感到意外。明明已经累得连澡都懒得洗,竟然还没有人想放弃?

为什么?阿走暗忖。是因为谁都不想当第一个退出的人,所以硬着头皮死撑?还是说,因为大家住在一起,所以不想当害群之马?又或者是,他们已经越跑越有心得,开始得心应手了?

阿走泡在浴缸里想象着:如果到最后都没有人退出,就这么一直练习下去,或许自己真的能和竹青庄的人一起参加箱根驿传。

自己的想法,竟然有如此巨大的转变。这是阿走始料未及的。

明明我一路以来都是孤军奋战,现在也同样贯彻一个人跑步的原则。但是为什么,心头好像有了什么期待呢?

阿走轻轻吐了口气,水面上的月亮微微晃动。他的心里,同时萌生一股害怕期待落空的不安,以及至今从未有过的热切感受。

阿走和姆萨一起离开浴室,回到竹青庄。才刚在玄关脱下拖鞋,就听到头顶上传来一阵唰啦唰啦的声响。101号房的房门"砰"地打开,清濑气冲冲走过他们面前,直接上二楼。没多久,双胞胎的房间再传来清濑的怒骂声。

"我不是说过禁止打麻将吗!没收!"

箱根驿传或许真的还是一场梦。阿走想着想着,叹了口气。一张麻将计分表从天花板的破洞飘落,城次的悄悄话也一并落下。

"待会我要算分数,你们先帮我收好,别被灰二哥发现。"

"是是。"姆萨笑着捡起计分表。

有心专攻长跑的学生,一个月至少要跑六百公里,每逢赛期将近,一个月跑一千公里以上的也大有人在。阿走练跑也是以此为目标。尽管他很希望竹青庄的人能坚持到底，但也不想迁就这个才刚成立的稚嫩团队，影响到自己的练习。

"阿走，你有点太拼命了。"

看过练习日志的清濑，在正式练习结束后这么对阿走说。当时大伙儿都聚集在草地上，有人在换衣服，有人在做伸展操，一起悠哉地进行放松运动。

一开始的那两个星期，大家不是这里酸那里痛、淤青凝血，就是跑到磨破脚。每个人被操练得人不像人鬼不像鬼，但还是拼命达成练习目标。由于这群人的素质本来就不错，如今他们的身体已经逐渐适应跑步的节奏，也渐渐跑出乐趣了。训练表规定的练习量，他们都能设法完成。

尽管阿走对大家的适应力之高感到震惊，但说到底，这些不过是初阶的练习而已。阿走追求的，是完全不同程度的境界；只要没人阻止他，不管多久，也不管多远，他可能会一直跑下去。

"就年纪来说，你的身体还在发育阶段，千万不要太勉强自己。要是练得太凶，把身体搞坏了怎么办？"

这阵子，阿走觉得自己的身体非常轻盈，越跑越有力，速度也练得越来越快。所以清濑的忠告，他其实根本听不进去，却仍然乖乖地应了声："好。"

"相对的，王子实在太混了。"

王子的练习日志上，可以看到他每两天就有一天用跑步机代替晚间慢跑。

"虽然诚实是你的优点之一……但是坦白说，你这样跟'懒得练跑，窝在房里看漫画'有什么两样？"

有时候，清濑来王子房间找他参加晚间的慢跑，他竟然用漫画堆成拒马[1]，死也不肯开门。

在清濑的追究下，王子拼命帮自己辩解。

"话是没错，但我是真的一边踩跑步机、一边看漫画啊，而且我感觉最近双脚已经练出一些肌肉了呢。"

"我看看。"

清濑伸手摸摸王子的小腿肚，检查他的肌肉。阿雪见状，马上给他忠告："灰二，劝你最好早点改掉动不动就摸别人脚的坏习惯。"

清濑"嗯"了一声，站直身体。

"不论早上的慢跑，还是正式练习，都看得出王子确实有点进步了。但是我不建议你边看漫画边踩跑步机，因为那样不仅容易造成姿势不良，你也少了适应路跑的机会。所以，希望你每天都能来参加晚间慢跑。"

在清濑不容反驳的沉静气势之下，王子也只能摸摸鼻子宣誓："我参加。"

这对阿走来说是个好消息。他希望王子能尽量去外头跑步，因为王子的房间原本就超重，现在又增加一台跑步机，只要他一练跑，阿走房间的天花板就会响起有如濒临爆裂的嘎吱声。

"跟诚实的王子比起来，我们的国王交出的日志，简直充满了虚伪与夸饰。"

清濑此言一出，众人纷纷望向KING，忍不住笑出来。

"露馅了？"不知所措的KING用鞋尖在泥土地上钻出一个洞来，"没办法啊，谁让我不但跑不动，速度也完全没有提升，所以才想稍微灌水一下，装个样子嘛。"

"你才开始练习两星期，不会那么快就看到成果的，"清濑苦口婆

---

[1] 一种木制的可以移动的障碍物，是一种障碍器材。可以用以堵门，阻止行人通过。

心地对 KING 说，"想成为猜谜王，最需要的是一点一滴累积知识，还有练出高超的抢答技巧，对吧？跑步也一样。耍小聪明没有用，你只能每天练习，培养体力和技巧，而且必须勇于面对自己的优缺点；在正式比赛的最后关头，那份勇气就是你的救命关键。我知道你练习得很认真，所以你只要照实写就好。"

"好吧。"KING 点点头。

"其他人目前没有什么问题。不过，尼古学长……"

"啥？"被清濑一点名，本来在重绑鞋带的尼古随即停下动作，抬起头来。

"你最近吃得很少吧？"

"哪有。"

"不要说谎。你以为煮饭的人是谁？"

是清濑。这个竹青庄的支配者，不只帮大家拟训练计划，也一手包办众人的伙食。任何事都难逃他的法眼。

尼古搔了搔脸，解释道："你看我长这么大只，不稍微减点肥，行吗？"

"没那个必要，"清濑一口打断他的话，"你已经在练习中运动过了，不用刻意减肥也会瘦。过度节食会搞坏身体。请你好好吃饭，注意营养均衡。"

"好吧。不过，要是练习没办法有效消耗我的脂肪，我就真的要开始节食了。"

"我估计你到夏天一定会瘦下来，不过，"清濑让步了，"万一没瘦下来，到时我们再想办法吧。拜托你千万不要一个人乱来。"

神童在一旁听着听着，不禁疑惑。

"体重轻会比较有利吗？身体瘦了，体力不是也会变差？"

理论派的阿雪回答了神童的问题。

"当然不能过度减肥，因为不只会引发贫血，也会造成心脏的负担，对身体健康造成危害。但是基本上来说，还是瘦一点比较好；去除身体多余的脂肪后，心肺功能也能提高。就好比赛车，大家都希望车体轻一点、引擎有力。两者的道理是一样的。"

"原来如此。"神童听得心服口服，不再多问。

"阿雪说得没错，"清濑扫视众人一圈，"就像赛车，为了找出车体的最佳平衡点、提高引擎性能，必须反复试驾一样，跑者也必须借由每天练跑来锻炼体魄。如果只是一味求快、求速成，反而会出现反效果。请大家一定要注意。"

"另外，练习完毕后，即使肌肉只是微微发热，也必须马上拿冰块冰敷，热身操和按摩也绝对不能省略。除此之外，大家还必须服用营养补充剂，摄取容易流失的铁质等营养素。"

清濑接着又教了大家许多预防受伤、维持体能的方法，然后才宣布："解散。"

在回竹青庄的路上，阿走碰巧和尼古走在一起。体重的事，再加上戒烟，让尼古的压力无处抒发，整个人看起来死气沉沉。

这种时候，最好聊些快乐的话题。但阿走想了半天，还是没想到半个。

"阿走，你猜今天晚餐吃什么？"最后反而是尼古率先打开话匣子。

我这个人，除了跑步之外还真的一无是处啊，阿走不禁气丧地想。

"我猜是咖喱。因为在练习前，灰二哥叫我去商店街买咖喱块。"

阿走脑中闪现一个点子。对了，商店街！姆萨不是邀我晚上跟他们一起去慢跑吗？这说不定是让尼古散散心的好机会。

"尼古学长，今晚要不要跟我一起跑？"

"你干吗，突然像在跟我搭讪一样？"

这时，略微跑在两人前头的阿雪突然回过头，顶着一张有如钢铁面具的扑克脸，皮笑肉不笑地说："你要带人家去哪里玩呀，达令。"

"商店街。"阿走正经八百地回答。

这三人都是早、晚单独练跑的独行侠。正好有此机会，他们决定晚上一起去看看团体组究竟发生什么样的"趣事"。

晚餐果然是咖喱。清濑一丝不苟的性格，在烹饪上也发挥得淋漓尽致。早在练习开始前，他就已经把洋葱煮到软烂，然后加入阿走买来的各种市售咖喱块，调合成独家口味。

然而，没有人吃出他特调酱汁的深奥之处，反倒是咖喱中大量的猪五花肉让他们看得眉开眼笑。至于精心装盘的色拉，他们也看都没多看一眼，三两下就扫得一干二净。

"我看我是白费工了。"清濑露出介于愤慨和哀怨之间的神情，把空盘子放到洗碗槽。

"再帮我添一点饭，"站在电饭锅前的尼古，似乎已经决定不再节食，"口味、摆盘什么的都不重要，只要有肉给这些家伙吃就好啦。"

厨房摆不下可以容纳所有人的大餐桌。一旦餐桌坐满，较晚来吃饭的人只能搬出小矮饭桌，坐到厨房前的走廊用餐。

阿走吃到一半时，神童和姆萨来了。餐桌旁已经没有空位，而双胞胎明明已经在吃甜点，却完全没有要让位的意思，只顾着跟对方争执应该在草莓上面加炼乳、牛奶还是砂糖，吵得不可开交。

深受阶级观念制约的阿走，很自动地嘴里衔着汤匙、端起自己那盘咖喱，打算让位给学长。

"不用了，阿走。"神童赶紧制止他。

"在我们青竹，是没有学长学弟之分的，"姆萨说，"所以住起来才会这么舒服，对不对？"

"哦，好。"

阿走坐回去，继续吃自己的咖喱。对于高中三年都在田径队宿舍度过的阿走来说，学长被赶到走廊吃饭，学弟却大剌剌地坐在餐桌旁吃，实在太难以置信了。

在阿走的经验中，做学弟的本来就该打点学长的生活起居，比如帮学长洗球鞋、洗衣服，洗澡当然也得等学长先洗完再说。事实上，如果做这些事，能让自己免于遭受学长嫉妒、得以专心练跑，他觉得倒也无所谓。

但是当阿走自己升上高年级后，他反而不喜欢让学弟洗他的鞋子，因为那是跑步时最重要、最宝贵的东西。他实在不懂，为什么以前学长们会这么轻易地把自己的鞋子交到别人手里。

那些同年级的队友，老是爱在背地里批评他"破坏规矩""假清高"，但阿走一点不在乎。反正没有人追得上他的速度，而且升高年级后又能心无旁骛地专心跑步，光是这样就令他心满意足了。其他人爱说什么，就随他们去。

在队上，大家都视阿走为难以亲近的独行侠。换个说法，就是他有点受到孤立。

但是在竹青庄，他却能自在地做自己。没人在意谁年纪大、谁年纪小，每个人想说什么就说什么，不会把话憋在心里。就拿现在来说，尼古正在调解双胞胎之间的纠纷。只见他二话不说，一股脑儿地把等量的炼乳、牛奶和砂糖倒到两人的草莓上。

"尼古学长，你干吗啊！我本来想加牛奶跟砂糖的！"

"我帮你加了啊。"

"我想加的是炼乳！"

"所以我这不是帮你加了吗？"

阿走把鸡同鸭讲的双胞胎和尼古丢在一边，帮清濑收拾善后，和他并肩站在料理台前一起清洗碗盘。

"灰二哥，你们大约几点钟会跑到商店街那一带？"

"8点左右吧。怎么了?"

"没事,随便问问而已。"

这时姆萨刚好来放盘子,对阿走使了个眼色。

阿走、尼古和阿雪稍后一起来到商店街入口附近的儿童公园。在沙坑、秋千和滑梯间来回跑步固然无聊,但也只有这儿,能让他们一边慢跑、一边观察商店街的动静。

三人在灯光昏暗的公园内跑了约莫三十圈。正当他们跑得头昏眼花时,清濑一行人现身了。他们拐弯跑向通往车站前的大型商店街,但由于每个人的程度不一,队伍拉得很长,王子勉勉强强跟在最后。

"来了!"

"我们偷偷跟上去。"

阿走等人也离开公园,进入商店街。

狭窄的通道两旁罗列着许多个人店铺,有结束一天工作、已经拉下铁门的面包店;也有想在打烊前卖完所有商品、扯着喉咙叫卖的鱼贩;还有天色一暗,客人便开始陆续上门的小酒吧。

仿灯笼造型的路灯投射出橘色光芒,商店街一片热闹,充斥着从车站走来的返家民众,以及抢购限时优惠商品的顾客。

"王子未免也跑太慢了,"阿雪嘀咕道,"要不超过他还真难。"

阿走三人以行人为掩护,顺利从王子旁边超过去,然后也无声无息地追上KING,跑到他前头。

"是灰二!"阿雪用下巴指指前方。清濑正朝着他们跑过来。

"这家伙干吗折回来?"

"难道他已经跑到车站那个折返点了?太快了吧。"

三人赶紧低下头装成路人,但这一切当然不可能逃过清濑的法眼。

"你们几个在这里鬼鬼祟祟的干吗?"

清濑跑到他们身旁,然后转身改变方向,跟着阿走他们一起跑向车站。

"你不也是吗？跑得好好的，为什么突然跑回来？"阿走问。

"我是来看看后面那几个人跑得怎么样了。"清濑回答。清濑的管理能力依旧无懈可击。这个人为了照顾到每一个成员，究竟跑了多少路？阿走有点担心他，毕竟他的脚伤尚未完全复原。

阿走在想着这些事情时，清濑和阿雪仍继续交谈着。

"阿走说你们这边有什么看头，我们就跟来了。"

"喔，你们是指那个吗？"

他们顺着清濑手指的方向望去，并肩而跑的神童和姆萨恰巧映入眼帘。

"那两个家伙在搞什么？"

也难怪尼古看得一头雾水。只见神童和姆萨身上穿着白色T恤，背后用黑色奇异笔写了几个大字。阿走定睛一瞧，才看懂穿过商店街中央的那两人背后写了什么。

　　挑战箱根驿传！
　　宽政大学田径队，后援会员招募中！

"……用的还是POP字体[1]。"阿雪品头论足起来。

"好像是神童自己写的。"清濑维持着规律平顺的呼吸，淡淡地说。"我跟他们说这样太丢脸了，叫他们打消主意，但他们坚持这么做，说这样才能募集需要的资金。而且，他们好像帮每个人都准备了一件。"

我死都不要穿！阿走心想。神童总是安安静静的，浑身散发着不

1　POP 是英文 point of purchase 的缩写，意为"卖点广告"，其主要商业用途是刺激引导消费和活跃卖场气氛。POP 字体通常造型夸张、醒目。

食人间烟火的超然气质，没想到他其实这么务实。

"太意外了，没想到神童会积极策划募款的事。"

"通过跑步，可以彰显出每个人不为人知的一面，"清濑笑道，"神童、姆萨！"他叫住跑在前头的两人。

"他们三个说想帮你们跑业务。"

没有没有，他在说瞎话！阿走三人拼命一致摇头。姆萨微微举起手，朝刚加入队伍的阿走打招呼。

"神童兄亲手特制的T恤，阿走也有一件。还有，你看那边。"

一辆脚踏车穿梭在商店街的人潮中，上头是一名年龄与他们相仿的女孩。她扎着马尾，神情专注地奋力踩着踏板。尽管隔着一段距离，那惊鸿一瞥的侧脸，已经充分显示她的清秀与美丽。

"那是八百胜蔬果行老板的女儿。"清濑说。

"你怎么知道？"

怔怔盯着女孩侧脸的阿走，转头看向跑在自己身边的清濑。

"为了帮大家做饭，我常来这条商店街买菜啊。买久了当然知道她是谁。"

"那你跟她说过话吗？"

"只说过'这萝卜的叶子好漂亮'、'找你两百元'之类的，"清濑扬起嘴角，"怎么，阿走对她有意思？"

"没有。没事了。"

阿走的视线又转回前方。脚踏车在人群中若隐若现，继续奔向车站。

"多亏了这东西，我们现在可是小有名气了，"神童拉拉T恤的下摆，"毕竟我们每天都成群结队在这条街上练跑嘛。有些认识灰二哥的老板，还会跟我们打招呼说：'你们是住在那栋破公寓的学生吧？这下有好戏可看了！'"

"而且我们房东是这条商店街的围棋俱乐部常客，"清濑也说，"听说他到处宣传'青竹的房客要挑战箱根驿传'这件事。"

他们是故意把当地居民拉入战局，好让大家无法轻言放弃吧？清濑与房东精心布局，一步一步地攻城略地，手段高明得令阿走赞叹不已。第一个表态加入的神童，也觉得自己有义务带头投入宣传活动。这群天真又单纯的竹青庄房客，殊不知自己正逐渐踏上通往箱根驿传的单行道。

阿走觉得不安起来。这群人真的没问题吗？不过，挑战箱根驿传这件事能受到竹青庄以外的人关注，还是令阿走感到开心，也受到一些鼓舞。

"这段时间以来，每当我们跑到这里，她就一定会出现，"姆萨指了指脚踏车上那位"八百胜"老板的女儿，"她的目标是……"

阿走和尼古顺着姆萨指的方向望去，视线落在脚踏车前方。跑在她前面的是……

"双胞胎？！"阿走惊呼。

"的哪一个？！"尼古也发出惊叹。

"这我就不清楚了。"姆萨耸耸肩。

"哪一个有区别吗？反正他们长得一模一样啊。"阿雪冷静地一语道破。

看来，有人要恋爱了，阿走心想。只是，现在正并肩而跑的城太和城次，似乎还没察觉到这件事。这下非得赶快劝他们一定要每天洗澡才行。

但无论如何，可以确定的是：这些早晚勤于慢跑的竹青庄房客，和商店街居民之间的距离越来越近了。

第四章　纪录赛登场

春天到初夏这段期间,是比赛的高峰期,几乎每星期都有大学主办的纪录赛,或是企业赞助的一些赛事。

有了纪录赛这个短程目标,众人练习时也多了一股干劲。现在只剩下王子和KING会跟着清濑一起早晚练跑,其他人几乎都自动自发早起,而且积极地照表操练。

清濑会依照每个人的个性,不着痕迹地给予个别指导。例如,既然神童以达成练习目标为乐,清濑就为他一个人拟定更详细的训练表;为了让学究派的阿雪心服口服,清濑欣然和他一起讨论训练方法;城太只要受人夸奖就越练越有劲,因此清濑在练习中不忘帮他灌点迷汤;至于城次,不去管他,他也自己跑得很起劲,清濑根本不用刻意去指导他。

基本上,清濑会让大家照自己喜欢的方式去跑。他做的只有两件事,就是向大家仔细交代练习方针,以及在必要时提供一些建议。他这么做,反而巧妙地挑起所有人的干劲,而这看在阿走眼里,有如一场精彩的魔术秀。他不用强迫的手段,也不设定罚则,只是执着地等待这些顽石点头、出于真心想跑。阿走从来不知道,原来也有这种的训练法。

如果我的入门田径教练是灰二哥,或许现在的我能跑得更快,阿走心想。事实上,竹青庄众人尽管进步不多,但跑出来的时间确实在一点点地缩短。

然而,另一方面,阿走又觉得清濑的态度太过温和。他要训练的是一批临时凑成的杂牌军，再不严格训练他们，恐怕会来不及参加预赛。他是真的有心挑战箱根驿传吗？阿走忍不住焦虑起来。

"大部分人呢，已经练出17分钟内跑完五千米的实力了。"这一晚，当大伙儿在双胞胎房里喝得酒酣耳热时，清濑如此宣布道。

不论练得再累，大家还是会每隔十天开个小酒宴。竹青庄房客个个都有好酒量，而且因为人人都爱喝，所以光是大家聚在一起喝酒，就能抒发不少压力。

"只不过，毕竟我们这支队伍有很多初学者，第一次参赛难免会怯场。所以我已经为各位报名几场纪录赛，请大家放轻松，只要其中一次跑出17分钟内的成绩就可以了。"

在阿走身边看漫画的王子，悄声问道："为什么灰二哥对'17分钟'这么执着啊？"

"因为必须先拿到'17分以内跑完五千米'的正式纪录，才能参加箱根驿传的预赛。"

阿走也小声地回答完全没有规则概念的王子。

"想要拿到正式纪录，就必须参加正式比赛或纪录赛。"

"这些之前不是已经解释过了？你忘了？"

阿雪的镜框反射出冷峻的光芒。他只差没说出"你那个猪脑就只记得住漫画书名"。

"看样子，灰二的重心全放在预赛上头。"

"是啊。"阿走点点头，同意阿雪的说法。

"我是觉得这样也没什么错，不过……"阿雪心事重重地摘下眼镜，拿出平整得看不到半条皱痕的手帕擦拭镜片，"阿走，你不参加大专杯吗？"

阿走没有答腔，反倒是王子开口问："什么是大专杯？"

王子这么一问，阿雪立即逃跑去找坐在角落做铁丝小人的尼古。

膝上仍摊着漫画的王子,继续等着有人帮他解惑。

"大专院校杯,就是大学校际田径锦标赛,"阿走说,"5月有关东大专院校杯,7月则是全国大专院校杯。"

"我们怎么不参加?"

"这些比赛是为那些一流学生跑者举办的,参赛门槛可是比箱根驿传还高。"

"是吗?!"王子看起来很吃惊,跟着视线又回到膝上的漫画,"可是再怎么难,应该也难不倒阿走吧。"

那还用说!但阿走没有说出口,只是对王子露出不置可否的笑容。

清濑把复印好的资料发给随意而坐的每个人,上面记录着各大学主办的纪录赛日程。阿走一拿到手,立即放到榻榻米上,仿佛它有千百斤重一样。

别说大专院校杯,就连参加纪录赛,阿走也倍感迟疑。在那种强校云集的场合,从前的高中田径队友肯定不会缺席,而阿走还不想见到他们。

清濑拿着那张纸,继续对大家说明。

"首先是东京体育大学纪录赛,然后5月初有动地堂大学纪录赛,再两星期后是喜久井大学纪录赛。如果都过不了关,6月底还有另一场东体大纪录赛。希望大家保持平常心,稳扎稳打突破'17分钟'这道关卡。"

城太和城次抢着说:"连黄金周假期也要参加纪录赛?!"

"6月底不是梅雨季节吗?我不要在雨中跑步啊——"

抱怨归抱怨,其实他们也只是抬抬杠而已。平日的练习已经让他们俩累积不少信心,只见他们眼中充满斗志,宛如在宣称:"我们绝对要早早跑出17分钟以内的成绩!"

"不过,如果想挑战大专院校杯,就必须在第一次的东体大纪录赛全力以赴，因为主办单位的报名受理时间只到这场比赛为止，"清濑说，"虽然拿不到大专院校杯的积分，但身为田径选手，还是不应该错过大专院校杯。阿走，你觉得呢？"

阿走正盯着榻榻米上的赛程表发愣，完全没听到清濑说话。

"阿走，怎么了？"清濑又喊阿走一次，他才猛然回神抬起头。

"没什么。没事。"

"哎哎，什么是'大专院校杯积分'？"

多亏城次插嘴发问，阿走才得以从清濑的探询目光中逃脱。

"之前我一直没告诉你们。"

清濑挺直背脊，用所有人都听得到的音量大声说道："箱根驿传的预赛，比的不只是十个人各跑20公里的总成绩。"

本来七嘴八舌聊成一团的房客，这时骤然噤声。屋内一片鸦雀无声，每个人都对清濑投以不解与困惑的眼神。

"能从预赛晋级决赛的名额有十队，但其实当中有一队是'选拔队'。因为在那些无法晋级决赛的学校中，还是有一些在预赛中跑得很好的选手。这是针对那些人采取的补救措施。说难听点，他们就是一部拼装车。"

"意思是，真正能从预赛中取得箱根驿传出场资格的，只有九所学校啰？"神童问。

"没错，而且第七名之后的学校，必须以预赛的总成绩和大专院校杯的积分来计算最终排名。解释起来还挺麻烦的，简单来说，就是在大专院校杯跑出好成绩的学校，可以用大专院校杯的积分来扣秒数。以前就有学校拜这个大专院校杯所赐，利用积分扣掉了五分钟以上的总秒数。"

"这么说来，也有那种明明在预赛得到好成绩，却因为大专院校杯的积分惨遭逆转，结果无法晋级决赛的队伍？"城太问。

"是啊。春节期间，电视台都会转播箱根驿传的比赛实况，可以说是各个学校的最佳宣传机会。因为这样，校方往往认为只要砸资源网罗顶尖好手，然后让他们在最短时间内成军、在箱根驿传出场就行了。大专院校杯的积分制度，其实也是为了避免各大学短视近利，希望他们不要只把重点放在箱根驿传，可以让选手多多参与各项比赛，培养出能在田径的真正赛场——跑道上——发光发热的人才。"

"讲到这个会不会太写实了。"尼古苦笑道。

"不管在什么领域，都跟钱脱不了关系。"神童或许是有感于宣传活动的重要性，不禁叹了口气。

尽管屋里的气氛有点沉重低迷，KING仍然说道："那好！灰二、阿走，你们去大专院校杯赚一些积分吧！"

"不用想了，"阿雪泼他一头冷水，"我们只是一支小田径队，而那个积分，是根据各个学校的排名和参赛人数来给的。所以，不管灰二跟阿走在大专院校杯多拼命，也拿不到好积分。"

"真伤脑筋啊。既没钱又没办法靠大专院校杯来加持，我们该如何是好？"姆萨垂下肩来。

"别担心了，"神童打起精神鼓励姆萨，"我们只要在预赛中跑进前六名不就得了？这样大专院校杯的积分就跟我们没关系了。弱校有弱校的风格，就光明正大地用合计总秒数跟他们一决胜负吧。"

"说得好，神童！"清濑开心地点头。

"但那个总秒数，不就是我们目前最大的问题吗？"阿雪冷静地指出重点。

"总之就这样吧，我们几个在纪录赛中一步一步缩短秒数，"尼古边做铁丝小人边说，"阿走跟灰二，在大专院校杯把其他学校的家伙吓得屁滚尿流吧！"

"好！阿走、灰二，你们两个多赚一点积分回来！"KING又来了。

"刚刚不是才说,光靠他们两个没办法赚积分啊!"

"KING都没在听人家说话。"

城太和城次你一句我一句数落KING,阿走仍然一语不发。他根本没有心思理会一再要他参加大专院校杯的KING,因为他一看到"东体大"三个字,就想起一件事。

如果他没记错,东体大是榊就读的学校。阿走的脑海里浮现这个高中队友的脸庞,仿佛梅雨季节提早降临一样,让人心情一下子郁闷起来。

只要参加东体大纪录赛,肯定会碰到榊。到时榊会怎么面对自己?现在的我,赢得了进田径名校就读的榊吗?

阿走借着尿遁离开双胞胎房间。他直接下楼,拉开前门。庭院中的碎石子在星光下熠熠生辉,诱引他走向那条绽放着白光的道路,也走向自己的内心深处。

他忽然好想跑,但就在他要跨出第一步时,才发现自己穿的是拖鞋,于是停下脚步。阿走感觉到尼拉似乎从缘廊下走出来,因此吐了一口气,缓缓走向主屋。尼拉用湿润的鼻尖抵着他的脚趾。阿走蹲下来,抚摸它温暖的毛皮。

然后,尼拉忽然用力摇起尾巴。背后传来踩踏碎石子的声响。阿走不必回头也知道,是清濑。

清濑在阿走身旁蹲下来,伸出手搔弄尼拉的双耳之间。尼拉开心地发出哼哼的鼻音。过了半晌,清濑依然默不作声,阿走决定先开口。

"你真的要我参加纪录赛或大专院校杯?"

"那还用说,这些都跟箱根驿传的出赛资格有关啊。"

"到时那些闲言闲语,会搞得大家不太开心的。"

"怎么说?"

清濑语气平稳地问,两手不停揉弄尼拉的脖子。

阿走看着他的侧脸问道："灰二哥应该都知道吧？你听过我在高中时的风评吧？"

"你是指跑很快这件事？"

"那是好的风评。我说的是……"

"阿走，"清濑打断阿走的话，"你听好，过去和风评都是死的，但你是活的；不要被它们影响，不要回头。你要变得比现在更强。"

然后，清濑一边嚷嚷着痛，一边挺直膝盖站起身。阿走和尼拉仰望清濑，只见他头顶上的春季星座有如一顶尊贵的王冠，兀自闪耀光芒。

"变得更强……？"阿走问。

"我对你有信心。"清濑微微一笑，再度踏着碎石子返回竹青庄。

阿走摩挲着尼拉的背，陷入沉思。从以前到现在，有许多人要求阿走跑快一点，但他还是头一次遇到叫他变强的人。到底什么叫做"变强"？

阿走不懂。可是，清濑说他对阿走有信心。

冻结已久的心房，骤然亮起一盏小小的灯火。那盏灯火让总是在阿走体内回旋的暴力泉流不再奔窜，也驱退那些将阿走逼向黑暗深渊的诱惑之声。清濑的话有一股沉静的力量，仿佛可以吹散阿走心中的恐惧和胆怯。

"好！"

阿走边说边站起身。想太多只会害自己脑筋打结而已，既然如此，还不如专心跑步。就算遇到讨厌的人，就算遇到不如意的事，都不必放在心上，只要专心向前跑就好。这是阿走唯一能做到的事。

阿走向尼拉道了声晚安。

对于参加纪录赛的恐惧和踌躇，已经在阿走心中逐渐淡化。现在的他，反而越来越期待自己能跑出什么样的成绩。

随着东体大纪录赛的逼近，阿走的斗志也越来越高昂。

好久没上战场了。尽管阿走相信自己已经做好充分的训练，每晚入睡前，脑中还是不免涌现各种杂念：万一在赛场遇到旧识，会不会分散自己在比赛中的注意力？这么久没比赛，对比赛的感觉会不会变钝了，因此用错战术？在高中田径界叱咤风云的自己，上了大学还能一样威风吗？

一闭上眼，各种负面想法就一一浮现，阿走索性掀开棉被起身。他拼命压抑那股想立即出门跑步的念头，在黑漆漆的房间中调整呼吸，告诉自己："别慌。别慌。"

别胡思乱想，要想就想象自己跑步的模样吧！阿走这么告诉自己。只要跑下去就对了。只要感受全身肌肉的律动，拼命向前跑就好。

一想起那时的热情，所有的迷惘瞬间烟消云散。他的心情变得雀跃无比，跟被人带出去散步的尼拉没两样。

阿走不只全心投入练习，学校的课程也从未缺席，因为清濑坚持："一个连学分都被当掉的人，哪有可能跑出好成绩！"但为了专心练习，阿走只好不断推掉联谊和聚餐的邀约。竹青庄的其他房客，这阵子也把心思全放在纪录赛上，不但下课后直接回竹青庄，而且一回来就马上练跑。

于是，不光是商店街，连学校里也开始流传："听说住在破公寓的那些家伙，最近跑得很拼啊。"

东体大纪录赛前一天，阿走特地拜托和他修同一堂外语课的朋友，隔天在课堂上代替他点名。

"干吗，藏原，你明天不来吗？"

"我要参加纪录赛。"

"哦，说到这个，听说你想挑战马拉松？"

"唉，不是马拉松……"

我想挑战的是箱根驿传，而明天要比的是径赛项目的五千米赛跑——但阿走只在心里反驳，懒得跟他解释。

升上大学后，阿走才知道那些和田径绝缘的人，根本搞不清楚马拉松和驿传有什么不同。提到径赛，他们甚至露出一脸吃惊的样子，当成笑话一样地说："要跑五公里？那不就得一直绕着操场转圈圈？"简直把径赛当成某种莫名其妙的神秘仪式。

我把田径当成自己的第二生命，一般人却只把它当成一项无聊的比赛。这个事实对阿走造成很大的冲击，却又不禁同时沾沾自喜起来：原来我们每天拼死拼活追求的目标，大多数人都看不出来它多么有意义呀。

所以遇到这种时候，阿走也只能一笑置之、含糊带过了。

"总之，是一种类似迷你版马拉松的径赛。明天拜托你了。"

"包在我身上！加油！"

朋友的表情是如此的真挚。阿走看得出来，尽管他不太懂阿走追求的是什么，却打从心底为他加油。

当晚，阿走一直无法真正入睡。他睡得很浅，精神敏锐又紧绷。很好。阿走在梦境与清醒的分界点如此想着，感觉自己身上残留的最后一丝累赘已然刨除。过了这一夜，他的身心将转化成最适合跑步的状态。

那种感觉，正是他一直以来假装自己已经遗忘的——比赛前的斗志。

竹青庄的房客们，全员搭上即将开往东京体育大学的白色面包车。

"有没有忘记什么？队服、鞋子、替换衣物、手表，全都带了吗？"

"都带了——"

大伙儿在车里挤来挤去，一边不忘高举自己的包给清濑看。

"对了，谁开车？"尼古问。

"我啊。"清濑坐在驾驶座上，扣紧安全带。副驾驶座上的阿雪正摊开地图，确认前往东体大的路线。

"请问……教练呢？"阿走问。从来没听过有这种平常不参与练习、现在连纪录赛也不陪同出席的教练。

"他去围棋俱乐部了。"

"他是教练？""他是教练！""这算哪门子教练！"众人纷纷表达质疑与不满。姆萨问神童："我早就想问了，'危旗俱乐部'是什么呀？"

神童开始对姆萨说明"围棋俱乐部"。KING没理他们，径自说道："没想到房东先生有这种嗜好。"

"你现在才知道？亏你还在青竹住了那么久！"城次大刺刺吐槽他。

"在决定跑步之前，我跟房东先生也没什么交集，"尼古表示，"以前对他的认识，也只知道他是住隔壁的老头子而已。"

"房东先生来不来都无所谓，"清濑慎重地入档，踩下油门，"因为要上场比赛的人不是教练。"

尼拉摇着尾巴，目送面包车从竹青庄的庭院猛然发动，往前直冲而去。

没过多久，阿走就明白为什么房东先生不和他们同行。灰二哥的开车技术实在太差了！车子总是摇摇摆摆地偏向中线，而且每次红灯停车时，车体就会剧烈晃动。

"灰二哥，你该不会把驾驶证当身份证用，平常根本很少开车吧？"

车子这时突然来个急转弯，害阿走的脑袋用力撞上车窗玻璃。

"靠左开！快靠左开！"城太突然惨叫。

"通通闭嘴！"坐在副驾驶席、生命安全最受威胁的阿雪，脸色苍白地说。

"听说开车技术很逊的男人，'那里'也一样很逊哦。"

尼古劲爆的发言一出，城次和城太马上自顾自接话："那只是谣传吧？""不，我觉得蛮有道理的。"

"'那里'是指哪里呢？"姆萨又在问神童了。

"全都给我闭嘴！"阿雪再度怒吼。至于当事人清濑，根本没听到后座的骚动，只顾着抓紧方向盘，专心一意开车。

阿走发现坐在旁边的王子，整个人都靠到自己身上了。

"王子？你怎么了？"

"我晕车。好想吐。"

"慢着！"

车内顿时陷入一片混乱。城太连忙把塑料袋抵在王子嘴边，城次则拼命用手掌帮王子扇风。等一下就要上场了，却没办法把精神集中在比赛上。阿走叹口气，为王子打开车窗。

折腾了半天，一行人终于抵达东体大。这片位于东京郊外的宽广校地，矗立着设备完善、气派壮观的运动场。体育大学就是不一样！大伙儿赞叹连连地完成报到手续，领取背号布条。

城次盯着手里的背号布条："哎，阿走，黏在背后的这个小芯片是干吗的？"

"计时用的。它会自动记录你通过终点的时间。"

"好酷！我以为是用马表计时呢。"

"现在一些比较大型的纪录赛或大会，几乎都采用自动计时。一方面也是因为参赛人数不少了。"

穿过出入口，登上看台，底下的跑道上正在进行女子短跑比赛，操场内侧则是跳远比赛。东体大的拉拉队在看台上为他们加油呐喊。

"真意外，我还以为开幕式和闭幕式都得到场，"阿雪说，"原来只要时间快到时再集合就行了？"

"因为这不是运动会，而是比赛啊，"清濑笑道，"只要保持住自己的最佳状态，在比赛时间上场就可以了。"

一行人在阶梯看台上找了个地方换衣服，穿上贴好背号布条的队服。宽政大学田径队的队服，是黑色运动衣搭上黑色短裤，身体两侧各有一道银线，胸口上则有银色的"宽政大学"四个字。

"好帅。"城太拿着从未穿过的队服，满足地说。

"怎么办，老哥，我们俩说不定会迷死一堆女生。"城次在看台上大剌剌地打着赤膊，套上队服。

"其他学校有很多女生来现场加油！今天我们一定要卯起来跑！听到没，城次！"

阿走暗忖："八百胜"老板女儿那件事，还是过阵子再告诉他们好了。

"换好衣服后就各自做一下热身操。比赛从两点半开始，大家记得要在两点前回来集合。"

清濑一声令下，大家便分头跑起来。

阿走和清濑沿着跑道一起慢跑。光是在他们视线所及的范围内，就看到了三栋体育馆。这里的确是个设备完善、专为运动打造的环境。

假如高中时的我继续留在田径队，或许就能推荐到这种体育大学了，阿走暗自想道。可是，究竟哪条路才是正确的，还是得靠我自己用跑步找出答案。

"我去一下厕所。"

清濑说完便走进操场旁的男厕。比赛前难免会紧张，动不动就跑厕所。阿走刚才也上了好几次厕所，所以也不以为意，自己一个人继续跑。

头一次参赛的双胞胎，这时居然仍跟往常一样继续闲聊瞎扯着。大概是对比赛还没有什么感觉，不了解个中的恐怖吧。

想着想着，阿走忽然听到有人喊了一声"藏原"。回头一看，只见路边的草地上坐着一个身穿队服的东体大一年级生，似乎才刚做完伸展操的样子。他正是阿走在仙台城西高中田径队的同届队友：榊浩介。

我就知道！阿走心想。阿走不想遇到他，但心知肚明一旦来到这里，两人就免不了狭路相逢。阿走往回跑，站在从前的队友面前。

"想不到会在这里遇到你，"榊从草地上起身，上下打量阿走，"我还真没料到，你居然还没放弃田径。"

"因为我这个人只会跑步。"阿走答。

他此言一出，榊的太阳穴猛地浮现青筋。

"你还是死性不改嘛，也不想想自己当初给我们添了多少麻烦。"

阿走俯视个头矮小的榊，盯着他的头顶。啊，有两个发旋！阿走有了新发现，但决定闭口不提。榊看着阿走队服上的校名，冷笑一声。

"宽政大学有田径队？"

不然你以为我来这里干吗？阿走一阵恼火。他实在不能忍受跑得比自己慢的人瞧不起他。

"有啊，我就是田径队的。"

阿走傲慢地撂下这句话，浑身散发出一股沉静的气势，让榊不禁心生畏惧，就在这时候——

"阿走，你在干吗？"刚上完厕所的清濑出声，"不要偷懒，去做热身跑。"

"对不起。"

阿走也是竹青庄的一份子，所以也跟其他人一样受制于清濑的威严和厨艺，气势顿时小了大半，像只乖顺的狗儿一样向清濑道歉。

榊赶紧趁隙开溜，临走前还不忘在阿走耳边揶揄说："你就尽情地跟这些弱鸡一起玩赛跑游戏吧，反正也挺适合你的。"

"站住！有种别走！"

阿走正要追上去，清濑却一把紧紧抓住他的衣服下摆，逼他停步。

"想不到你那么好斗。"

阿走整理好被清濑拉松垮的队服，又说了声："对不起。"

"阿走，你听好，"清濑露出带着一抹邪恶的笑，"君子报仇，三年不晚。所以我们的跑步之辱，待会再还就好。"

"什么跟什么啊。"

"我的意思是，永远别忘记刚才受到的屈辱，比赛时在跑道上加倍奉还。"

灰二哥该不会其实气到快内伤了吧？阿走不禁打了个哆嗦。他决定把这当成人家说的那种"武者颤"——等一下就要上场应战了，因此兴奋得忍不住颤抖。

清濑热身完毕后回到看台，环视聚集在他面前的所有成员，铿锵有力地宣告："好，我们上！全心全意往前跑就对了！"

"好！"大家难得一见地齐声呐喊。

"让大学田径界见识一下，'咱们'宽政大学田径队的实力！"

他果然听到我刚才的话了。"对不起。"阿走再次向他道歉。

"我希望你能明白，"清濑说，"你不是孤单的。"

在这场纪录会上，宽政大学的确在某种程度上给了其他参赛学校一个下马威。

阿走跑出了14分09秒95的纪录，跟他高中时代的最佳成绩相当接近。他不只在所有一年级参赛者中脱颖而出，还是五千米项目的第三名。

负责筹办纪录赛的学生搬来一座简单的颁奖台，放在跑道一隅。阿走登上颁奖台，接下写有自己成绩的奖状，一股喜悦之情顿时涌上心头。从退出高中田径队的那一刻起，他就一直一个人在跑。今天，他的疑问终于有了明确的答案：这段时间没有白费，而他也没有走错路。

"你是仙台城西高中的藏原走吧？"

阿走抬头一看，只见六道大学的选手正站在颁奖台的最高处，俯视着自己。瞧他一颗头光溜溜的,是因为念佛教大学才这样吗?阿走心想。这个人不修边幅的瘦削脸庞,以及那副锻炼得无比精实的身躯,俨然有如一名修行不懈的苦行僧。

"我听说你跑得很快,原来你进了宽政?加油啊。"

这还用你说吗?阿走心里如此吐槽,但对方很明显是高年级生,他只好点头应声:"是。"

"清濑好像也恢复得越来越好了。"

六道大学的和尚往看台瞥一眼。清濑就在那里,默默守护着颁奖台上的阿走,一旁的双胞胎则拿着手机,打算用内置相机帮阿走拍照。阿走心想:距离这么远,就算拍了也看不清楚谁是谁吧。

"你认识灰二哥?"

"我对他了如指掌,也知道他如果处在最佳状态,跑出来的成绩绝对不止这样,"六道大的和尚说,"你最好多留意他一点。你们不是想一起挑战箱根驿传吗?"

六道大的和尚走下颁奖台,抬头挺胸大步离去。一群穿着紫色队服的六道大学队员在入口处迎接他,整齐划一地低头大喊:"学长辛苦了!恭喜学长!"

"干吗搞得跟大哥出狱一样,"阿走低声骂道,"管你什么人物,自以为懂很多是吗?"

清濑的成绩是14分21秒51。这个速度已经比第一次练习那天快上许多,但阿走也觉得六道大的和尚说得没错,清濑的膝伤还没完全痊愈。或许是连日来的疲劳造成的影响?清濑叫阿走别练得太过火,自己却那么逞强。

一回到看台,竹青庄的众人纷纷出声道贺。尽管这是他们头一次参加纪录赛,却展现了强大的韧性,几乎每个人都成功跑出17分以内的成绩。尤其是姆萨,更是勇猛地冲进14分钟之列。双胞胎和阿雪的成绩是 15 分钟中段，神童和尼古则是 16 分钟前段。

这么一来，全队已经有八人取得参加箱根驿传预赛的资格。

很可惜的是，KING 的纪录超过 17 分钟。KING 的抗压性本来就不强，这次失败更是令他压力倍增，因此变得有些沉默。不过，在正常的情况下，下次纪录赛中他应该就能成功突破 17 分钟的关卡才对。

问题在王子。他落后第一名好几圈，慢到连裁判都以为他得了脱水症，差点要他弃权别跑了。

他的身体状况明明很好，也很认真在跑，结果竟然还是这么慢。他的龟速，让观众和其他学校的选手看到傻眼。

"他真的是田径选手吗？哪间大学的？"

"好像是宽政大。"

这样的对话在场内此起彼落。起跑 20 分钟后，当王子以宇宙无敌最慢速抵达终点、得到最后一名时，整座运动场甚至响起如雷的掌声。

"虽然很丢人现眼，不过也算达到某种宣传效果了。"阿雪耸了耸肩。

王子在抵达终点的同时力竭倒地，由神童和姆萨合力扛回看台。颁奖典礼早就结束了，他还软绵绵地瘫在长椅上。

"阿走，干得好，"收好东西准备回家的清濑，用力拍了一下阿走的背，"东体大那个一年级小鬼，早就偷偷摸摸离开了。算他活该。"

阿走一心专注在跑步上，早把榊的事忘得一干二净了。"灰二哥，你好会记仇。"阿走颇觉惊讶。

"刚才那个得第一名的六道大学选手跟我搭话。他好像很了解你。"

"是啊，"清濑点点头，"他是我高中时的队友。箱根之王——六道大学的队长，四年级生藤冈一真。他是让六道大学在箱根驿传三连霸的最大功臣。这次他们似乎也志在必得，打算缔造四连胜的伟大纪录。"

"厉害，原来他这么有名。"

"整个田径圈，大概只有你不认识藤冈吧，"清濑笑道，"因为你把注意心力都放在自己的跑步上，完全不管周遭发生什么事。要求自己当然不是坏事，但观察跑得好的人也很重要。"

比赛过程中，阿走当然没忘记观察藤冈的跑法。他的动作利落，完全不拖泥带水；而且他头脑清晰，精确地掌握了比赛的节奏。藤冈在最后两圈急起直追，赶在终点前超越房总大学——人称"驿传帝国"的名校——黑人留学生马纳斯，勇夺第一，成绩是13分51秒67。无论体力或速度，藤冈都令人叹为观止。

藤冈和马纳斯那种在最后阶段一决胜负的瞬间爆发力，很遗憾的，正是目前的阿走所欠缺的。他的实力和经验，也跟藤冈相去甚远。

比起他们，我还嫩得很。阿走心想。我得更加紧练习才行！我要榨出这副躯体的最后一丝潜力，装上强而有力的弹簧，跑得跟风一样快速、轻盈。我要跑到天涯海角，跑到别人以为我周遭的氧气特别充足，以为我永远不会疲累。

颁奖台上的喜悦，在一瞬间化为乌有，焦虑进占了阿走的心房。

我想跑得更快！我想抵达从来没有人体验过的高度！

在回程的休旅车中，王子终于恢复一点说话的力气。

"那些运动员，一副很阳光的样子，其实根本龌龊得很！大家为了在起跑后卡到好位置，不是用手肘顶人，就是推别人的背。"

"那有什么关系？反正你跑最后，旁边一个人也没有。"尼古挖苦道。

"话是没错，"王子噘起嘴来，"可是那个东体大的家伙在快要超越我时，竟然跟我说'慢死了，滚开'！气死我了！什么'运动家精神'，根本都是假的！"

因为你真的跑很慢，实在怨不得人。阿走没办法像过去一样和大家瞎扯。打从知道六道大学的藤冈有多厉害后，他没办法不这么想：竹青庄的人实在太散漫了。

再这样下去，连全员跑进17分钟以内都有困难。跑不好就没办法参加箱根驿传预赛，你们还笑得出来？

榊说的"赛跑游戏"这四个字，一直在阿走脑中盘旋不去。

看来，十个外行人想一起参加箱根驿传，根本就是痴人说梦。为什么高中时代的我，管不住自己的脾气？早知道就安分一点，不就能推荐到田径名校了吗？这样一来，我就能在一个充满优势的环境里，和顶尖好手一起练习了。

阿走感到恐惧。他害怕自己跟着竹青庄的人追求那个遥不可及的梦想时，会逐渐被速度的世界遗弃。

完成了首次纪录赛，竹青庄房客们放松下来，在车里拼命聊个不停，只有阿走一个人闷不吭声。他甚至没察觉到，驾驶座上的清濑频频透过后视镜观察着他的一举一动。

一旦乱了步调，阿走就很难再调整回来。

他的双眼被焦虑蒙蔽，没办法冷静审视自己的状态。不管练得再多，他都觉得不够；不管再怎么跑，他都感觉不到速度的提升。成绩停滞不前，但他该补充的营养也靠补给剂摄取了，而且跑得这么卖力，为什么？一想到这里，他又开始焦虑。然而就算这样，他还是没办法不跑。他害怕自己的状况会越来越糟，因此无法停下脚步。

做完当日的训练后，阿走仍然不断跑到夜色漆黑。他就像一条不游泳就会窒息的鱼，也像一只不振翅就会落海的候鸟。

阿走近乎自虐地跑着，好似被什么东西附身一样。其他人本来还抱着赞叹的心态看他跑步，不久后也发觉阿走拼命得有点异常。

"阿走，该休息了吧。"有人开始劝他。

"听说今天的晚餐是猪排饭！灰二哥已经先回青竹，说要让我们吃到刚炸好的猪排！我们也该回去了。"

"我再跑一下。"

阿走简短地回应出言关心他的城次，朝着夜色渐浓的旷野直奔而去。他的模样，宛如目露凶光的亡灵。

面对这样的阿走，清濑倒是没有多说什么，只偶尔提醒他"阿走，练得太过火了，注意一下"，大部分时间都是静观其变。阿走看不惯他这种态度。要我别练得太过火？我看是你自己太不认真吧！还有，他也不喜欢清濑光会叫人别练过头，却不解释清楚原因是什么，也不告诉他除了练跑之外，还有什么提升速度的方法。

阿走觉得自己已经练得很卖力了，但讽刺的是，跑出来的纪录不仅没有进步，反而节节后退。就连在关东大专院校杯中，他也只交出和膝伤未愈的清濑差不多的成绩。这虽然不算顶差，但在大专院校杯的所有参赛者当中，这种成绩只算得上平庸而已。

雨季来临了。

一天晚上，阿走跑完步回来，就被厨房里的清濑叫住。清濑坐在餐桌前，看来像是正在帮大家拟训练计划。其他房客都早已回自己房间休息，竹青庄里一片寂静。阿走拿着毛巾擦拭被雨淋湿的头发，乖乖在清濑对面坐定。

"这次的全国大专院校杯，我们两个先别参加吧。"清濑说。阿走大吃一惊，当场激烈反弹。

"为什么？我想参加！"

"你应该知道自己状况不好吧？练得那么凶，我看你已经有点贫血了？这种时候最好别逞强。"

"我跟灰二哥不一样，我又没受伤。只要再多跑跑，很快就能恢复水平。"

"是吗？"清濑侧过头，目光落在练习日志上，"我觉得你再这样下去，不管怎么跑都只是白费工夫。你没有好好正视自己，满脑子只想着跟别人比较，对不对？在这种状态下去参加大专院校杯，也只会得到反效果。"

阿走忿忿捶桌子一拳。"现在可是还有人连 17 分钟的门槛都跨不过去！我们能不能参加箱根驿传预赛都还是未知数，你竟然叫我别参加大专院校杯？那我要去哪里创纪录？难道你要我陪着你们把这一整年都玩掉吗！"

"你跑步只是为了创纪录吗！"

清濑也不甘示弱，把手上的纸张往桌上一砸。他牢牢盯着阿走，眼里带着一丝焦虑与愤怒。

"你这样，跟那些用高压手段管理选手、眼里只有速度的指导员有什么不同！说穿了，你的想法还不是跟那群你痛恨、反抗的家伙一模一样！"

"不一样！"阿走大吼。他不想被拿来跟高中时代的教练和那票人相提并论，但他又没办法向清濑解释他们之间哪里不一样、为什么不一样。但阿走又确实觉得这群怎么跑都跑不快的竹青庄房客很烦，也有点瞧不起他们，当他们是一群没出息的家伙。

阿走拼命寻找合适的字眼来反驳清濑。

"你以为随便跑跑就能进步吗？加入大学田径队、挑战箱根驿传，不是把跑步当兴趣就能过关吧？对我们来说，跑步可是一种竞赛！"

"那当然。青竹里没有人是随便跑跑，而我也没有把跑步当兴趣，或是一时兴起才把箱根驿传当成目标。"清濑又恢复往日的冷静。"阿走，你到底在急什么？"

"我才没有……"

"怎么了？"

王子从厨房门口探头进来，轮流看看这两人，感受到剑拔弩张的气氛。

"吵架了？"

"没事。"阿走站起身。

"你还没睡？要不要喝点什么？"清濑面露微笑。

"嗯，我喉咙好渴。"王子仍然放心不下阿走和清濑，边观察他们边打开冰箱。

阿走正想离开厨房，清濑又对着他的背影叮嘱道："大专院校杯那件事，你知道该怎么做吧。这是学长的命令。"

"是。"阿走语毕即穿过走廊，动作粗鲁地关上自己的房门。

阿走躺在被褥上辗转反侧，迟迟无法入睡。隔着薄薄的窗玻璃，夜晚的露水捎来清新的湿气。

第三次的纪录赛中，KING终于跨越了17分钟的门槛。唯一还没过关的王子也在庞大的压力下拼命练习。但是在阿走看来，他还是太松懈了。

王子到底为什么每天老要搞到三更半夜还不睡？阿走望着黑漆漆的天花板，心烦气躁地想着这件事。吊车尾的他，明明应该比任何人更规律生活，明明一大早就要起来练跑，干吗就是不乖乖去睡？……反正一定又是在看漫画。

王子和清濑似乎在厨房又聊了一会儿，才各自回到自己房间。阿走的房间正上方，传来王子的脚步声。

这是栋简陋的老房子，所以隔音很差，任何动静都会传到其他房客耳里。王子好像又在自己的宝山里翻找漫画，然后，书籍一本本啪啦啪啦掉到榻榻米上。"拜托你别再看漫画了！快点睡！"阿走一头蒙上毛巾被，弓起身子祈祷王子早点就寝。

不久后，二楼响起一阵怪声，听来像极了老旧风车的转动声。原来，王子又开始一边看漫画一边踩跑步机了。阿走被吵得睡不着，一把掀开毛巾被，拿起棉被旁的圆珠笔往天花板丢去。

但是，这么一丁点声响，根本不可能传进王子耳里。他依然在阿走正上方的房间里不停踩着跑步机。

其实王子也是很努力的。起初他是那么讨厌跑步，跑一下就叫苦连天，现在的他却自动自发地在半夜里独自练习。这全都是为了能和竹青庄的大家一起参加箱根驿传，以及之前的预赛。

可是，阿走实在没办法肯定王子的努力。努力如果得不到结果，就等于白费力气，没有任何意义。

阿走不知道自己究竟是想生气、想哭，还是想笑。只见他再度蒙上毛巾被，紧闭双眼。尽管双手捂着耳朵，跑步机的转动声和天花板的嘎吱声，依旧毫不留情地从楼上的房间倾泄而下。

6月底的第二次东体大纪录赛，王子终于跑出 16 分 58 秒 14 的成绩。他跨越了 17 分的门槛。竹青庄所有成员都取得参加箱根驿传预赛的资格了。

比赛结束后，大伙儿在运动场边牵着手欢庆成功。他们实在太高兴了，索性围成圆圈跳起舞来。大家绕着圈转啊转，活像在召唤飞碟的神秘仪式，一直绕到疲惫不堪的王子瘫在地上为止。

阿走没有加入这个圆圈，独自一人在稍远处默默看着他们。能参加预赛确实很令人开心，也像是打了一针强心剂，不过现在高兴还太早了。

其他学校的选手看到竹青庄的成员乐成这样，也纷纷交头接耳。

"听说他们终于能参加预赛了。挺有两下子的。"

"反正我看顶多也只能打到预赛吧。"

"无所谓，好歹留个纪念嘛。"

语毕，他们窃笑了几声。阿走敏锐地察觉到，这个笑里隐藏着许多涵义。

东体大的榊看到阿走落单，走过去对他说："听说你们想挑战箱根驿传是吧？别在预赛时漏气哦。"

阿走狠狠瞪着榊。他觉得很不甘心，却无言以对。

"阿走！"

清濑向阿走招手。阿走撇下榊，走向围在一起的众人。

"大家跑得很好，"清濑语气平静地慰劳大家，"我们又朝箱根迈进了一步。接下来的重点，是练习怎么延长跑距。不过，今晚先开PARTY庆祝一下吧！晚上练跑完后，大家到双胞胎的房间集合。"

"喔耶！"

双胞胎大声欢呼。阿走笑了，却是皮笑肉不笑。开PARTY庆祝？你们不是早就一天到晚在开PARTY吗？

阿走的脑海中浮现出每个人的最佳正式纪录。

阿走	14分09秒95
灰二	14分20秒24
姆萨	14分49秒46
城次	15分03秒08
城太	15分04秒58
阿雪	15分36秒45
神童	15分39秒45
尼古	15分59秒49
KING	16分03秒83
王子	16分58秒14

他们当中大部分人都还不具备第一线的作战能力。想在预赛中脱颖而出，还有很长一段路要走。这就是现实。

取得预赛出场资格了，但阿走不只没有从焦虑中解脱，反而越来越心浮气躁。难怪他在双胞胎房间的派对上，喝起酒来只觉索然无味。他实在没办法融入他们的欢乐气氛，只好独自坐在窗边。

清濑做的料理已经被清光八九成。众人在酒足饭饱之余，开始你一句我一句称赞起王子。

"本来我还担心王子过不了关……结果他可真够拼的！"KING 说。

"今天的最后冲刺，真的好精彩！真亏王子能赶在 17 分钟内冲过终点！"神童说。

"是啊，王子的英姿，也让我看得眼泛泪光了。"姆萨说。

双胞胎为了犒赏王子，还特地去商店街买来市面上还没正式发售的周刊漫画杂志送他，而王子也顾不得喝酒，当下就读了起来。尼古和阿雪看着这样死性不改的王子，不禁笑出来。

阿走的心情糟透了，忍不住嘀咕道："有那么了不起吗？"

所有人立即转头对他投以讶异的眼神。阿走知道自己已经骑虎难下，索性把话说开。

"王子的成绩没什么好称赞的。"

"你这么说也没错。"王子点点头，两眼仍紧盯着杂志。

"你什么意思？"城太生气了。就连向来笑脸迎人的城次，这回也厉声向阿走抗议。

"王子可是在三个月内大幅缩短了他的秒数！照这个步调继续练下去，他绝对可以在预赛时一瞬间跑完五千米！"

"别傻了。"阿雪马上吐槽道。阿走不理会他们，直接杠上王子。

"王子，你自己也很清楚，现在不是看漫画的时候吧。"

"就是说啊。"王子漫不经心地随口回答，倒是双胞胎愤怒地站起身来。

"够了喔，阿走！你最近真的很反常，恐怖死了。"

"就是啊！不要再针对王子了。你想说什么，放马过来跟我们所有人讲！"

"说就说！"阿走放下杯子站起来，"照你们这种散漫的跑法，绝对没办法参加箱根驿传！绝对不可能！我不懂为什么在这种情况下，你们还能悠哉悠哉地喝酒玩乐！"

"阿走，你不是也在喝吗？"神童拼命抓住阿走的脚踝，"你醉了吧？先坐下再说！"

至于双胞胎，则由姆萨抱着他俩好言相劝。但是竹青庄这三个一年级生，毫不理会学长们的劝阻，眼看就要大打出手。

"不要以为自己跑得比较快一点，说话就可以这么践！"

"是你自己说'放马过来'的！"

"那也要看好马坏马啊！不管怎样，我们哪有可能跑得跟你一样快！"

"这种话等你们认真练习过再来说！不过我看你们再怎么练也没用！"

"阿走，这句话就真的太过分了，"尼古正要起身，KING 突然大吼，"王八蛋，不要太嚣张！"而且还想抢先双胞胎扑向阿走——结果没有成功，因为到刚才为止一直默不作声的清濑，有如敏捷、凶猛的猎豹一般比他更先一步逼近阿走，一把抓起他的领子。

"你这浑蛋！"清濑怒吼道，"快给我醒一醒！王子跟大家都那么认真、努力，为什么你不能给他们一点肯定！他们是拿出真心在跑，为什么你要否定他们！就因为他们跑得比你慢吗？在你心里，只有速度才是衡量一切的基准吗？那我们干吗跑步？去坐新干线啊！去坐飞机啊！那样不是更快！"

"灰二哥……"

不光阿走，在场所有人都被清濑的怒气吓到动也不敢动一下。

"阿走，你要小心，光只追求速度是不行的，到头来只会是一场空。我就是一个很好的例子，难道你看不出来吗？总有一天你会吃到苦头……"

清濑话说一半，揪着阿走衬衫的那只手忽然失去力气，整个人摇晃起来。

"灰二哥！"阿走赶紧扶住清濑，"灰二哥，你怎么了！"

清濑脸色死白，沉沉地闭上双眼。

"灰二哥，振作一点！灰二哥！"阿走拍打他的脸颊，他却毫无反应。"怎么办！他昏过去了！"

"啥——！"

屋里顿时陷入一片恐慌。阿雪立即抓起清濑的手，测量他的脉搏。

"双胞胎，快去铺垫被！哪个人快去叫救护车——不，干脆叫医生来比较快！去跟房东先生讲一下，叫他请医生来看诊！"

城太和城次从壁橱里把垫被搬出来，一边抽泣一边说："灰二哥，你不要死啊！"神童和姆萨也朝着主屋拼命大喊："房东先生！救命啊——"王子则是慌慌张张地去一楼拿水，六神无主的KING只能在旁边干着急。

阿走和尼古合力扶起清濑，让他躺在垫被上。"不会有事的，你别太担心。"阿雪好言安抚，但阿走仍然不愿离开清濑一步，就这么低着头坐在他身边，直到房东把邻近的医生请来。

尽管早过了看诊时间，这名众人熟识的老内科医生还是十万火急地赶来了。医生拨开围在清濑四周的众房客，一会儿翻开他的眼皮，一会儿拿听诊器抵在他胸口，一会儿又用掌心检查他有没有发烧。检查完毕后，他扫视众人一圈，说出他的诊断："过劳。"

接着他又说："还有一点贫血。不过，现在与其说他昏倒了，不如说他睡着了。"

"……睡着了？！"

所有人的目光一致从医生转到清濑身上。没错,清濑的胸口确实正随着规律的呼吸而平静地一起一伏。幸好不是什么大病。但是,引起这么大的骚动,而且连医生都出动了,结果只是虚惊一场,也让众人不禁当场泄了气。

"应该是睡眠不足造成疲劳过度吧。"医生往黑色公文包里一摸,两三下就准备好一支针筒。"我帮他打个营养针,今天晚上你们就让他好好睡吧。有什么事再打电话给我,我先走了。请让病人好好休养,不要让他太操劳。"

"谢谢医生。"

所有人一同道过谢后,阿雪和神童负责送医生到玄关。清濑依然沉睡不醒。不论针头刺进肌肉的痛,还是双胞胎盖上毛巾被的动作,都没引起他任何反应。

"都是我的错。我不该让灰二哥为我操心的……"

阿走垂下头,端详着清濑的睡脸。他好后悔,也觉得自己很没用。连六道大学的藤冈都看得出清濑身体不适,他却完全没有发觉。因为他满脑子只想着跑步,连同住一个屋檐下的伙伴都没被他放在眼里。

隔着垫被坐在阿走对面的王子,无力地摇摇头。

"这不能怪你,要怪就怪我怎么跑都跑不快。"

每个人静悄悄地围坐在清濑四周,看起来跟目睹释迦牟尼圆寂的森林动物没两样。送客回来的阿雪和神童被这股有如守灵一般的气氛吓了一跳,在榻榻米上坐下。

"仔细想想,我们的大小事都是灰二兄一个人在打理。"姆萨说。

"就是说啊,"KING 盘起胳膊,"不管是报名参加纪录赛,还是生活琐事,全都是灰二一手包办,连煮饭也不例外。"

"他根本就是教练兼领队兼经理兼舍监。"城太说。

"光是练习就够让灰二哥吃不消了,我们还给他添这么多麻烦。"

神童口气沉重地回想着。

城次见大家愁眉苦脸的,刻意用开朗的口气提出一个建议。

"我觉得,接下来我们至少应该帮灰二哥分担厨房的工作,大家轮流做饭!"

此言一出,众人纷纷表示赞同。

"既然如此,大家和好吧。"尼古语毕,各看了阿走和王子一眼。

"好啊。"

王子一口答应,阿走也为自己先前幼稚的态度觉得难为情,怯怯点了点头。

"双胞胎,你们也原谅阿走吧。"

阿雪一说,城太和城次也不好意思地瞥阿走一眼,异口同声地说:"那还用说。"

"好,那没事了!"尼古代表众人发言,"大家绝对不能辜负了灰二的遗志!让我们团结一致,一起去箱根吧!"

"一起去箱根!"

竹青庄的房客们围着躺平的清濑,伸出手紧紧交握在一起。

"我可不记得我死了,你们少在那里触我霉头。"

阿走惊讶地看向枕头的方向。清濑醒了。

"受不了,你们在搞什么啊?"

清濑拨开自己肚子上方那一双双交叠的手,作势要起身。

"你好好休息!"阿走赶紧压下清濑的肩头,逼他再躺回去,"灰二哥,你刚才昏倒了!医生说你太过劳累,引发了贫血。"

"是吗,给你们添麻烦了,"清濑仰望看着自己的阿走,"看来你们已经吵完了。太好了。"

"真的很对不起,"阿走坐直身子,低头致歉,"我一直很浮躁,而且太心急了。"

"因为阿雪房间的噪音太吵了对吧？"

尼古满脸同情看着阿走，眼神仿佛在说："我懂你的苦……"

"要扯大家来扯啊。我看是天花板吱吱嘎嘎响个不停的关系吧？"

阿雪这句话，听得王子心虚地打了个哆嗦。阿走连忙否认。

"其实在来青竹之前，我就是这个样子了，满脑子只想着跑步，觉得周遭的事都跟我无关、也不在乎。"

老实说，阿走现在还是不知道自己该怎么做。除了速度以外，他不知道该朝着什么目标跑下去。不过，他还是毅然决然抬起头来。

"从今天起，我会认真地跟大家一起挑战箱根驿传。"

"什么！"双胞胎的房间爆出一阵惊呼。

"从今天起？那之前是什么！"城次一副咬牙切齿的样子。

"没什么，我本来是想随便陪你们跑一跑就算了，"阿走说出真心话，"因为我觉得你们一定没多久就腻了，然后说退出就退出……对不起。"

"你本来只是想随便跑跑，却还练得那么勤。"神童佩服得五体投地。

"因为我这个人只会跑步啊。"

阿走说得一脸认真，阿雪摇着头说："妈啊。"KING更是傻眼地说："阿走，我觉得你根本就是变态。"

"你太厉害了！简直称得上怪胎。"城次忍住笑意。

怪胎你个头！阿走有点生气，但看到连清濑都点头表示认同，也只好按捺住怒气不发作。

"我没办法戒掉漫画，但是以后我会更努力练跑的。"王子抬起头宣示。

尽管众人心中的芥蒂并没有完全消除，但那份想和伙伴朝共同目标一起努力的心情，头一次在所有人的心中萌芽。

清濑看着此情此景，开口唤道："阿走。"

阿走维持跪坐的姿势，倾身靠向躺着的清濑。

"你知道对长跑选手来说,最棒的赞美是什么吗?"

"是'快'吗?"

"不,是'强',"清濑说,"光跑得快,是没办法在长跑中脱颖而出的。天候、场地、比赛的发展、体能,还有自己的精神状态——长跑选手必须冷静分析这许多要素,即使面对再大的困难,也要坚忍不拔地突破难关。长跑选手需要的,是真正的'强'。所以我们必须把'强'当作最高的荣誉,每天不断跑下去。"

不论阿走或其他房客,全都全神贯注地聆听清濑的话。

"看了你这三个月来的表现,我越来越相信自己没看错人,"清濑接着说,"你很有天分,也很有潜力。所以呢,阿走,你一定要更相信自己,不要急着想一飞冲天。变强需要时间,也可以说它永远没有终点。长跑是值得一生投入的竞赛,有些人即使老了,仍然没有放弃慢跑或马拉松运动。"

阿走体内那股跑步的热情,就像一团无以名状的强烈情绪,经常在他心中掀起纷扰的涟漪。但清濑的一席话,却无比炙热地烙进他朦胧幽暗、彷徨无措的内心世界,宛如曙光乍现,照亮阿走心中每一个角落。

但拉不下脸的阿走,嘴硬地反驳:"老人又没办法破世界纪录。"

"谁说的,人家破得才凶。"尼古随口跟阿走抬杠,清濑则无奈地泛起微笑。

"在膝盖受伤以前,我的想法也跟你一样,"清濑徐徐说道,"但是年纪大的跑者,却有可能比你还'强'。这一点,就是长跑的奥妙之处。"

清濑这番话并不只是针对阿走,也是针对在场的每一个人。或许是累了,只见清濑打住话头,闭上眼睛。

"灰二哥,不要睡在这里吧!"城太和城次摇晃清濑。

"吵死了，解散。"清濑含糊不清地咕哝道。

一行人静静地离开双胞胎的房间。

阿走最后一个离开。带上门时，他顺势回头，正好看到双胞胎紧挨着彼此睡在刚从壁橱拿出来的另一组棉被里。

灰二哥说的"强"，到底是什么意思？阿走思忖。他知道清濑不是指蛮力或脚力，却又觉得应该也不是单指精神层面上的。

阿走突然忆起孩提时见过的雪原。那天他起了个大早，走到附近的原野一看，熟悉的景色已经因夜间的积雪而焕然一新。他开始奔跑，随心所欲地在这片杳无足迹的白色原野上飞驰，只为了用双足勾勒出美丽的图案。这是阿走第一次体会到跑步的乐趣。

或许所谓的"强"，正是某种建立在微妙平衡上的绝美之物——就像当时他画在雪地上的图案。

阿走一边思考，一边蹑手蹑脚地悄声下楼。

翌日，暌违已久的艳阳高挂天空。阿走晨跑完毕回来时，清濑正好在竹青庄的院子里喂尼拉。

清濑对阿走说："回来啦。"阿走也答道："我回来了。"

清透耀眼的晨曦。崭新的一天，即将如常展开。

第五章　夏之云

"天气这么热，要怎么练习——"

"可是不练的话，我们就要睡路边了……"

阿走在厨房煮午餐要吃的面条，背后传来这样的对话。原来城太和城次正躺在前门走廊上纳凉加闲聊。

自从清濑累倒后，竹青庄这一票人变得比以往更加注意健康管理。他们不只每个月定期到上次出诊的内科医生那儿做贫血检查，厨房也随时储备着各种营养剂，临睡前每个房间里更会展开"马杀鸡"推拿大战。

可是，他们拿夏天的炎热一点办法也没有。

大学第一学期的考试结束了。时值暑假，气温热到让人几乎要脱一层皮。竹青庄里当然没有冷气，所以前门和每一扇房门都是全天候开启，大伙儿也像蛞蝓似的在通风的走廊上爬来爬去，希望能过得稍微舒服一点。

大锅上冒出来的热气和蒸气直扑向皮肤，黏在身上、化为汗水。阿走飞快将面条盛在滤盆里过水沥干，然后在餐桌摆上沾面用的酱汁、矿泉水和冰块。

"煮好啰！"

阿走用 T 恤的肩头部位拭去汗水，朝外头喊道。

双胞胎慢吞吞地站起来。城太往餐桌看一眼，嘀咕了一句："有没有这么寒酸呐，至少也加点佐料？"

"灰二哥已经去院子里摘紫苏了。"

阿走把一大盆像山一样高的面线摆到餐桌正中央,再拿起勺子敲几下大锅的锅底。竹青庄的房客纷纷从四面八方爬入厨房,活像一堆垂死的蛇。

"灰二到底是去哪里摘紫苏?"

"神童兄也不在,到底怎么回事?"

"话说回来,房东先生真的很不好对付,何必气成那样。"

"他不生气才怪。"

这伙人一边吸面一边叹气,堪称一门绝技。

清濑累倒那天晚上,忧心忡忡的房东先生也想进入竹青庄一探究竟,却被神童和姆萨挡在门外,死也不让他进门。

房东先生觉得事有蹊跷,隔天趁众人上学时溜进竹青庄,结果才踏进门就看到双胞胎房间地板的破洞。

房东把这栋破公寓看得跟宝贝儿子一样重要,如今被弄出一个大洞,简直伤心欲绝,于是把众房客全叫到眼前,发出通牒。

"竹青庄需要整修,所以我决定调涨房租,来筹这笔整修费。"

"啊——"

"啊什么啊!你们就不会说,'我们一定会在箱根驿传夺得佳绩,找到愿意帮我们盖新宿舍的有力赞助者'吗?"

"哪有那么好的赞助者!"搞出破洞的罪魁祸首城太嘴里念念有词,被房东瞪一眼,马上闭嘴。

"我看你们精力挺旺盛的,箱根驿传对你们来说应该没什么吧?不想要涨房租,就给我想办法参加箱根驿传!"

大伙儿不敢再刺激房东,怕他老人家气血攻心翘辫子,只好乖乖地应道:"是——"

"我哪有能力搬家。只要能不涨房租,我是很愿意练习……"房里囤了一堆漫画的王子说,"可是说真的,你们不觉得在夏天跑步根本是找死吗？不知道其他田径队是怎么熬过夏天的。"

"大概都是在比较凉爽的地方集训吧，比如北海道之类的。"阿走答道。

"北海道！"

光是听到这三个字，就令城次当场晕乎乎，看着沾面酱汁的样子，仿佛看到螃蟹、海胆、拉面这些当地美食。阿走觉得应该趁他还没陷得太深前把他拉回现实，所以轻咳了几声说："我们不可能去北海道，哪有那个钱。"

城次失望地一口咽下面线和即将融化的冰块。这时，清濑和神童回来了。

"灰二，你们真慢，我都吃完了。"尼古说，但清濑还是把手中的紫苏叶硬塞给他。

"大家逃离东京这个炼狱吧！咱们去集训！"

"北海道？！"双胞胎站起身来。

"不是，是白桦湖。"

尽管蓼科高原的白桦湖不像北海道那么吸引人，但好歹也是知名的避暑胜地。

"可是我们哪有钱办集训？"阿走问。

"商店街的善心人士会支持我们，"清濑说，"'冈井打击练习场'的老板愿意把白桦湖的别墅借我们住，八百胜和其他店家会提供集训时需要的食材。至于往返的交通工具，我们有青竹的面包车，所以花不到什么钱。"

"关于资金的问题，大家尽管放心，"神童打包票，"我们已经在商店街和学校里大肆宣传挑战箱根驿传这件事，支持者一定会越来越多。而且，尼古学长的铁丝小人卖得比我想象中还好。"

"什么？"

尼古闻言一愣，手边的动作一顿。他本来正在把撕碎的紫苏叶分配到每个还没吃完面条的人碗里。

"你在卖那东西？那种东西要摆在哪里卖？谁会去买啊？"

"我把它们放在杂货铺里寄卖，结果很受女孩子欢迎。她们都说这种避邪娃娃看起来很恶心，可是又好可爱，"神童微微一笑，"拜托你今后再多做一些。"

"哦耶！集训、集训！"

城太和城次牵起手高声欢呼。王子早就不见人影，想必现在正在自己房里思考该带什么漫画去集训吧。所有人开始在心里勾勒一幅快乐的夏季集训想象图。

凉风吹过湖畔，我和一名身穿白色洋装的美少女一起啃着玉米，共乘一艘天鹅船。即使秋天到来，我俩的爱也不会结束。我们在白桦树林约好他日在东京重逢，然后为短暂的别离流下泪水……

"……本来是这么想的，"城次拉长了脸，"为什么现实这么凄惨啊！"

打击练习场老板借他们的别墅似乎荒废已久，呈现半腐朽状态。

一行人搭着清濑驾驶的白色面包车来到位于白桦湖畔针叶树林中的别墅，光是打扫屋里就用掉集训的第一天。大伙儿擦地板、刷浴室、清理暖炉的煤灰，直到打扫完毕，这栋木屋才稍微恢复一些生气。

众人第一眼看到这座盖在树林里的别墅时，还以为是熊用木头堆起来的窝。现在经过一番整理，总算比较像人住的地方。阿走松了口气，把捡来的树枝丢进暖炉里。

"城次，你的妄想也太老套了！"满脸灰尘的城太说，"我早就猜到会这样了。"

从白天的情形看来，前来白桦湖避暑的多半是家庭或银发夫妻。天鹅船伴随着湖畔小型游乐园传来的音乐声，寂寥地在碧波中漂荡。

"我觉得凉爽固然很好,"姆萨在Ｔ恤上披了件连帽外套,"但天黑后可是凉得让人发冷呢。"

阿走一点燃暖炉,众人便纷纷围拢过来。窗外黑漆漆的,只听得见树梢的沙沙声。

清濑出神地望着火焰半响,接着说:"晚餐已经准备得差不多了,只要再把咖喱块放进去就好。吃晚餐前,我们先去跑一圈吧。"

"又是咖喱!"

"别闹了!打扫已经让我去掉半条命了!"

"天这么暗,万一被车撞到怎么办!"

不用说,清濑当然不会把他们的抗议听进去。大伙儿被迫穿上鞋,来到未铺设柏油的林间道路。

"路还不熟就要我们跑,"尼古搔了搔头,"湖在哪边?"

"反正只要往下坡去,一定可以抵达湖边。"

众人排成一列纵队,由阿雪带头起跑。殿后的清濑对大家下指令:"绕湖一圈是3.8公里,大家各自跑三圈,再回别墅吃晚餐。"

"好——"

一来到湖畔的柏油道路,每个人便开始照着自己的步调跑起来。土产店与小型美术馆都已拉下铁卷门,除了两家大型旅馆还亮着灯火,其他建筑物都一片漆黑。众人没有心情欣赏沿途景致,只能边跑边摸索这陌生的路径。

阿走和清濑并肩而跑,奔驰在夜色下的和缓弯道。拍上岸边的湖水声,是他们在黑暗中的唯一指标。

尽管处在不同于以往的空气中,跑在不同于以往的道路上,阿走却不觉得有什么异样。他的身体早就掌握了距离感。既然已经知道一圈有3.8公里,他就能以速度和身体的感觉来推算自己现在的所在位置。

现在的阿走,正充分体验着跑在陌生土地上的激昂与快乐。

"教练呢？"阿走询问身边的清濑，"又去围棋俱乐部了？"

"天知道，反正他不久后会来跟我们会合，"清濑困惑地略偏着头，"不知道为什么，房东先生死都不坐我开的车。"

一行人早上要从竹青庄出发时，房东还在院子里目送大家离去。当时他心满意足地看着后车厢塞满了商店街提供的食材，却始终不肯上车。

"真不给面子，你的开车技术明明已经进步很多了。"

话才出口，阿走便暗自懊悔："惨了，说漏嘴。"不过，清濑的开车技术确实进步神速；在前往白桦湖的途中，甚至还有人在车上睡着了。遥想第一次参加东体大纪录赛时，大家还以为自己坐上了在做花式表演的航天飞机，不是全身僵硬动都不敢动，就是吓到快昏过去，哪里想得到日后居然能安心地在清濑的车上呼呼大睡。

"不管学什么，我都学得很快，"清濑淡淡地说，"我这个人很死心眼，所以不管是做研究或练习，很容易一头栽进去。"

阿走想起尼古那则关于开车的传说。"那、那你'那里'是不是，也、也……"他吞吞吐吐半天，最后还是说不出口，只能点头说，"是吧……我想也是。"

阿走与清濑超越跑得比较慢的成员，率先回到别墅。在湖边跑了三圈，两人已经习惯高原的凉意和夜晚的湿气。做完缓身操后，阿走去浴室放洗澡水，清濑则将冰块装在塑料袋里，拿来帮右小腿肚冰敷。这是为了预防肌肉在运动之后发炎。

"你还好吧？"

"没事，"清濑露出微笑，"你先去洗澡吧。"

阿走洗完后，清濑把搅拌咖喱的任务交给他，拌着拌着，跑完全程的伙伴们也回来了。他们脱下汗湿的Ｔ恤，一窝蜂挤进浴室里。

这群人抢夺莲蓬头的声响和五音不全的歌声，连在厨房都听得一清二楚。清濑似乎被赶出了浴室，顶着一头湿发打开电饭锅锅盖，而阿走也帮忙清濑将食物端上桌，在大张的原木餐桌上一一排好。

堆得跟山一样高的咖喱饭和色拉；添加蛋白粉的牛奶；甜点是水蜜桃。这些全都是商店街提供的食材。

洗得一身干净清爽的众人纷纷围桌而坐。正当他们拿起汤匙准备开动时——

"等一下，"清濑说，"是不是少了谁？"

众人面面相觑，原来是少了神童与姆萨。

"怪了，连王子都回来了啊。"

"我跑最后一圈的时候，前后左右好像都没人了。"王子纳闷。

"该不会出了什么意外？"KING站起身，从饭厅的窗户向外眺望。

清濑问："有没有人在回程时看见姆萨和神童？"没有人举手。尼古已经上了二楼，不久后传来开灯的声响，想必他是打算让灯光在森林中成为显眼的目标。

"他们到底跑到哪里去了？"

"是不是应该出门找人？"

双胞胎担忧地提议道。

"不行，万一又有人迷路就麻烦了。我们再稍微等一下吧。"

清濑嘴上这样说，其实心里也急得不得了。他打开前门，注视着黑漆漆的林间小径；尽管竖起耳朵，却仍听不见姆萨和神童的脚步声。咖喱逐渐变凉，但现在大家都无心吃饭。

阿走来到清濑身旁，和他一起站在门口。尼古从二楼走下来，拍拍清濑的肩膀："放心吧，在外头睡一晚也没什么大不了的。"

这时，众人身后的后门猛地开启。大伙儿吓得回头一望，正好看见姆萨和神童从饭厅后方的厨房旁边走进来。

厨房后头是一片没有路走的陡峭斜坡，阿走怎么也想不到他们俩居然会从那种地方冒出来，顿时看傻眼。

"不好了、不好了！"

"东体大也来白桦湖了！"

姆萨和神童大叫。

大伙儿回过神，重新围坐在桌旁，一边吃咖喱饭一边听他们娓娓道来。据姆萨和神童所言，原来从别墅沿路再往山上爬，刚好就是东体大的会馆。

"那栋建筑物还很新！我们看到灯亮着，以为是我们住的这栋别墅，结果走到窗边一看，竟然看到东体大那些家伙在吃饭。"神童说。

"而且他们竟然在吃烧肉！怎么看都是最高等级的和牛牛肉。"姆萨补充道。KING 闻言默默地把掺着猪绞肉的咖喱扒入口中。

"你们怎么会爬起山来了？"清濑问。

"我们没有想爬山的。"

"是因为天色太暗，不小心迷了路。"

姆萨和神童不假思索答道。

"神童，你不是在山里长大的？"

"是没错，但我是路痴，方向感很差。"

"呵呵，我也是。我在国内时，父母还再三叮咛我不准去大草原玩，就连朋友邀我去也不行。"

清濑头痛地揉起太阳穴。阿走悄声附耳问道："灰二哥，怎么办？你不是打算让神童跑上山那一段[1]吗？"

"是啊，"清濑语带无奈，"这很可能会成为驿传转播史上头一出箱根遇难真人秀。"

"比赛时会有前导车，所以应该不至于，"阿雪冷着脸说笑，"要是

---

1 箱根驿传共分成十个区间，上山那一段是指第五区间，小田原到箱根路段。

真的有什么万一，只能相信神童的野性嗅觉了。到时就拜托他在箱根山上自己开出一条路，抄捷径到达芦之湖。"

"咦，可以吗？"无意间听见此言的城次，天真地问。

"想也知道不行！偏离比赛路线就当场淘汰了。"清濑驳斥道。

"可是以前真的发生过！"

杂学知识丰富的KING当场小露一手。身为猜谜狂的他，似乎也事先查好箱根驿传的相关小知识。

"当时的参赛学校只有四所，那是大正时代的事了。听说这些学校最热衷的不是练习，而是怎么在箱根山里找出最短的捷径。其实这也难怪，连箱根驿传也有过那种连电台实况转播都没有的古早时代。"

"那不是作弊吗？"王子一边剥水蜜桃皮一边说。

"这就是大学生最爱的勾当啊。"尼古一边添饭一边笑。

阿走的脑中浮现大正时代的学生走在箱根荒径的情景。他们和对手卖力相搏，但也不忘动歪脑筋投机取巧一下。他们和时下的学生没什么不同，同样既愚蠢又乐天。

"等我们通过预赛，就去找捷径吧。"

"都说了不行了。"

"问题是东体大。现在怎么办？"阿雪说。

"明天起，我们肯定会在湖边的路上跟他们强碰。"神童也喃喃说道。

阿走不发一语，内心燃起满腔斗志。就算只是练跑，我也不想输给东体大的选手！

"不要跟他们吵架，"清濑叮嘱众人，"湖只有一个，大家就互相礼让，一起好好跑吧。"

竹青庄的成员们在别墅二楼盖着毯子睡成一团，清晨鸟啼一响他们就醒了。大伙儿做完热身操后，想在新鲜空气中来个早餐前的练跑，谁知道才来到湖畔，就和东体大的选手碰个正着。

穿着同款运动服的东体大田径队员,才刚在开店前的土产店停车场上开完晨会。他们大约有五十人,依程度分成几支队伍,正准备开始练跑。

总教练和几名看似教练的人分别坐上好几辆车,跟在各自的队伍旁边。站在最前头的几名东体大成员,按照学长学弟的辈分依序起跑。一旁的城次看了,不禁赞叹道:"好壮观。"

宽政大学的长跑队员,就只有竹青庄这十个人。他们从没在练跑前开晨会,教练总是不见人影,身上的服装也是随兴之所至。拿双胞胎来说,身上穿的是跟白桦湖景观格格不入、来自夏威夷的鲜艳T恤。

东体大一年级的榊似乎注意到了阿走一行人。他对队友们附耳说了几句后,东体大那群人便一个个开始窃窃私语,一年级生更是接连回头打量他们。

"怎么好像有点尴尬的感觉啊。"姆萨不禁有点畏怯,容易紧张的KING甚至一副想溜回别墅的样子。

"我们走吧。"

阿走的态度十分坚决。只要扯到跑步,他一向不服输。

"怎么,一大早就这么精神。"

尽管嘴上猛嘀咕,竹青庄的成员还是跟着阿走向前跑。

"你们不用管阿走,照着自己的步调跑。"

阿走听了不禁扬起嘴角。果不其然,清濑嘴上说不要理阿走,自己却立刻追了上来。跑在两人前头的榊频频回头,挑衅地招手要他们跟上来。

"你可别中他的计。"

"有什么关系,我可以超越他啊。"

"稳住你的节奏!今天的训练要用20分钟跑五公里的速度来跑。"

阿走看向清濑。只见他泰然自若地望着前方,脸上的表情显示他只专注于倾听自己身体的声音。不论是东体大田径队，还是偶尔驶过的汽车，对集中心力跑步的清濑来说，都等于不存在。他只是一心一意地在湖泊与针叶林间的窄道当中，默默运行自己的身躯。

"好。"阿走说。他效法清濑，将榊抛到脑后。20分钟跑五公里，他用心感受自己的肌肉和心肺在这个速度下的律动。这速度跑起来并不吃力，他可以轻易感觉到血液在身心之间循环。

鸟儿朝着猛然东升的旭日发出清脆的啼声，由山顶往下吹来的风，在湖面拂起小小的涟漪。

到底什么是"强"呢？阿走突然又放任思绪飞驰。是不是就像灰二哥的沉着冷静？他坚毅、冷静地在自己的世界中奔跑，从不受到任何影响。我跑得比灰二哥快，却不敢说自己比他强。我动不动就生气，而且满脑子只在意输赢。

阿走很想知道什么叫做"强"，也想知道自己欠缺的又是什么。这是他头一次浮现这种念头。以前的他，总像是被什么催促似的，只会凭着本能向前跑。

面对这群个性十足的伙伴，清濑从不束缚也不强迫他们，而是施以循循善诱。阿走回头望去，竹青庄的伙伴们正奔跑在湖畔的道路上。尽管实力参差不齐，大家的姿势却很正确，跑得也很认真。春天时他们还抱怨连连，但经过三个月的努力，现在也跑出田径队员的风范了。

阿走转回头，微微垂下眼。他仔细看着踩踏在地面上的脚，接着注意力一路向上移，连手指摆动的动作也详细审视了一遍。

只要追随灰二哥，就一定能看见——看见那个他热切期盼得见、耀眼璀璨的无名渴望。

东体大的一年级生在榊的带领之下，不时做些小动作干扰宽政大学的人。

当阿走一行人沿着湖畔奔跑时，东体大的人就故意并排挡在他们前面；或是故意团团围着阿走跑，给他制造压力。总之，就是趁他们教练和学长不注意时，用各种手法戏弄阿走他们。

对于这些，阿走完全没放在心上。早在上大学之前，他就已经在社团活动或比赛中习惯这种骚扰了。他们如果围过来，只要甩开他们往前冲就好；他们如果故意挡路，从旁边的对向车道绕过去就行了。

但竹青庄的人都是初出茅庐的跑者，不懂跑步时的攻守战术。因此东体大一年级生的骚扰确实影响到他们的士气，让他们阵脚大乱。

"实在太幼稚了。"

起初静观其变的清濑，终于也咽不下这口气。在傍晚的练跑结束后，清濑决定前去抗议。

约有二十个东体大一年级生，聚集在土产店的停车场上。清濑毫无惧色地走向他们，竹青庄其他人没办法眼睁睁看着清濑独闯敌营，赶紧跟上。

暮蝉的鸣叫声，寂寥地在湖畔的空气中回荡。"我们有十个人，算下来一个人只要揍扁两个人就可以。"尼古扳响手指，姆萨也开始扭动脚踝，舒展筋骨。东体大的一年级生停止交谈，转过头来。两校的选手，在停车场正中央展开对峙。

"请你们别再来妨碍我们练习。"

清濑沉着地说出来意。榊随即从东体大那群人中走出来。

"我们才想请你们别找碴呢。你说我们妨碍练习，有证据吗？"

"有。"阿雪说完，随即从口袋掏出手机亮在他们面前。待机画面上清清楚楚显示了占据整个步道的东体大学生，以及在后头因此跑得绑手绑脚的阿走。

"我本来是想确认练跑的姿势，才随身携带手机的，没想到竟然拍到有趣的画面。"

"我了解你的用意,但以后不要再带手机跑步了,"清濑提醒阿雪,"身上带着多余的东西,反而会害你的姿势跑掉。"

你弄错重点了吧!阿走暗忖。他虽然不喜欢阿雪夸张的研究行径,但满脑子只想着跑步的清濑也让他觉得恐怖。就连一旁的榊,也露出既傻眼又尴尬的神情。

清濑再度转向东体大一年级生。

"我话说完了。我也不想让你们的教练跟队长看到这张模糊的照片……希望你们懂我的意思。"

"当然懂,"榊扬起嘴角,"我们东体大铆足了劲练习,目标是挑战箱根驿传,哪有闲工夫去管那些一时兴起来挑战田径的人。"

"这一点我们挺像的。"

阿走看到清濑的太阳穴浮出青筋。

"我也觉得耍那些幼稚伎俩来妨碍别人认真练习的人,真的让人很困扰。"清濑和榊狠狠地互瞪对方。

"灰二哥。"阿走轻唤清濑,伸手想抓住他的手臂安抚他。

"我们对'认真'的定义好像不一样吧,"榊不客气地呛回来,"要不要来比比看?你们十个人和我们这边十个一年级生沿着湖边跑,看谁跑得快。"

听到这露骨的挑衅,变成阿走当场暴走,冲着榊怒吼道:"比就比,谁怕谁啊!"

阿走明白榊花了许多心力练跑,但即便如此,他还是不能容忍榊污辱竹青庄的人。榊的态度让他仿佛看到过去的自己,心里非常不舒服。这回,换成清濑抓住阿走的手想阻止他,却被阿走一把甩开。

"你对我有意见不是吗?既然这样,就我跟你比一场!不要因为赢不了我,连这些人也拖下水!"

"藏原,你怎么还是跟以前一样臭屁啊。"榊也毫不退缩,正面迎战。

双方人马赶紧出面阻止眼看就要打起来的两人。双臂被尼古架住的阿走仍然气冲冲地瞪着榊,被队友拉住双手的榊也又踹又踢,恨不得一脚踹飞阿走。

"你们俩还有空搞私人恩怨?"

清濑平静地告诫,像在说给阿走和榊听。"给我专心练习。"

榊从队友手中挣脱开来,整理一下凌乱的运动服。他先是看看走,跟着又轮番看了竹青庄每一个人一遍。

"好玩吗?"榊低声问道。"跟这群好不容易交到的'伙伴'一起跑步,你觉得好玩吗?藏原。"

"够了,"清濑打断榊的话,转过身,"我们回去吧。"

清濑出声催促,阿走却一动也不动。你没有资格跟我说什么"伙伴"!怒火和懊悔令阿走的脑袋隐隐作痛,只见他挣脱尼古的双手,站在那儿狠狠瞪着榊。榊继续往下说。

"现在你可以跟这些把你当成宝的人开开心心玩跑步游戏,满意了吧?"

"说什么你!"

别装了,是你们吧!当初一直吹捧我跑得有多快的,不就是你们吗!嘴上赞美我,背地里却嫉妒我、把我当成竞争对手!最讨厌那所高中的田径队了!你们这些表面上装出一副和乐融融的样子,私底下却互扯后腿的家伙,简直令我恶心得想吐!

阿走很想把这些话全说出来,却气得不知该如何表达。然而,在他的脑袋深处,也同时存在一个矛盾的念头:自己没有立场反驳榊。

因为我对他做了不可原谅的事。阿走握紧拳头,告诉自己:忍下去!都是因为我,害他不能参加高中最后一场大赛,也难怪他那么生气。忍下来,就当作是尼拉在吠吧。

"现在你可以跟别人相亲相爱地一起跑步,那时候为什么就办不到？为什么你要把我们的努力化为乌有？明明只要稍微忍一下就过去了！"

不行，我忍不下去！尼拉那么可爱，但是榊一点都不可爱！面对榊一连串的逼问，阿走决定不再忍耐。

"我这个人就是没办法忍耐！"

阿走反击的气势，连狮子见了也要逃之夭夭。我才想问为什么！为什么你只会默默忍受队里那种令人窒息的气氛？尽管阿走有满腹的话想说，却需要一点时间来把心里的想法转化为言语。但榊马上摆出有如大象行进般的气势，轻松踩扁阿走的反击。

"藏原，你少嚣张了！"榊压低声音，一鼓作气说出，"当时你一定觉得就算你没办法参加比赛，也会有大学向你招手吧！真可惜呢，结局是这样，你不过就是一个自以为是又任性的……"

"我不是已经说'够了'吗？"

清濑冰冷的语调，让这两只宛如在大草原上互斗的猛兽为之冻结。阿走回过神，偷偷观察站在身后的清濑是什么脸色。只见他有如冰块一样面无表情，双胞胎在他身后拼命对阿走比手画脚劝他："别再吵了！""灰二哥快气炸了！"

清濑见阿走已丧失战意，于是将冰冷彻骨的眼神转投向榊。

"我知道你有你的理由，但阿走现在是宽政大学的选手，我希望你不要随便伤害或打击他。"

这次真的要走了——清濑撂下这句话，立刻把阿走推向林中小径。阿走的T恤下摆被清濑揪得紧紧的，只好跟着他一起往前走。

"阿走到底对榊做了什么啊？"

"谁知道。不过，感觉他好像在各方面都很出风头？"

KING和城太发挥想象力，在一旁窃窃私语。"快点过来！"清濑大喝一声，竹青庄的成员这才陆续撤离停车场。

"我奉劝各位小心一点，千万别在紧要关头被那家伙捅一刀。"

榊撂下这句话，清濑只是稍稍回过头，扬起嘴角。

"预赛时我会让你见识一下我们有多'相亲相爱'、有多认真跑步。啊，不过，你们要忙的事那么多，恐怕也没空欣赏吧？总之，你就努力挤进正取选手名单吧。"

"到底谁幼稚啊。"

"灰二真是坏心眼。"

尼古和阿雪在一旁偷笑。宽政大学田径队只有他们这几个人，大家都是正取选手，一定都可以出赛。

"看来，只有十个人的小田径队，也有好处呢。"姆萨同情地看着那群懊恼的东体大一年级生。

阿走瞥向身旁的清濑。虽然他没有再爆青筋，却仍绷着一张脸，似乎在思考着什么。又给他添麻烦了。阿走硬是吞下那声差点脱口而出的叹息。

"对不起，灰二哥。"

"你没必要跟我道歉。"

他果然还在气头上。阿走左思右想，重新选了另一句话。

"谢谢你，灰二哥。"

"不客气。"清濑说。

清濑脸庞的线条比刚才柔和多了。阿走这才明白，原来这种时候只要道谢就好了。灰二哥刚才站出来维护我！阿走心中的愤怒与烦躁逐渐退去，心情轻松了不少，开始迈开大步向前跑。

"你回去后先放洗澡水。"清濑说。

阿走举起一只手，表示自己听到了。

尽管高原的夜风带着寒意迎面扑来，阿走的身体却暖乎乎的。

晚餐时，清濑在餐桌上宣布变更训练计划。他不想再受到东体大的干扰，所以决定和他们错开早晚的慢跑时间，连正式练习也尽量避免利用湖边的道路。

没有人对变更后的内容提出任何异议。东体大的挑衅反而挑起他们的干劲。大伙儿觉得只要能专心练习，在哪儿练都无所谓。

"可是，这跑起来很吃力。"王子气喘如牛地说。

竹青庄的成员们正跑在一片没道路的斜坡上。这是神童找到的路径。

"这哪叫跑，根本就是攀岩！到处都是树根，万一扭伤怎么办。"

"如果这么容易扭伤，代表这个人运动神经很差，脚踝很僵硬，根本不适合跑步。"清濑面不改色地说，往王子背后推了一把。"好了，再撑一下！加油，再跑快一点！"

阿走和神童早已不见人影。这片连走路都有困难的陡峭斜坡，他们俩凭着强韧的弹性、耐力和轻盈的身手，一下子就跑到上头去了。

"你当我是忍者啊？"王子拭去汗水。

若是每天都跑斜坡，会对膝盖造成过重的负担，于是清濑在拟训练计划时，特地将山路训练和平地的耐力训练以最有效的方式搭配组合在一起。

从白桦湖越过两个山头，有一条高海拔的健行步道。这是为了让游客能边走路边欣赏风景，在靠近山顶的平缓地带开辟的道路。这条路没有铺柏油，只铺了一层木屑，因此比较不会造成膝盖的负担。

清濑称在这里进行的训练为"高地训练"，心想：何不利用这条路来进行越野跑训练？没有安排山训的日子，大家会搭乘面包车来到这条健行步道。绕步道一圈大约是三公里多，跑个六圈差不多就等于20公里。

每个人的身体状况不同，所以跑步时，即使高度只上升一点点，还是会有人觉得严重缺氧。KING 在还没适应之前，就曾经大声嚷嚷"这根本是地狱之旅"，非常讨厌高地训练。至于王子，甚至曾经在跑 20 公里的最后一圈时，被一对来健行的老夫妻超前。

不过，很显然的，大家的身体开始逐渐适应，实力也越来越坚强。

尼古遵循着正常规律的饮食和练习，总算减肥成功了。少了那些多余的脂肪，他的身体轻盈了不少，速度也提升了。

理论派的阿雪还是经常质疑清濑拟出的练习内容，但只要清濑可以说服他，他还是会摸摸鼻子认真跑。这人既然能通过司法考试，想必不会对日复一日的单调训练感到厌烦——阿雪也证明了这一点。

天性乐观的双胞胎从来不把苦当苦，而神童跑起山路也是轻松自在、如鱼得水。他们在斜坡上执着地前进，那种脚力和韧性，连阿走都惊叹不已。

反观姆萨，他对斜坡实在不擅长，但一换成平地，姆萨一身弹性十足的肌肉就发挥作用了。他跨出又长又大的步幅，轻盈地奔跑在木屑地上。

就连大家公认实力最弱的王子，耐力也越来越好了。现在，只要跑步距离不超过 10 公里，他就能很认命地跑完全程，可说突飞猛进。这一切都要归功于清濑的深谋远虑。原来，他没收了王子带来别墅的漫画，只有在王子彻底完成当日训练目标时，才允许他在晚上看漫画。

王子平常老把"没有漫画我会死"这句话挂在嘴上。为了度过一个快乐的夜晚，他也只好噙着泪水咬牙认真练跑。

当然，阿走和清濑的训练也进行得很顺利，两人的体态状态都越来越好了。

阿走练得比其他人还勤快，所以有时会因为慢性肌肉痛而难以入睡。不过，只要把它想成是长出新肌肉带来的痛楚，不管多痛他都能忍受。他甚至还在这种有如刀割般的灼热和痛楚中，感受到一股与快感只有一线之隔的喜悦。他深深感觉到,只要天一亮、迈开脚步往前跑,他就能进入比昨天更深、更远的速度世界。

跑步距离增长、韧性也变强的竹青庄成员,目前正处在最佳状态。只要看到练习有了成果,他们就会借此勉励自己更加努力。一旦达成从前令自己苦不堪言的距离或秒数,他们就越来越能体会运动的乐趣,更能积极专注地练跑。

为了避开东体大而设定的黎明前和日落后的两次慢跑,再也难不倒任何人。湖畔慢跑路线的标高比健行步道来得低,设定的秒数和距离也简单许多。结果这条路线现在简直成了大家适度喘息的机会。

漫长的夏季集训差不多过了一半的某天晚上,大伙儿一起慢跑时突然下起大雷雨。长跑比赛绝对不会因为下雨或刮风而中断,阿走觉得这是练习的好机会,于是决定在恶劣天气下继续沿着湖畔慢跑。当气温下降、湿度增加时,呼吸会比较舒服,跑起来也比较轻松。

不过,雷鸣和雨势越来越猛烈了。闪电划过夜空的低矮地带,豆大的雨水不断打在他们身上,令皮肤隐隐作痛。耳边只听得见瀑布般的雨声,除此之外什么都听不见。雨滴落在地面激起水花,使周遭一片白茫茫。山上的天气原本就变幻莫测,但他们还是头一回碰到这么大的豪雨。

转眼间,众人变成了一只只落汤鸡,就像穿着衣服下水游泳那样。天色昏暗,能见度也差,因此清濑决定中止练跑,指示后面的人返回别墅。

"千万别着凉,一回到别墅就先去洗澡。"

阿走站在清濑身旁,看着每个人一一停止练跑,往林间道路而去。从天空倾泄而下的水幕另一端,隐约看得到人影。

数到第六人时,阿走觉得不大对。刚才跑过去的,是照理说跑最后的王子,可是还差两个人。城太和城次还没现身。

"灰二哥，双胞胎不见了！"

"他们跑哪里去了？"

雨声实在太大，他们得大吼才听得到彼此的声音。

"可能是在某个地方躲雨！我去找他们！灰二哥，你先回去吧！"

阿走沿着湖畔跑回去，搜寻双胞胎的身影。跑着跑着，雨势越来越大，打在脸上的雨水几乎令阿走窒息。

找了半天，还是找不到双胞胎。会不会其实已经在哪里擦身而过，但因为雨势太大而看漏了？阿走站在雨中，闪光和雷鸣几乎同时在他头上迸裂。他不自觉缩起身子，眼角猛然瞥见一道朦胧的橘色光线——原来是湖边停车场的公厕灯光。

他们俩说不定在那里躲雨！阿走离开道路，进入那栋罩着三角屋顶的水泥建筑中。

放眼望去，公厕内空无一人。在这亮着电灯的狭小空间内，雨声稍微被阻隔在外，感觉起来跟核弹防空壕一样冰冷，缺乏一种现实感。阿走用手掌擦擦脸，为了保险起见，他决定朝着门板紧闭的个人厕间喊喊看。

"城太、城次，你们在吗？"

"在在在！"

相邻的两个厕间，同时传出城太与城次的声音。太好了，看来他们俩没被雷打成路边的黑炭。阿走松了口气。

"你们俩搞什么？"

他才问完，两个厕间便传出冲水声。双胞胎同时打开厕所门，从里头走出来。

"我们好像吃坏肚子了……"

"刚才肚子突然很痛，如果没有这间公厕，我们两个就惨了，对吧？老哥。"

"对啊。天上稀里哗啦,我们两个的肚子也稀里哗啦。"

双胞胎脸色苍白地摸着肚皮。

"你们牛奶喝太多了。"阿走一口断定。从集训开始以来,城太和城次每天都喝上两公升牛奶。都怪这两人太贪心,觉得"既然是商店街送的,就喝他个够本",才会喝坏肚子。

大雨淋得三人身体都冷了起来,他们得赶快离开这儿才行。

"练跑已经中止了,你们有办法撑到回别墅吗?"

"唉,很难说。"城次苦着脸说。

"我会努力锁紧菊花忍下去的。"城太一脸悲壮。

三人走出公共厕所,开始在雨中奔跑。才跑了将近五百米,城太突然停下脚步,嚷着:"我不行了!"城次也铁青着脸问:"阿走,你觉得,我们是回去公厕比较好,还是努力撑到别墅比较快?"

"啥?"阿走困惑地回头看双胞胎,只见他们俩像虾子一样缩着身体,一副可怜兮兮的样子。

"真是败给你们了!去草丛里随便解决一下吧。"

"才不要!"

"卫生纸怎么办?!"

"这里又没有别人。你们拿树叶擦一擦就好。"

"这是什么话……"

"你给我记住……"

尽管双胞胎嘴上不服输,但情况紧急,他们也只好拨开草丛,钻进路边的缓坡。

这样的状况重复了两次后,一行人终于回到林间道路。这时双胞胎豁了出去,说道:"我看我干脆光着屁股跑好了。"

"我也是。肚子痛成这样,一直脱裤子真的很烦。"

"不准脱!"

三人就这样一路瞎聊，朝灯火通明的别墅奔去。上次在双胞胎房里大吵一架而残留心头的那一丁点疙瘩，如今全被大雨洗去，不留一点痕迹。闹肚子的双胞胎与心力交瘁的阿走被这场闹剧耗去许多体力，三人都变得疯疯癫癫的。

"我们回来了！"双胞胎一打开别墅大门，立刻火速脱掉T恤和短裤，打算直奔浴室，阿走也跟着脱掉湿答答的T恤。这时——

"啊！"

一阵凄厉的尖叫声突然传来。全身赤裸的双胞胎和正要脱下运动裤的阿走，吓得动也不敢动。

房东和一名留着乌黑长发的纤瘦女子，竟然出现在饭厅里。是"八百胜"老板的女儿！

"你们三个搞什么！"

清濑从厨房冲出来，赶忙将双胞胎押进浴室。正在看电视的竹青庄众成员，全被这一幕逗得前俯后仰。阿走看得很清楚，虽然"八百胜"老板的女儿用双手掩着脸，但指缝间那双杏眼可是瞪得老大。

"我叫胜田叶菜子。"她向大家自我介绍。

"叶菜啊——"洗完澡、穿上衣服的城太自作多情地扬起嘴角。这什么怪名，反过来不就变成菜叶了吗？阿走在心里嘀咕着。不过，叶菜子确实很漂亮。只见她睁着一双水汪汪的大眼，面颊潮红地频频瞥向双胞胎。

叶菜子是宽政大学一年级生，就读文学院。

"夏天还没到，各位的事就已经传遍全校了呢。"叶菜子说。

饭厅餐桌上排满了清濑和叶菜子做的菜肴。

"我开动了。"刚洗完澡、一派神清气爽的阿走，用筷子夹起一块干烧蔬菜。这菜不只切得难看，口味也太重。看来叶菜子还不大会做菜。不过，当然没人会对她的厨艺有意见，毕竟，为了运送商店街的援助物资，叶菜子可是开着"八百胜"的小货车，载着房东和满车食材，大老远来到白桦湖呢。

"我还带肉来了，明天就吃烧肉吧。"

"有牛肉吗？有牛肉吗？"叶菜子才说出口，城次便激动地问。

"嗯。"她点点头，双颊再度飞红。

"哦耶！"

"我们也吃得到牛肉！"

食欲以及想和东体大较劲的斗志，在城太和城次心中沸腾。阿走觉得不可思议：他们俩明明那么想交女朋友，为什么就是对眼前的机会视而不见？阿走身旁的清濑，正在对房东发牢骚。

"教练，你在想什么啊？竟然带一个女孩子来这个挤了十个年轻男人的地方？"

"是十一个。"房东很干脆地把自己也算进去。

"真要说的话，我觉得有危险的是双胞胎才对。"阿雪说。

双胞胎早就把肚子痛的事抛到九霄云外，浑身上下表现出对有烤肉吃的狂喜。叶菜子则两眼喜滋滋地盯着猛转圈圈的双胞胎不放。不知怎的，阿走突然觉得有点闷，而且连他都觉得自己这样有点奇怪。

趴在后门踏垫上的尼拉，正啪哒啪哒地甩着尾巴。坐小货车车斗来的尼拉，似乎也很高兴能见到睽违已久的竹青庄成员。

翌日，天气相当晴朗。

搭面包车抵达健行步道后，阿走深深吸进一口空气。清净的空气中混杂着甘甜的草香，白云在翠绿的山峦上投下影子，朝着东边飘浮而去。

房东和叶菜子，也开着小货车抵达健行步道。知道叶菜子会在这里住一阵子，大家变得比平常更卖力了。

如今多了房东和叶菜子，别墅的二楼顿时变得非常拥挤。而且，为了隔出叶菜子的个人空间，他们在墙面之间拉上绳子，披上床单，空间因此变得更局促。就算高原的夜晚很冷，一群人挤在一起还是相当难入睡。

尽管如此，大家依然很欢迎叶菜子的到来。虽然相处时间短暂，但大家都看得出她此行是代表商店街的老老少少，来向竹青庄的成员献上最诚挚的支持。

"真是奇迹啊，世界上居然真的有长相可爱、脾气又好的女孩子存在。"神童喃喃说道。

"是啊，叶菜子同学真的很标致。"姆萨也认同神童的说法。

"可是我不懂，她怎么会看上城太和城次？"神童不解地歪过头。

"砍上？"姆萨也跟着歪头。

"不是砍上，是'看上'。"神童拿起树枝在地上写给姆萨看。

尼古一边做着练跑前的伸展操，一边说："那孩子，该不会品味很差吧。"

阿走露出苦笑。就连现在，叶菜子也含情脉脉地望着双胞胎，听他们解释健行步道的训练。

"所以？她喜欢双胞胎当中哪一个？"阿雪问，跟阿走看着同一情景。

"谁知道。"

"你去问。"

"为什么是我去？"

"因为你们都是一年级的啊。"

尽管阿走认为这根本算不上理由，却不敢忤逆学长。他模棱两可地点点头，然后跑去找清濑确认今天的训练计划。

清濑正在向房东讲解今天的练习内容。

"今天我的计划是跑八圈，大概25公里。阿走和我会先把速度控制在一圈12分钟，然后慢慢提升速度，最后一圈在10分钟内跑完。至于其他人，我也会按照程度来设定每个人的速度，但就算是跑最慢的王子，我也希望他能在16分钟内跑完第一圈。这样可以吗？"

"很好很好，都交给你。你想怎样就怎样。"

房东顾着看叶菜子，根本没在听清濑说话。

"房东先生是教练没错吧？"

阿走悄声问清濑，清濑一笑置之。

"嗯，无所谓，他这人就是这样。但遇到紧要关头，他还是帮得上忙的。"

"真的吗？"

"……大概吧。"

清濑脱下披在身上的运动外套。"开始吧！"

时间越接近中午，阳光变得越强烈。虽然徐风阵阵，但山顶一带没有遮荫处，因此还是很热。叶菜子待在步道的中途点，把亲手调制的蛋白质柠檬水递给每个人。

阿走边跑边接下它，为身体补充水分。

"你不觉得这东西超难喝吗？"

这带有颗粒的酸涩液体，让阿走差点吐出来。就算对身体再好，也没必要在柠檬水里加蛋白粉吧？里头的成分完全分离，感觉好像全黏到胃壁上了。

"真的很难喝，"清濑也露出一副目睹猫咪被车子碾毙的表情，"但还是喝下去吧。天气这么热，很容易引发脱水症状。"

他将插着吸管的空瓶往步道外扔去，待会儿一并回收后还可以再利用。慢了一圈的伙伴们逐渐映入眼帘，大家看起来都累坏了。追上他们时，清濑出声说："速度变慢了。但也不要因为这样就猛看表，尽量让身体记住速度感。"

"天气热成这样，不要下这么复杂的指令！"

尽管遭到众人的埋怨，阿走和清濑依旧维持原定的速度，跑完25公里。

就算是清濑和阿走，跑完这八圈还是免不了流失体力，气喘如牛。他们先用放松跑调整气息，接着再做伸展操舒缓筋骨。然后，两人脱掉汗湿的T恤，拿出背包里的毛巾擦拭身体。

换上干净衣物后，阿走和清濑在树荫下席地而坐。还没跑完的伙伴们一一经过两人面前，跑得上气不接下气。

"如果跑得很痛苦，就别逞强了！……不过我看说了也是白说。"

每个人都对清濑的话置若罔闻，一个劲地往前跑。想到他们在初春时那副德性，还真料不到大家现在居然会如此拼命练习。

叶菜子过来坐到阿走身边。阿走担心自己汗臭味太重，于是将屁股稍微挪向清濑。清濑发现，不禁笑出来。

"你们一天大概跑几公里？"叶菜子问。

"要看当天的状况和每个人的状态……不过，差不多有四十公里吧。"

"咦——！"

叶菜子惊呼一声，阿走差点吓到跳起来。清濑又在偷笑了。

"笑什么？"阿走瞪向清濑。

"没事。"清濑仍然满脸窃笑，而且还故意移开视线，望向天空。

"你们好厉害，"叶菜子发出赞叹，轻吐一口气，"原来要练得这么辛苦。我本来以为马拉松这种东西，就是一群耐力很强的人轻松跑一跑而已。"

"不是马拉松，是驿传。"阿走纠正她的话。

"是吗，驿传。"

"嗯。"

阿走觉得脸颊热乎乎的。他感觉到右手边的清濑身体在微微颤动，却没办法转头看他的表情。可恶，他绝对又在偷笑！阿走心想。

双胞胎从三人面前跑了过去。

"还有一圈！"清濑说。

叶菜子转过头追逐双胞胎的身影，这时阿走突然想起阿雪交代的任务。

"呃……胜田同学，你喜欢双胞胎对不对？"

"讨厌，你怎么知道的？"

有长眼睛的人都看得出来吧——阿走知道清濑心里一定也在说同样的话。

"然后呢，嗯……你喜欢哪一个？"

"哪一个？什么意思？"

"就是，呃，你喜欢城太还是城次？"

"当然是两个都喜欢，讨厌！"叶菜子羞答答地拍了阿走的肩膀一下。

这女生的反应还真妙，阿走心想，过了几秒才意会叶菜子话中的涵义。

"哈？"阿走怪叫一声，"两个都喜欢？这样好吗？！"

"反正他们俩长一模一样啊——我喜欢那张脸。"

"喂！"阿走气冲冲站起身，"他们又不是两盆一百五十块的洋葱！哪有人因为喜欢那张脸就同时喜欢两个人？你不要太过分了！"

"不错嘛，想得到这种比喻。"清濑笑着点头。

叶菜子转头讶异地看阿走。

"为什么你这么说？"

"为什么？因为他们俩是完全不同的个体！你应该多看看他们别的优点，比如个性之类……"

"个性有那么重要吗？"

"那还用说！"

"哦……但是我只要喜欢上一个人，就不会太在意他的个性。"叶菜子露出幸福的微笑。"我昨天跟今天稍微和他们聊了一下。他们两个没有什么让我受不了的坏习惯，长相又是我的菜。这样不就够了吗？我没办法只选一个。"

阿走觉得全身无力，坐回树荫下。或许是憋笑憋过头的关系，清濑居然打起嗝来。

"其实胜田小姐说的也没错，"清濑趁着两次打嗝的空当说，"感情本来就没有道理可言，有时就算对方再怎么坏、让人再怎么痛苦，还是会执迷不悟地爱上对方。"

"就是说嘛，"叶菜子得到声援，用力地点点头，"恋爱就是这么回事。"

竹青庄的成员陆陆续续跑完 25 公里。

"我去叫房东先生。他说要带尼拉散步，就一直往步道那头走去了。"语毕，叶菜子走出树荫。

阿走和清濑沉默半晌，静静望着野草随风摇曳。

"你有过那种经验？"阿走问。清濑好像终于停止打嗝了。

"你没有吗？"他含笑反问道。

"……没有。"

"是吗，那跑步呢？不管再怎么痛苦，再怎么难受，你不是都一直跑下去吗？这跟胜田小姐说的那种心情，不是一样的吗？"

清濑起身走到阳光下，把倒在地上的竹青庄成员一个个拉起来。

"喂喂喂，给我起来做放松操！"

阿走在心里轻叹一声。要是真的像灰二哥说的，我对跑步的执着就好比恋爱那种执迷不悟的话，那恋爱真的是不能求回报的东西呢。

只要迷上了，就再也无法逃离它的掌控；不计较喜恶，不在意得失，不顾一切被吸引；就像天上那一群被黑暗吞噬、不知会被带往何方的星星。

就算再艰辛，再痛苦，就算什么也得不到，阿走就是没有办法放弃跑步。

为了把蛋白质柠檬水发给大家，阿走也走到太阳底下。阳光直射向脑门，蝉儿骤然齐声鸣叫，天空不见半朵浮云。

"天空好蓝。"

夏天啊。

第六章　灵魂的呼喊

阿走把破碗放到走廊的某个角落。水滴滴到他的手背上。他稍微调整一下破碗的位置，起身环顾整条二楼走廊。

走廊上到处摆着碗和茶壶，像在摆什么阵法驱邪一样。今天阿走负责的值日生工作，就是定时巡视整栋竹青庄，把容器里的雨水倒到水桶中。

静静地下在屋外的绵绵秋雨，在竹青庄里听来，竟变成不协调的噪音。阿走一边把水桶里的水往院子里倒，一边哀叹起这首穷人悲歌。

"吵死人了，不能想想办法吗！"尼古猛抓头，"连在我房里，都可以听到它响一个晚上！叮叮咚咚的，简直让人抓狂！"

"我们几个住二楼的，早就习惯了。"城太说。

阿雪擦擦眼镜，不以为然哼一声。

"尼古学长，是你对声音的感受力太差吧？雨滴声可是很诗情画意的，每每谱出崭新的节奏，让人忍不住赞叹呢。"

什么雨滴声，根本是漏水声好不好！阿走在心里反驳，但当然不会真的说出口。

"大家听好，预赛的日子离我们越来越近了。"

清濑无视其他人对这栋破旧老屋的哀叹，自顾自讲起话来。

竹青庄的房客们在清濑的一声令下，聚集在双胞胎房里。当天的练习已经结束，这些早就围成一圈准备喝酒狂欢的人，勉强转头望向清濑。

"大家在夏季集训的努力有了成果，每个人的实力都提升了。阿走——"

"好,"阿走看着手上那张纪录表,大声念着,"以下,是大家一万米的现阶段最佳纪录。

灰二哥	29 分 14 秒
姆萨	29 分 35 秒
城太	29 分 55 秒 26
城次	29 分 55 秒 28
阿雪学长	30 分 26 秒 63
神童	30 分 27 秒 64
尼古学长	30 分 48 秒 37
KING	31 分 11 秒 02
王子	35 分 38 秒 42
我	28 分 58 秒 59

闭着眼听阿走念出一串串数字的清濑,对此点头表示肯定。

"真的进步很多!大家都跑得比以前好多了,我很高兴。"

"今年夏天,我总算知道什么叫做地狱。"城太说。

"被练成那样,当然多少会进步一些啊。"城次说。

清濑环顾众人一圈,接着说道:"我相信绝大部分的人,都能在剩下不到一个月的时间里跑出更好的一万米成绩,毕竟我们在练习跑20公里时,身体已经逐渐习惯长跑的节奏了。当然,也有人还是不能习惯……"

王子的肩膀猛地抖一下。每次王子只要跑超过15公里,身体就后继无力,速度也越来越慢。但是清濑并没有责怪王子的意思。

"不过没关系,你们的体力一定会越来越好。只要照这样继续练下去，绝对能在预赛中和其他选手较劲。我只希望你们千万不要受伤。大家继续加油！"

"加油！"

不用加太多，刚刚好就行了——城次小声补上一句，然后拿起杯子跟阿走干杯。

神童灌下一大口家乡寄来的酒，说道："对了，有人要来采访我们。"

"真的假的，太好了！"

"谁要来采访？又是报社吗？"

双胞胎兴冲冲地问神童。

夏季集训期间，竹青庄的成员曾在白桦湖接受读卖新闻社的采访。

有个专门报导田径赛事的杂志记者特地到白桦湖，目的是采访东体大的集训情况。东体大在前一届箱根驿传中以些微差距落败，未能进入种子队，因此本届要从预赛挑战起。但东体大选手的实力相当稳定，晋级预赛可以说是十拿九稳，所以杂志记者才会在预赛前来采访。

竹青庄的成员在练习完毕后，跑去湖边的便利商店买东西，正好目睹东体大选手受访的那一幕。只见东体大的学生在停车场上列队面对镜头，让记者为他们拍团体照。拍完后，由队长对着录音机发表感想。

尽管那个记者一人兼采访和摄影，代表发言的队长也只是穿着运动服，KING却看得入神，怔怔地说："简直跟明星没两样。"一旁的阿走，也陪着KING愣愣看着采访过程。

半晌后，东体大的选手就地解散，记者向队长道了声谢，然后独自往这头走来。走着走着，中年男记者注意到拎着超市塑料袋站在停车场角落的阿走一行人，不禁"咦"了一声。

"你们也是长跑选手吧？"

"看得出来？"城太暗自窃喜。

"看你们的体型就知道了。不过,你们不是东体大的学生吧?"

记者诧异地打量他们身上一件件样式各异的T恤。

"我们是宽政大学田径队。"KING抢先回答,但语气中有一丝紧张。

"我们也会参加箱根驿传。"城次天真无邪地说。他冲着记者傻笑,一副已经拿到驿传参赛权的样子。

阿走躲到尼古身后。他觉得记者一定会笑城次,而且心想:"你们这种从来没参加过预赛的学校,跟我说什么梦话。"

然而,阿走猜错了。

"是吗?我拭目以待。"记者用真挚的眼神逐一扫视每位竹青庄成员。"你们队长是谁?队员就只有你们几个而已吗?"

其实他们从来没选过什么队长,但每个人都自然而然地望向清濑。只见清濑勉为其难地说:"我是队长清濑灰二。你看到的就是我们全部队员。"

"清濑……你该不会是那个——"记者在脑中搜寻记忆。"我听说你受伤了,原来你还在跑田径啊?还有那边的同学,你不是仙台城西高中的藏原走吗?"

阿走没有答腔,在尼古背后缩起身子。

"大叔,你是谁啊?"

城次一问,记者连忙说了声"抱歉",然后递名片给清濑。

名片上头写着:"月刊田径杂志　编辑　佐贯信吾。"

"我可以请教几个问题吗?你们真的打算只靠这十个人参加箱根驿传?"

佐贯接连问了几个问题。听到教练的名字,他"哦"了一声。当他知道房东说不参加箱根驿传就要涨房租时,很自然地笑道:"那你们可得认真跑了。"真是个擅长答腔的好听众。

隔天一大早，佐贯又出现在湖边道路，在一旁观察竹青庄成员晨练的样子。等晨练结束后，他走向众人说道："你们真的很有意思！虽然大部分成员跟门外汉没两样，但是看得出你们非常有潜力。"

大伙儿听不出他到底是褒是贬，只好沉默以对。佐贯喜滋滋地点头。

"像你们这样的队伍，搞不好会让箱根驿传变得更有看头！这回的篇幅不够，所以我只能刊载东体大的报导，不过我会把你们介绍给我认识的报社记者。"

"报社！"KING咽了一下口水。阿走有不祥的预感。

佐贯办事效率极高。在集训即将结束时，读卖新闻社的记者就来造访白桦湖别墅。这家报社是箱根驿传的协办单位之一，所以绝不轻易漏掉任何一则相关报导。

"《月杂》的佐贯先生把你们的事都告诉我了，我觉得很有趣，所以就趁着休假跑来白桦湖玩了。"

这个名叫布田政树的报社记者，谈吐斯文和善，年纪似乎跟佐贯差不多。

王子嘀咕着："《月刊田径杂志》简称《月杂》？这样说，谁会知道那是什么杂志！《月刊少年杂志》[1]也可以简称《月杂》啊。"竹青庄的众人知道王子又把话题扯到漫画上了，决定当作没听见。这时，阿走装出若无其事的样子，悄悄从饭厅躲到厨房。

"因为你们还没通过预赛，所以我不便把报导刊在体育版，但是一个小田径队努力挑战箱根驿传的故事，我相信一定能引起读者的兴趣。虽然这次的报导只会在东京地区刊载，我还是希望各位务必让我将你们的故事也刊在地方版上。"

面对布田诚恳慎重的请求，清濑实在很难拒绝。就这样，竹青庄

---

1 《月刊少年マガジン》，讲谈社发行的少年漫画杂志。

的成员接受了这次的采访。布田立刻把地方版记者和摄影师找来,问了队员们平常的生活点滴、对箱根驿传赌上多少斗志之类的问题,而主要负责回答的双胞胎和KING也如实应答。摄影师则拍摄了队员在白桦湖畔的练习情景,以及别墅前的团体照。

漫长的集训结束后,大伙儿一回到竹青庄,就发现当天的报纸大大刊载了那则报导,还附上一张巨幅照片。神童和姆萨开心地买了一堆报纸回来。他们除了将剪报贴在竹青庄的厨房,也分送给商店街的店家,甚至没经过许可就贴到校园的公布栏上。不用说,他们也绝对没忘记在寄信回家时附上这则报导。

回响相当热烈,商店街成立的临时后援会越来越有模有样,校方也开始对这支田径队寄予厚望。竹青庄的每个人,几乎都接到家人打来的电话。

"当然,佐贯先生和布田先生都说,等预赛开始后会再来正式采访我们一次,"神童往杯里倒满家乡的清酒,"不过,刚才我说要来采访我们的,不是报纸,而是电视台。"

"电视台!"KING惊呼一声。

"负责转播箱根驿传的日本电视台,已经跟我们接洽过了。我之前都不知道,原来他们也会转播预赛呢!他们说会从参加预赛的学校中选几所特别受瞩目的,在当天进行贴身采访。"

"喂喂喂,你是说我们被选中了?"KING兴奋得开始发抖。

"真是可喜可贺啊。"姆萨也感动不已。

"我还没正式回复他们,"神童说,"毕竟,如果摄影机害得大家分心,结果没办法在预赛中发挥全力,这样不就本末倒置了?所以我想听听大家的意见。"

"赞成!我赞成接受电视台采访!"城太举手赞成。

"根本没有理由拒绝啊!"城次说。

"我早就想找个时间去剪头发了。"尽管已经紧张得冒汗,KING仍不忘要打理自己的仪容。

"我也想上电视,"姆萨微微一笑,"如果把节目录下来寄给我的家人,他们一定很开心。"

"我也觉得接受采访没有坏处,"神童发表自己的意见,"除了能让父母高兴一下,最重要的是,可以借此达到宣传的效果。"

"说得对,"清濑双手抱胸,"其他人有什么想法?"

清濑逐一扫视尚未表达意见的成员。

"你们觉得好就好,我没意见。"

尼古完全不受"电视台"三个字所惑,展现出泰然自若的成熟风范。对漫画以外事物提不起劲的王子,也淡淡地说:"我也没意见,上不上电视都无所谓。"

"就说你们傻呗,搞不好可以遇到女主播!女主播哦!"

KING说得口沫横飞,王子意兴阑珊地回答:"我又不认识谁是谁。"

"不可能,女主播不会来报导预赛。"

"很难说,不知道他们会派哪个体育女主播来?"

城太和城次兴高采烈地讨论起来。清濑没有参与他们的女主播话题,将话锋转向闷不吭声的阿走和阿雪头上。

"照少数服从多数的规矩来看,结论已经出来了,但我还是想听听你们俩的想法。"

"反正都已经决定了,"阿走叹口气,"我说反对也没用吧。"

"喂阿走,为什么你不想上电视?"城次偏过头,"上电视可以让爸妈高兴一下,还能受女孩子欢迎,好处多的是啊。"

"那只是你一厢情愿的想法,"阿走低声反驳。

"不是每个人都想取悦父母。"很难得的,阿雪这次竟然没有话中带刺。

大家听出他话中的酸楚,顿时鸦雀无声。阿雪发现所有视线都集中在自己身上,立刻恢复往常的调调:"说到出名,你们一个个精神都来了。既然已经决定了,那也没办法,我就全力配合好了。"

叶菜子一听到预赛时会有摄影师跟拍,马上大叫:"糟了!加油布条得重写才行!"

"什么加油布条?"阿走问道。

竹青庄的厨房里,阿走和清濑正忙着把叶菜子他们家店里卖剩的蔬菜一一从箱里取出。

"商店街的店家,每个都兴致勃勃地说要来帮你们加油。加油布条是我爸爸跟泥水匠伯伯做的,可是,宽政的'宽'字不是笔画很多吗?泥水匠伯伯问我爸:'阿胜,怎么办,字会糊在一起。'结果我爸说:'像这种时候,只要用同音字拗过去就好了!'……"

于是,布条上面用红色油漆写了"成就大器!KANSEI[1]大学加油!"几个大字。

"未免太……"阿走有点错愕。

"蠢到不行对吧。"叶菜子叹了口气。清濑剥着芋头皮,莞尔一笑。

"话说回来,真是太好了。大家的努力得到了认同,连电视台都想来采访你们!这可不是一般人做得到的。"

得到认同虽然好,但同时也会招来不必要的注目,所以不全然都是好事啊!阿走默默地压扁纸箱。

"咦,叶菜妹你来啦?"

"你知道电视台要来采访我们吗?"

双胞胎联袂现身,厨房的气氛顿时热闹不少。

---

[1] 日文中,成就大器的"成就"与"宽政"都是念成 KANSEI。

"知道啊。预赛时我们都会去帮你们加油,我也会帮你们把节目录下来。"

叶菜子在厨房的椅子上坐定,开心地和双胞胎聊起来。

"这样好吗?"清濑一边切着捧在掌心的豆腐,一边对阿走低语。

阿走把味噌溶进锅中,板着脸反问:"你指什么?"

"没事,"清濑说,"胜田小姐,跟我们一起吃晚餐吧。"

众房客陆续来到厨房,和叶菜子一起围着餐桌就座。没位子坐的人,只能搬出矮饭桌,席地而坐。

这天的菜色是卤芋头和凉拌猪肉片。

"到了这个季节,凉拌猪肉片也该退场了,换寿喜烧上场!"

"我要牛肉的!"

城太和城次一边说,一边飞快把烫熟的猪肉扫进自己盘子里。叶菜子带来的白萝卜、辣椒等被磨成泥,为这道料理增色许多。

"差点忘了!"叶菜子搁下筷子,伸手去掏放在脚边的提包。"今天除了青菜,我还带了另一样伴手礼来。"

她拿出一大叠相簿。双胞胎接过手,翻开纸制的封面。

"是夏季集训的照片!"

"而且每个人都有一本!"

每本相簿的封面都写着不同房客的名字。阿走也暂时搁下碗筷,看着相簿封面上叶菜子亲笔写下的名字。相簿里有大合照,以及每个人各自的精彩画面。每张照片都经过精心分类,按照拍摄时间依序收在相簿里。

"不好意思,我顾着加洗和整理照片,拖到现在才拿给你们。"

叶菜子语带歉意,但大家都明白她一定花了不少心力,于是每个人都心怀感激地向她道谢。

接下来,大伙儿忙着交换相簿。看着看着,心头又鲜明地浮现夏日回忆的点点滴滴。

"现在想起来，集训那时候其实也挺好玩的。"

"啊！竟然有东体大教练！"

"那是我偷拍的。"叶菜子笑道。照片中的男子留着赌神头——那种抹发油、整个往后梳的发型——手上拿着竹刀，凶巴巴地站在那里。

"东体大教练太吓人了。"

"他也是恶魔，但是跟灰二是不同类型的！"

集训的最后一天，东体大也来到健行步道。当时阿走一行人已经跑完越野训练，正在做放松操，所以没有跟他们起冲突。至于东体大的人，也没空跟竹青庄成员吵架。他们的高年级生根本没把宽政大学放在眼里，而一年级生则跟被驯服的小狗一样，乖乖地专心练习。

重点是，东体大的教练正目露凶光地盯着他们。

"他们那样简直跟受训的军人没两样。"

"有人还记得那个魔鬼教练鬼吼鬼叫了什么名言吗？"

"什么'天气热是老天爷给你面子！''田径是弱肉强食的世界！'……"

对对对——竹青庄的厨房爆出笑声，大伙儿笑成一团。

"如果他是我的教练，我早就谢谢再见了。"王子皱起眉头。

"所有的大学田径队，都像东体大那样吗？"姆萨问。

"我初中时的教练也跟他差不多，"尼古说，"留赌神头的家伙最恐怖！"

"你又知道了。你做过统计吗？"阿雪马上吐槽他。

"我相信大部分的大学，都很重视选手的自主性，"清濑将视线从相簿抬起，"不过，东体大不是唯一采取军事管理的学校。"

"我就是讨厌运动社团这一点，"王子摇摇头，"教练的话就是圣旨，菜鸟永远得被老鸟欺压。我们是学生，不是奴隶！"

"可是，也有人认为如果不那样做，队员就会变成一盘散沙，"神童说，"像我读高中时，校内的强队大部分是纪律严明的社团。"

"就是两难啊，"KING 挟起最后一块猪肉片，"假如不严格，就赢不了比赛；但要是去社团一点都不快乐，又会让人讨厌运动。到底怎么办才好？"

"笑死人了，"阿走低声迸出一句，"那种教练不严格就偷懒、不开心就不想跑的人，永远都不要跑算了！"

"你干吗又突然愤青上身？"城次轻斥阿走。

"灰二哥，你觉得呢？"城太问。

"如果我喜欢铁腕作风，早就把你们勒得死死的了。"清濑说。在一旁默默听大家谈话的叶菜子，忍不住轻笑一声。

"这里有灰二的耻照！"阿雪亮出相簿的最后一页。那是集训最后一天晚上，大伙儿一起到湖畔玩仙女棒的照片。

当时清濑正蹲在地上想点燃仙女棒，结果尼拉被燃烧爆裂声吓得惊慌失措，冷不防爬到他身上。这三张照片清楚记录了尼拉从正面扑向清濑、死命扒在他脸上推也推不开，以及清濑因此跌个倒栽葱的模样。清濑面红耳赤地说："为什么阿雪的相簿里也有这些照片？"

"我觉得很好玩，所以帮每个人都加洗一份。"叶菜子若无其事地说。双胞胎笑眯眯地不约而同翻到那一页给清濑看。

"从明天起，我要跟魔鬼班长一样练死你们。"清濑说。

稍后，叶菜子该回"八百胜"了。众人一起送她到竹青庄的前门。

"夜深了，我觉得于情于理，都应该送人家回去。"

姆萨一说，神童也点头望向双胞胎，双胞胎却没察觉他的用意，只是跟着猛点头。尼古看不下去，只好直接说破："双胞胎，你们去！"

城太和城次先是一愣，接着才说："哦，好啊。""那我们走吧，叶菜妹。"

两人分别站到叶菜子的两侧，陪她一同离去。

"真受不了他们。"

"怎么会有人那么迟钝？"

其他人一边嘀咕，一边各自回房。清濑回过头，望向还留在外头的阿走。

"这样好吗？"

"你到底想说什么？！"

"没事。"

然后，清濑敛起笑容："阿走，你觉得我会不会太天真了？"

脱鞋脱到一半的阿走停下动作，抬头望向清濑。他不懂清濑话中的涵义。走廊上的灯光变成逆光，让清濑的表情没入阴影中。

"你心里应该也有数吧？老实说，我不敢断定他们能不能通过预赛。你觉得我该对他们更严厉吗？我是觉得，就算搬出铁的纪律来压他们也……"

"但这不是你想要的。"

阿走打断清濑，踏上走廊，定定看着一旁靠墙而站的清濑的侧脸。

"你讨厌军队式管理，你认为强迫别人跑步是没用的，对吧？灰二哥。"

"没错。"清濑垂下头，但很快又看向阿走，给他一个微笑。"抱歉，我说了些丧气话。"

"我们还有时间，大家一定能跑得更好，一定可以通过预赛。"

阿走嘴上鼓励清濑，心里却觉得稀奇。清濑这个人，一直那么洒脱又充满自信地朝着目标前进。阿走还是头一次见到他心生动摇。晚餐时的那番讨论可能是原因之一。但是，都到这个节骨眼了，清濑究竟是对哪些环节不放心？阿走不懂。

"我……"

阿走觉得刚才的话没有完整传达自己的心情，于是拼命寻找适合的词汇。不擅长表达的他，在说了"我……"之后，只能接"……我也不知道该怎么说"，然后就卡住了。

阿走整理思绪的时候，清濑一直看着他，眼神遥远而迷蒙，仿佛正透过阿走看着过去的自己。

"我不想再被束缚，"阿走说，"那对我来说是最痛苦的事。我只是想跑步而已。"

不被任何事物牵绊，自由地尽情奔跑。不听从任何指挥，只听从身体和灵魂深处发出的呐喊，跑到天涯海角。

"榊看起来很吃东体大严格的纪律那一套，但我跟他不一样。灰二哥，如果你的作风跟那个魔鬼教练一样，恐怕我早就不在这里，在练习的第一天就离开青竹了。"

清濑的视线再度聚焦在阿走身上。他轻拍阿走的肩膀，从他身旁走过。

"晚安，阿走。"

在房门关上前那一刻，阿走已经看不出清濑的背影有一丝软弱或动摇。他又恢复为往常的清濑了。

"灰二哥，晚安。"阿走低声自语，然后也回房。

由于夏天累积的疲劳尚未完全消除，而且比赛前也必须慢慢让身体沉静下来，因此虽然秋季期间的训练内容依然很扎实，却没有夏天集训时操得那么凶。不过，就算是铁人阿走，也开始感觉身心俱疲了。

练得那么辛苦，万一比赛当天没跑好，岂不是功亏一篑？——这股压力，是压垮阿走的主因。

预赛不同于到现在为止的所有纪录赛，只能一次定生死，没有扳回的机会。如果没跑出理想的成绩，也没办法把希望寄托在下一次。这股紧张感，令阿走的身心倍感沉重。

训练内容比以往更严格了。20公里的越野跑已是家常便饭，跑道练习也导入了加速跑的训练，例如跑七千米时，最初的一千米在3分10秒内跑完，接着逐渐将速度提升为2分50秒。

长跑时还得兼顾速度的提升，这样的痛苦绝非一般人能承受的；耐力赛跑过程中的呼吸不顺，以及全力冲刺后的剧烈心跳，会在同一时间袭向跑者。这种痛苦，就像一个人明明已经溺水了，却还得硬撑着打水球[1]一样。王子已经因此吐了好几次，但清濑每次都会要求他"尽量忍下来"。

"你会吐成习惯的，忍下来继续跑！"

"怎么可能！"

"他会被自己吐出来的噎死！"

王子突然跑到一旁的草丛里低头猛吐，结果连本来上前要照顾他的双胞胎也忍不住跟着呕吐，状况惨不忍睹。

然而，在适度加入休息的反复训练下，无论体能训练或20公里的越野跑，竹青庄的成员都越来越驾轻就熟，甚至还全体移动到预赛场地——立川昭和纪念公园——进行试跑。

距离预赛不到半个月的某一天，在结束越野长跑后，清濑要求所有人集合。太阳即将西下，草原上寒风刺骨。草尖再也无力竖直，夏日气息消失无踪。没人采收的柿子和夕阳同色辉映，摇曳在风中。

"在预赛前的这段期间，要考验各位的集中力，"清濑说，"大家必须集中精神做好自我管理，让自己的体能和心志在预赛那天达到巅峰。"

"说起来容易。"

尼古叹了口气。紧张带来的压力令他这阵子食欲异常旺盛，害他

---

[1] 水球（water polo），一种在水中进行的团体球类运动，类似足球，以射入对方球门次数较多的一方为胜。

第六章　灵魂的呼喊

为了维持均衡饮食费了不少苦心。

"我这颗脆弱不堪的心,已经快到巅峰了。"KING 在练习时频频发生胃痉挛。"我撑得到预赛吗……"

"不要怕,"清濑的语气相当沉稳,对众人而言有如一颗定心丸,"你们已经练得够多了,接下来只要把压力转化为锉刀,好好磨炼身心就可以了。想象自己在预赛中化为一把美丽的利刃,把自己磨得又薄又利吧。"

"你当自己在作诗啊。"阿雪说。

"不过,我懂灰二哥的意思,"王子说,"要是磨过头,说不定会在预赛前就断成两截;但如果磨得不够,又没办法在预赛中发挥实力。是不是这样?"

"没错儿,"清濑点点头,"如果只是疯狂地拼命练习,绝对没办法掌握个中精髓。这是一场和自己内心搏斗的战役。我希望你们倾听自己身心的声音,小心谨慎地磨炼自己。"

原来如此,阿走心想。或许,这就是长跑需要的"强"之一。

长跑不需要瞬间爆发力,也不需要在比赛中过度展现技巧,只需要两脚交互踏步、稳健地前进就好。"跑步"是一种很单纯的行为,大多数人都跑过,而长跑只是在既定的距离中持续进行这项动作而已。至于长时间跑步需要的体力,可以从日常练习中培养出来。

尽管如此,这一路走来,阿走也曾经目睹好几名选手在比赛中或赛前乱了方寸。有人本来跑得很顺利,却突然自乱阵脚;有人的体能锻炼得很成功,却在比赛三天前的练习中失去原有的速度;也有人处处当心却染上感冒,结果比赛当天被排除在出场名单外。

阿走一直百思不得其解。该练的都练了,接下来只要往前跑就好,为什么会自取灭亡呢?阿走自己也有过类似经验。在高中的最后一场全国高中联赛中,他腹泻了。他既没有着凉,也没吃到不干净的东西,为什么肚子会忽然不舒服？当然最后他还是跑完了全程，没造成什么问题，但他一直觉得奇怪：为什么偏偏在赛前拉肚子？

现在他懂了。真要说的话，就是"调整失败"，原因则几乎全来自于压力。不论锻炼得多么彻底，心中还是会猛然怀疑："真的够了吗？"而一旦确认训练已万无一失，又会开始担心："万一还是失败怎么办？"越是锻炼自己的肉体与心志，它们就越脆弱。于是选手变得容易感冒，也容易拉肚子。就像一部精密的仪器，几颗微不足道的尘埃，就可以摧毁它。

战胜不安与恐惧，把自己锻炼得锐利光滑、百尘不侵——这样的力量，就是清濑所说的"强"之一吧。

尽管阿走的脑子很清楚这一点，却不确定自己能不能做到。因为他练得越认真，就越没办法随心所欲甩脱赛前的紧张。况且，与自我面对面，本来就是一种孤独的过程，只能靠自己达成；一个人游走在与紧张达成和解，以及紧张过度之间，孤军奋战。

最后，阿走决定不再胡思乱想。想太多只会徒增恐惧，脑中浮现的净是负面的画面。

人之所以怕鬼，是因为脑子里想着鬼，然后又加油添醋一番。阿走讨厌这种暧昧不明的东西，不想为"你觉得有就是有"这种自由心证的事烦心。他只想要清楚明了的答案，有就有，没有就是没有。清清楚楚，就像只要让两只脚交互跨步便能往前进一样。

阿走抛开所有杂念，心无旁骛地练跑。他奋力练习再练习，重复进行着身体所学会的"跑步"这个行为。除此之外，他不知道还有什么方法能克服压力。

竹青庄的其他人和阿走不同。由于他们经验尚浅，因此还没找到消除紧张的方法。有人和阿走一样越练越凶，也有人靠焚香入睡，还有人把热血运动漫画从头再看一遍。预赛迫在眉睫，每个人都拼命把握这最后的调整机会。

预赛的前两天，阿走觉得自己的集中力正逐渐迈向巅峰。

为了不让疲劳残留到比赛当天，这一天的练习因此比较轻松。虽然早晚的练跑不变，但预赛前一天没有排入正式练习。该做的都做了，接下来只能视情况放松身体，并提升自己的斗志与集中力。

"还有一件事要做，才能算功德圆满吧？"

在城次的提议下，竹青庄的成员们决定在预赛前两天聚在双胞胎的房间内小酌。对这些人来说，喝酒是舒缓紧张、凝聚向心力的最好方法。

房东好歹也挂名教练，所以他们也请他过来，但问题也跟着来了。之前房东把修理破洞的钱交给清濑，清濑却把那笔钱给了神童，用来补贴参加箱根驿传的经费，因为交通和住宿肯定所费不赀，他们就算钱再多也不够用。

于是，在房东打开门、准备跨过门槛的那一刻，城太故意手里捧着杂志、翻到写真女星的页面，从他面前走过。房东果然被泳装女郎的照片吸引了，看都没看天花板就脱鞋进屋，尾随城太爬上楼。作战成功！在厨房里确认这一幕的阿走和城次，轻声地相互击掌。

清濑和神童要求王子坐在破洞上，还命令他不管地震还是尿急，都绝对不能在房东面前离开那个位置。王子乖乖听话照办，一边看漫画一边掩护那个破洞。

"接下来，请教练为大家说几句话。"喝得酒酣耳热的清濑说。

房东抱着一升容量的酒瓶，摇摇晃晃地站起来。阿走满心期待地静候房东发言，希望他能表现出教练应有的样子。

"预赛就要到了……让我教你们必胜的秘诀吧！"房东沙哑、严肃地说，"秘诀就是——左右脚轮流向前跨出去！"

房内一片鸦雀无声。房东似乎察觉到现场弥漫着一股失望、沮丧的气氛。

"……只要这么做,迟早会抵达终点。就这样!"

"就这样!"KING忿忿地用力搁下杯子。

"这个人,真的没问题吗?"阿雪说。

"我们就不能找个像样点的教练吗?"尼古说。

"什么跟什么啊,干劲都没了。"城太说。

抱怨声逐渐扩散。阿走见状,赶紧将话锋转向清濑。

"灰二哥,你不是一开始就深信我们绝对能挑战箱根驿传吗?虽然我个人觉得成功机率不到五成……为什么你对大家这么有信心呢?"

"嗯?"清濑从杯中抬起眼来,微微一笑,"因为大家的酒量很好。"

"哈?"

众人顿时停止抱怨房东,转而将视线集中在清濑身上。

"很多长跑选手都很会喝酒,我想,应该是内脏代谢功能比较好的缘故吧。你们的酒量不是跟无底洞一样吗?我一直在观察你们喝酒的样子,老早就看准你们一定没问题。"

"要找酒鬼的话,这世界上多得是吧!"神童仰天长啸,一脸不敢置信。

"你居然因为这种理由,把我们拖下水!"阿雪气到声音都哑了。

阿走哀叹一声。本来还寄望清濑能为大家加油打气,这下根本是适得其反。

"所以我们是被酒量害到这般田地的?真的吗?!"王子震惊到差点抬起屁股,神童赶忙对他使眼色,他才又匆匆坐正。"这跟妄想凭着蛮力、徒手在泥地上盖高楼有什么差别?"

"当然不只这样,"清濑有点口齿不清,"我早就看出你们是千里马,体内隐藏着尚未开发的潜能!"

"灰二哥醉了。"阿走叹口气。

"唉，就不能讲点振奋人心的话吗？"KING呈"大"字型仰躺在榻榻米上。

"对了，两位跟叶菜子同学进展得如何？"姆萨问双胞胎。

"叶菜妹？"

"进展得如何？满融洽的啊。"

双胞胎天真无邪地回答。

他们不懂。这两个木头完全搞不清楚状况——其他成员纷纷交头接耳。

"对了，你们俩有没有女朋友啊？"从刚才起就叼着一尾鱿鱼干慢慢啃的尼古，假装漫不经心地问，"有的话，后天叫她们来场边加油吧。"

在竹青庄里，很少出现这种话题。大家的生活空间已经太紧密，所以会尽量避免干涉别人的私事。况且，要是有人交了女朋友，就算不说出口，大家也多少感觉得出来。

不过，这大半年来大家忙着练习，根本没空掌握别人的感情动态。当然，这里从来没有人带女朋友回来过，因为房间隔音太差，什么动静都藏不住。

双胞胎异口同声地说："还没有！"

既然还没找到，拜托你们注意一下身边的女友候选人好吗？阿走心想。KING默默地径自缩起身子。

"那你呢？你有吗？"阿雪询问尼古。

"我现在没体力应付这种事。"尼古搔搔冒出胡茬的下巴。

"我啊，"神童垂下头，"成天忙着跟后援会和校方交涉，大概再不久就会被甩了吧。"

"你有女朋友？"

阿走大吃一惊。他实在没办法将朴素老实的神童，跟灿烂华丽的恋爱联想在一起。

"神童兄在刚上大学时,就交了一个女朋友,"姆萨告诉阿走,"我就不行了,根本没有人愿意跟我回非洲。"

有必要进展得那么快吗……阿走心想。

"阿走,你没有女朋友吗?"

经姆萨一问,阿走摇摇头。

"我没女人缘。"

"看起来不像啊。"

"那王子有女朋友吗?"

阿走赶紧将矛头指向王子,但王子仍埋首于漫画中,连头也不抬一下。

"我只对二次元的女生有兴趣。"

真是暴殄天物,枉费你长得跟明星一样帅,阿走心想。

王子看看清濑。

"不说我了。我偶尔会在文学院听到灰二哥的传言。别看他这样,其实他做了很多……好痛!"

清濑手指一弹,一颗花生米正中王子的眉心。王子哀号一声后,赶紧闭口不再多说。没人有胆继续追问。只见清濑扬起嘴角,问道:"阿雪呢?"

"我可是前途无量,个性又好,长得也不差,当然有女朋友啊。"阿雪淡淡地答道。KING 的身子缩得比刚才更小了。

"你们不问我吗?"房东边说边往自己的碗里倒酒。

这时,电话声响起。是阿雪的手机。他说了声抱歉,跟着走出房间。

"怎么,又是女朋友打来的?"尼古说。阿走也发现最近常有人打阿雪的手机找他。

"可是,我感觉阿雪兄这阵子反倒有点消沉。"姆萨语带关心。

KING似乎决定喝个痛快。"冰块没了！"他挥了挥空碗。

坐在门口附近的阿走站起身来："我去拿。"

来到一楼，阿走发现前门是开着的。阿雪好像正在外头讲电话，从隐约可闻的谈话声听来，他好像在跟别人争执什么。尽管阿走有些好奇，却仍蹑手蹑脚地走进厨房，以免打扰到他。

阿走把冰块装到碗里，然后把冷冻库的制冰盒重新装满水。大伙儿喝得那么凶，恐怕会等不及下一批冰块制好。于是阿走把冷冻库的控制钮调到"强"的位置，才捧着碗离开厨房。

前门依然敞开着，却没再传来说话声。阿走犹豫片刻后穿上拖鞋，偷偷探头窥望。

只见阿雪蹲在前门边，抬头仰望着夜空。

"冰块装好了，"阿走轻声说道，"再来喝两杯吧。"

"嗯。"阿雪嘴上答应，却迟迟没站起身。他左手握着手机，一脸茫然。

"是有什么坏消息吗？"阿走跨过门槛，抱着碗在阿雪身旁蹲下。

"不是，"阿雪说，"只是我爸妈看到新闻报道后，就一直吵着要我回家一趟。"

"你家在哪里？"

"东京。"

"这么近，回家也花不了你多少时间，而且你根本不需要住到竹青庄这种破公寓嘛。等等，这么一说，我好像记得阿雪学长说他过年时也都没回家。"阿走突然想起这件事，感觉事有蹊跷。

庭院中的草丛，发出嘈杂的虫鸣。

"阿走，为什么你不想接受采访？"阿雪问。

"……因为我以前惹毛太多人了。我想，不管是我爸妈还是高中田径队那些人，应该都不想再看到我出现吧，所以才想尽量低调一点。"

"看来你吃过不少苦头……我还以为你是个只会跑步的笨蛋呢。"

尽管阿雪用词毒辣,却无意追问下去。

"就因为我是只会跑步的大笨蛋,才会落得只能偷偷回避采访的下场啊。"阿走笑道。

这时,双胞胎房里传来一阵骚动。有人跑来跑去,还有人大声嚷嚷。阿走和阿雪不禁抬起头。

"怎么了?"他们站起身来。

面向庭院的二楼窗户应声开启,清濑大喊:"阿雪!你在吗?"

"在啊,怎么了?"

"快去叫救护车!"清濑看见阿走和阿雪,连忙挥手催促他俩,"房东先生吐血了!"

陪房东搭救护车去医院的清濑,直到凌晨12点过后,才终于回到竹青庄。

已经习惯早睡早起的大伙儿其实早就困得不得了,但由于担心房东的病情,全都苦撑着等清濑回来。清濑在前门被众人团团围住,满脸倦容、语气凝重地说:"他得了胃溃疡,得住院一星期,原因好像是过度紧张造成的压力。"

"压力!"城次怪声怪调地大叫,"他会有什么压力?!"

"不就是个什么都不干的挂名教练吗?"城太也不解。

阿走心想,一定只是因为酒喝多了。

"关于这一点,其实我也很疑惑……不过,房东先生肯定是以他的方式在默默关心我们,"清濑揉揉太阳穴,"事情就是这样,所以后天……啊,变成明天了。明天的预赛,我们的教练恐怕得缺席了。"

"没什么区别。"

"反正他在不在都一样。"

双胞胎大剌剌说出心底话。阿走也频频点头。

"你不是说，他在紧要关头时还是帮得上忙吗？"阿走小声嘀咕。

"我是说'大概'帮得上忙。"清濑回答，一脸无奈地脱下身上的连帽外套。

第七章　预赛，开跑！

"天气真好。"

阿走伸个大大的懒腰，深深吸入秋天清爽的空气。出门前听了天气预报，气温13度，湿度83%，几乎没什么风。相较起来，10月中旬是比较适合跑步的天气。阿走心想，也是很适合比赛的天气。

在阿走旁边的城次，看着远处那些带着野餐垫的家庭。大概因为是星期六的关系，公园里早早就聚集了不少来看比赛顺便散步或郊游的人。

"他们看起来都好开心……哪像我，从刚才起膀胱就怪怪的。"

"怎么个怪法？"

"想尿尿，去厕所又什么都上不出来。"

城次从今天早上起床后已经跑了十多趟厕所。就算叫他别紧张，也没什么用的样子。在立川的昭和纪念公园里，各校拉拉队的加油太鼓声已经响彻云霄。不管你感不感兴趣，鼓声都让你知道预赛马上要开始了。

能不能参加箱根驿传，今天中午之前，一战定生死。阿走想不出什么话来安抚城次紧绷过度的神经，只好简单回他一句："我也是。"

城太闭眼躺在一旁离大家稍远的草地上，两手搭在肚子上。从他手部不时动一下看来，应该没有真的睡着。竹青庄这一票人，天还没亮就起床了，搭了一小时的电车才来到昭和纪念公园，但阿走完全没有睡意，浑身上下直到每个细胞，都清醒无比。

阿走问城次："我要再去跑一下，你呢？"城次回他："我要去厕所。"阿走丢下城次走出草坪，开始在偌大的公园里跑起来。

其他大学的选手也在专心热身，同时一边熟悉公园的地形。每次一看到东体大的蓝色队服，阿走就会心跳加剧。他不想遇到榊。如果在比赛前被他扰乱注意力，这次绝对不会嘴上吵一吵就放过他。

围观的人潮为了帮支持的大学或选手加油，纷纷涌向起跑点。到处可以看到穿着校服的拉拉队员，抱着大旗和发出各种声响的加油道具，为了占到好的加油位置而跟他校拉拉队起口角的场景。

已经热好身了。虽然不想待在一个地方不动，但比赛前还是别让身体太累比较好。阿走一边提醒自己，一边停下慢跑的脚步，回到起点附近的草地上。

宽政大学加油团的所在位置，挂着"八百胜"老板和泥水匠做的加油布条，一眼看去就能找到。商店街的人坐在塑料垫上，等待大会鸣炮宣布预赛开始。竹青庄的房客陆续结束赛前准备，到这里集合。隔着一小段距离，其他大学的加油团据点散布在四周，竖着印有校名的各色旗帜。

"我们的加油布条，看起来还不错！"KING一看到阿走，劈头就说。

有吗？阿走在心里吐槽，却不经意看到KING微微颤抖的指尖，于是只顺着他的话点了点头，应一声"是啊"。

"宽政大学校名的由来，是为了推崇在宽政年间推动改革的松平定信[1]的精神……"

KING实在太紧张，竟然像坏掉的观光导览录音带一样，开始一股脑儿地讲起校史来。阿走随口应声，跟着在一旁坐下。叶菜子准备

---

1 松平定信，江户时代诸侯，陆奥白河藩（现日本福岛白河市）第三代藩主，担任德川幕府第十一代将军德川家齐的老中时，于1787到1793年间推动改革，时值年号宽政，因此称为"宽政改革"。

第七章 预赛，开跑！

了毛毯和瓶装水，把加油团的空间设置得很舒适。

"虽然大家都试跑过了，对地形也有点概念了，但我们还是来说明一下今天的战略吧。"清濑说。

神童和姆萨本来在一旁盯着电视台采访小组的器材猛瞧，一听清濑这么说，连忙凑过来。阿走在白板上大略画了一下预赛的路线图。

"这什么？迷宫吗？"王子皱起眉头。

"路线很简单，"阿走反驳道，开始对大家说明这张图，"首先，起跑点是在纪念公园旁的自卫队营区，先沿着飞机跑道和滑行道跑两圈，接着来到一般道路，先经过站前大街，然后穿过轻轨电车高架桥下，再回到公园。最后是沿公园跑一圈，终点在绿地广场旁。"

清濑接着提醒比赛路线上的一些注意事项。

"自卫队营区不让人试跑，但大家就把飞机跑道和滑行道当成开放式跑道吧。两圈总共五公里。这是一个陌生的场地，又没有显著的目标物，所以会有点难拿捏距离感。我们不知道比赛一开始的情况会怎样，但大家绝不能被那种一起跑就全力冲刺的选手影响了，要用自己的节奏来调配时间。跑到轻轨电车高架桥下的时候，大约是 10 公里，然后在 11.2 公里处折返，回到公园时，大概已经跑了 15 公里。这里会有补水站，但万一没能拿到水，也别太在意。重要的是，从这里开始，自己还有多少体力。这才是胜负的关键。还有，公园里有很多上下坡道。就算只快一秒钟也好，请大家全力往终点冲刺。"

"我有问题，"姆萨举手，"大概得跑出多少时间的成绩，才可以通过预赛？我想有个目标。"

"我不太想说，怕你们因为这样而紧张……"清濑欲言又止。

"这些家伙啊，还是让他们紧张一点好，不然可能会跑得七零八落，"阿雪说话了，"虽然因为天气和比赛过程其他变量的影响，每年多少有点不太一样，但是十个人加起来大约 10 小时 12 分是跑不掉的。"

"什么！"双胞胎发出怪声。

"也就是说，一个人跑 20 公里，要在一小时多一点之内？"城太问。

"老哥，要用一公里三分钟多一点的节奏来跑！"城次马上接话。

"而且，我们没有大专院校杯的积分，"尼古补充道，"从第七名开始，跑出的成绩还要和大专院校杯的积分一起计算。这样一来，我们被挤下来的可能性很高。我们只能靠十人总和的成绩来定胜负，所以一定要想办法挤进前六名。"

"大家别担心，"清濑努力安抚众人动摇的心情，"阿走和我一定会尽全力缩短秒数，帮大家争取更多时间。参赛的人这么多，你们只要稳稳地跑、保持自己一贯的节奏就好。跑完飞机跑道一圈后，体力不好的人应该就会开始落后了。但无论如何，大家绝对不能被那些跑太快或跑太慢的跑者影响了。"

"好。"城次回答，一副好孩子的口气。

"但是，"清濑又补充，"如果领先集团跑太快，我会给大家暗号应变。除了这种情况之外，大家一定要跟紧前面的人。不这样的话，通过预赛的机会渺茫……如果不十个人都全力以赴，我们就没有明天了！"

大部分人心里又再次燃起斗志，只有 KING 和王子还是不太有信心的样子，嘀咕说："办得到吗？""好苦啊……"

"我也有问题。"八百胜的老板举手。叶菜子叫了声"爸！"劝他别凑热闹，但他还是自顾自说下去。"我看其他学校穿着队服的参赛选手，好像比你们还多？这是怎么回事啊？"

"阿胜，你问出我的心里话了，"泥水匠看了看四周，"我算了一下，不论东体大还是西京大，穿队服的都有十二个，可是我们只有十个。"

"被你们发现了，"清濑苦笑回答，"预赛时，一队最多可以有十四个人登记参赛，再看这些选手当天的身体状况，挑选十二个人上场。"

阿雪推了推眼镜,接下去说:"上场的十二人里面,取前十名的合计时间,来决定能不能晋级箱根大赛。也就是说,上场选手多两人的队伍,等于买了两个保险。"

宽政大学只有十名选手,只要有一个人没跑到终点,就等于断送了前进箱根之路。意识到自己的责任有多重大,王子不禁脸色惨白地按着肚子。阿走则反而斗志更高昂了,恨不得马上就能开跑。

"那就跟它拼了!"城次大概已经放弃不受控制的膀胱了,竟然反而笑嘻嘻地说,"让我们为告慰房东在天之灵而战吧!"

"他又还没死!"阿走喃喃说道。

时间差不多了,大家准备前往起点集合。

清濑只轻描淡写地说了声:"走吧!"

"不用围成一圈,喊一下口号吗?"KING嗫嚅道。

"你想要?"

"也不是……"KING含糊不清地回答。原来他是因为电视台摄影机在拍,觉得应该做点什么,否则好像没什么看头。

清濑看穿KING的心思,喊了句"目标天下第一险峰箱根山"后马上接着说:"好了,走吧!"语毕便迈步往前去,冷静一如既往。竹青庄的众人见状不禁傻眼,暗自憋着笑追上去。

"去吧!""要凯旋哦!"商店街的人热烈欢送他们离开。

"我们在终点等你们!"听到叶菜子这句话,竹青庄的大伙儿才转过身挥了挥手。

通常等选手出发后,观众会开始纷纷穿过广大的公园,往终点移动。叶菜子一行人也赶紧收拾大包小包的东西,准备赶去绿地广场抢位子。

"八百胜"老板和泥水匠气呼呼地骂:"这群臭小子,跩个什么劲!"

这时候，各大学拉拉队开始了他们的较劲大赛。在空中盘旋的直升机。到处架设的摄影机。跟拍选手的摩托车。载着摄影器材的前导车。沿路兴奋地等选手经过的观众。

第一次面对这么盛大热闹的场面和热烈的气氛，竹青庄的每个人都难掩心中惶恐。

"没想到，连预赛都这么受欢迎。"神童有感而发。

"刚才我跟王子去厕所，整个吓到，"城次说，"这辈子头一次看到男生的厕间前面大排长龙，选手一个个等着上大号。"

"我以前对运动员一直有偏见，"王子还在揉他的肚子，"以为他们全都神经超大条，连脑子都是肌肉做的。今天看到他们也有纤细敏感的一面，还挺意外。"

城太之前还像死人一样躺在地上，现在却踏着兴奋的脚步，集中注意力克服紧张的心情。

"终于要踏出第一步了！目标箱根驿传冠军！"

冠军？阿走偷瞥清濑一眼。就算通过预赛，光凭他们这群人，要在箱根正式比赛中夺冠，怎么想都是不可能的事。清濑感受到阿走的视线，笑了笑，没多说什么，只用眼神示意他别在这紧要关头说任何打击士气的话。

参赛选手把起跑点挤得水泄不通。队伍最前面，是上一届箱根驿传没能挤进种子队的大学。人墙那一头可以看到东体大的队服，而宽政大被排在后面。

从这里看过去，前后两段选手的体型有很明显的不同，阿走心想。前面那些箱根常客的学校选手，个个肌肉结实，身上没有半点赘肉。而排在后头的学校选手，有些人身材过于壮硕，也有些人的腿部肌肉一看就软弱无力的样子，让人怀疑是否真的能跑。

然而，阿走觉得，最大的不同还是选手脸上的神情。那些所谓弱校的选手，不习惯这样的大场面，脸上也看不到势在必得的自信。真相是残酷的。虽然长跑是只要付出努力就能有一定回报的竞技，终究还是不能完全撇开与生俱来的体能和资质。另外，能不能提供选手优质的训练环境和设备，延揽优秀的指导员，都跟大学的财力强大与否有很大关系。

尽管如此，场上的每个选手都是一心以箱根驿传为目标。在这一点上，大家没有任何不同。不论你处于什么立场、曾经有过什么样的遭遇，面对跑步这件事，所有人都得站在同一条起跑线上。不论最后是成功或失败，在这个当下，都取决于自己这副身躯。

正因为如此，才会有快乐，有痛苦，最后是无上的自由。

身上穿着黑银相间的队服，阿走定定看着竹青庄的伙伴。他身上没有半点赘肉，强韧的肌肉包裹住全身，简直就是为了跑步而生的体型，跟那些强校选手相比也毫不逊色。他眼里不见一丝畏惧，只有好奇与斗志的光芒在闪耀着。

不会有问题的，阿走心想。

什么都不要再想了。起跑后，不顾一切跑下去就对了。阿走专注地看着前方，静待起跑的枪声响起。

上午8时30分，预赛开始。

三十六所大学，共四百一十五名选手，同时出发了。攸关箱根驿传参赛资格的预赛就此揭开序幕。

在这当中，只有九所学校能取得前进箱根的资格。我们一定会挤进前九名。阿走的步伐强有力地向前踏进。

起跑后，比赛立刻以极快的节奏展开。

阿走和清濑置身由二三十人组成的第一个领先集团中。阿走按捺不下心情，一心只想加速冲刺，一旁的清濑出声提醒他"冷静点"，才让他勉强压下焦躁的情绪。

领先的是西京大学的两名黑人留学生,转眼间就甩开第一领先集团,一马当先跑到飞机跑道的第一个转弯处,而箱根驿传的熟面孔——甲府学院大的黑人留学生伊旺奇——紧跟在后。伊旺奇已经连三年参与箱根驿传,可以说是二区[1]的强棒。今年是他最后一年参赛。阿走深切感受到这名王牌选手背影透露出的自负与气势。

或许是受到这三个领先跑者的带动,第一领先集团的第一公里赛程只花了2分49秒。由于自卫队的飞机跑道太宽敞,让人较难掌握距离感,这样的速度就全程20公里的长跑来说,算是很快的,因此开始有人跟不上。来到第二个弯道时,选手群已经形成一列纵队了。

清濑看一下手表确认时间,回头看一眼。竹青庄的其他成员,正成群结队跑在七八十人形成第三集团中。

清濑移步到跑道的最边缘,找到一个让后面的人可以清楚看到自己的位置,做出右手掌朝下的暗号,示意伙伴们"慢下来",然后照赛前订好的策略,用手指依序比出数字:"前五公里,每公里3分10秒以内,其他自行判断。"

"自行判断"的手势是手掌在太阳穴附近一开一合。阿雪和神童收到后点点头,立刻将讯息传达给跑在身边的其他成员。

"我们也要放慢速度吗?"阿走问。

"你想吗?"清濑反问。

"不想。"阿走毫无这个打算。清濑一边跑,一边轻拍阿走的背。

"跑到一般道路后,又是新的开始。紧要关头时,你不用顾虑我,只管向前冲就好。"

---

1 箱根驿传的二区是从鹤见到户冢,全长23.2公里,一开始多为平路,但从权太坂开始登箱根山,出现爬坡,最后三公里的急陡坡更让许多选手因配速不佳体力耗尽,功败垂成,因此各校都把王牌选手放在这个路段,可说是箱根驿传中决胜的关键。

叶菜子终于把本来摆在起跑点附近的装备收拾完，跑去帮正在飞机跑道上进入第二圈的竹青庄房客加油。场地实在太大了，跑在最远程的选手身影，看起来就像豆子一样小，几乎无法辨识。但是当这群人跑近时，地面会传来震动，而当选手从眼前通过时，观众甚至能听到他们的呼吸声，感觉到他们身体散发出的热气。

叶菜子看了看手上的马表，吓了一跳。

这些人怎么能跑得这么快！这个速度，根本比她死命踩脚踏车还要快。前一秒才看清楚选手的脸，下一秒就从眼前消失了。他们竟然要用这样的速度跑完20公里！

三名黑人选手通过之后，距离四十米左右，第一领先集团也紧跟上来，阿走和清濑就在其中。他们神情从容，脚步轻盈，动作毫不费力的样子。围观的群众对着选手大喊："加油！"叶菜子的声音却出不来，感觉胸口被一口气堵住了。

双胞胎跑在第三集团。竹青庄其余八名成员依旧自成一队，人人一副不想落后的样子，拼命往前跑着。

"最前面的人跑了2分49秒！大家不要被影响了！"叶菜子传递完情报，发现自己居然哽咽了。

她从来不知道，原来跑步的姿态是这么优美。这是一种多么原始、孤独的运动。没有任何人可以帮上忙，不管加油的观众再多，或一起练习的队友就在身边，这些跑者都只能自己一个人、用尽全身的能量继续跑下去。

领先的黑人选手跑完飞机跑道两圈来到五公里处时，他们和第一集团之间的距离拉远到一百米以上。叶菜子附近一名中年男子啧了一声："日本选手真没用呐。"

你在说什么傻话？！叶菜子真想这样反驳。你看到哪里去了？不论领先的选手，还是在后头追赶的选手，大家都是一样的！他们认真的表情、一心一意挑战身体极限的意志，你都没看到吗？这个场上，没有没用的人！

叶菜子紧握双手，眼光追着宽政大的队服。不能输啊。大家绝对不能输。

到底不能输给谁，叶菜子自己也不太清楚。是敌对的选手，还是大学？是沿路那些大放厥词的观众，还是正在跑步的自己？叶菜子虽然不知道答案，却仍拼命地祈祷。她不要他们输。不要他们输给任何人、任何事。

这时"八百胜"老板的声音传来："该走了，叶菜。"

"好啦好啦，""八百胜"老板催促叶菜子，"大家不是都跑得不错吗？我们去终点等他们吧。"

满脸感动的泥水匠吸了吸鼻子，点头附和。商店街的人都是头一次这么近距离观看田径选手跑步。那速度是如此震撼人，而竹青庄每个成员在这样的激战中毫不逊色，更是让他们心情激动不已。

别看这些小伙子平时一副吊儿郎当的样子，这次他们是玩真的！在预赛中目睹这一幕，商店街一行人终于感觉到他们的认真与投入。

众人开始拿着毛毯、瓶装水等在公园里移动，准备到绿地广场找个好位子，给抵达终点的选手最热烈的欢迎。

叶菜子只觉热泪盈眶。她猛眨眼，不让在眼眶里打滚的泪水流下。现在不是哭的时候。比赛才刚开始呢。我要相信他们，而且现在，我要先做好我能做的事。

叶菜子抱着塑料垫，精神奕奕地踩过沾着朝露的草地大步向前迈去。

选手们跑完五公里后进入一般道路，迎向新的战局。第一集团开始松动，与领跑选手之间的距离虽没有缩短，却也没继续扩大。这速度仍然很快，跟不上的人开始被抛在后面，退出第一集团。

第一集团现在只剩下十个人左右，阿走和清濑仍在其中，周围都是东体大、喜久井大、甲府学院大的王牌选手。阿走确认了一下，没看到榊的身影，但他心里并未浮现任何优越感，也没有同情。他只是心想："是吗，没跟上来啊！"不过，我还要跑得更快。我要超越这一群人。

　　这时，搭载着摄影机的前导车上，传出工作人员的赞叹声。"喂、快看！宽政大的选手竟然在里头！真的很拼啊！"阿走和清濑当然不会知道这些。比赛究竟会在什么地方发生变化？在他们和周围选手之间，一场攻防战正悄然上演。

　　田径队规模庞大的学校，都会沿途安排队员盯场，负责传达各选手的位置，以及教练的速度指示。宽政大因为人手不足，做不到这一点，于是清濑不只要下场比赛，还得分神关照其他人，不时得回头确认队员的状况。竹青庄另外八名成员仍然跑在一起，位置落在人数略增加的第二集团后方。本来的第二和第三集团已经解体，现在的第二集团其实是由尚未落后的选手加上从第一集团退下来的选手组成的。

　　双胞胎、姆萨、阿雪看起来体力还很充沛。神童和尼古也是一派轻松，努力保持自己的节奏。KING是总算勉强跟得上，但王子看来就有点危险了。本来跑在一起的竹青庄成员，已经慢慢拉长成一列纵队。

　　从这里开始，队员们如果继续勉强跑在一起，不但不能提升落后队员的速度，反而有可能被速度较慢的队员拖累，导致节节败退。

　　通过七公里处时，第一集团每公里的跑速是3分05秒，感觉比刚起跑时的速度慢了一点。原因或许是选手们担心后半段比赛可能后继无力的集体心理作用，并且跟跑在前头不远、目前位居第三的伊旺奇开始放慢速度有关。

　　清濑判断，过了10公里后第一集团才会有选手加速冲出，到时候他和阿走当然也会冲上去，不过，他也得考虑这对后面的跑者可能造成的冲击。接下来，一定会有人跟不上，因为体力不支而乱了步调。竹青庄的成员绝对不能受到这些人影响。

清濑往中央线接近，再次下达指令给跑在后头的伙伴。他用右臂画了个大圈，示意"差不多可以行动了"，再把右手放到太阳穴附近、做出分别抬动五根手指的动作，表示"你们可以散开了"。最后，他右手握拳、竖起大拇指，告诉大家"奋战下去，加油"。

除了自顾不暇的王子，竹青庄成员都稍微举起手，表示"了解"。

"阿走，从10公里起，是预赛的第一个胜负关键。千万不要慢下来。"

清濑低声提醒，阿走闻言点了点头。清濑从第一集团选手的呼吸节奏，以及积极抢占容易冲刺出线位子的情形，察觉到事态的发展。众选手之间相互刺探，同时相互牵制，等待着最佳的冲刺时机到来。

他们离开站前大街，往高架桥的方向跑去，沿路都有观众在为选手加油。阿走全神贯注在比赛上，这些声音在他听来感觉非常遥远，仿佛只是轻抚过耳边的海浪声，不一会儿就随风而去。今天，阿走感觉自己格外意识到这副身躯的律动。

有时候，虽然感觉身体很轻盈，却不能实际反映在速度上。今天的状况则正好相反。他不知道为什么总有种不太对劲的感觉，却反而跑出不错的节奏。不论再怎么练习，正式上场时经常会觉得大脑和身体搭不起来，因此产生一些错觉。

想到这里，阿走第一次看了手表。目前他的速度是一公里2分57秒。不是错觉。我今天果然状况很好。就算比赛的节奏变快，我也没问题。我还可以跑更快。

跑在阿走身旁的清濑，敏锐地嗅出阿走的自信，以及想要加速的欲望。

"等等，阿走，"清濑的口吻像在驯马一样，"等过了10公里，你爱跑多快都可以。"

太早加速冲刺，等于自我毁灭。阿走应了声"是"，速度不见放慢，只是努力忍着不加快速度。

过了电车高架桥，一看到10公里的标示，一切果然不出清濑所料，第一集团开始有动作了。喜久井大的大三选手和东体大的队长都开始加速。除了阿走和清濑，其他跑者全被抛在后头。

阿走紧跟在喜久井大和东体大两名选手背后以减少风阻。这样跑了五百米后，阿走低声说了句"我先走了"，清濑默许以对。

阿走从中线旁绕过去，超越了喜久井大和东体大的两名选手，然后以他自己的节奏，继续往前跑。他没那个工夫，也没有心情回头看。脚步声越来越远，其他人已经被他抛在后面。他很肯定自己领先了，一个人跑在第四位。

好舒服。踩在脚下的跑道，迎面划破的风，在这一瞬间都只属于我。就这样一直跑下去吧，这是只有我才能体验的世界。

心脏好热。感觉得到热血正往指尖奔流。身体好重。不，不该是这样。让身体继续变化吧。变身为柔韧的野兽，奔向没有痛苦的草原；变身为银色的光束，照亮黑暗。

11.2公里的折返点到了。阿走有如一辆最新式的流线型赛车，完美地跑过弯道，一点时间都没有浪费。放慢速度是一种罪恶。我的一切，是为了跑步而存在。

跑在他前头的伊旺奇已经近在咫尺。

看着不断加速的阿走，清濑不禁陷入一阵狂喜。

大家好好睁大眼，看清楚他跑步的模样！看他那为跑步而生的身躯有多美丽！

那个身影，可以轻易凌驾旁人的懊恼与羡妒。他是完全不同的生物。跟我这种被重力束缚、汲汲于氧气的人比起来，有天壤之别。

清濑很想放声大喊,但现在只能想办法忍住。阿走,果然只有你。只有你可以这样体现跑步的真貌。能够鞭策我、让我见识到全新世界的人,只有你,阿走。

清濑想追上阿走,但这对脚上有旧伤、有如装了炸弹的他来说实在太勉强,于是只能配合身边喜久井大和东体大选手的速度跑下去。刚才他们想加速冲刺,却反而被阿走超前,现在正竭力从这个打击中振作起来。进入公园后,要面对的是起起伏伏的上下坡,会对比赛产生什么影响?无论如何,现在只能保留体力,在最后阶段赌一把了。这是清濑仅存的战略。现在的他也没有余力转头确认队友的状况了。

但是,他可以感觉到。竹青庄另外八名成员,一定也都目睹阿走疾速冲出的画面了。他知道,当大家看到阿走那光芒万丈的跑姿时,一定也都因此受到鼓舞。

当阿走跑过折返点、沿原路往回跑时,城次正好和他迎面遇上。阿走就像在慢跑一样,呼吸丝毫不乱,脸上也没有半点痛苦的神色。但他的眼神不一样,城次心想。阿走那对黑亮的瞳孔里,散发出幸福的光芒,那种只有沉浸在跑步中才能感受到的喜悦。

阿走当然不可能知道自己跑步时是怎样的表情。城次羡慕起阿走,同时也心生仰慕。我能像阿走那样单纯无邪地跑步吗?纯粹而没有杂念,那么一心一意,甚至到了对自己残酷的地步。我想跑。城次发自内心渴望起来。我也想像阿走这样跑步!

与阿走擦身而过时,尼古不禁感叹。没想到这么惊人。认真起来的阿走,竟然能跑这么快!他浑身散发出光芒,耀眼得让人无法直视。果然是万中选一的人。根本不用多说什么就能证明这一切。

不过,我也有我的志气,一定要让你们瞧瞧我的厉害!尼古再次努力将空气吸入正发出悲鸣的肺部。至少在意志力上,我绝对不输阿走!

阿走一路领先的热情和力量,将身穿宽政大队服的每个人紧紧结合在一起，往终点的目标迈进。他们就像在夜空中闪闪发光的星座一般，排列成形，合而为一。

叶菜子在绿地广场占到位子后，连忙赶到公园内的比赛路线旁继续观战。各大学的拉拉队在终点一带闹翻天，观众也多到形成了两三道人墙，等着选手抵达终点。这些突如其来的喧闹声，吓得公园树林间的鸟儿逃也似的四散飞离。

叶菜子好不容易在离终点五十米左右的地方找到一个缝隙，一边说着"对不起，借过"，一边钻进人墙，终于挤到最前排。由于她穿着宽政大的队服，让观众以为她是工作人员，好心地空出位子给她。

叶菜子看看马表。从比赛开始到现在，57 分 35 秒过去了。但全程有 20 公里长，所以应该还要花上一段时间吧。

叶菜子心里才这么想，欢呼声已经像海浪一样涌来。各大学的拉拉队飙起校歌、狂挥校旗，唯恐自家选手不知道自己的位置。

领先的跑者，已经出现在绿荫中。是西京大学的黑人留学生。紧跟在后的，是另一名黑人留学生。

"好厉害……"叶菜子喃喃道。

两名留学生在观众的欢呼声中抵达终点，成绩分别是 58 分 12 秒和 58 分 28 秒。这两人的体能之强，只能用"无敌"两个字形容。

不知道竹青庄的大伙儿怎么样了。叶菜子一边鼓掌迎接抵达终点的选手，一边伸长脖子打量场内的情况。

这时，一个人影出现在转弯处。叶菜子忍不住大声尖叫，其他什么话都说不出来。

是阿走！

第三个往终点线冲刺的选手是藏原走。

"反正前几名一定都是黑人选手。"本来这样碎念不停的观众，一看到阿走的身影，发出比之前还热闹的喧腾，现场一片欢声雷动。叶菜子觉得自己像在做梦，拼命大喊："藏原！藏原！"

阿走恍若未闻的样子。

他发出粗重的喘息声，一瞬间就从叶菜子面前经过，笔直地往前跑去，眼里只看得见终点线。他像在短跑一样全力冲刺，跑完最后的五十米，充满坚持和斗志的跑姿震慑了全场的观众。

有如目睹圣人降临一般，终点前的观众一片鸦雀无声。

叶菜子赶紧看马表确认时间。阿走从起跑到抵达终点，一共花了59分15秒。伊旺奇比阿走慢了五秒才到终点。阿走赢了甲府学院大的王牌选手。

终点前，一阵人声沸腾。

"宽政大！以前从来没在箱根出赛过。"

"选手很强啊！"

他叫藏原。今年才大一，全名是藏原走！叶菜子好想告诉身边的每个人，但根本没那个时间，因为后面的选手就要一个接一个抵达终点了。

跑过15公里处、进入公园时，清濑照原定计划开始加速。喜久井大和东体大的两名选手也差不多在此同时加快速度。大家都不想输掉比赛。

上坡加速时，清濑感觉右小腿有点异样感。可恶，清濑心想，但没让它打乱自己的呼吸，也没显现在脸上。要是被人发现自己不舒服就完了。这种时候，慢一秒都会造成遗憾，没有时间在意旧伤。

清濑毫不迟疑地继续加速前进，各校拉拉队的乐声已经混成一气，一股脑儿地胡乱演奏。沿途中，他在人群里看到几个商店街的熟面孔，大声喊着什么。他什么都听不见。喜久井大的选手超前一步了。这时，清濑的脚底一碰到地面，小腿就一阵酸麻。尽管如此，他还是奋力不让距离被拉开。

"灰二哥！"

阿走。不会有错，是他的声音。清濑将仅存的力气灌注到脚部肌肉上。抵达终点时，清濑感觉自己几欲腿软，勉强移动到不会妨碍别人的位置，用手抚摩着小腿。摸起来热热的。

清濑和喜久井大的选手并列第六名，时间是 60 分整。

阿走抵达终点后，工作人员立刻递上一瓶水，并催促他尽快退开，因为逗留在终点附近会妨碍到后面陆续抵达的选手。

大家不知道怎样了。阿走挂念着，踱到终点一旁的树林里。又一阵欢呼声传来。阿走连忙往观众那头望去，一眼瞥见宽政大的队服出现在场上。是清濑！

"灰二哥！"

阿走大喊了一声，立即兴奋地跑向选手冲过终点后、往绿地广场移动时必经的小径，却在那里看到清濑蜷缩着身躯蹲在地上。阿走吓坏了，赶忙上前。

"你还好吗？"

清濑的呼吸还算平稳。前几名抵达终点的选手，实力都有一定程度。他们都是照着自己的节奏，游刃有余地跑完全程，因此不会在跑完后出现喘不过气的状况。确认过清濑的呼吸后，阿走马上猜到问题所在："是你的脚，对不对？"

为了稍微减轻清濑小腿肌肉的负荷，阿走赶紧把手中那瓶水往上一淋，然后伸手扶清濑。清濑顺势起身，微微拖着右脚往前走。

"阿走，跑得好。"

清濑开口说的第一句话，竟然是称赞阿走。现在是说这个的时候吗？阿走突然觉得想哭。

"嗯。"阿走低着头闷声回答。

清濑笑了,伸手揉揉阿走的头,弄乱了他的头发。

"我们去帮其他人加油吧。"

"还是先帮你冰敷再……"

"没问题的,走吧。"

清濑旋即钻进观众群。阿走只好尾随,嘴上说着"不好意思……"一起挤进人群中。

到了八十名左右,出现了多名选手几乎同时抢进终点的状况。由于最后是以十人时间总和来定胜负,大家无不拼老命往前冲。

"是双胞胎!双胞胎来了。"

阿走在这群选手中发现穿着宽政大队服的身影。跑道对面的叶菜子,更是开心地跳了起来。

城太和城次咬着牙冲过终点。接着回来的是阿雪、姆萨、尼古和神童,名次都落在八十到九十名之间。KING拼尽全力,以第一百二十三名抵达终点。

"很好,跑得好。"清濑喃喃道。

但是接下来,众人怎么等,就是等不到王子出现。那些经常参赛的学校中,有不少已经跑回十名选手了。

"再这样下去很不妙……"

阿走焦急地踱步,恨不得自己能再下场跑一次。还没回来吗?还没吗?他拼命祈祷着,两眼紧盯前方,然后终于看到王子的身影出现在绿荫下。

"身体晃成这样……"

清濑皱起眉头。来到这里,确实已经超出王子体力的极限,两眼都没办法聚焦了。

"王子,加油!终点快到了!"

阿走大吼着，希望至少能用声音引领他到终点。

"知道啦！"

王子一边跟想吐的感觉奋战，一边痛苦地挣扎往前跑。他已经跑到汗水狂流、手指冷冰冰。我的血都到哪里去了？王子茫茫然想着。我现在一定脸都绿了吧？对了，一定是贫血。可是，我绝对不能在这里倒下。

离终点还有二十米。王子如果在这里弃赛，只有十名选手的宽政大学就会丧失资格。

要是因为我而害大家不能参加箱根驿传，我的宝贝漫画一定会被他们烧了。我死都不能让这种事发生！

王子挤出全身仅存的一点气力往前跑，但在他使力的同时，胃也跟着翻搅，难以忍受的呕吐感又向他袭来。

不管了！管他有几百人、几百对眼睛在看，顾不了那么多了。王子心一横，一边跑一边狂吐起来，惹得一旁围观的女性观众"啊啊啊"地惊叫连连。

"现在是吐的时候吗？！给我跑！"清濑气得大骂。

你这个魔鬼！所以我说我讨厌运动社团嘛！王子用手抹去嘴角的呕吐物，心里不停骂着，却没有打算停下脚步。到底是何苦来哉啊我？明明是运动白痴，干吗跟人家凑这个热闹，像个傻瓜一样每天拼命跑个不停？

全都为了参加箱根驿传。

因为我想，跟满脑子肌肉的你们，这辈子一起筑梦一次也不错，所以才……！

王子最后以第一百七十六名通过终点，然后当场倒地晕死过去。

绿地广场的宽政大学加油团阵地上，竹青庄众人倒的倒趴的趴。

他们当中只有半数的人在通过终点后还有余力看表确认自己跑出多少时间，阿雪只好放弃先试算十人总成绩的打算。

由于计算成绩和积分需要一点时间，因此预计11点左右才会公布结果。也就是说，所有参赛者跑完后，差不多还得等上一个小时左右。

"现在的局面还很难说，"清濑一边冰敷小腿，一边冷静地分析，"我们的平均排名，大概会落在八十多名的中盘，应该有超过门槛。"

"但那些同样超过门槛的大学，如果再加上大专院校杯积分……"尼古面带难色地望着天空。

"我们有可能过不了预赛。"阿雪说。

不会吧！双胞胎哀号起来。神童和姆萨只是分别静静地向祖先和非洲神明拼命祈祷。KING一个人闷头拔着地上的草。王子没有半点反应，只是整个人趴在那里一动也不动。围绕在他们身边的叶菜子和商店街的人，也说不出什么打气的话，只能陪着等结果出来。

阿走突然看着清濑手上的塑料袋。里头那些从冰桶拿出来的冰块已经融化得差不多了。

"我去找冰块吧。那边有商店，说不定愿意分一些给我们。"为了逃离这股凝重的气氛，阿走站起身。

"我跟你一起去。"姆萨八成也有同样的心情，语毕跟着阿走离开。

两人一起穿过绿地广场，朝有红色屋顶的商店走去。那些很有把握通过预赛的大学，从选手的脸上就看得出来。至于弥漫着紧张气氛的，就是像宽政大学这种在门槛边缘的队伍。而那些看来明显已经没什么希望的大学，则是平静地等待成绩揭晓。当中有些校队的感情很好，一伙人开心吃着社团女助理亲手做的、装在多层方盒里的豪华便当。

真是什么样的队伍都有啊，阿走不禁感叹。对这些人而言，参加预赛是他们的唯一目标。因为一开始就知道结果，所以比赛一结束，马上办起郊游野餐的活动，大家乐在其中。这样当然没什么不好，只是我们跟他们不一样，阿走心想。

不好意思，对我来说，预赛不能是这一切的终点。我想往更高更远的目标迈进。我们要变身为更强、更快的队伍，前进箱根继续奋战。为了这个目标，我们才会那么拼命地练跑到今天；因为有这个目标，我们接下来还要练得更多！

"不知道最终结果会如何，阿走。"姆萨忧心地说。

"我们一定能去箱根。"阿走信心满满地说，感觉体内有股热血如岩浆一般涌出。今天的预赛，我们所有人都尽了十二万分的全力。绝对不可能输。

听到阿走强铿锵有力的回答，姆萨不禁睁大眼。

"阿走，我觉得你变强了呢。"

"没这回事，"阿走摇摇头，"我这么说，是因为大家真的很努力在跑，所以觉得我们一定没问题。"

姆萨点了点头。"说得对。我们一定可以去箱根，大家一起！"姆萨说。

姆萨的话，听起来宛如童话故事的美好结局，也像出自什么大师之口的有力预言。

阿走和姆萨走进店里，问店员可否提供一些冰块。店员很爽快就答应了。但他们两人双手空空，什么容器也没带，店员只好把冰块装在纸杯里。

"我们俩太粗心了。"姆萨说话的同时，背后经过一群来看预赛的观众。

"这次又有黑人选手参赛……那些学校实在太狡猾了，竟然让留学生上场。"

"再多几个这样的人，日本选手根本没搞头了。"

他们的音量大到想不听到都难，姆萨立刻脸色大变。阿走转身就想上前理论。

"算了，阿走，"姆萨阻止了他，"这种话，光是今天我已经听到很多次了。"

"我不准他们这样胡说八道！"

阿走仍想冲上去追那几个已经走远的观众，却被姆萨的手拉住。

"不能跟人家吵架。他们指的，应该是那些有田径才华而被延揽来日本的留学生。我很不好意思，觉得自己很羞愧。虽然我跟他们看起来很像，可是我的脚程不快，没有能让人嫉妒的才华。我只是一个普通的留学生而已。"

"这跟那个根本无关好不好！"阿走气炸了，"不管是你、还是我，或是今天跑第一、第二的选手，大家跑的是同一条路，没有哪里不一样。他们竟然……"

阿走不知道该怎么说才好，觉得很不甘心。这些人的言论，对和他生活在一起的姆萨也好，对阿走自己，或是那些他不认识的其他大学留学生也好，都是非常过分的侮辱。没错，他虽然不会形容，但他知道这对所有全心全意认真跑步的人来说都是一种侮辱。阿走气到拱起肩膀来了。

"藏原说得一点都没错。"一个声音从他们身后传来。

阿走转身一看，只见一个头顶剃得光溜溜、身材瘦高的男子站在那里。

"不用理他们。这些人只是不懂跑步的老百姓而已。"

男子在阿走和姆萨的注视下，进店里买了一罐乌龙茶。好像在哪里见过他。阿走保持戒心，连忙搜寻自己的记忆。这颗头这么光，我应该记得才对。

"六道大的藤冈！"

阿走想起来了。没错，六道大学是在箱根驿传多次蝉联冠军的名校，而这个人是他们的队长藤冈一真。阿走在春天的东体大纪录赛时见过他。不过，是什么风把这个人吹来跟他不相干的预赛？

藤冈似乎看出阿走心中的疑惑。

"我是来探察敌情的，"藤冈这么说，"宽政大真的变得挺强，应该有机会取得箱根驿传参赛权。"

从藤冈身上，看得到王者的从容与气度。

"托你的福。"天生不服输的阿走，昂首自傲地答道。

藤冈和阿走四目相对，眼神也毫不退让，然后转向姆萨说道："那种人说什么，根本不用放在心上，就当愚蠢的耳边风就好。"

"怎么个蠢法？"阿走叫住一边喝茶一边打算离去的藤冈。

刚才那些观众对姆萨说的话，让阿走非常生气，但自己为什么生气，又不能明白说出个所以然。从藤冈这么笃定的态度和建言来看，他好像知道答案。

"请告诉我。"阿走老实地拜托藤冈。

藤冈停下脚步，似乎觉得阿走很有趣地看着他。

"好吧，"他转身朝阿走和姆萨走来，"至少有两点很蠢。首先是，他们觉得日本选手没有竞争力、找留学生加入就是狡猾。这种歪理如果成立的话，那奥运比赛怎么办？日本人是不是不用比了？我们参与的是竞技，不是大家手牵手数个'一二三'就结束的幼儿园运动会。人类的身体素质和体能当然会有个别差异，但比这更重要的是，运动本身是公平、公正的。这些人根本不了解，在同一个竞技场上挑战同一项运动是怎么一回事。"

姆萨静静听着，阿走则深为藤冈冷静有条理的分析而折服。

"他们犯的另外一个错误是，以为运动只要赢了就好，"藤冈继续说，"日本选手只要得第一名、拿金牌就好了吗？真是大错特错。这绝对不是运动的本质。如果今天我拿到第一却有种输给自己的感觉，对我而言这根本就不算胜利。比赛的成绩和排名，会让人眼花缭乱，模糊了焦点。所谓世界第一，应该由谁决定？我们追求的，不是这种东西；心里那个不变的理想和目标，才是支持我们继续跑下去的动力，不是吗？"

是啊，就是这样。阿走心中的乌云散去，顿时豁然开朗。这就是一直困扰我、让我生气的原因。藤冈真厉害。纠结在阿走心中的感觉、说不出的话，他轻轻松松几句话就表达出来了。

"你还是老样子，藤冈。"

清濑的声音突然从阿走和姆萨身后传来。他不知道从什么时候开始就站在那儿了。

"我这个局外人多管闲事了。"藤冈一板一眼地朝清濑一欠身，准备离去。

"什么话，你帮了一个大忙。"清濑说。

藤冈闻言回头看清濑，嘴边扬起笑意："看来你找到了很不错的人才。"

"是啊。"

"我在箱根等你们。"

藤冈的身影消失在前方的林间。自始至终，他一直保持着王者般的气势，最后那句话简直像在说"我在涅槃法会上等你们"。不过，既然都等到这时候了，他干吗不等结果揭晓再走啊？阿走心里这么想着，同时连忙朝着藤冈背影低头致意。姆萨也正式出声表示"非常感谢你"，并给他一个九十度鞠躬。藤冈一席拨云见日的话，为阿走和姆萨注入满满的活力。

"我看你们连袋子也没拿就走，才追过来的。"

清濑拿出塑料袋，阿走接过手，说了声"对不起"，把店员给的冰块倒进塑料袋里。看来清濑的伤已经好多了，走路没再拖着脚。

"他叫藤冈是吗？真是了不起的人，"姆萨感动地说，"要在箱根连胜，就是需要这样的意志力和真正的智慧吧。"

清濑笑了笑："不过呢，那家伙从以前就特别沉得住气，高中时代就被人取了一个'苦行僧'的外号，应该不是很开心吧。"

阿走和姆萨相视一眼，不禁点头。的确，藤冈的外形真的像极了苦行僧。

观众和各校选手，已经开始聚集在终点附近的大型广告牌前。

"差不多要公布成绩了。"

"我们走吧。"

姆萨小跑步回宽政大学加油团所在，阿走则配合清濑的脚步，慢步走在草地上。虽然很在意结果如何，但既然都走到这一步了，也没办法再改变任何事。现在盘踞在阿走心里的，不是预赛的成绩，反而是藤冈的身影。

藤冈把心里的想法转换成语言的力量；他冷静分析自己内心迷惘、愤怒和恐惧的眼光。

藤冈很强。他的跑步速度本来就无人可出其右，但背后那股支撑着他的意志力其实更厉害。在我只知道不顾一切往前跑时，藤冈一定在他脑子里进行了无数的自我剖析，追求更高境界的跑法。

阿走虽然因此受到打击，却也同样备受鼓舞，心中油然而生一种奇妙的兴奋感。

这就是我欠缺的。每次遇到说不清楚、讲不明白的地方，总是放任它过去，草草带过。从现在起，不能再这样了。我要像藤冈，不，我要跑得比藤冈更快。为了达到这个目标，我必须认清那个跑步中的我。

这一定就是清濑之前所说的那种"强"。

"我觉得我好像懂了。"

阿走突然冒出这句话。

"是吗。"清濑满足地说。

一名拿着麦克风、穿着制服的学生走上讲台,郑重地翻开预赛成绩报告。他是负责主办箱根驿传的关东学生田径联盟营运委员。担任助理的女学生站在成绩广告牌旁。挤在广告牌前方的人群带着期待和不安竖起耳朵,等待结果揭晓。

"现在宣布通过箱根驿传预赛学校名单。第一名,东京体育大学。"

东体大阵营爆出如雷的欢呼声,阿走看到榊和学长开心击掌享受这一刻。东体大的选手实力平均,跑者没有太分散,全员通过终点的名次都很好,由此可见东体大选手实力雄厚,以优异的团队成绩胜出。

女助理抽掉覆盖在成绩广告牌上的纸板,第一名的字段上写着"东京体育大学",以及十名选手的总成绩。10小时09分12秒,平均排名是四十九名。

"比赛果然从一开始的速度就相当快。"清濑低声说道。

从他的表情来看,宽政大想通过预赛的希望不高。阿走两手紧紧握拳。

"第二名——"

负责宣读结果的工作人员,口气平淡地念出校名:"甲府学院大学。"

现场某个角落再度爆出狂喜的欢呼声。KING用鼻子"哼"了一声。

"那人在报名次和校名时,中间还故意停顿一下,挺会吊人胃口。"

"不要拖拖拉拉,干脆一点念下去啊。"

好不容易恢复正常的王子,马上发起牢骚。

"紧张啊!心脏都快停了!"

双胞胎和叶菜子靠在一起,像不小心从巢里掉下来的雏鸟一样抖个不停。

终于宣布第五名了,但还是没念到宽政大。到现在为止,出线的学校都是箱根驿传的常客。如果没有挤进第六名,从第七名到第九名都要加算大专院校杯积分,预赛十人总和时间的排名就会发生变动,极有可能影响最后结果。

"第六名——"

"求求你,拜托拜托拜托!"

"宽政、宽政!让宽政上榜!"

宽政大学所有人拼命地祈祷,台上报出来的却是"西京大学"。

"啊——!"

"不行了吗?真的没希望了吗?"

尼古和阿雪仰天长叹。

第六名下面的字段仍被白色纸板覆住。清濑什么也没说,只是两眼直视着广告牌。他的目光仿佛要穿透纸板一般,盯着第七名到第九名的字段。

"根据规定,第七名起是以预赛时间总和扣除各大学积分后的成绩,来决定排名的顺序。第七名,城南文化大学。"

阿走几乎两腿无力,但仍勉强撑住。还没结束。去箱根比赛的名额还有两个。这时他的右肩突然痛起来,转头一看,只见神童的食指正紧紧攫住他的肩头。姆萨则是半张脸埋在神童的臂弯,嘴里用母语叽里咕噜的不知道在说些什么。

没问题的。一定没问题的。阿走伸手拍拍神童和姆萨的背部安抚他们。

"第八名,宽政大学!"

没听错吧?!KING 整个人猛扑过来。清濑朝天空高举起双手,脸上出现难得的开怀大笑。姆萨和神童浑身无力地瘫坐在草地上。尼古和阿雪开心地相互击掌。双胞胎和叶菜子则是一边尖叫着，一边忘情地猛打阿走。

一阵乱拳如雨中，阿走看到了。广告牌上"宽政大学"四个字，发出灿烂的光芒。王子站在外围，静静地流下男儿泪。

成功了！我们办到了！终于，去箱根不再是梦想，而是经过大脑认证的事实！我们可以在箱根驿传出场了！

回过神来，阿走才发现自己刚才忍不住把心里的话大吼出来了。

宽政大学十人的总成绩是10小时16分43秒，平均排名是第八十六名。第七名的城南文化大学，预赛成绩是10小时17分03秒，但加算积分后，排名超过宽政大学。以第九名惊险通过预赛的是新星大学，成绩是10小时17分18秒。

阿走确认了广告牌上的成绩后，这才放下心，高兴得吐出一大口气。宽政大学第一次挑战，就顺利拿到进军箱根驿传的门票，而且成绩在10小时16分左右，实际排名第七。

现场观众惊呼连连。

"宽政大出线了！"

"光靠那十个选手而已！"

"第三名和第六名抵达终点的选手，都是宽政大的吧？我已经记得他们的队服了。"

"我也是。黑底镶银边，还挺帅！"

不论是在绿地广场上整理东西、面对贴身采访的摄影机时，还是被一堆记者要求逐一发表感言时，阿走都只觉得头昏脑涨，脑部陷入缺氧状态。这简直比跑步时还辛苦，两脚都快站不稳了。

现在只是通过预赛而已，重头戏在明年1月，大约七十五天之后的箱根驿传。尽管阿走心里这样提醒自己，胸口仍满溢着胜利的喜悦。

清濑之前说过,"箱根不是海市蜃楼"。一点都没错!竹青庄的成员这一路走来,终于来到可以看见箱根山的地方了。

　　阿走动作利落地折好塑料垫,心情还是十分亢奋。城太和城次坐在草地上,盯着从成绩广告牌上抄下来的成绩。两人不知为何,难得眉头深锁。

　　"你们俩在干吗?"

　　阿走出声问。双胞胎一起抬头看着他。

　　"灰二哥不是说要大家一起攻顶吗?"城太咕哝说道。

　　"嗯?有吗?"

　　阿走随便应了声。城太不接受这个答案。

　　"是的,他说过。但是这个成绩……"

　　阿走放下塑料垫,在双胞胎身旁蹲了下来:"快点收拾,该回去了。今天晚上一定会有庆功宴。"

　　"阿走,他说的攻顶,是指拿冠军对吧?"城太一脸悲壮地说,"我们的总成绩是10小时16分43秒,但是第一名的东体大是10小时9分12秒,我们跟人家差了七分半……而且这还只是预赛而已对吧?所以,那些在箱根驿传拿冠军的选手,到底是用多快的速度跑完20公里?"

　　"如果我们拼命练习,到了1月可以达到那个水平吗?"

　　城太口气非常认真地问:"阿走,到底可不可以啊?"

　　阿走无言以对。

第八章　冬天又来了

只有十名选手的队伍，竟然通过预赛，取得箱根驿传的参赛权。

竹青庄众人达成的壮举，不只在大学田径队间引爆讨论，也成了一般民众茶余饭后的热门话题。

自从1987年电视台开始实况转播箱根驿传后，这个专为关东学生跑者举办的比赛，就成了日本家喻户晓的赛事，住在日本的人几乎无人不知、无人不晓。不论比赛本身的高难度，还是新年期间透过镜头播出的热闹景象，都让箱根驿传成为众所瞩目的焦点。

不过，竹青庄只有区区十人，却想挑战这么大型的知名赛事，许多人不理解他们为什么要做这种有勇无谋的事。如果比赛当天有人受伤，或临时身体不舒服而不能上场，该怎么办？他们平时是怎么进行训练的？生活起居的情形又是如何？

附近充满好奇心的民众，以及有意加入田径队的学生，争相跑来造访竹青庄。那些想加入的学生中，大部分都没有田径的经验，只是因为得知竹青庄成员通过预赛，一时兴起跑来提出申请。

清濑慎重地在纸上写下婉拒各方来访的理由，张贴在竹青庄的玄关。有人想加入，固然是值得开心的好事，但宽政大引起的热潮相信很快就会退烧，而且这些人也没有公认的纪录，不符合参赛资格。更何况，竹青庄已经住满了，没有空间容纳新成员。清濑仔细思考过后决定，与其现在招募新社员，不如十个人专心练习、团结一致，朝箱根驿传前进。

至于附近的居民，则由商店街的老板出面以"会妨碍练习"为由，呼吁民众不要打扰竹青庄的成员，于是大部分人只会在矮树篱外偷看竹青庄的情形，并以此为满足。如果有例外，也只有一些老人家偷偷送自家种的蔬果等农作物来。

早上阿走要出门慢跑时，常会发现玄关前放着白菜或水梨，不禁心想："这是来报恩吗？"看到无名老人送东西来却叫也没叫的尼拉，则只会对着阿走猛摇尾巴。结果是，往往还搞不清楚是谁这么好心，这些蔬果就全进了竹青庄房客的五脏庙了。

当然，媒体的采访也蜂拥而至，而且不光田径专业杂志，连周刊、报纸、电视台都来了。所有媒体都想来掺一脚。清濑和神童慎重考虑后，最后几乎都以"专心训练中"为由，谢绝他们进入竹青庄采访。

他们只答应接受《月刊田径杂志》的佐贯、《读卖新闻》的布田采访，因为这两名记者从竹青庄夏天集训起就一直在为宽政大加油打气。他们俩都很了解跑者的心理，总是远远看着，不干扰大家练习，提问时也很利落，都能切中要点。他们陆续发表的报导，都对竹青庄成员相当正面而友善。

双胞胎和 KING 三人乐得快飞上天，觉得应该多接受一些采访。

"好不容易可以去箱根出赛，被更多人注意到不是很好吗？"城太说。

"而且这样子毕业以后找工作也比较容易啊。"KING 跟着敲边鼓。

"比起找工作、引人注目，你们还是花多点力气在练习上吧。电视转播可是很无情的，到时候跑太差，不管愿不愿意，马上就会成为全国瞩目的焦点。"

虽然清濑一口回绝了，双胞胎和 KING 还是不死心，大声嚷嚷。

"不管了，我们就是要上电视！上电视！上电视！"

晚饭桌上上演的这场攻防战，让在一旁看着的阿走不禁傻眼。

光是想到要参加箱根驿传，就已经让阿走紧张又激动不已了，双胞胎居然还想在赛前接受电视台访问,说要体会那种"非比寻常"的感觉。真不知道该说他们天真、贪心,还是不知道天高地厚?

话说回来,今年春天以前,双胞胎一直过着跟长跑无关的生活。可能是因为这样,他们才会对箱根驿传这场赛事的分量没什么概念。

1920年开始举办的箱根驿传,除了二次大战期间停办过几年,至今已经持续八十届以上,是一项深具传统的赛事。即使在战后粮食短缺、生活艰苦的岁月里,选手还是披着布条,一棒接一棒跑下去,朝箱根山奋力前进。对跑步这项运动来说,箱根驿传就是这么有意义的比赛。

箱根驿传是学生跑者的憧憬和梦想。双胞胎可能还搞不清楚参加这项赛事的价值和意义,却能在似懂非懂的状态下拼命练跑,凭实力拿下参赛权,证明他们俩果然有两把刷子。想到这里,阿走觉得既有趣又佩服。

被双胞胎包夹在中间的清濑,默默拿着筷子吃饭。两兄弟还在纠缠不休。

"一次就好!上一次电视又不会死!"

"要求这么一点特殊待遇,应该不为过吧,灰二哥你自己还不是……"

"我怎样。"清濑蓦地停下手中的筷子。

城次突然闭嘴,好像想说什么似的动了一下嘴巴,然后摇了摇头。

"没事。"

最后,清濑拗不过两人,决定接受电视台的采访。那是晚间新闻当中约五分钟的热门话题单元,内容是竹青庄房客的生活点滴。

摄影记者拍了漫画多到满出来的王子房间。榻榻米上永远铺着棉被、一旁还散落着戒烟铁丝小人的尼古房间也入镜了。最后还拍摄了大家在草地上练跑的情形,同时进行访问。

双胞胎和KING代表大家接受访问。

——不知道是自然而然变成这样，还是被灰二哥逼的，等我们回过神来，箱根驿传已经变成大家的目标了。

——我们每天都要吃蜂蜜糖渍柠檬预防感冒。

——没做什么特别的练习，训练内容应该跟其他大学的田径队差不多吧。

阿走跟之前一样，呆呆站在拍摄镜头的边角，几乎就要出画面了。

"干吗躲在这里？"

"我哪有。"被阿雪这么一问，阿走笑着随口敷衍一句。本来在一旁目不转睛看着采访过程的尼古也回过头看阿走。

"你该不会是在逃通缉犯吧？"

"怎么可能！"

不是就好。尼古给阿走一个怀疑的眼神。

"这个改天再研究，"阿雪说，"我说，你们不觉得最近气氛有点怪怪的吗？"

是有一点。尼古点点头。

阿走也有这种感觉。竹青庄里，气氛好像有点不太对劲。

一楼的房客，跟以前没什么不同。二楼大部分房客的练习态度也没什么改变，不过，双胞胎的心情明显变阴沉了。说白一点，是针对清濑。

他们没跟清濑吵架，也没做出什么具体的表情或动作，但这三人之间就是有一种微妙的距离。清濑对双胞胎的态度还是跟以前一样，城太、城次却好像对清濑有什么芥蒂似的。不知道为什么，他们俩对清濑好像没那么信任了。

这种别扭的感觉在竹青庄里蔓延，让人心里很不舒服，而且是从预赛后开始，持续到现在。

"这对兄弟怎么了？"尼古说，"阿走，你跟双胞胎同年级，私下问一下吧。"

"问什么?"

"问什么?!当然是心里话啊。"

"喔……好。"阿走虽然答应了,其实心里觉得压力很大。

练习的密度和分量都在逐步增加中。例如一万二千米的练跑,最初的五千米可以慢慢跑,17分钟内跑完,接着开始加速,到最后的一千米,必须在3分05秒内跑完。达成这样的练习目标后,下一次要调快到2分15秒跑完一千米,而且每隔两百米设一个跨栏,一共要跨越五个。

阿走的心思,几乎全被跑步占去了,例如手腕摆动的幅度、双脚着地时的角度,或是肌肉的紧张和弛缓度等问题。这样比较好?还是那样?他对全身上下的每个细胞都保持高度关注,确认着跑出去的每一步。

而且,练跑归练跑,学校的课还是得上。这样的他,根本没那个力气去管别人的事。

阿走有时候会在"鹤汤"遇到双胞胎。有一天,双胞胎进到淋浴区时,阿走和清濑已经泡在墙上画着富士山的大浴池里,正在跟澡堂常客泥水匠老爹闲聊。

"灰二,你们竹青庄那些小伙子,状况怎样啊?"泥水匠随口问。

泥水匠背对着淋浴区坐在浴池中间,没注意到双胞胎来了。一向都会出声打招呼的双胞胎,看到坐在浴池出水口旁的清濑,什么话都没说,只点了点头。

"很好啊。"清濑回答。

"那几个一年级生很不得了啊,"泥水匠双手伸出水面,抹了抹脸,"阿走很厉害不用说,那对长得一模一样的双胞胎,也跑得也很快不是吗?"

阿走不禁担心起来，不确定清濑会怎么回答。泥水匠背后淋浴区里的双胞胎也竖起耳朵听。城次可能太注意听清濑和泥水匠说话，失手倒了整头的洗发精。

"是啊，"清濑笑了笑，"在他们本人面前讲好像有点那个，不过他们确实跑得很好。"

"真的吗？！"坐在淋浴区椅子上的城太突然站起来。

泥水匠吓了一跳，转过身去看。

"骗你干吗，"清濑爬出浴池，"老爹，栽培有潜力的选手，需要商店街的支持，今后也要麻烦各位多多照顾了。我先回去了。"

清濑从双胞胎后头走过去，打开浴场的门，消失在更衣室里。

城次自言自语起来："因为我们在场，灰二哥才称赞我们的吧。"尽管如此，他还是难掩内心的喜悦，非常来劲地抓起头，不久后整颗头都淹没在泡泡中。

"喂！你们两个真是的，来了干吗不打招呼？"看到清濑和双胞胎的互动，泥水匠小声问仍在浴池里的阿走，"他们吵架了？"

"不知道，"阿走让身子下沉，肩膀没入热水中，"应该没有吧。"

双胞胎或许是对清濑有些不满，但应该没办法永远藏在心里吧。这两人个性率直又天真烂漫，肯定很快就会爆发，直接杠上清濑。等到事情发生后再来解决也不会太晚。

阿走决定暂时不管双胞胎的事，顺其自然。这就好比一座休眠火山好好的在那里，没事干吗故意去招惹它？等火山爆发，自然就会知道火山口在哪里，仔细观察风向和火山口位置后，再到安全的地方避难，再等喷出来的岩浆冷却就没事了。

除了例行的训练之外，竹青庄的成员也开始试跑正式上场的路线。由于比赛行经的路段，大多是交通流量大的道路，所以明文禁止试跑，但也不能因为这样就不到现场试试、直接上场比赛。

趁着车辆较少的清晨，竹青庄的成员会搭着面包车去勘察，有时到大手町附近，有时到湘南海岸。他们把比赛路线切成一小段一小段，一点一点地用自己的双脚实际跑跑看。他们必须把道路的起伏、几公里处会出现什么样的目标物等细节，全烙印在身上和脑袋里。

清濑开始研究跑者的区间分配。谁跑哪个路段比较好，他的脑袋里好像已经有大略的想法。

"阿走，你会想跑二区吗？"在横滨车站附近试跑时，清濑问道。

从鹤见经横滨到户冢的路线，人称"花之二区"，各大学大多让队中的王牌跑者负责这个路段。对那些有意网罗选手的企业来说，除了要求选手在箱根驿传跑出好成绩之外，还会看这个成绩是在二区，还是其他路段跑出来的。

"不会。"阿走说。

他从来不觉得自己非跑二区不可。不论哪个区间，只要有路，他就全力去跑。

"这样啊。"清濑说，默默地继续勘察路线。

10月下旬，大家移师到箱根试跑。箱根的山路，蜿蜒曲折又狭窄。虽然这时离赏枫季还有点远，但一到周末仍然会大塞车。

清濑把面包车停在箱根汤本车站前的停车场。

"好，从这里到芦之湖，大家跑跑看吧。"

"才不要咧！"

双胞胎马上出声抗议。

"这么陡的上坡路，一般光用走的就很累了吧？现在居然要我们用跑的，跑20公里？"

"不是让负责这一区的人试跑就好了吗？"

小田原中继站起，到去程终点芦之湖的路段，称为五区，整段几乎都是箱根山的上坡路段，而隔天回程的六区，则是完全相反的下坡路段。标高相差超过八百米，不论上坡或下坡，跑者都必须一气呵成跑完。

各大学都会在五区和六区安排擅长上坡路和下坡路的好手。跑这个路段的选手，不但要有长跑的实力，更要具备向山路挑战的心理和身体素质。这跟跑平坦道路完全不一样。跑五区的选手面对仿佛没有尽头的上坡，必须有不怕苦的坚强韧性。至于负责六区的选手，面对陡急的下坡，则必须有不顾一切冲下山的胆识和勇气。当然，山路对选手的双腿是很大的负担，因此最好由强壮、不易受伤的跑者来负责。

"五区一定是神童跑吧，"王子说，"他是坡上的神童。"

"难得大家都来了，只叫我一个人跑好吗？"即便是神童，一想到那些绵延不绝的上坡，也不禁愁眉苦脸。

"所有人都要跑，"清濑强硬地说，"大家不想在正式披上接力带之前，先看一下目的地吗？芦之湖！东京近郊最大的风景名胜。"

"反正当天就能看到，今天算了吧。"KING说。

"比赛当天人很多，应该看不到的，"阿走说，"而且我们人手不足，所以当天不是只要跑步而已，可能还得到中继站照顾选手。"

"那就后年再从电视上看吧。"城次还在垂死挣扎。清濑不想再听下去了。

"大家赶快准备出发吧。"

结果，箱根山的难跑，超出大家的想象。曲折蜿蜒的上坡路，仿佛永无止境。

阿走、清濑和神童，一起毅然决然地往山上跑。清濑巨细靡遗地提醒神童沿途可供辨识距离的地标，以及跑步时该注意的事项。其他人却打算乘机搭箱根登山电车上山，到后来，速度慢得跟走路没什么两样。

"保持住你的速度。"

清濑叮咛神童、让他先跑，跟着转身回头盯其他人。

"怎么了你们？太慢了。"

阿走停下脚步等后面的人追上来。这时路上正好大塞车，许多人好奇地从车窗往外看着穿着运动服的这一行人，一副很感兴趣的样子。

在清濑一路催促之下，大家总算来到标示"最高点"的位置。

位于箱根山上，一号国道的最高点，标高海拔874米。来到这里，路面变宽，视野也开阔起来。一大片芒草有如海浪般起伏，迎面吹来的风，感觉比东京冷多了。阿走拉上运动服的拉链。

神童站在最高点往下不远的地方，等大家过去会合。

"咦？那是……"姆萨皱起眉头。

站在那里的不只神童而已，还有好几个穿着东体大队服的人。跟宽政大一样，东体大的选手应该也是来试跑的。看到榊也在当中，阿走觉得很碍眼。

竹青庄成员全体集合后，榊故意靠了过来。清濑装作没看见，阿走见状马上提高警觉。以双胞胎为首的二楼房客，甚至平时举止成熟的尼古和阿雪，全都摆出威吓的架势以待。

榊似乎完全没意识到自己有多不受欢迎，来到阿走面前，热络地打招呼。

"哟，藏原，预赛时很厉害嘛。"

"嗯。"

很久没看到不嚣张挑衅的榊了，阿走吓了一跳，一时不知道怎么应对，只能含糊地回他一声。

"你们今天也来试跑？宽政大学也练得很勤啊，大家正式比赛时一起加油吧。"榊竟然一脸笑眯眯的。

这家伙是哪根筋不对？阿走觉得很诡异。每次见面都咄咄逼人的他，脸上竟露出令人猜不透的表情。难道，榊已经认同宽政大取得参赛资格的实力了？还是，他终于了解阿走到现在仍然很认真在跑步，高中时代的心结终于可以解开了？真是这样的话，也让人挺开心的。

"嗯。"阿走又应了一声，点点头。榊毕竟是以前并肩作战的队友，一直被对方以带刺的态度对待，阿走心里也很痛苦。

榊接着一副煞有其事的样子打量站在阿走身后的其他成员。

"你们真的很认真练习呢。刚才我们还在讨论，如果我们是宽政大的选手该怎么办……"

"怎么办？什么意思？"

阿走不懂榊到底想说什么。不管哪支队伍，不是都这样持续不断练习吗？

榊满脸笑着继续说下去。

"不管你们再怎么练习，宽政大都只有十个人不是吗？只要有一个人感冒，没办法上场，那就玩完了。而且，就算你们真的跑进前十名、取得箱根驿传的种子权，但是你们队里的大四生会毕业，来年的比赛怎么办？"

阿走忽然脑子一片空白。他跟竹青庄的伙伴，全心全意以箱根驿传为目标。他们只想用跑步证明自己、实现这个梦想，根本没去想以后的事。

预赛后表示想加入他们的人，都被清濑拒绝了，因为虽然这些人嘴上说想加入，也不知道他们能坚持多久。除此之外，也没人能保证明年春天还会有人有兴趣加入。不管阿走他们在箱根驿传多拼命跑出好名次，不见得能指望会有新人来传承。真是如此的话，只有十个人的宽政大田径队，仅仅一年就会寿终正寝了。

榊明白点出的事实，在竹青庄成员间掀起一阵无声的风暴。双胞胎的表情整个僵掉，神童、姆萨和KING三人不安地看看彼此，尼古和阿雪则是用"不用你多管闲事"的眼神盯着榊。只有累到蹲在路边的王子，一副不关我事似的打着哈欠。

榊果然还没原谅我。他笑眯眯地接近我们，竟然是为了动摇竹青庄成员的信心。

阿走觉得很受伤，但现在不是垂头丧气的时候，放着不管就糟了。因为一旦信心有所动摇，就绝对不可能在箱根驿传跑出好成绩。阿走看看清濑，但清濑就像戴着一副铁面具一样，面无表情看着阿走，眼神仿佛在说："你想办法解决。"

榊是因为我，才会对宽政大说这些充满暗示的话。阿走想要反驳，却想破头也想不出什么来。结果，他都还没理出头绪，榊就说了声"拜拜"，回队上跟队友会合去了。

为什么我就是一句屁话都挤不出来？光会跑有什么用，猎豹和鸵鸟也很会跑。我这个样子，跟动物有什么两样？阿走先是沮丧，跟着觉得不甘心，气自己让榊目中无人放完话后，干干脆脆拍屁股走人。

"就某种意义上来说，这家伙也算中肯。"阿雪语带服气，目送榊离开。

"阿走没冲上去揍他一顿，算有进步。这样就够了。"清濑依然板着扑克脸说。

还真是，阿走心想。如果是以前，榊这样乱讲话，我才不会轻易放过他，这次因为一直在想要怎么反驳他，结果忘了打人。

"应该直接赏他一拳才对。"阿走越想越懊恼的同时，也为自己的改变觉得不可思议。

我竟然选择以非暴力的方法解决事情？

阿走现在的心情，虽然像被拔了牙的老虎一样有点不知所措，另一方面却又觉得自己好像离六道大队长藤冈的境界又近了一些，不禁窃喜。

"刚才的事，大家别在意，"清濑对众人说，"好了，芦之湖快到了，出发吧。"

矗立在面前的富士山，山顶覆盖着纯白的雪。竹青庄的成员一口气冲下抵达芦之湖前的最后一个下坡。

"虽然说不要在意，但还是很介意。"城太边跑边碎念，一旁的城次跟着猛点头。阿走全都看在眼里。

竹青庄成员之间的裂痕，似乎因为榊那番话而越来越深了。

在芦之湖畔稍作休息后，准备继续挑战回程的下坡路段。清濑这个决定，连阿走也吓一跳："不在这里住一晚吗？"

"我们哪有这个钱？"清濑说。

王子闻言不禁吓得一步步往箱根汤本方向的巴士站牌后退。

清濑见状笑道："放心吧王子，你不用跑下山。跑下坡路很容易受伤，所以只要有可能负责六区的人跑就行了，其他人搭巴士回箱根汤本。"

清濑指定双胞胎和阿雪跑下山。

阿雪简直难以相信："我的脚受伤就无所谓？！你是这个意思吗？"

"从大平台到小涌谷这段路，你和双胞胎刚才是搭箱根登山电车上来的吧？以为我没看到？所以你们应该还有力气下山，"清濑说，"而且，阿雪你练过剑道，重心低，下盘也很稳，跑下坡很适合你。"

阿雪再无话可说，双胞胎却还在那里小声地碎念："都快累死了，回程还要人家用跑的。""有必要练成这样吗？"

"你们两个，有什么意见就说出来。"

双胞胎同时摇头。

最后，清濑决定和双胞胎、阿雪一起跑下山。但清濑右腿有伤，让阿走担心起来。

"灰二哥，我来陪他们跑吧。你还是别太勉强比较好。"

"我会慢慢跑，没问题的。巴士来了，快去吧。"

在清濑的敦促下，阿走一行人上了车。

结果巴士遇到大塞车，被一路跑下山的阿雪和双胞胎追上。刚才明明说会慢慢跑的清濑，飞也似的冲下坡道，紧跟在阿雪他们后头，一边不断耳提面命，提点跑步时该注意的地方。

阿走他们从车窗看出去。阿雪三人和巴士的速度不相上下，彼此互有超前。

"我们也下去用跑的说不定还比较快。"

尼古低声说，被慢吞吞的巴士搞得很不耐烦。

"我绝对不下车。"抢到座位的王子宣示说。

姆萨和神童从车上观察阿雪以大跨步跑急降坡的姿势。

"原来如此……看来，一定要髋关节够柔软，才有办法跑下坡路段呢。"

"为了减缓着地时的冲击力，腿部肌肉也要够柔软，腰和膝盖则要很强壮才行。"

KING 很难得的没出声，一脸认真地看着跑步中的双胞胎一行人。

"有道理。"阿走心想。

刚才榊那番话的意思是，既然你们后继无人，何必跟人家参加箱根驿传。但这么想是不对的。跑步应该是一种更纯粹、更自我的行为。

虽然，在驿传这种长程接力赛中，我们确实可以把目标从"为了自己"扩大到"为了团队"，但是也仅止于此。

跑步，顶多就是为了自己和队友。在箱根驿传这种竞争激烈的大型赛事中，哪有可能一边跑一边思考队伍存亡这种问题。

那些最早想到要在东京和箱根间举办往返接力赛、进而付诸行动的人，一定非常喜欢跑步，才会兴起这样的念头。参赛队伍以后会怎样、明年能否再举办一样的赛事等问题，谁都不能保证。尽管如此，他们仍然怀抱着对跑步的梦想，从而写下箱根驿传的历史。他们相信，一定会有对跑步抱持同样热情的人继承这份信念，使赛事延续下去。

正是这个原因，箱根驿传的大门永远对关东地区的所有大学敞开，与同样具有历史传统的"六大学棒联"[1]完全不同。箱根驿传不会只允许特定的学校参加，即使是新成立的大学，他们的学生也享有同等的参赛机会。

"在田径强校里跟实力坚强的伙伴一起练习，才是真正的竞争，才值得努力去跑。"榊大概会这么说吧。

榊每次说的话，其实都有他的道理。只不过，我跟他不一样。我所追求的、想通过跑步发现的事物，应该都跟榊不同吧。

这样也好，阿走心想。跟别人不同没什么不好，只是有点感伤而已。曾经在同一支队伍里奋斗的队友，即使到今天，两人在田径场上仍然朝着相同的方向前进，却永远没办法达成共识。几年前的龃龉在这段时间内不断扩大，而且冲突越来越明显，实在让他很难面对。

阿走一群人在箱根汤本的停车场，等清濑他们跑完会合，坐上面包车往竹青庄出发时，已经是黄昏了。

在车里，阿走开口说："小时候，每年过年时，我都会看箱根驿传的电视实况转播。"

"啊，我也是。"

虽然觉得阿走突来的发言有点奇怪，神童还是不动声色地接话。

"我都会心想，总有一天我也要像他们那样跑步。我想参加箱根驿传，一直、一直都很想。现在梦想实现了，真的很开心。"

阿走拼命在脑袋里搜寻合适的字眼，好向队友传达自己的心情。

---

[1] "东京六大学棒球联盟"，源起于1903年的早稻田大学与庆应大学的棒球对抗赛，1914年至1925年，陆续有明治大学、法政大学、立教大学和东京大学的棒球社加入，正式成为"六大学棒球联盟"。

"所以，我觉得大家不用去烦恼明年以后宽政会变成怎样。就算灰二哥他们毕业后，我们队上凑不齐十个人，宽政大学田径队也不会就此结束。说不定，不知道什么地方的某个小鬼，因为在电视上看到我们跑步的样子，也会像我小时候那样，因此对跑步产生兴趣。我觉得这样就够了。"

"这该不会是，"王子说，"阿走你想说给刚才那个东体大一年级生听的话？"

"嗯。"

"这种话你没当场直接顶回去，就没意义了。"尼古搓着下巴上的胡茬说。

"阿走除了跑步以外，别的事都反应慢半拍。要多多锻炼脑子才行。"阿雪板着脸训起阿走。

"对不起。"阿走道歉。

"不过，阿走啊，你已经可以清楚表达自己的意见了。"

"是啊，很清楚。"

善良的神童和姆萨一搭一唱地说。

"你们是在夸奖幼儿园小朋友吗？"城太挖苦道。

阿走很不好意思，整张脸热了起来。他气自己总是该说话的时候不说、错失良机，为此觉得很丢脸。

"可是，"KING从后座探出脸来，"阿走你说这话只是过过嘴瘾吧？"

"就是，"阿走身边的城次双手抱胸说，"不管有多少小朋友因为这样对跑步产生兴趣，也跟我们无关。结果都是空，没什么用啦。"

这么说也没错。阿走先点了点头，却又马上摇头否认。"不是！"他在心里呐喊。

"因为很美，所以才会一直跑到现在，"阿走努力解释，"跑步的样子，真的很美，所以看过箱根驿传的人都会打从心里发出赞叹，一边帮忙加油，一边期许自己有一天能像他们一样。"

为了我们团队，也为了电视机前面的小朋友，最后也是最重要的，为了我自己，我要跑得优美又有力。现在我满脑子就只想着这件事。

"阿走，你真的很爱找自己麻烦。"城次一副服了阿走的样子，无奈叹口气，不再跟他辩下去。

清濑始终保持沉默，方向盘一转，把车子开上小田原厚木快速道路。

电视新闻介绍了竹青庄后，阿走他们无论走在学校还是在商店街里，都会有人来跟他们打招呼，而且形形色色的反应都有。有些人会聊一些无关痛痒的话，例如"上电视了哟！""加油喔！"之类的，有些人则热心表示"需要人手的话，我可以帮忙"。

不过，想入社的人倒是一个都没有了。大概跟学校里盛传清濑拒绝招募新社员的流言有关吧。拜托你们不要放弃，明年春天一定要再来竹青庄！阿走忍不住在心中这样祈祷。

比赛的准备工作则持续照计划进行着，主要是由清濑和神童决定所有大小事。

在箱根驿传比赛中，各大学都会在沿途安排人手。除了每个区间的15公里处要安排给水员之外，如果还能在适当的地点安排人员帮忙传达情报给选手，例如前后的队伍与自己队伍的时间差、应该加速还是减速等重要信息，对赛况会比较有利。

由于给水员必须跟着选手跑一小段，没有经验的外行人，会跟不上选手的速度，因此必须找有一定跑步实力的人担当。宽政大田径队短跑部，非常爽快地接下这项任务。

清濑和神童也讨论了沿途配置人员的安排。从志愿协助的学生中，挑选了那些老家在比赛路线附近的人，因为正月所有人都要回乡过年，省去他们舟车劳顿的额外负担。

至于商店街的人，反正叫他们不要来加油，他们还是会来，清濑和神童干脆不客气地请他们支持。就这样，沿途帮忙传递情报的人员配置很快就完成了。

参加箱根驿传，不是只有选手到场跑步而已，还有一大堆琐碎的前置作业。清濑都精力十足地一手搞定，神童则负责帮忙跟校方交涉、与主办的关东学生田径联盟联络等。至于商店街或宽政大的志工，则由叶菜子负责统筹。她熟练地召集所有志工、发放比赛当天的流程表，以及分配任务。

叶菜子超强的行政能力，让阿走印象非常深刻。她居中联络，协调人数众多的义工，以便所有事情顺利进行，换成阿走的话绝对做不来。叶菜子还牺牲自己的睡眠时间，一手揽下大大小小杂事，全都为了让阿走他们能心无旁骛跑完全程。

刚开始时，叶菜子或许是因为喜欢双胞胎才投入的，但现在她已经对田径赛深深着迷。对竹青庄而言，叶菜子是不可或缺的一员，常常来跟大家开会讨论事情。

"一天到晚跟我们混在一起，叶菜妹该不会都没有女性朋友吧。"有一次，叶菜子不在场的时候，KING好像突然想到似的这么说。

"当然有啊。"阿走回答，而且不知为何压低了声音。

前一天，阿走才在学校餐厅遇见叶菜子。当时她正在跟女性朋友吃午饭，笑得很灿烂。

人家还不是为了我们，才牺牲跟其他朋友往来的时间。KING没有恶意却少根筋的话，让阿走有点不悦，跟着又纳闷起自己干吗生气。他想了一下，做出"一定是练习得太累了"的结论。

11月上旬的某天晚上，叶菜子到竹青庄吃晚饭，顺便报告义工招募状况与工作分配的情形。清濑和神童针对她的报告提供了一些意见，她都一一记到笔记本上。

双胞胎到底明不明白叶菜子的心意？阿走心想。当叶菜子热心张罗着箱根驿传的赛前准备，双胞胎却只顾着扒饭。

该开的会结束后，清濑劈头对大家宣布："下下个星期天，我们要去参加上尾的城市半程马拉松赛。"

"上尾？那是在哪里？"姆萨问。

"埼玉县。很多当地一般民众都会参加，算是规模比较大的比赛。大会免费让箱根驿传的参赛大学参加，我们可以借这个机会在公路上实际练跑，也顺便练习鸣枪起跑后怎么卡位，同时吸取一些在群众加油声中跑步的经验，正好符合我们的练习需求。"

除了阿走和清濑，竹青庄其他成员都不曾在高中时代参加过路跑赛。事实上，上尾城市半马赛的距离和比赛时间，非常适合拿来当作箱根驿传的热身赛，因此箱根驿传的出赛学校，大多数都会参加上尾半马赛。

这是大家头一次有机会参加路跑 20 公里以上的正式比赛，正好可以用来验收平时的训练成果。阿走马上跃跃欲试。自己一个人按部就班练习固然不错，但他也喜欢跟其他选手一较高下。

双胞胎马上开始唱反调。

"下下个星期天？我们有事的。"

"我们跟语言学班上的同学组了一支足球队，好不容易找到对手，要在多摩川的河滨球场比赛。"

"马上回绝他们。"清濑说。

"我们不去的话，人数就不够了。"

"你们不去，只差两个人而已，现在还有时间找替补的人。而且，现在是紧要关头，练习都来不及了，踢什么足球？要是受伤了怎么办？你们俩最近也太松懈了。"

清濑大概终于受够最近这种诡异的气氛了，用前所未见的严厉口气训斥双胞胎。阿走不知道怎么办才好，开始无意义地上下挥动他拿着筷子的手。

"一天到晚练习练习练习！练这么多有意义吗？"

城次重重地把味噌汤碗放到桌上："那个叫榊的家伙说的一点都没错！跑完箱根驿传又怎样，反正春天一到，我们队员人数就不够了。"

"就是说啊，"城太也说，"我们全都被灰二哥骗了。每天练得那么辛苦，跟傻瓜一样。"

"骗？"清濑"啪"地放下筷子，"我什么时候骗过你们了？"

"你忘了你一开始说过，'集结我们十个人的力量，靠运动攻顶'！"城太大吼出来，"但这根本是不可能的事！我都调查过了，以我们的实力，再怎么拼都赢不了六道大，绝对不可能在箱根驿传拿第一！"

就是说啊，KING 像应声虫一样附和双胞胎。

清濑闻言，好像想起来了，点了点头。

"我是说过要一起攻顶这种话。"

"看吧！灰二哥是大骗子！"城次痛骂清濑。

餐桌旁引起一阵骚动。

"我们真的再怎么努力，都不可能获胜吗？"姆萨小声问阿走。

"这个……"阿走支支吾吾。

"讲白了，就是不可能。大家跑出来的时间是最好的证明。"一向重理论的阿雪，毫不留情地说。

这下可好了。尼古坐在椅子上，大大伸了个懒腰。

"只要看选手的最佳成绩，就能轻松推测出比赛的状况，还有哪一队获胜机率最大。虽然还是有可能逆转，但是可能性微乎其微。这大概可以说是长跑无聊的地方吧。"

王子"嗯哼"了一声，把筷子伸向色拉："像棒球、足球、篮球这些团体运动，除非两队实力差很大，否则不看到最后，不知道哪一队会赢……我们跟六道大，真的有差么多？"

"差得可多了，"阿雪似乎早就分析过所有数据，又一次斩钉截铁断言，"六道大的每个正规选手，随便到哪一所大学去，马上都能成为主将，这就是他们的实力。而且他们兵多将广，今天上场跟我们比的，就算是他们没被选上参加箱根驿传的跑者，就是所谓的二队，也很有可能跑出比我们更好的名次。"

"也就是说，六道大集结了所有长跑精英，而当中的佼佼者，就是我们的对手吗？"神童问，肩头气馁地一垮。

"可是，反过来想，不就表示我们很幸运吗？"王子嘴里嚼着生菜说，"六道大的二队跑那么快，还不能在箱根驿传上场。反倒是像我们这么弱的队，通过预赛的考验，取得上场的资格。我觉得，就算没办法拿冠军，只要能参加箱根驿传就很值得了。"

"没拿冠军，就没有意义。"城次说。

"这种已经知道结果的比赛，有需要继续努力下去吗？"城太抬头看着天花板。

"这么想赢，就更不应该去踢足球吧，"阿走一把火上来，紧咬双胞胎不放，"应该更卖力练习，到上尾参加比赛才对。"

"阿走的理想主义又发作了。"

"就算想练，也没那个心情了。"

双胞胎同时展开反击。

"没办法拿冠军，就不跑是吗？那我看，你们两个迟早都会死，干脆现在就不要活了。"

"话不能这样讲。"

"这是同一件事，一样的道理。"

"根本天差地远好不好！你少在那里讲道理，你连什么是道理都不懂。"

"我懂!"

"你懂个屁!你根本是只会跑步的动物。"

"到外面去!"

"去就去!谁怕谁!"

"不要闹了。"清濑说。

但阿走和双胞胎都听不进去,隔着餐桌互瞪,一脚踢开椅子站起身。姆萨拉了拉阿走的衬衫下摆,却被阿走甩开。这根本就像小孩子吵架,到后来已经忘了为什么而吵,胡闹成一团。

阿雪和尼古在一旁偷笑,等着看好戏。

"阿走竟然可以反应这么快,拿生死来比喻,实在难得。"王子在一旁感叹。

KING的心情虽然是站在双胞胎这边,但打架助阵就免了,决定袖手旁观。

"等一下!你们不要这样!"

叶菜子抬高嗓门,张开手臂死命阻挡眼看就要冲出厨房干架的阿走和双胞胎。"大家冷静一点!比赛当天,搞不好六道大的选手会全体食物中毒也说不定啊,对不对?"

竹青庄的房客们瞪着叶菜子,差点没昏倒。

"那个机率应该很小……"姆萨婉转地说。

叶菜子的话没有任何正面的帮助。

"说到底,我们就是没办法凭实力赢过六道大。"神童也叹了口气说。

但也幸好有叶菜子,在阿走和双胞胎的冲突扩大之际跳出来,场面才没有失控。

"我吃饱了。"

双胞胎把碗筷放到流理台的水槽里,转身就要回房时,清濑对着他们的背影说：

"我是说过要'一起攻顶'这种话，但我的意思不是要拿冠军，只是你们一定会觉得我在狡辩……"

"够了，不用再说了。"城次说，说完两兄弟径自上楼去。

那句话听起来，既像"我们不想再听清濑解释了"，也像"我们不想再吵了，以后也还会跟以前一样继续练习"，口气里透着一种拒绝和心冷。阿走想拼输赢的战斗心无疾而终，一声不吭地坐下来。

"那，我也该回去了，"可能是受不了竹青庄里的凝重气氛，叶菜子匆忙离席，"谢谢你们的招待。"

"阿走，"清濑出声，阻止了准备帮忙收拾餐具的叶菜子，"你送胜田小姐回家吧。"

过去一直都是双胞胎送菜子回"八百胜"，但今晚看样子他们两个是不可能再下楼了。

"你顺便去吹吹风，让脑袋冷静一下。"

"我自己回去就可以了。"叶菜子婉拒清濑的好心提议，但阿走应了声"好"，走到玄关去穿球鞋。

厨房里，尼古和阿雪交头接耳八卦起来。

"就阿走和叶菜妹两个人走夜路。"

"阿走没脑充血就不错了。"

"就是说啊，万一阿走和双胞胎又为了抢叶菜子小姐吵起来怎么办？"姆萨也怪清濑。

"不会，"清濑轻描淡写地说，"别看阿走这样，他可是很重友情的男子汉。"

阿走当然不知道自己成了众人八卦的男主角，乖乖配合着叶菜子的脚步，往商店街走去。

阿走很少走路。只要是可以走的距离，他都宁愿用跑的。不论是到大学上课,还是去商店街买东西,对阿走来说都是跑步的一部分。平时,沿途景物都是从他眼前一闪而过,他很少有机会慢慢欣赏。

跟叶菜子一起走,速度实在太慢了,慢到阿走不知道怎么消磨时间才好。他开始东张西望起来,一下看看灯光映照下的门牌,一下看看树枝伸出到马路上、结实累累的橘子树。叶菜子披着一件薄外套,围着颜色有如紫花野木瓜一般的淡紫色围巾。阿走以前在山里跑来跑去玩耍时,常常采来吃。它淡淡的糖水味,在舌尖上复苏。

"我有点惊讶呢。"叶菜子说,嘴边吐出白色的雾气。

"惊讶什么?"阿走移开视线,转头看她。

"没想到你们也会吵架。"

"当然会吵啊。在这种小公寓里共同生活,又老是一起跑步。有人洗完澡后没把小木盆里的水倒掉,跑完后把脱下来的臭袜子拿起来闻,一堆有的没的,我们常常为这种事吵架。"

"闻臭袜子?"叶菜子微微笑出来,"谁这么变态呀?"

城次。可是双胞胎是叶菜子爱慕的人,阿走实在不想泼她冷水。

"我不能说。"

但这样一来,叶菜子会不会以为那个变态的人是我?阿走越想越觉得不妥,又没别的办法。

"不知道为什么,我一直以为长跑选手都比较沉默,而且沉得住气。"

"是吗?可是像我就很容易发飙,双胞胎和KING也都很聒噪。"

"藏原你已经算成熟了吧。我觉得竹青庄的大家都很稳重,脾气也好。看来,要每天跑这么长的距离,果然还是个性上比较能忍的人才行。"叶菜子踢了一下在路面滚动的小石子。"所以呢,虽然今晚你们吵成那样让我有点吓到,可是我一点也不担心。反倒是,你们可以那么快跑完20公里,还要去参加箱根驿传,让我觉得大家好像离我越来越远了。"

唉,阿走心想,这个女生真的很喜欢双胞胎。

阿走偷偷伸手摸摸自己的胸口。怎么回事啊?心脏竟然一阵阵隐隐作痛。就像喝冰的饮料时渗进牙齿那种感觉,让牙龈发肿、热热的、刺刺的那种痛。

他们在公园转角转弯,进入商店街。挂在街道两边路灯上的假枫叶,迎风摇曳着。大半的店家已经结束一天的营业拉下铁门。阿走和叶菜子两人静静走在已经没什么人的商店街上。

突然,三个看来像高中生的人,从一间铁门拉下一半的小书店冲出来,肩膀上都斜背着大运动背包,往祖师谷大藏车站的方向跑去。看店的老婆婆也跟着冲出来。

"小偷!别跑!给我站住。"

老婆婆大叫着追出来,但是她脚上穿着拖鞋,应该跑不过年轻男孩子的脚程吧。她注意到吓得呆在一旁的阿走和叶菜子后,用期待的眼神看着两人。

叶菜子突然回过神来。

"藏原,快去抓人!"

"什么?!我吗?"

"快点啊!快点!"

三个高中生虽然已经跑到五十多米外,但商店街的路很直,还看得到他们的背影。阿走飞也似的追上去。这些高中生大概认定老婆婆不可能追得上,本来已经松懈下来、放慢速度,不一会儿后又察觉到阿走的脚步声在逼近,心想"糟了",再次拔腿狂奔。

但他们毕竟只是普通人,又背着很重的包,三两下就被阿走追上,成了他的囊中物。阿走一边跑在他们后头观察,一边心想:"我随时都可以抓到你们,就看我要不要动手而已。"

不过，他们有三个人，阿走单枪匹马，就算他直接扑上去逮人，怕会有人趁机逃跑，搞不好自己还会挨揍。况且，在这个节骨眼上，牵扯上暴力事件也不太妙。

最好的办法，是让他们自己放弃逃跑。阿走做出这个判断后，蹿上前紧跟在他们身后。

"喂，你们三个。"阿走边跑边说。

三个高中生惊讶地转头一看，赶忙加快脚下的速度。但他们就算跑得再快，对阿走来说也只是比乌龟稍快一点而已。

"按照这样的速度，我可以轻轻松松地再追着你们跑上三十公里。"阿走说得脸不红气不喘。

其中一个高中生害怕起来。"你到底想怎样！"

阿走没有回答他的问题，反而试图说服这几个高中生："所以，我看你们还是放弃吧，去跟书店的老婆婆道歉，请她原谅你们。"

快到车站了。阿走看到站前派出所两名穿着制服的警察朝他们跑过来。

"站住！"两名警察大喊，然后用正面环抱的手法，抓住两名高中生。

阿走见状，只好伸手抓住剩下的那个高中生的手腕。

"把包打开。"

三名高中生似乎已经认栽，乖乖照警察的指示去做。运动背包里是一大堆偷来的漫画，显然不是偷来要自己看，而是要偷来卖的。阿走心想，王子看到的话一定会气到冒烟。

"同学你立功了，跟我们一起来派出所吧。"年轻警察从帽缘下露出笑容说。

"不用了。"虽然阿走这么说，但看到警察只有两个，小偷却有三个，没办法，只好帮忙抓住高中生的手，跟着一起去派出所。

"藏原!"

阿走顺着声音的方向转头,看到叶菜子拼命踩着脚踏车追上来,后面还载着书店的老婆婆。看来应该是叶菜子打手机报警,警局再通报派出所来逮人。不过,阿走心想,两人共乘脚踏车可是要吃罚单的。幸好警察都装作没看到。

老婆婆走过来向阿走道谢:"听说你是要去参加箱根驿传的选手。真是多亏你帮忙了。"

到了派出所后,三名高中生坐上警车,被送到当地分局。因为还要做笔录,老婆婆也跟着上车。

"你不一起去分局吗?说不定会颁感谢状给你哦。"

阿走一听,吓得拼命推辞。警察看起来一副觉得很可惜的样子。最后,阿走连名字也没留就离开了,叶菜子牵着脚踏车跟了上来。

"藏原,你太帅了!书店的老婆婆说她因店里小偷太多,一直很烦恼。你这样帮他追小偷,她真的很感谢你。"

阿走低着头往前走。我根本不是想做什么好事,只不过跑步刚好是我拿手的而已。今天是因为叶菜子说"快去抓人",我才去追的。那只是反射动作,跟追飞盘的狗没什么两样。

叶菜子因为阿走的表现觉得与有荣焉,开心得不得了。他却开始觉得喘不过气来。

"是这样吗?"阿走终于开口,低声对叶菜子说,"我也干过顺手牵羊的事,不觉得那有哪里好或是哪里不好。我真的搞不懂。"

阿走感觉得到,叶菜子正惊讶地抬头看着自己的侧脸。

"除了跑步以外,别的事我全都无所谓。肚子饿了就去偷东西吃,火大时就动出手打人。你刚才说灰二哥他们都很好脾气又稳重,我跟他们不一样。双胞胎说得没错,我是只会跑步的……"

"你如果是动物,怎么会烦恼自己没办法分辨善恶呢?"叶菜子冷静地说，"藏原，你对自己要求太严格了。书店的老婆婆很感谢你，竹青庄的每个人也都很信任你，对你的表现有很高的期待。你应该更相信他们不是吗？"

这时，"八百胜"蔬果行到了。

"谢谢你送我回来，拜拜。"叶菜子满脸笑容地挥手道别。阿走看着叶菜子的身影消失在"八百胜"出入用的小门，发现自己像是被她吸引了似的不由自主举着手，耳朵顿时热起来。

胜田同学说我应该更相信身边的人才对。对了，灰二哥以前也跟我说过，"要更相信自己"。到头来，他们两人想说的其实是同一件事。

今天又跟双胞胎吵架了。就像跟东体大的榊，还有高中时的田径教练一样，只要跟人家意见不合，他就会感觉全身血液直冲脑门，然后爆发冲突。对阿走来说，跑步是最重要的事，几乎把自己所有时间都花在跑步上。也因为这样，在跑步这件事上，只要有人跟他意见相左，阿走就会觉得别人是在否定自己的存在价值，然后就会过度反应。

不能再这样下去了，阿走心想。愤怒，是他内心怯懦和缺乏自信的写照。清濑和叶菜子叫他要"相信"，其实是想叫他"勇敢面对"吧。勇敢面对自己、面对对手。

光只是跑步，不会让自己变强。我一定要学会控制自己的情绪，要像灰二哥和胜田同学一样，用言语表达自己内心的想法。阿走下定决心要改变自己。

阿走迈步跑回竹青庄。

隔天下午，《读卖新闻》社会组记者上门来了。好像是书店的老婆婆为了感谢阿走见义勇为，打电话去报社爆料。《读卖新闻》认为有利于宣传箱根驿传，因此决定报导这则"好人好事"。

"也太厉害了，阿走！"双胞胎忘了前一天才吵过架，开心地说。

"在书店顺手牵羊是一定要斩草除根的重罪！"王子也大大称赞了

阿走的义行。

"亏你难得跟胜田小姐在一起，除了抓小偷之外，就没别的事好做吗？"阿雪使劲嘲笑阿走。

阿走没办法拒绝，只好接受记者的采访。报道的标题是"箱根驿传参赛队伍宽政大学选手奋勇抓贼"，一旁还放了阿走的大头照。

11月中旬，当人们开始穿上厚外套，上尾城市半程马拉松赛也开跑了。

获邀参赛的大学选手搭乘小型巴士，一一抵达上尾运动公园田径场。竹青庄的成员还是搭那辆白色面包车到上尾市参赛，因为胃溃疡而一直在家疗养的房东也一起去了。但他还是一样不想搭清濑开的车，叶菜子只好出动"八百胜"的小货车。

田径场的外形有如罗马竞技场一样壮观，走道上则铺有塑料垫，供各大学选手休息和更衣用。

运动公园里搭建了小吃摊，洋溢着祭典一般的欢乐气氛。观众和参赛者聚在公园周围，现场一片热闹滚滚。

房东嘴里塞满了刚买来的章鱼烧，鼓着脸对竹青庄的成员训话。

"今天是为了让大家熟悉路跑的气氛，才来参加这个比赛，所以大家别太在意速度，不要跑得太辛苦。"

说到这里，房东瞥了清濑一眼。清濑点点头，好像在说"就是这样"。

看到房东和清濑的互动后，阿走恍然大悟，心想："原来如此。"

房东只是把清濑的指示转告阿走他们而已。因为竹青庄房客间的心结未解，清濑不得不退一步行事。

双胞胎乖乖跟着大家来到上尾，足球队那边好像找到替代他们的人了。即使对清濑有所不满，双胞胎也没有甩手丢下大家。就这点来看，他们确实是一对爽朗又忠实的双胞胎。

上午9点，比赛在田径场里正式展开。获邀参赛的选手就有三百五十人，再加上还有一般市民参加，所以在起跑的枪声响后，光是等所有跑者越过起跑线，就花了不少时间。

起跑点附近，挤着一大群身上别着号码布的选手。尽管只穿着运动背心和短裤，这群人也不觉寒意。东体大一行人就站在前面。阿走不时看着榊的后脑勺，但从他的位置看不到他头上那两个发旋。

清濑提醒王子起跑时该注意的事，以及卡位的技巧。

"首先，要小心别被后面的人推倒了。你不用急着超前，因为跑在跟自己速度差不多的选手后面，可以避开风阻。你也不用考虑冲刺的事，只要死命跟着大家跑，不要单独落后就好。"

王子乖乖点了点头。

"难道灰二哥打算让王子跑一区路段？"阿走猜想。箱根驿传二十支参赛队伍的第一棒，会从一区的起点大手町同时起跑，一开始会形成一个集团，最适合不会怯场、懂得边跑边观察周围其他选手速度的人。

跟箱根驿传参赛选手的成绩水平比起来，王子的速度绝对说不上快。让他跑一区的这个奇招，真的能奏效吗？

阿走想着想着，整群人终于开始向前推进。众人先跑半圈操场，再跑出田径场到一般的道路上，本来挤成一团的跑者开始散开，变得好跑多了。

沿途经过旧中山道[1]上静谧的商店街，还点缀着充满绿意的高尔夫球场与潺潺的河流。天空晴朗无云，即使体温逐渐上升，但皮肤还是能感觉到冬天冷风吹来的凉意。

---

1 中山道，日本江户时代五条陆上交通路线之一，从现在东京的日本桥出发，经过本州岛中部内陆的埼玉、群马、长野、岐阜等县，到滋贺县草津市，全长约两百公里。

跑在交通管制的道路上，感觉真舒服。阿走很快就找到自己的节奏。沿途住宅区的民众，都出来替选手加油。在小公园里玩耍的小朋友，也拼命追着选手跑。

全程共有三个给水站。长桌上排着盛着水的纸杯，由志工递给选手。但由于不太习惯，取用不是很顺手。选手们奔跑的速度，比骑自行车还要快，因此阿走虽然紧贴着路边跑，但取杯子时的冲击力，还是让杯里的水几乎洒光了。

即使如此，杯子里所剩无几的水，还是让人觉得透心凉，好喝极了。

就在折返点前，阿走和榊擦身而过。榊看向他，他假装没看到。身兼房东的教练（和清濑），要大家今天别跑得太勉强，慢慢跑就好。既然怎样都不可能跟榊变成好朋友，就不要理他了，阿走心想。

阿走很仔细地观察了六道大的选手。他们跑步的姿势真的很漂亮，但听说今天来的都是二队的。阿走问了一个差不多同时折返、看来像大一生的六道大学选手："怎么没看到藤冈？"

这个一年级选手虽然被阿走突如其来这一问吓了一跳，但好像知道阿走的长相和名字。

"一队的选手到昆明进行高地集训了。"他告诉阿走。

"昆明？"

"在中国啊。"

"哇。"

阿走很惊讶。真不愧是六道大，训练的规模就是不一样。不过，去中国不会水土不服吗？这实在不像力行养生和自我锻炼的藤冈会做的事。

六道大的大一选手先往前跑走了。阿走继续用想哼歌的好心情跑着，保持一公里 3 分 03 秒的速度。到中国集训，藤冈的实力应该会越来越强吧。真想赶快在箱根驿传跟他碰头。到底谁跑得比较快，就在那个大舞台上一较高下吧。

回到田径场抵达终点。由于宽政大故意保留实力,放慢速度,排名不是很好,但已经充分掌握了路跑的气氛。连速度在十个人里敬陪末座的王子,跑完时也是一脸心满意足的表情。箱根驿传的一区路段长度和上尾半马赛差不多,能够轻松跑完,王子的自信心应该提升了不少。清濑让经验不足的队员参加半马赛的策略似乎奏效了。

午餐时间,主办单位为每所获邀参赛的学校准备了便当和香蕉。神童和姆萨负责到大会的帐篷去领取,搬了满满一箱的香蕉回来。

"这么多!"城太和城次往箱子里猛瞧。

"这是很高级的香蕉哦。"叶菜子看到香蕉上贴的标签。

果然是蔬果店的女儿才说得出的评论。

香蕉能让人迅速补充热量,可以说是运动后的圣品。正当大家迫不及待地剥皮,一口气吞下两三根香蕉时,忽然出现了一名访客。

男子的年纪三十五岁上下,穿着很休闲,看起来跟普通观众没什么两样。

"你们是宽政大学田径队吗?"男子问。城次正在把第三根香蕉送进嘴里。

"是啊,"城次抬起头问,"有事吗?"

"请问藏原同学在吗?"

话才刚说完,他的视线就落在阿走身上。他应该本来就认得阿走的长相吧。

"我有点事想请教你。"

阿走站起身,收下男子递上的名片。上面写着"真实周刊 望月周二"。

在场所有人,大概都以为这个记者是为了抓小偷事件来采访阿走。但阿走自己心里很清楚,这个男人应该是嗅到我的过去才来的。

"你是仙台城西高中毕业的吧。"

望月劈头就问。清濑立即脸色大变站起身,但对方眼里根本没有他。

"是。"阿走回答。

"前阵子你不是抓到小偷吗?我看到报纸了,"望月露出一副相当佩服的样子,还夸张地挑了挑眉毛,"大家都说你正义感十足,是运动员中的运动员。你好像成了老家的话题人物呢,尤其是在仙台城西高中的田径队里。"

清濑站到阿走身旁,跟望月对视:"请不要擅自采访我们的选手。"

"很快就会结束了。"

望月虽然嘿嘿以对傻笑着,眼神却闪动着锐利的光芒。

"藏原同学,听说你高二时参加高中校际田径赛,拿到很好的成绩,为什么一升上高三就退出田径队呢?"

"喂,你!"清濑气极了,但阿走出声阻止他。

"没关系,灰二哥。"没办法再逃避了。只要继续走田径这条路,这件事就会阴魂不散缠着阿走。当阿走下定决心跟竹青庄的成员一起挑战箱根驿传时,就已经对此做好心理准备。

"你不是都调查过了吗?"阿走说,"因为我揍了教练。"

"教练的鼻梁断了对吧?而且,你不但拒绝靠田径成绩保送上大学,甚至还退出田径队。虽然教练害怕家丑外扬,想关起门来私了,但结果还是纸包不住火,"望月打量着阿走的神情,"你到底有什么不满?跟教练之间到底有什么过节?"

阿走沉默以对。他高中时代的教练,素以绝对的威权管理和斯巴达式的训练闻名,带领的田径队当然成绩显著提升。因此,他绝对称得上一个有能力的教练。

但阿走打从入学起,就跟这个教练不对付,更讨厌他开口闭口都只有"速度"这件事。所以,当阿走亲眼看到教练在田径队办公室大骂一个因为受伤而很难再上场跑步的一年级生时,简直气疯了。那个一年级生是拿体育奖学金入学的,被迫退出田径队的话,就很难在学校待下去了。阿走想不通,为什么教练明知道那个高一学弟的处境,却还一直为难他。

不过,他和教练的冲突,或许不全然是因为这件事。事后回想起来,阿走有这种感觉。高一学弟的事可能只是个导火线,引爆他满腔的愤怒不满。否则为什么在揍了教练的那一瞬间,阿走满脑子里只有"一切终于可以结束了"这个念头?

阿走的心里,没有半点想替学弟讨公道的英雄主义。他也没想过,这个一年级的学弟,有可能会因为学长替他出头、动手打教练,而难以在田径队上立足。阿走既不是为了伸张正义,也不是为别人着想,诉诸暴力只是为了自我的满足和一时的快感,为了一扫对教练日积月累的不满和愤怒。当拳头感觉到教练鼻梁软骨断裂的一刹那,阿走觉得真是痛快极了。

"高中社团活动发生暴力事件,而且还是发生在田径名校。消息曝光后,因为你没有否认,仙台城西高中田径队只好暂停一切活动。当时的关系人中,不少人对你颇有微词,包括被打伤的教练,以及因此没办法出赛的队友。"

"你到底想问藏原什么?"清濑插了进来,"就算你说的都是事实,你应该追究的是校方息事宁人的敷衍态度,还有用过度约束与干涉的管理方式扼杀年轻选手的潜力与才华,还有部分高中田径队被成果至上主义把持的问题,不是吗?"

"你是宽政大的队长?"

望月品头论足似的看着清濑。

"你知道藏原同学曾经发生过暴力事件?那请问你又是怎么看待他

的？"

"他是很有才华的选手，而且那是过去的事了。更重要的是，他对我们所有人来说，是值得信赖的朋友。"

"朋友"这两个字，撼动了阿走的心。就好像幸福的美梦做了一半，突然被人摇肩膀叫醒一般，他不禁心生一种半梦半醒的浮游感，一种回到现实世界的惋惜感，然后张开眼看到亲人脸孔时那种安心感。复杂的情绪涌上阿走的心头，五味杂陈，让他不知道该如何承受。阿走觉得不知所措。

清濑没注意阿走的心情变化，面对着望月，一点也不肯让步。

"请回吧。要采访宽政大，请通过我们的公关人员。"

公关？在后头静观事情发展的竹青庄众人间出现一阵骚动。

"这里，"神童和叶菜子举手说，"我们就是公关。"

"我们拒绝你的采访。"神童说。

"就这样。决定了。"KING跟着点头。

房东闷声不吭地吃他的便当。完全看不出他是否觉得事态严重，还是觉得有趣。他这种满不在乎的个性实在让人摸不透。

"都是你，害香蕉变难吃了。"

尼古眼神充满责备。望月露出苦笑。

"那，我再问最后一个问题就好。藏原同学，你这次参加箱根驿传，有没有什么话要对你高中的田径教练说？像是'你活该'之类的，什么都可以。"

"没有。"

阿走摇摇头。他无意道歉，当然更没有"就算没你的庇荫，只要有实力，我还是可以在田径场上出人头地"这种自大的想法。

"我很后悔。我气自己那个时候除了打人，想不到其他的解决方法。只有这样而已。"

隔周出刊的《真实周刊》里，刊登了一篇标题为"高中运动界质变？！"的报导，用"一再发生的不幸事件内幕……"这种耸动字眼，把经常出赛甲子园的学校、足球名校，以及仙台城西高中田径队的纷纷扰扰一并写了进去。

报导里写着："日前因为抓到小偷而引发话题的Ｋ先生，明年１月将在箱根驿传中登场，可谓田径界的明日之星，最近却出现了Ｋ先生过去曾涉及暴力事件的传闻。仙台Ｊ高中的田径队教练以'这件事已经是过去式……'为由，不愿发表意见。"

就算不是田径界的人，也能轻易猜到Ｋ先生就是宽政大的藏原走。

"这分明就是那个教练自己放的消息嘛。"城次怒摔杂志。

"别放在心上。"姆萨安慰阿走说。

清濑和神童忙着向学校和后援会解释并商讨对应方法。而且，好像连房东都忙着到处低头道歉："抱歉惊动大家了。"

阿走知道以后很过意不去，房东却大刺刺地对阿走说："跟我道什么歉？我这个教练可不是当好玩的！"

因为清濑坚持贯彻保护阿走的态度，竹青庄附近还算平静。尽管这个报导引起的效应终究会慢慢平息，但它毕竟还是给大家造成困扰了。

竹青庄众人对阿走的态度跟以前没什么不同。为了报答大家的好意，我一定要在箱根跑出好成绩。抱着这样的心情，阿走默默地加强练习。

那天晚上，清濑要跟大家说明箱根驿传的比赛规则，顺便大家一起喝两杯。练习和慢跑结束后，众人陆陆续续到双胞胎的房间集合。

清濑练习完后就不见人影，不知道去哪里了。负责煮饭的尼古和城太，大概正在厨房里准备小山一样的下酒菜。阿走步出双胞胎的房间，打算下楼帮忙，这时手机突然响起。他看了来电显示的号码。是仙台家里打来的。

阿走到东京后，父母还没跟他联络过，他也只寄了明信片，告诉他们竹青庄的地址。阿走的父母会把学费和最低限度的生活费，汇到他的银行户头里。对他来说，这样就很好了。阿走的父母一直希望他以田径成绩保送大学。对这个品行端正的田径选手儿子，他们曾经有很深的期待。

阿走按下通话键，耳边传来母亲令人怀念的声音。

"阿走？"

"嗯。"

"你啊，怎么上了杂志呢？我们不是告诉过你，凡事要低调一点，不要再惹事了吗？你爸爸很生气。你在听吗？"

"是的。对不起。"

"我们还住在这里，你也要替我们想一想，知道吗？"

"好。"

"过年时要回来吗？"

"我要去箱根比赛，应该没空回去。"

"这样啊。"

母亲的声音，听起来明显松了口气。

"那好吧，好好照顾自己。"

挂掉电话后，阿走还拿着电话，恍神似的呆呆在楼梯上站了一会儿，过了很久才发现阿雪正站在玄关。

"啊，不好意思，"阿雪说，"我不是有意在这里偷听。"

阿雪手上提着下北泽一家唱片行的袋子。无论有多忙，阿雪的生活里还是不能没有音乐。

"没关系。"阿走说，走下楼梯，跟阿雪一起站在走廊上。

"家里打来的？"

"是啊，我太招摇了，惹他们生气了。"

"谁叫你眼下正走红呢。"阿雪笑道。

所有人当中，只有阿雪学长没把那些采访放在眼里。如果是他，跟他说应该没关系。很想找个人吐吐心中苦水的阿走，故作轻松地打开话匣子。

"我跟父母处得不是很好。"

阿雪沉默了一下。

"是吗……其实我也是，"阿雪说，"我家的情况是所谓的保护过度。我老妈再婚，对方人不错。我还有个小我很多的妹妹，她也不是不可爱……但总之要我多替现在这个家着想，对我来说是件很烦人的事。老实说，其实是我不想跟他们太亲近吧。"

"你妹几岁？"

"五岁。"

"那不就比阿雪学长你小十五岁？！"

"就是啊。我老妈还蛮拼的。"

阿雪一副有点无奈的样子，用手指推了一下眼镜。

"家家有本难念的经。总之，家人之间，最好不要对彼此有太多期待，就算关心也要保持适当的距离。"

阿雪似乎是在给阿走忠告，跟着就往自己房间走去。阿走应了声"好"，继续往水声哗啦哗啦又不时加入锅子落地当啷声的厨房走去。这时，阿雪忽然折回走廊。

"对了，阿走，"他在走廊的角落招手，示意阿走过去一下，"我刚才回来的时候，在成城的车站看到灰二。"

应该是去买东西吧。成城是快车停靠的大站，阿走他们不常去，平常比较常去的是东西五花八门也比较平价的祖师谷大藏车站。

"那家伙，走进车站前的一家整形外科诊所。"

阿走心头一惊，想到清濑右小腿上的那道旧伤疤。预赛结束后，他看起来是那么不舒服……但繁重的练习和这次采访引起的骚动，让阿走完全忘了这件事。

"田径选手运动伤害的问题，我不是很懂……"阿雪皱着眉头，"该不会，灰二的伤还没有痊愈？"

不论哪一种运动，顶尖选手的身上难免都有一些伤，田径也不例外。严格的训练经常伴随着受伤的风险，而身体它越是锻炼，就会变得越敏锐、敏感。

"他去看医生也好，因为医生一定会叫他不要乱来，我反而比较安心……"

"但是他会听医生的话吗？尤其在这个节骨眼上。"

说的也是。清濑去看医生这件事情，真的不太对劲。难道那时候的不舒服已经痛得让他受不了？他去看医生大概只是为了拿止痛药，至于医生的忠告，八成会当成耳边风。

"知道了。我会找机会问问灰二哥。"阿走跟阿雪保证。

清濑不知道什么时候回到了竹青庄。阿走在他身边绕来绕去闻来闻去，想确认有没有药用胶布的味道，却没找到半点蛛丝马迹。

"怪人。"阿走的举止只换来清濑这么一句。

清濑到双胞胎的房间里和大家碰头。

"最近这段时间发生了很多事，但是大家别放在心上，让我们用跑步来回答外界所有的疑虑。"

"灰二哥，叫你男子汉！"

"'你找我们家藏原做什么？'"

两杯酒下肚，双胞胎就开始闹场。《真实周刊》记者找上门的事，似乎让清濑又重新取得双胞胎的信任。

"11月快结束了，箱根驿传就在眼前，我们没剩多少时间了，"清濑无视双胞胎的胡闹继续说下去，"从现在开始，健康管理变得越来越重要，一定要小心，千万不要在最后的紧要关头出现运动伤害。"

一听到运动伤害，阿走不禁和阿雪交换一下眼神。

"阿走，你跟大家说明一下箱根驿传的比赛规则。"

被清濑征召，阿走只能把担心清濑伤势一事先抛到脑后。围坐成一圈的竹青庄成员把视线集中在阿走身上。

"首先，12月10日前，每一队要向主办单位提交最多十六人的参赛选手名单，"阿走开始说明，"这个时候还不用决定谁负责跑哪个区间。接下来，12月29日前，各校必须登记区间选手名单，十六人也要减为十四人，而且要从其中选出十个人，确定他们各自负责哪个区间，把名单交给大会，多出来的四人就是替补选手。比赛当天，大会也接受变更区间名单，在去程和回程起跑前一小时公布最后的跑者名单。但是，选手一旦从某个区间的名单上剔除后，就不能再登记跑其他区间。"

"什么意思啊，我听得晕乎乎的。"城太问。

阿走想了一下，用比较浅显的方式再解释一次。

"比如说，六道大的藤冈，在12月29日交出的名单上登记为跑二区的选手。比赛当天如果要变更名单，藤冈就不能换去跑五区。万一藤冈在箱根驿传的第一天身体不舒服，只能从替补的四个人当中选一个递补上来跑二区，即使第二天藤冈康复了，也不能上场。"

"原来如此，"姆萨点点头，"相反的，如果29日那天藤冈先排到候补名单上的话，六道大学在比赛当天一定会更改名单。"

"没错，"清濑说，"把实力坚强的选手列到候补名单中，如果不是考虑身体状况，就是要在比赛当天拿来当作秘密武器，改放在重要区间。通常29日的名单公布后，各大学多半都还会调整战略，一边猜想对手葫芦里卖什么药，一边拟定比赛策略。"

"意思是，一直到比赛之前都不能大意了，"KING似乎有点泄气，

"不过，我们只有十个人，这些规定跟我们一点关系都没有吧？根本不用在那里尔虞我诈。"

"的确。我们29日提交区间选手名单后，等于提前亮出底牌。"

阿走看着清濑，觉得很不安。宽政大学没有替补选手，名单一旦交出去，就不能再更改了。关于这一点，不知道清濑心里是怎么打算的。

"选手不足的问题，也不只我们才有，"清濑沉着以对，"当天变更名单其实有利有弊。毕竟，跑者突然被叫上场，也不见得就能跑好。现在也有很多学校，非到紧要关头，不轻易变更名单。反正，既然知道大家都会针对初次名单调整战略，不如尽早决定自己跑那一区比较好，这样心里也有个底。"

"所以你已经决定每个人跑哪个区间了？"阿雪问。

"嗯，"清濑回答，坐直身子，"当然，如果大家有不同的想法，还可以讨论。但是现阶段来说，我觉得这是最好的安排。"

清濑从运动裤口袋中掏出一张纸，在大家的面前摊开。所有人把身体往前一探，然后惊呼声四起。

箱根去程（第一天）
 一区 大手町——鹤见 王子
 二区 鹤见——户冢 姆萨
 三区 户冢——平冢 城太
 四区 平冢——小田原 城次
 五区 小田原——箱根 神童

箱根回程（第二天）
 六区 箱根——小田原 阿雪
 七区 小田原——平冢 尼古

八区　平冢——户冢 KING
九区　户冢——鹤见 阿走
十区　鹤见——大手町 清濑

"我跑二区？不可能！"姆萨开始浑身发抖，"二区是强棒跑的吧？为什么不是阿走？"

"王子跑一区？还真是大胆……"城次不解地歪着头，语带保留地说。

"一开始就跑输怎么办？"连当事人王子也喃喃说道。

阿走看着这分区间阵容表，马上了解清濑的意图。灰二哥是要把胜负都赌在后半段。很显然，他是认真想要取得种子学校的资格。不，如果比赛照着灰二哥的计划进行，这不只是想拿到种子权而已。从这个配置来看，拿到好名次才是灰二哥真正的企图……

明明是一个明年就会面临存亡危机的小社团。明明是一堆门外汉在硬撑，好不容易才走到今天。但是清濑不知道什么是放弃，永远向前看，给大家带来梦想和目标，坚定地领导竹青庄的每个人，追求跑步的最高境界，朝着结合个人竞技与团体竞技的终极目标——箱根驿传的顶点前进。

阿走从这份名单中感受到清濑的真心，不禁握紧了拳头，因为如果不这么做，他可能会兴奋地跳起来，像只野兽一样大吼大叫。

"一区一定要王子来跑，"清濑温柔地说明，"可能是你对三次元空间的事没兴趣，纪录赛和预赛都不知道害怕。所以，你最适合跑万众瞩目的一区。虽然你跑得非常慢，但是不管多辛苦的练习，你都撑下来了。所以，就算赛况再激烈，你也一定可以坚持到底。"

没礼貌，怎么又不小心说真话了呢？阿走心想。但是，清濑对王子的期待，绝无半点虚假。王子一定也感受到清濑的真诚了，双眼闪闪发光。

"可是，最近这几年，一区的选手一开始都跑很快，"搜集许多资料的阿雪提出他的质疑，"这次的比赛，速度应该也是各大学挑选一区选手的重要考虑吧？"

"但他们也有可能采取相反的策略，一开始先慢慢跑。我就是要在这里赌一把，"清濑很爽快地承认，"就算王子落后很多，毕竟也只是一区而已，我们还是可以追回来。所以，从二区到四区，我都安排了实力坚强的队员。上坡的五区，除了神童，应该没有其他人能胜任吧？姆萨和双胞胎三个人，一定可以顺利把接力带传下去。"

"要我跑强棒如云的二区，这个担子实在太重了。"姆萨似乎还是不能接受。

"阿走，你觉得呢？"清濑突然问起阿走的意见，"姆萨好像希望你来跑二区。"

"我觉得姆萨很适合跑二区，"阿走肯定地回答，"练习时，不管压力多大，姆萨都顶得住。虽然没有长跑的经验，但是现在他10公里都能跑出29分钟出头的好成绩。而且，我自己也经常受到姆萨的鼓励。"

姆萨的拼劲、人品，跟所有选手比起来，一点也不逊色。他是强将中的强将。

"阿走，你太过奖了。"

姆萨觉得很不好意思，但全体一致通过，由姆萨来跑二区。

双胞胎负责三区和四区，没人提出异议，当事人自己也兴致高昂。

"三区的路段，是沿着海边跑吧？风景美得很。"城太说。

"我可以在小田原买鱼糕吗？"城次又玩起来了。

五区的神童当然也没问题。麻烦的是跑六区下坡路段的阿雪。

"为什么我跑六区？"阿雪要清濑解释清楚。

"之前试跑的时候，你的姿势很稳。一般人跑那么陡的下坡路，身体一定会前倾，屁股一定会翘起来，"清濑看一眼盘腿而坐的阿雪，"而且你……腿很粗。"

"你说什么？！"

"不要误会，我这是在称赞你。总之就是，腿部和腰部不够力的人没办法跑六区。"

"反正我除了粗壮以外，没别的长处就是了。照你这么说，要是我受伤了怎么办？"

"那也没什么大不了吧。你都已经通过司法考试了，而且毕业以后，你应该也没什么机会跑田径了。"

"喂喂喂，这么说太不负责任，也太残忍了吧……"尼古脱口而出，替阿雪抱不平，当事人却出人意料的平静。

"这么说也没错。"阿雪接受了清濑的说法。

只要有理，不管多冷酷无情的意见，阿雪都能听进去。清濑充分掌握了阿雪的个性，才会使出这一招。清濑如此高明的人性操纵术，再次让阿走心生敬畏。

"七区是尼古学长，八区是KING，"清濑继续说，"回程来到这里，选手间的差距会拉大，我觉得应该大半时间都是一个人独跑的状况，往前往后都看不到其他队伍的选手。也就是说，尼古学长和KING你们两人，既不能急躁，也不能大意，要确实掌握自己的速度和节奏。种子权的竞争，到这里只会越来越激烈。这两个区间是虽然比较单调，却很重要的路段。"

"我们要争取种子权？"城次战战兢兢地问。

"当然。"清濑斩钉截铁回答。

"接下来，回程的二区，就是九区，也是你们口中'回程的强棒路段'，由阿走来跑。至于最后一棒的十区，就由我来跑。是我提议参加箱根驿传，把你们大家都拖下水的，就让我来画下句点吧。"

清濑轻描淡写地说明阿走和他自己的任务,但阿走可以充分感受到清濑对箱根驿传投注的情感与执着。九区和十区,无论如何都一定要好好跑。

阿走看着清濑,清濑只点了点头,什么话也没说。

"以上。有什么问题或意见吗?"

没有人举手。在清濑坚定的信念影响下,箱根驿传逐渐在大家的脑海中变得具体,每个人心中都充满了斗志。

"很好。记住,在29日的区段名单公布前,刚刚说的这些都不能讲出去。希望大家各自进行模拟训练,好好研究自己负责的路段该怎么跑。"

语毕,清濑拿起他的酒杯邀大家举杯。

"我们绝对没问题的,双胞胎。"

被清濑点到名,城太和城次两人抬起头来。

"我会让你们看到顶点的,不对,应该说,我们一起来享受站上顶点那种滋味。大家拭目以待。"

清濑露出毫无所惧、王者一般的微笑。

趁大家喝得酒酣耳热时,阿走悄悄凑到清濑身边。

"灰二哥,你的脚怎么了吗?"

"为什么这么问?"

清濑一边不动声色地反问,一边帮自己倒酒。阿走闻言一时语塞。清濑虽然一副没事的样子,但阿走心里的疑惑还是挥之不去。

灰二哥跟阿雪学长说"毕业以后,你应该也没什么机会跑田径了",这句话会不会其实是在说他自己?你是不是早就下定决心要在箱根驿传放手一搏,就算以后再也无法跑步也不足惜?

阿走光是想象,就觉得害怕。不能再跑步,对阿走来说,跟死了没两样。对清濑来说,一定也是这样。即使如此,清濑还是对他说:

"你什么都不用担心。我没事。"

清濑一笑:"来,阿走你也一起喝吧。"

阿走不发一语,不安地一口气干掉清濑替他倒的酒。清濑身上披着一件袖口绽线的棉袄。再过不久,竹青庄的十名房客就一起度过这一整年的春夏秋冬了。

阿走想起遇到清濑的那个晚上。一切都是从那天晚上开始的。

他的心中突然萌生一种既像怀念又像期待已久的奇妙感受。

时序进入12月,竹青庄的成员继续专心地练习。所有人都留在破烂公寓里,迎接一个安静的新年。

除夕那天晚上,所有人一起到附近的神社敲钟祈福。初一那天,一起吃了清濑煮的年糕汤。

尽管紧张的气氛在节节高涨,大家的心情却很好。因为他们知道自己不是一个人。大家都有一种感觉,只要待在竹青庄,就能够永远一起练习,一起生活。

在跨步跑出第一步之前,自己都不是孤单的。

不论是起跑的时候,还是跑完之后,永远永远都有伙伴在那里等着我。

驿传,就是这样的一个比赛。

终于,1月2日到来。

箱根驿传正式展开。

那是十个人奋战一整年后的终点,同时也是这十个将在箱根驿传留名的人,最初也是最后一场激战的起点。

第九章　奔向彼方

1月2日，上午7点45分。

东京往返箱根大学驿传赛事，将于15分钟后登场。

开始前20分钟点完名后，王子再度朝地铁出入口走去。这天上午如果时间再早一点，还可以在地面的人行道上慢跑来放松一下身体，但现在已经不可能这么做了。因为大批民众为了目睹箱根驿传鸣枪起跑的瞬间，已经将位于东京大手町[1]的《读卖新闻》东京总公司大楼前方挤得水泄不通。

从《读卖新闻》总公司大楼开始，沿着皇居内的护城河，一直到和田仓门[2]附近的所有人行道，都被各大学的拉拉队、工作人员，以及欢欣迎接新年的驿传迷占据了，形成一道又一道人墙。加油太鼓声和各大学校歌响彻云霄，大楼间的冷风吹扬起色彩丰富的旗帜。现场气氛高昂，人声鼎沸。

"你要去哪里？"负责陪伴一区选手的清濑叫住王子，"你应该已经热过身了吧？不要在比赛前把自己搞得太累。"

"话是没错，但是我现在不跑跑总觉得心里不安，"王子原地踏步说，"还有，我也没想到观众竟然这么多。"

没想到竟然会有这么一天，从王子口中听到"不跑跑心里会不安"这种话。

1　大手町，位于东京都千代田区东部，从前为江户城大手门的门前，故名之。连接丸之内北方，构成日本国内最大商店街。

2　和田仓门，面向江户城东侧外濠的城门。元和六年建造，位于马场先门北方。

"你已经做好充分的练习准备，没问题的。有没有先去上厕所？"清濑露出笑容安慰他。

"去过好几次了……"

《读卖新闻》为选手和工作人员开放大楼侧门，让他们借用厕所，或是在休息室里更衣。"每次去，里面永远挤满了跑一区的选手。"

"这表示不是只有你会紧张，所以别太担心了。"

为了不让身体被大楼间隙的寒风吹冷，清濑带着王子来到报社大楼后方。那里人比较少，两人并肩轻松地慢跑。

大楼的墙上，贴着上午7点公布的最后出赛名单。

"六道大居然没有派藤冈跑二区。"

王子歪着头，露出不可思议的表情说道。在这之前，六道大把藤冈放入区间参赛候补名单。藤冈身为主将，是六道大最具实力的跑者，赛前也没有他受伤的传闻，不知道是不是临时身体不舒服。今天上午最受各大学瞩目的去程最终出赛名单上，竟然也没看到藤冈的名字。

"可能是想把他放在九区或十区吧。"清濑这么说。

看来六道大对赛况做了非常谨慎的评估。要说有机会在本次大会中阻止六道大连霸的对手，就属房总大呼声最高。从房总大提出的区间选手名单配置来看，他们打算在去程就决定胜负的企图可谓一目了然。

面对房总大精锐尽出的战术，就算是实力坚强的六道大，恐怕在去程也将面临一场严厉的苦战。或许六道大的战术就是把去程优胜拱手让给房总大，致力于取得回程优胜，以及往返时间合计的总优胜。六道大一定会依照抵达芦之湖的名次，以及和房总大的时间差，来决定回程在哪个区间派藤冈应战。

"你现在先别管六道大了，"清濑伸手轻轻按住王子的双肩，"我们差不多该回起跑点了。我跟你说过的话，你还记得吧？"

"嗯。"

王子用力点点头，脱下长度及膝的防寒大衣，露出宽政大黑银相间的队服，一旁的观众纷纷自动为他让出一条路。

　　现在已经顾不得天气有多冷了。王子身为第一棒，左肩斜挂着一条黑底、绣有银色"宽政大学"字样的接力带。那是泥水匠的老婆在大家通过预赛后，为他们一针一线绣出来的。

　　王子的手指轻拂着这条珍贵的接力带。在他们十人的齐心协力下，明天这条接力带将再次回到这里。绝对不能让传递工作在半途中断。

　　为了不影响跑步，清濑着手调整接力带长度，将过长的部分塞进王子的短裤里，夹在腰间松紧带下。

　　"王子，到今天为止，一直勉强你陪着我们拼这一场，不好意思呐。"清濑说。

　　这时各校拉拉队吹奏出更响亮的乐声。主办单位的工作人员大声唤着："请参赛选手到起跑线就位。"

　　"灰二哥，我不想听到这种话，"王子笑着说，"在鹤见等我吧。"

　　王子将防寒大衣交给灰二，与其他十九名负责跑一区的选手，一齐站到起跑线上。

　　东京大手町，上午 8 点。天气晴。气温 1.3 度，湿度 88%。西北风，风速 1.1 米。

　　这一刻，现在一片鸦雀无声。起跑枪声响起。

　　王子迈开步伐。不用回头。因为这是宽政大学第一次参加箱根驿传，只有沿着这条路向前跑，才能写下属于他们的故事。

　　赛况正如清濑所预料，以较慢的步调展开。众选手望着左手边的东京车站，一边跑过和田仓门。观众发出的欢声雷动与大楼间隙吹出的风，都被抛向后方。选手群维持着一横列，踏着微湿的路面前进。每公里 3 分 07 秒，这样的速度王子也跟得上。

或许是路面过于宽广，让人产生不管再怎么跑都没前进多少的错觉。每个人都在默默留意，看谁会率先冲出。现场弥漫着一股相互观察、牵制的氛围。王子在心中默默祈求："保持这种速度慢慢跑吧！"

从大楼间吹出的风，让选手的体感温度低于实际气温。王子想起清濑对他说过的话，紧跟在帝东大那名体格较壮硕的选手后面。完全别想取得领先，以免浪费体力。因为他的速度原本就不够快，这么做只会使他更处于劣势。王子只需要确保自己跑在风压较低的好位置，一心一意跟上选手群的脚步就好。

从芝五丁目[1]的十字路口进入第一京滨[2]时，选手群的速度依旧几乎没有改变。跑完五公里费时 15 分 30 秒。

各大学的教练坐在教练车里，跟随在选手后方。主办单位规定在开始与最后一公里，以及每五公里处，允许教练用扩音器向选手喊话。不过，一直到通过第一个五公里时，都不见任何教练向选手下达指示，而他们越是不轻易出声，选手群就越充满紧张感。

虽然六道大与房总大的选手在争夺主导权，但他们只要一稍微加速，整个集团就会再次跟上。一区的总长为 21.3 公里，而且箱根驿传才刚开始，要是在这里出任何差错，势必会对后续区间的跑者造成困扰。这种没办法放手去跑的心态，在选手群中形成一道无形的旋涡。

王子完全忘了前导车与电视台摄影机的存在，只是一股脑儿地奔跑，脸上装出轻松自若的神情，拼命向前进。

这时清濑从东京车站搭上 JR[3] 到达品川，正要换乘京滨特快车。他

---

1 "芝"为东京都港区的区域名，"丁目"为街区划分名称。
2 第一京滨，全名为 15 号国道第一京滨道路，指 15 号国道线新桥之后的路线，过去为一号国道，故称之。
3 JR，日本国有铁路于 1987 年民营化后，切割为六家旅客铁道公司及一家货运铁道公司的统一略称。

抱着王子的防寒大衣，塞上耳机听转播。电视台的播报声传入耳中，当他得知跑者集团尚未拆解时，忍不住轻喊了声："太好了！"周遭乘客的目光纷纷投向他，但他一点都不在意。

电视台的播报员与解说员，语带不解地讨论起进展缓慢的赛况。

"比赛进行到现在，选手们好像没什么变化呢。"

"我觉得有实力的选手，应该更积极地以刷新纪录为目标来跑比较好。"

"少在那边说风凉话！"清濑不禁咒骂出声。他就是希望每个人都放慢速度来跑，不要有人加快脚步。最好整个跑者集团就这么维持着现状。

这时清濑的手机响起。一看来电显示，发现是教练车上的房东打来的，清濑急忙按下通话键。

"灰二，怎么办啊？"

房东不疾不徐地问。

"什么怎么办？"

"再过不久就10公里了，我该跟王子说什么好呢？"

"他看起来很难受吗？"

清濑紧紧握住手机。

"没有吧。刚才经过八山桥，他还是黏着紧紧的，而且整个集团还保持着一横线。"

"这样的话，什么都不用说吧。"

八山桥再过去一点就是八公里处，选手们要跑过一座高架铁路，所以会有一段不算陡的上下坡。他们如果是成一横列的队形通过这里，接下来一直到这区的最大难关六乡桥前，应该都还是会维持原状。

王子，撑下去啊！清濑在心里对他喊话。

"可是我坐在这车里却什么话都不说，哪像个教练？"房东似乎觉得无聊了,"好像我只是一路坐车到箱根去兜风。"

"你只要摆出教练的样子跟着他就好。要是他一副很痛苦的样子,就鼓励他一下。"

"怎么鼓励?不要叫我唱校歌,我可是五音不全。"

"什么时代了,哪还有教练会唱校歌来鼓励选手!"

清濑叹口气继续说:"不然,麻烦你帮我传话给他,就说'清濑有话跟你说,所以你就算用爬的也要爬到鹤见'!"

这段话传到王子耳中时,赛程已经进行到15公里处。教练车上的房东手握扩音器,用嘶哑的声音吼出来。

有话跟我说?我倒要听听他想说什么!

虽然呼吸越来越痛苦,王子再度燃起斗志。他不但在给水站成功接到水,还从田径社短跑部队员那里取得"这一公里,正好三分钟整"的情报。这代表选手们开始加速了。决胜负的关键,果然是17.8公里处的六乡桥。

其实,在经过12公里处时,赛况曾经差点出现变化。欧亚大选手率先冲出,跑者集团差点就要拉长成一纵队。但六道大与房总大的选手立刻跟上,其他人也像受到牵引般地追上前。结果在那里没有任何人被甩落。

这么一来,六乡桥成了决战点。众选手间有着相同的默契,都知道对方心里在想什么。

六乡桥横跨多摩川[1],是一座全长446.3米的大桥。上桥前有一段衔接桥面的上坡,下桥后也有一段下坡路。对于已经跑了将近20公里的选手来说,这样的上下坡路面是对体力的一大考验。

---

1 多摩川,全长138公里,源头在山梨县东北部秩父山地的笠取山,往东南流经东京都及神奈川县后注入东京湾。下游称为六乡川,上游为东京都上水道的水源,在奥多摩以美景著称。

一进入六乡桥的上坡道，王子立刻感觉脚步变得更沉重了。跑在斜倾的路面上，竟然可以这么痛苦。王子气喘吁吁地挥动双臂，使尽吃奶的力气把身体向前推。

这时，集团的节奏开始发生变化。实力坚强的选手，突然屏住呼吸。那一瞬间，王子有种"风雨欲来"的预感。果然，横滨大的选手随即往前冲出，房总大、六道大的选手也紧追而上。

原本一直跑在一起的选手群转眼间散落，形成一列纵队。这些人，怎么还这么有精神啊？王子神情茫然地想着，眼睁睁看着前方领先的选手，与落后的集团逐渐拉开距离。就算他想跟上去，也心有余而力不足。来到六乡桥的下坡时，前头领先的选手更趁势加快速度。

"不要慌。只要到六乡桥为止都没落后，最后的时间就不会差太多。接下来，你只要想着照自己的节奏跑到最后就好。"

王子这时想起清濑在开跑前给他的指示。

对啊，我才刚开始练田径，根本就不用管别人跑多快。我现在能做的，只有尽全力去跑。

从领先选手的背影推算，他已经跟他们差了有一百米左右。但王子没有放弃，也没有因此而悲观，只是咬紧牙关继续跑着。

慢着，才刚开始练练田径……我是怎么了？难不成我还想继续练下去？！明明是硬被拖下水的，而且还吃了那么多苦头。

王子张大口以吸入更多氧气，吐气时脸上带着微笑。

轻柔温暖的朝阳，从前方照耀着他。

场景转到鹤见中继站。阿走和姆萨挤在一起，屏气凝神地看着携带型小电视的液晶画面。那是商店街电器行免费借他们用的。

"不妙！王子被甩到后面去了。"姆萨难过地说。他紧盯着阿走手中的电视，希望尽可能多看一眼逐渐消失在画面中的王子。"但是他跟领先的选手应该差距不会很大。"

"姆萨，在二区把落后的差距追回来。"阿走抬起头来，眼中仿佛还烙印着王子的英姿。

"好！我会努力的。"

一区的跑者不久后会开始陆续抵达鹤见中继站。姆萨脱去头上的毛线帽，取下围巾。这时的气温是3.3度，几乎没有风，而且天气晴朗，对姆萨来说却是酷寒。问过阿走的意见后，姆萨决定戴上保护手腕到上臂的臂套来保暖。等一下觉得热的时候可以把它脱掉，只穿队服继续比赛。

"有没有摄取足够的水分？天气虽然冷，但如果跑到一半出现脱水症状就麻烦了。"

"再喝下去，我可能会跑到半途忍不住撒尿哦。"姆萨笑着说。

相处这么久了，这还是阿走头一次听到姆萨用到"撒尿"这种俗语。

"讲这种话真不像你。"阿走笑道。

这时，阿走手上那台小电视，传出播报员与解说员的声音。

"各大学都在二区投入王牌或王牌级选手。这二十个选手中，竟然有十一人可以用28分多跑完一万米。而且，有四个留学生在这里登场。"

"他们分别是房总大的马纳斯选手、甲府学院大的伊旺奇选手、西京大的杰摩选手，以及宽政大的姆萨选手。"

听到姆萨的名字，两人赶紧看向电视。看到自己的身影出现在画面中，姆萨吓了一跳、四处张望。电视台的工作人员，不知什么时候来到他们身后。姆萨对着摄影机，露出尴尬的微笑。

"宽政大的姆萨选手，跟其他人有点不一样。他是理工学系的公费留学生，听说到去年春天为止，从来没有长跑经验。宽政大只有十名选手就来挑战箱根驿传，而且大部分选手没有田径经验。"

"他们竟然能过关斩将闯到这里，令人不敢置信。真的非常厉害。"
电视画面切换到摄影棚内，解说员不停点头赞许。

"我想他们应该经过一番辛苦的练习。"

"宽政大是很有自己风格的一支队伍。首度参加箱根驿传，他们会有什么样的表现呢？让我们拭目以待。"

进入广告，电视台工作人员也离开了。姆萨看到转播节目介绍到自己，开始越来越紧张。不行！得想办法别让他受影响！阿走心想。

这时阿走的手机响起。是神童从五区的小田原中继站打来的。阿走按下通话键后，立即把手机交给姆萨。

"姆萨，你上电视了！"

神童这么说，声音非常浓浊不清。

"你感冒有没有好一点？"

姆萨担心地问。阿走也把耳朵凑近手机。神童从除夕那天起就开始发烧，直到今天早上，身体都还不太舒服。

"我没事，倒是你怎么样？现在一定很紧张吧？"

"是的，有一点。"姆萨回答。

神童看到鹤见中继站的转播，竟然一眼看穿姆萨的状态？他和姆萨间的情谊如此深厚，让阿走惊讶。

"我说姆萨，你就想一些快乐的事吧，"神童带着鼻音说，"等比赛结束，我们终于可以好好过新年了。我打算趁寒假回老家一趟，你要不要跟我一起回去？"

"可以吗？那是家族聚会的场合啊。"

"我爸妈都很期待你来我家玩。不过，那种什么都没有的乡下地方，你来大概也只能堆堆雪人而已。"

"雪人是什么？"

"原来你没玩过？那就这么决定了，跟我回老家。"

"是！"姆萨边点头边说，"谢谢你，神童。"

挂断电话后，姆萨的眼神不再迷惘也不再胆怯。道路旁的加油声越来越响亮，可能是因为开始看得见一区跑者的身影吧。阿走和姆萨走向赛道。

清濑抱着防寒大衣，从京急鹤见市场站往这边跑来。

"赶上了，"看到阿走和姆萨后，清濑大大吐了口气，"姆萨，身体状况如何？"

"很好。"

姆萨自信满满地回答。清濑打量姆萨的表情，检查他的鞋带，确认他没有慌乱的迹象。

"很好，王子跑到这里时应该是最后一名。你不要被这个影响，照平常练习那样去跑就好。"

"都已经最后一名了，也不可能更糟了，这样我反而觉得比较轻松，"姆萨玩笑道，"而且，比起被别人追着跑，我的个性比较适合去追别人。"

"就是要有这个气魄！"阿走说，同时从姆萨手上接过防寒大衣。

六道大的选手以第一名成绩抵达鹤见中继站。它就设在国道第一京滨沿线上的一个派出所前，笔直的道路两旁种着行道树，跟一般马路没什么两样，可以清楚望见选手前赴后继地朝这里跑来。

工作人员收到赛况消息后，会赶紧以一区跑者的抵达顺序大声喊出校名，要二区跑者在接力区中继线就位准备接棒。

六道大的接力带已由一区跑者交给二区跑者。从大手町出发到现在，已经过了 1 小时 04 分 36 秒。紧接着依序是横滨大、房总大、欧亚大，几乎同时将接力带交给下一位选手。一区选手直到最后都仍跑成一团，导致交棒时形成一场大混战。

姆萨做着伸展操，阿走心急地从路旁探出身子。一区跑者相继交出接力带，二区跑者也一一从鹤见中继站飞奔离去。王子还没出现。从六道大选手抵达后，已经过了30秒。

"王子来了！"

只见在大会的随行车辆旁，王子正咬牙拼命跑着。这时广播工作人员喊出尚未离开中继站的所有校名。姆萨说了声"我去了"，站到马路的中继线上。

姆萨朝王子举起手。王子本来只顾着努力挥动双臂跑，看到姆萨的瞬间，才大梦初醒似的想到应该先脱下接力带。当他抽出接力带时，短裤腰间的松紧带轻轻弹打了他的侧腹一下，仿佛在鞭策他一样。

快到了。还差一点点而已。

"王子！王子！"

姆萨和阿走大喊。站在阿走身旁的清濑，一动不动地等着王子到来。

王子跨越中继线，把紧握手中的接力带交给先起跑的姆萨。那一瞬间，接力带连系起王子与姆萨，下一秒钟又随即从王子的指尖滑落。

心脏好痛。眼睛也睁不开了。这么紊乱的呼吸声，真的出自我的口中吗？

停下脚步后，王子几乎站不稳，整个人向前倒，却只发现自己被人一把抱到怀里。

"我收回在大手町对你说的话。"

清濑的声音在王子耳边响起。"我其实是想说，谢谢你，跟着大家一起努力到现在。"

"这还差不多。"

王子喃喃道。

阿走和清濑搭上京滨特快车来到横滨，换搭JR前往小田原。由于人手不足，他们必须先赶到芦之湖，在神童跑完第五区时迎接他。

虽然不放心把筋疲力尽的王子留在鹤见中继站，但王子自己说：

"你们两个不用管我,快去箱根吧。反正我已经跑完,等到能走路时,我会自己去饭店。"

王子接下来的任务是,在横滨车站附近的饭店里看电视掌握赛况。清濑和阿走为了准备隔天出赛,今晚会从箱根回来,投宿同一家饭店。

补充过水分后,王子总算能够勉强起身。阿走和清濑这才放心离开鹤见中继站。

清濑从大手町带来防寒衣,再度穿回王子身上。现在阿走手上拿着姆萨身上脱下的防寒衣,因为等神童跑到山上后,会需要它来御寒。宽政大不只人手短缺,连需要的衣物也拮据不足。

适逢正月2日,追着箱根驿传跑的观众,以及看起来像要去庙里新春参拜的家族,几乎挤满了东海道线[1]电车。

阿走在四人座找到空位让清濑坐下。清濑立刻从防寒大衣口袋里,掏出记事本和原子笔。

"王子的时间是多少?"

"1小时05分37秒。"

阿走确认了手表内的马表纪录后回答。清濑将数字写到记事本上。

"跟前面的动地堂大选手相差11秒,和第一名的六道大差了1分01秒。我们还是很有希望。王子真的很拼。"

宽政大的接力带在鹤见中继站从王子手上交给姆萨时,是出赛二十支队伍里的最后一名。由预赛选手编制而成的关东学联选拔队,选手个人成绩会留下正式纪录,但团体成绩并不记入排名。所以,宽政大目前虽然名次是第十九,但跑完一区的这个阶段,毫无疑问是名

---

1 东海道线,由东京出发行经横滨、名古屋、京都、大阪至神户的JR重要干线。全长含支线为652.8公里,包含东海道新干线。

副其实的吊车尾。

但正如清濑所言,从目前的时间差来看,他们仍然有可能逆转局面。整场赛事以缓慢的步调开场,对王子与宽政大都是极其幸运的事。而且,比赛才刚开始而已。

阿走虽然带着携带型小电视,但车厢内信号很差。"试试看这个。"听到清濑这么说,阿走从他手上接过收音机。正当他转动旋钮寻找频道时,清濑的手机响了起来。在户冢中继站陪伴三区跑者城太的KING打电话来。

"灰二,形势大变了!快点看电视!"
"现在没得看呀!"清濑说。

"花之二区"波澜大起。

跑在最前方的是六道大与房总大,但在鹤见中继站以第九名交棒的真中大,猛的急起直追、紧跟在这两校之后。反观在鹤见取得第二名的横滨大,竟然大幅落后。

领先的三校选手展开一场混战,一场毅力与气魄的激烈对决。但就在同时,落后集团的行动也让人目不转睛。

在鹤见中继站排名第十八的城南文化大,以逼近区间纪录的速度疾奔。跑在城南文化大前后的各校当然也不想落于人后,更不想被追过,于是整体赛况维持着高速的节奏。

从鹤见最后一名出发的姆萨,也在动地堂大、城南文化大的选手后紧追不舍,眼看着就快要与他们并肩而驰。在路旁担任工作人员的学生,举起写着"一公里"的标示牌。姆萨看了看手表。开头这一公里花了2分48秒。

以这种步调,不可能跑完全长23公里的二区,后半段很显然会陷入苦战,但是如果在这里退缩,就不可能提升排名。继动地堂大、城南文化大的选手之后，姆萨也超越了帝东大，将在鹤见落后的七十米差距一口气追回来。

这一路上，无处不人声鼎沸。姆萨心想，原来这就是所谓"人山人海"。放眼望去，人们拿着协办报社发送的小旗子，占满了两旁的道路。每个人脸上都洋溢着笑容，在选手通过眼前的瞬间送上加油打气。眼前的盛况，完全不是预赛和上尾城市半程马拉松所能比拟的。

这就是箱根驿传，而我正跑在各校王牌选手齐聚的区间。

姆萨真的非常开心。虽然我不是出生在这个国家，这里也有许多人不欢迎我。这些事情我都知道。但此时此刻我参与的，是一个多么自由、平等的场合。不论是并肩齐跑的选手们，还是跑在前头、几乎看不见背影的领先选手，我正在跟他们分享同样的时间和空间。

日复一日的练习，造就为跑步而存在的体魄，在这一刻享受同一阵风的吹拂。

藤冈说的很对。如果姆萨单纯只是一个理工学系的留学生，绝对不可能体会到这种兴奋，以及跟他人合而为一的感觉。只有用真挚的心情面对跑步，才能感受到血液翻腾的激动。

直到观众的欢呼声突然变大，姆萨才惊觉自己已经通过横滨车站前方。到这里是8.3公里。不知不觉竟然跑这么远了！本来在头顶上的高架快速道路，如今在右手边画出一道巨大圆弧后远去。天空明朗宽阔，阳光微微洒下。姆萨踏着渐渐干燥的路面，继续与城南文化、动地堂的选手并肩跑着。

跑得正起劲的姆萨，完全忘了房东在五公里处下达的"放慢脚步"

指示,也把二区最大难关权太坂[1]正等在前方这件事忘得一干二净。

"速度太快了。"

清濑拔出耳中收音机的耳机,打电话给房东。

"这里是教练车,请讲。"

"你在五公里时,有没有确实把话带给姆萨?"

"别用这么吓人的口气说话,灰二。我说了,照你的话跟他说了,他听不进去也不能怪我吧。"

"等一下到10公里那里,请再一次提醒他跑慢一点。"

清濑挂上电话,把后脑勺靠到硬邦邦的座椅靠背,蹙起眉头,双眼紧闭,深深叹了口气。"完全被比赛的气氛冲昏头了。"

阿走把手放到椅背上,微向前倾身,打量着窗外流逝的景色。

"还好今天没什么风。现在还看不到海啊。"

清濑睁开眼。阿走可以感觉清濑抬眼看了看自己,像在说:"你还有这种闲情逸致啊。"

"姆萨一定会及时发现问题的。我们要相信他。"阿走望着窗外,头也不回地说。清濑再次将耳机塞入一边耳中,喃喃地说:"也只能相信他了。"

箱根驿传的十个区间中,二区起自鹤见,终于户冢,长达23公里,以"全区间最长距离"著称。除此之外,14公里处之后会出现一道绵延1.5公里的上坡路段:权太坂。过了权太坂后,仍有一些断断续续的上下坡。而过了20公里处,最后的三公里又是上坡路。

不论就距离或终盘前大量的坡道来看,用"像花一般华丽"来形容二区绝非夸饰。这个赛道的确兼具难度与变化。这一区跑者的基本条件是全面的长跑能力,此外更需具备强韧的意志力和锲而不舍的耐

---

[1] 权太坂位于神奈川县横滨市保土谷区的旧东海道坡道。但箱根驿传并未真正经过此处,而是将附近一号国道的坡道称为权太坂。

力，才足以对抗沿途的压力与痛苦。其他如洞悉赛况发展的犀利思虑，以及掌握路线起伏、灵活变换跑法的能力，也是必要条件。

姆萨顺利地跟上众人节奏，跑完横滨车站之后这段较平坦的路线，以相同步调迈入上坡，四秒钟后他立即意识到："啊！这里是权太坂！"因为他的双脚突然有如被绑上铅块一样，无法顺利向前迈步。

原本跟他并肩齐跑的城南文化与动地堂的选手，也逐渐向前拉开距离。姆萨连忙想跟上，却只领悟到：这是不可能的事。

我到底在干什么？一阵冷风迎面吹来，姆萨终于有感觉了。紧裹住上臂的臂套，在他不知不觉之下已经吸饱汗水、完全湿透了。

姆萨意识到自己刚才简直就像脑充血一样脑子一片混沌。周遭的一切，这时蓦地跃入他的眼中与耳里，宛如一阵幽幽穿过敞开的落地窗、吹动窗帘轻轻摇摆起来的清风。沿着一号国道，稀稀落落地坐落着几家小型个人商店；观战者围成一道无边无际的人墙，发出高昂的欢呼声，勾勒出一幅祥和正月下的郊外风光。

之前在鹤见中继站，跟阿走一起看电视时不是就知道了吗？二区选手中有十一个人拥有一万米跑 28 分左右的纪录，城南文化与动地堂的选手也名列其中。想跟他们俩硬碰硬，对姆萨来说根本就是自取灭亡。

双胞胎曾经说过，这种从选手纪录就可以轻松推测出结果的比赛，"有需要继续努力下去吗？"这样的话，但姆萨不能苟同。虽然透过单纯的数字纪录，可以明确看出选手的实力差距，但他们现在比的不是个人赛，而是接力赛。接力带已经交到我手上，而我是为了把它传下去而跑。这个目标的意义，跟所有选手在平坦的田径跑道上同时开跑的一万米比赛完全不同。这段充满高低起伏的 23 公里，在东京与箱根往返的路程中只占了十分之一。它只是一场需要十个人共同完成的长程赛事之一小部分而已。

二区只是一篇序章，功能是揭开接下来未知的发展。我不需要逞强，只要跑出序章应有的成绩就好。总之，就是冷静、踏实地慢慢提高名次。就算速度比不上别人也没关系。我所能做的，就是仔细观察赛况，寻找反击的好机会。

首先是，应该在15公里处确实补充水分。姆萨心里盘算着。虽然他觉得冷而不是热，但是他已经狂奔了一路，流了不少汗。还有……对了。姆萨想起之前清濑交代的注意事项。

"到权太坂下坡时，要格外慎重以对。如果顺利跑完上坡，应该可以照着节奏跑下去。但是，下坡时千万别太得意忘形，否则到最后一定会筋疲力尽。跑权太坂的下坡道时要稍微放慢速度，保存一些体力。二区真正分胜负的地方，是最后三公里的上坡，忍耐到那里再一鼓作气追上去。"

我知道了，灰二兄。姆萨兀自点点头，默默跑上权太坂。权太坂的最高点是海拔56米，而横滨车站前的海拔是2.5米，等于一口气爬升五十米以上。

15公里给水站位于离最高点不远处。胸前别着给水员标章、身穿宽政大运动外套的短跑部队员，帮姆萨扭开大会提供的瓶装水瓶盖后递给他。

"目前是第十八名，前面有个七人集团刚走，有希望哦！"

他和姆萨并肩跑一小段，成功转达了赛况情报。姆萨点头示意，把水含在嘴里一点一滴补充水分，并在水分造成肚子的负担之前，把瓶子往路边丢去。

现在是第十八，也就是说，在浑然忘我狂奔的那段时间，他还超越了帝东大之外的另一位选手。给水员说前面有个七人集团，当中应该有城南文化和动地堂的选手。他们绝对还会跑得更前面。那，剩下的五人到底是哪些学校？

来到权太坂较平缓的下坡地段后，姆萨可以约略看到前方的情况。

一台转播车为了拍摄动地堂大选手一口气超越多所学校的英姿，紧跟在他身边。从15公里处开始，为了向选手下达指令，各校教练车也纷纷出动。车子挡到姆萨的视线，让他看不清楚是哪几个人在竞逐。

姆萨稍微往中线跑，寻找更宽广的视角，最后从车辆的缝隙间，看到欧亚大白绿直条相间的队服。

欧亚大？从鹤见中继站出发时，他不是第四名吗？

姆萨现在终于明白，原来选手名次的变化就像地壳变动一样剧烈。

落后了这么多，表示他已经没什么体力了。不知道是身体不舒服，还是压力太大，总之他没抓到自己该有的节奏。

转播车逐渐远去。动地堂与城南文化应该已经甩脱其他人了。姆萨分析自己应该可以赶上剩下那五人，甚至超越他们。

不要急，一点一点慢慢拉近距离就好。

这时，身后的教练车传来房东的嘶吼声。

"姆萨！不要像兴奋过头的赛马，喘个不停夹着蛋蛋猛追啊！"

扩音器传来的声音突然中断。房东八成是被车里的监察员警告了一番。过了一会儿，房东干咳几声清清喉咙，再次开口喊话："灰二交代的事，你还记得吗？姆萨！记得的话，现在前滚翻三次给我看！"

为什么我们的教练这么无厘头呢？姆萨笑了，却因为这么一笑，肩膀跟着放松了，感觉脑袋也跟着更加冷静清晰。

姆萨微微举起右手，朝教练车做出OK手势。

在户冢中继站，城太和KING坐在塑料垫上，边看携带型小电视边聊天。

"后段队伍都没什么镜头，不知道姆萨现在怎么样了。"

"没办法，因为领先集团的竞争比较精彩啊。"

电视上正在播出真中大开始加快速度、甩开六道大与房总大的镜头。

"不过，姆萨一定没问题。"

这时画面上刚好打出选手们通过15公里时的名次。宽政大排名第十八,扣掉选拔队的话就是第十七。然后镜头切换为转播后段队伍选手间的攻防,只见姆萨正渐渐追上跑在前头那五名选手。

"看吧!"

"帅!"

城太与KING高兴地紧紧握住彼此的双手。

"城太,现在不是坐着看电视的时候。照这情势看来,说不定姆萨很快就会跑到这里。"

"但我好像比较适合开跑前乖乖待着啊。"

老早就练跑完的城太,继续坐在地上拉筋。

"我说KING学长,你工作找得怎样了?"

"干吗现在讲这些?"

"不转移话题,我会紧张啊。"

"你这个话题才会让我冒冷汗!"

虽然这问题让KING觉得很恼,但眼前他的任务是让跑三区的城太保持平稳的心情,所以只好心不甘情不愿地回答:"根本没找好吗。现在这种生活,要怎么找工作?"

"是啊,那怎么办?毕业就失业……"

"我看只能延毕了吧。"

KING抱着双膝,叹口气抬头望向天空。冬日的晴空中,挂着朵朵淡淡的白云。

"不知道我爸妈会不会谅解?"

KING口中吐出的气息,就像云朵一样,飘浮了一阵子后,消融无形。

"延毕吧!延毕吧!"城太保持抱膝的姿势,以臀部为支点前后摇晃着。"然后我们明年再一起参加箱根驿传。"

"白痴啊你，现在才刚过新年，就在讲明年的事！我才不要参加，到时候又没时间找工作。"

KING 一口回绝城太的提议，但过了一会儿，又抿着嘴问："你……明年也打算参加？"

"当然啊！"城太站起身，"一定要再参加！"

城太露出前所未有的认真眼神。这小子，干劲十足啊。出场前一刻，城太展现出有如火焰般的高昂斗志，让 KING 也跟着受到鼓舞。

"好！"

KING 也从塑料垫上起身，伸了伸双腿。"最后再来流点汗吧，城太。"

城太与 KING 在人潮拥挤的户冢中继站，来来回回地跑着。

姆萨全凭着一股意志力，跑完最后有如地狱一般的三公里上坡。

他在开始爬坡前就超越了欧亚大，目前正与东京学院大学、曙光大学、北关东大学，以及学联选拔队的选手并肩而驰。他没办法看到跑在前头的选手，不知道是因为距离太远，或只是被主办单位的车辆和地形阻挡住视线才看不到。

不管怎样，现在除了观察这四个选手的动向，他也没有余力去管其他事了。绝对不能在这里落后，甚至，有办法的话就应该冲刺，成为这群人当中第一个将接力带交给三区跑者的人。不过，大家的想法都一致，每个人都在找打破僵局的时机。

跑到这里，谁也不想当集团中最先被甩开的人。

尽管所有选手的体力与意志力都已经来到极限，但凭着这股坚持，他们仍撑着不让速度慢下来，继续奋力前进。

户冢中继站位于上坡途中，姆萨再五百米就到了。耸立的隔音墙，挡住了左手边的景色，但人行道上满满的观众，让他知道中继站不远了。眼前学联选拔队的选手流的汗比姆萨还多,其他选手个个呼吸粗重。当然,姆萨自己也是。

就是这里,行动吧!姆萨超越学联选拔队的选手,率先冲出。这是他使出浑身解数的最后冲刺。

只要把接力带交给在户冢中继站等待的城太,然后就算倒地不起也无所谓。就算成绩远不及区间纪录,但这是我竭尽全力跑出的成绩。我绝对不能在距离中继站数百米的地方功亏一篑,一定要留下正式纪录,让所有人看见我跑得有多好。

姆萨抬起下巴往前跑。这么难看的姿势,完全不像长跑选手该有的样子,但他已经管不了那么多。中继站就在眼前,他已经看到城太缓缓地举起手。姆萨使劲地把身体向前倾、加速奔跑。他忘了自己是什么时候摘下接力带的,但是当他把手伸向城太时,拳头里确实握着宽政大的接力带。

"不愧是王牌的跑法。"

接过接力带的同时,城太边说边拍了拍姆萨的手臂。姆萨昏倒在柏油路上,路面传来城太离去时的轻快脚步声。

姆萨醒来时,发现自己已经躺在塑料垫上,恍惚中意识模糊地想着,户冢中继站还真是个荒凉,好像什么拉面店或中古车行的停车场。四周非常嘈杂,到处是大会工作人员,以及跑完二区的选手和陪同人员。看来自己没有失去意识太久。

"你醒了?"KING出现在姆萨面前,一副快哭出来的样子,"干得好,姆萨。"

在KING的说明下,姆萨弄清楚了整个状况。原来他在最后跑赢了身边所有选手,以第十三名之姿抵达户冢中继站。23公里赛程中,他超越了七个学校,成绩是1小时10分14秒,在二区二十人当中排名第十二。

虽然超前到第十三名,但是与第十二名的新星差了 27 秒,与第十四名东京学院大也才间隔六秒而已。尽管现在还不能松懈,但因为姆萨的努力,让宽政大离希望更近一步。

"城太那小子,看到你最后冲刺的样子,整个人燃烧起来了。"KING 搓了搓冻得红红的鼻头。

太好了,我真的办到了。

姆萨双唇颤抖着,不发一语点点头。因为现在他要是开口说话,只怕泪水会忍不住跟着落下。

阿走与清濑从 JR 小田原站下车后,赶着去换乘从同一车站发车的箱根登山电车。

"这样吗?我知道了,辛苦你了。"清濑结束跟 KING 的对话,啪的一声阖上手机。"他说姆萨很快就醒了,等一下两人会去藤泽的饭店。"

"那就好。"

阿走总算放下心中那块大石头。自从在电视上看到姆萨在户冢中继站昏倒后,他心里就一直挂念着。当时 KING 大概也吓得不知所措,打手机给他都没接。直到 KING 刚才自己打来电话来,他们终于得知姆萨已经没事了。

"城太出发前没打电话给他,没关系吗?"

买完票,通过验票口,清濑抬头望着电子广告牌,确认电车发车时刻。开往箱根汤本的小田急线,再十分钟左右就会进站。

"那对双胞胎就算放着不管也无所谓。他们那种性格,要是有不安的感觉,一定会自己主动打电话来。"

这样讲也没错。两人并肩走下楼梯,月台上不时可以看到盛装打扮过新年的乘客。

"比起双胞胎,我比较担心神童的身体状况。"

趁着电车还没来，清濑又开始拨电话。

"打给阿雪学长吗？"阿走问，清濑点点头，这时电话好像接通了。

"是我。"

清濑说。阿走从一旁伸出手，直接将清濑的手机切换到免提模式。月台上这么吵，这么做应该不会影响到其他人。清濑歪着头，露出不解的神情。阿走抓住他的手，把手机捧在两人面前。

"神童的状况怎么样？"

"不知道，"手机传来阿雪的声音，"我看不到他的脸色，他也不让我量体温，我想应该是不太好吧。"

"你看不到他的脸色？什么意思？"清濑扬起眉毛，"你有好好跟在神童身边照顾他吧？"

阿雪应该和负责跑五区的神童待在小田原中继站。明明跟他在一起，却说看不到他的状况，这让清濑大为紧张。

"神童就在我旁边，"阿雪说，"不过，他整张脸鼻子以下用毛巾包了起来，上面又再戴上口罩，而且是两个，一个是感冒用的那种，另一个是防花粉症用的那种鸦天狗[1]口罩。不要说他的脸色，就连他的脸我都看不到——你这样能呼吸吗？神童。"

神童似乎是怕把感冒传染给陪他的阿雪，才会主动做出这么严密的防疫措施。这时，手机好像转交到他的手上了。

"喂。"

神童的声音传来，听起来活像打电话来勒索赎金的绑架犯，非常含糊不清。

"你烧到几度了？"清濑单刀直入地问。

---

[1] 又称小天狗、青天狗或乌天狗。装扮与大天狗一样，穿着修行道袍，脸上长着像乌鸦一样的嘴，背上一对黑羽翅，可以在天上自由飞翔的传说生物。

"没有啊，非常正常，"神童随口回答，"阿走在那里吗？"

"我在。"在神童的指名下，阿走赶紧凑向手机。

"可以的话，请你帮我买口罩来？我现在戴的口罩，等一下就会寄放在阿雪学长这里。"

"体温正常的话，你有必要这么紧张，防范到这种地步吗？"清濑说道。

"为什么灰二哥听得到我说的话？"

神童的声音听起来有点紧张。阿走在心里默默说，因为现在是免提模式！

"知道了。我会买好口罩。你不用担心。"阿走答应他。

"神童，你要尽量摄取水分，"清濑下达指示，"就算边跑边漏尿，也总比脱水来得好。"

"两种我都不要。"

神童笑着说，切断通话。

"原来有这么方便的功能。"清濑看着自己的手机。阿走解除免提功能后，问道："你不知道吗？"

"完全没发现。"

那你以为这个按键是做什么用的啊？阿走一边想，一边跑去月台的商店买口罩，然后回到清濑身边。开往箱根汤本的电车正好进站。

清濑低着头走进电车内。

"我很难过，不能跟神童说'真的不行的话，不要勉强参加'。"

阿走将口罩收进口袋，默默跟在清濑身后走进车厢。

对城太来说，双胞胎弟弟城次，是他灵魂的一部分。

城太与城次的双亲，绝对不会搞混他们兄弟俩。双胞胎从小开始就爱玩交换身份的游戏，城太扮成城次，城次扮成城太，借此捉弄大人。但是他们的双亲,从来不会弄错城太与城次。

城太觉得很不可思议,因为有时就连他自己照镜子时,也分不清镜中的到底是自己还是城次。

双胞胎的父母,也绝对不会拿他们两人来比较,想都没想过。父母完全把他们当成不同的个体,同时也对两兄弟毫不偏心,一视同仁地疼爱。

城太长大后才知道,虽然这是为人父母应有的态度,却不是所有人都能做到的。有些父母喜欢拿自己的孩子来比较,还把孩子当成自己的所有物。还好我爸妈不是那种人。城太感到非常庆幸。

虽然自己跟城次长得很像,但他们的身体里住着不同的灵魂。

因为父母平时就是这样看待他们的,让城太自然而然地接受这个事实。城太把双胞胎弟弟当作世上最接近自己、但又跟自己完全不同的个体。他就是用这么自然的态度在爱着他。

城太与城次总是形影不离。他们睡同一间房,上同一所学校,一起踢足球。他们俩吵架跟和好的次数一样多,总是和共同的朋友玩在一起。

城次的事,城太几乎无所不知。他喜欢吃什么东西,右脚脚踝上有颗小小的黑痣,甚至初吻的对象是谁、什么时候发生的,他都一清二楚。但同时,他也知道,城次的个性和自己截然不同。

城太与城次交游广阔,周遭的朋友应该觉得他们俩都开朗又乐观。这样想是没错,而且城太也不讨厌别人这样看他。不过,城太觉得真正的自己,有一点可能跟大家想的略有出入。

城次比我单纯多了。

不管什么场合,只要有城次在,气氛总是特别融洽。因为他不管生气或大笑,都是真情流露,没有一丝算计。

城太就没有这么天真烂漫了。做任何事之前,他都会先评估、确认"这样做，才会讨人喜欢"。认真说起来，像城次这么没心眼的人根本就是稀有动物。也是因为这样，城太才会这么喜欢这个双胞胎弟弟。

城次应该还没发现，我们兄弟差不多要分道扬镳了，城太心想。从出生到现在，我们总是在一起，做一样的事，但这种状况不可能持续到永远。

跑到横须贺的十字路口后，开始南下进入湘南海岸道路。沿海的道路上，海风从正面吹来。

城太与城次不管在学业成绩或运动能力上，几乎都不相上下。所以他们念同一所高中，在足球队里也都是表现亮眼的正式选手。

但跑步这项运动，城次硬是比他厉害。

虽然目前两人的时间纪录还没有多大差别，但城太比任何人都了解城次，所以才会发现这件事。

我的纪录顶多就是现在这样了，但城次一定可以跑得更快。他一定可以前往我到不了的那个世界。因为他拥有这种素质，因为他已经不可救药地爱上跑步了。

城次受到许多人喜爱，他也一视同仁地喜欢每一个人。这个"人人都好、什么都好"的城次，对跑步表现出如此的热情与执着，让城太很惊讶。

本来以为他很快就会厌倦了，没想到他竟然日复一日、热衷地投入练习。

可能连清濑都没发现，城次偶尔会悄悄在深夜里进行自主练习。他会蹑手蹑脚地离开被窝，以免吵醒城太，一个人到外面跑一个小时左右才回来。

当兄弟俩自己在房里时，城次总会聊到阿走的事，例如：今天阿走跑步的样子好帅，要怎样才能跑得像他一样好呢？为了更接近阿走的速度，他还会在榻榻米上摆出跑步的样子："老哥，帮我看一下这个姿势对不对！"这种时候的城次，双眼总是闪闪发亮。

城太、城次和阿走同年，所以讲话比较不客气，偶尔还会吵架。在城太眼里，阿走这个人简直单纯到跟人格格不入的地步了，才会有时候忍不住说话激他。

但城次不一样。他其实很仰慕、认同阿走，又不好意思表现出来，因此反过来跟阿走斗嘴。

你长大了呢，城次。想到这里，城太不禁有点寂寞，同时又为城次开心。对双胞胎弟弟来说，城太一直是最大的竞争对手。他们彼此是对方的目标，一路上相互影响。遇到阿走后，城次终于找到新的竞争对手，也就是新的目标。

如果没有接触跑步，我们也不会走到这一步，两个人还会继续一起过着相同的生活。

不过，到此为止了，城次。

受到城次的热情牵引，城太也跟着一起跑步，最后竟然和竹青庄的伙伴们一起参加了箱根驿传。但城次的目标应该在更前方，那是城太怎么也追不上、一个遥远的地方。

这样也好，城太想。城次是我最重要的弟弟，这件事永远不会改变。我应该为他的独立觉得开心，而现在我唯一能做的，就是尽全力去跑。这是最好的饯别礼，祝福他在往后的岁月里，迈向更远大的目标。

有朝一日，城次一定能够夺得胜利。不管要花多少年时间，他会变得跟阿走一样，甚至超越阿走，成为一个又快又强、不输给任何人的跑者。到了那个时候，我在做什么呢？城太自己现在也不知道。唯一能确定的，就是他绝对会一直衷心地为弟弟加油，永远不会改变。

城太跑着跑着，防沙林遮蔽了视线，看不见大海。只有海风夹带着海潮的香气，吹到交通管制的道路上。

大家都说这一区的路线很平常，但实际跑起来还是很辛苦啊，城太心想。

三区的赛道起于户冢、止于平冢,很容易被人当成一个过渡性区间。从东俣野的一号国道南下,在七公里处经过藤泽车站附近,然后进入朴素的乡间道路。在滨须贺的十字路口右转,接上通称湘南海岸道路的134号国道之后,沿途又是连续的单调景色。周围没什么民房,离车站又有点远,沿途加油的人墙也因此而中断。

城太的个性是越受期待、就越有干劲的那种,所以,跑在这种鸟不生蛋、不见人烟的地方,对他来说是很痛苦的事。相较于进入湘南海岸道路之前那些起伏路段,赛道在进入沿海公路后,几乎变成平坦的一直线,这也是让他觉得讨厌的原因。

气温5.7度。左手边是防沙林,少见的冬日烈阳从头顶上方射向城太。海风依旧不断从前方吹来,天气十分晴朗,正前方应该可以看到富士山,但城太没那个心情欣赏。

箱根驿传果然还是在电视上看看就好,他心想,可以无所事事地一边吃年菜一边观赏。自己本来可以从电视上看直升机的航拍画面,欣赏三区这附近的海面、富士山和延绵不绝的道路。这么祥和壮阔的风景,最有过年的气氛了。

但是实际上跑起来,怎么会这么痛苦?

在户冢中继站从姆萨手上接过接力带后,城太的箱根驿传赛程就直接从一段上坡路开始。在户冢以第十七顺位取得接力带的北关东大选手,急起直追超过城太,不过他没放心上。比城太晚六秒出发的东京学院大也追过他,他也一点都不着急。因为我本来就不擅长跑坡路啊,城太心想。

北关东大的选手,在所有出赛者中拥有数一数二的纪录。阿雪早就把跟城太跑同一区间的选手数据给他看过,所以他知道,意气用事跟那个选手拼高下,只是白费力气而已。不过,东京学院大那个家伙,在追过我的时候已经气喘吁吁了。我迟早会追上去,再把它赢回来。

湘南海岸道路的视野良好,城太可以清楚看见在他的前方,有东京学院大和新星大,还有排名似乎一直往下掉的前桥工科大、城南文化大的选手。

在15公里给水站,给水员告诉城太:"你跟前面的差距缩短了!"太好了,有机会!城太突然感觉双脚好像涌入更多的力量。到目前为止都保持沉默的教练车,也传来房东的声音。

"城太!你到底有没有专心跑?该不会满脑子想些有的没的吧?"

对啊,我想了城次的事,还有其他乱七八糟的事。嗯,奇怪,你怎么会知道?城太纳闷。难道我的姿势走样了?

"灰二要我告诉你,最后一公里要坚持下去。不管看见什么,心里都不能产生动摇。完毕!"

原来是灰二哥,城太这下明白了。我就说嘛,房东怎么可能看得出来!清濑一定是从小电视上看到城太的样子,判断应该在这时候给他一点鼓励。

不过,是什么事可能让我产生动摇?前方到底有什么在等着?现在还不得而知。

城太不禁兴奋起来。看来清濑已经摸透城太的个性,知道只要给他一点暗示,他就会迫不及待亲自一探究竟。不管自己怎么反抗清濑,到头来还是被他玩弄在股掌间,这种感觉虽然让城太觉得有点怄,却又很愉快。

城太先把东京学院大与新星大甩到后头。

到了18.1公里处,出现了横越相模川的湘南大桥。这里没有防沙林,城太总算可以从眼角看见广阔的大海。河水与海水相互冲撞、融合,在河口附近激起白色大浪。

快追上城南文化大与前桥工科大的选手了。过了这座桥,就加速跟他们一决胜负吧。城太做下决定，目光往更前方望去。

东体大。

到目前为止连背影都看不到的东体大选手，那件深蓝色底镶水蓝色线条的队服，就在眼前。

虽然还追不上，但是可以拉近距离。至少尽可能减少差距，剩下的就交给城次。东体大的榊，那家伙，一直在折磨阿走，跟竹青庄众人结下梁子。城太一想到榊就气；看阿走任他糟蹋、沉默以对，城太心里就觉得不忍。

我承认自己刁钻又别扭，但至少不是榊那种阴险卑鄙小人！

虽然我们和东体大其他成员没有半点恩怨，但榊在他们队里，光是这理由，就让他们全队成为我们的敌人，一定要把他们打得落花流水。当然了，我们跟榊不一样，一定会正正当当用跑步来一决胜负。

城太急喘着向前冲刺，赶上了城南文化大与前桥科大。对方当然不会让他轻易超前，但是城太现在已经没把他们放在眼里了。他的眼中，只看得见前方喜久井大和东体大选手的身影。

20公里标示出现在路边。三区全长21.3公里，这表示城太即将迎向终点。会让我心情动摇的事，到底是什么？城太突然想起清濑那句话，然后在进入最后一公里时，终于了解清濑的意思。

最后这段路是直线赛道，所以在一公里前就能看到平冢中继站。然而，一旦有了目标物，反而会让人心生一种再怎么跑都到不了的错觉。不可以心急。总之，一定要坚持下去，甩开这几个选手，尽可能争取好成绩，再把接力带交给城次。

但就在这时候，发生了一件让城太大吃一惊的事。在中继站前两百米处，他发现叶菜子正骑着脚踏车驰骋在路旁的人行道上。

叶菜子在人墙后方努力踩着脚踏车。

"城太，快到了！"

在吵闹的欢呼声中，城太清楚听到了叶菜子的声音。

叶菜妹，你从来没有对我们说过"加油"。因为你很清楚，我们已经努力到没办法再努力了。为什么你要这么支持我们，为我们做这么多呢？

城太的脑海中突然浮现叶菜子仰着头、盈盈笑看着自己的神情，差点大喊出一声"啊"！

突然一个念头闪过，就像上帝跟他开示一样。

叶菜妹她……该不会喜欢我吧？！

每次叶菜子来竹青庄，阿雪和尼古老是背着我偷笑，姆萨也老爱敲边鼓叫我送叶菜子回去。现在回想起来，一切都有合理的解释了。

咦？慢着！每次都是我跟城次一起送叶菜妹回去的，而且叶菜妹也没有不开心的样子。

她到底喜欢我们兄弟哪一个？

城太又开心又困惑，脑子被搞得一团乱，结果连他本人都没发现自己已经把城南文化大与前桥工科大完全甩到后头了。

时间回到不久前，在平冢中继站待命的城次与尼古，愣愣地目送叶菜子骑着脚踏车离开。

"走掉了啊。"

"走掉了。"

叶菜子本来在平冢中继站跟尼古一起陪城次，但当她一听到城太在接近中，竟然转身就跑，还半强迫地对一名牵着脚踏车的观众说："借一下，马上还你。"然后一把将脚踏车抢走。

"真是个好女孩，对吧？"尼古说道。

这一天，叶菜子跟往常一样细心地打理一切。为了让城次在开跑前放松心情，她特地到平冢中继站陪他，也帮忙尼古搬运毛毯和饮料，并且在城次拉筋时,陪他聊天消除紧张感。

尼古非常欣赏叶菜子爽朗又善解人意的个性,简直就像丈母娘看女婿、越看越满意的感觉。

可是,问题又来了。尼古搓了搓着胡茬。她喜欢的,到底是双胞胎的哥哥还是弟弟啊?

本来从她决定陪伴城次这点来看,以为她喜欢的应该可以确定是弟弟了,没想到现在她又兴冲冲跑去帮城太加油。而且最后她简直可以说是坐立难安,竟然还抢了人家的脚踏车。

她看上的到底是谁?该不会两个都喜欢吧?

尼古百思不得其解,顺口对城次说了句"真是个好女孩,对吧?"没想到城次竟然回答:"嗯啊。"

城次脸上挂着灿烂的笑。

这小子,果然还是什么都不知道。

尼古叹了口气,把注意力拉回比赛,确认领先集团里正陆续来到平冢中继站的选手,依序分别是真中大、六道大、房总大。本来以为去程会是六道大、房总大两校的厮杀,没想到意外出现一匹黑马,观众的情绪无不为之沸腾。

随后,其他大学的选手身影也越来越清晰地逼近中。

"是老哥!老哥跑到前面了!"

城次兴奋地大吼大叫,尼古连忙也探出马路一窥究竟:"在哪里?"正好目睹身穿黑银相间队服的城太超越城南文化、前桥工科的选手。连在人行道上骑脚踏车的叶菜子,也很难追得上他的速度。与此同时,相继抵达中继站的领先选手也开始传递接力带了。

"喔!跑得好,跑得好!"尼古拍拍城次的背,"快到你了。准备好了吗?"

"OK!我才不会让老哥一个人出尽风头。等着看我的厉害!"

城次轻快地说，一边转动脚踝，放松筋骨。宽政大这时候，跟前头的喜久井大、东体大之间还有一段相当远的距离。

"你可别看城太把名次超前了就逞强。实力和时间差，不是一朝一日就能超越的。只要能够缩短跟前头选手之间的距离，就阿弥陀佛了。照这个想法下去跑，知道吗？"

"知道了。"

城次点点头，并在工作人员唱名后，站到中继线上。尼古也站在他身边等着城太到来，以及送城次出发。

东体大以第九名之姿抵达平冢中继站。这时候，从大手町出发以来，已经过了3小时19分58秒。喜久井大比东体大晚十秒交接了接力带，名列第十。然后再过15秒，城太将宽政大学的接力带交到城次手中。

到这里为止，时间是3小时20分23秒，宽政大终于把排名拉到第十一顺位。城太跑完三区21.3公里，取得1小时04分32秒、区间排名第十的好成绩。

但是尼古还没来得及开心，城太就一脸吓人的表情跑来，把接力带交给城次的同时说了一句："叶菜妹，她好像喜欢我们兄弟俩。"

"什么！不会吧？！"

城次大叫这么一句，头也不回地冲出去，留下中继站所有人一脸目瞪口呆。

"你们两个，到底有没有认真在比赛！"

尼古抱住城太的肩头，好像恨不得把他藏起来一样，硬把他拖到中继站后面。

"有啊！"

城太双手撑住膝盖，大口大口喘气，调整呼吸："为什么你们都没说？"

"你是指叶菜妹喜欢你们俩的事?"

"嗯,还是说,是我误会了?"

"我可没这么说。只是,为什么你偏偏这个时候才发现?万一害城次受到影响怎么办?"

"怎么了吗?发生什么事了?"宛如银铃般的声音传来。

两人回过头,发现叶菜子就站在身后。她似乎已经把脚踏车还给车主了,一边擦着额头上的汗水,一边笑着对城太说:"你好厉害。"

蹲在地上的城太,羞得连脖子都红了。只见他笨拙地站起身,看都不敢看叶菜子:"嗯,谢谢。"

喂喂喂,城太变成这副德性,那城次不就也……尼古搔搔头。

"真是败给你们了……我打个电话给灰二吧。"

听到尼古这么说,叶菜子不解地看着他。

箱根汤本车站前,阿走和清濑正在等开往芦之湖的公交车。他们必须赶在交通管制前抵达箱根山上,但有相同想法的人似乎不少,因为上山的道路已经开始塞车了。

"第十一名,灰二哥!"

为了驱走身上的寒冷,阿走原地踏步着,同时把小电视的音量调大声。电视中传来平冢中继站的赛况,播报员的声音听起来也十分兴奋。

"在平冢中继站第一位交出接力带的选手,是真中大!以箱根四连霸为目标的六道大,在29秒后取得第二名。第三名是房总大,和第一名相差不到50秒。没想到三区结束时的局面,竟然出现这么出人意料之外的发展。谷中先生,您怎么看?"

解说员谷中接着分析道:"是的,虽然本次大赛前,大家都预测会是六道大和房总大的双雄对决,结果真中大也加入这场激战。在这之后的四区,还有上山的五区,还会出现什么样的变化?真是让人非常期待。"

"第四名到第十名,分别是动地堂大、大和大、甲府学院大、西京大、北关东大、东体大、喜久井大,都是经常参加箱根驿传的学校。这场比赛共分为去程优胜、明天的回程优胜,以及依时间总和评定的总优胜,到底会由哪几所大学取得,现阶段完全无法预测。"

"第十一名的宽政大也值得关注,"谷中完全一副感动不已的口吻,"虽然在一区排名敬陪末座,之后却以稳健的步调力争上游。这虽然是一支只有十个人的队伍,但每个队员都很有实力,区间选手的安排也针对每个选手的特性来分配,真的非常高明。说不定他们真的能取得种子队资格,不,最后甚至可能拿下更好的名次呢。"

"要说最令人意外的,就是宽政大让大家见识到他们的奋斗精神。不过话说回来,谷中先生,宽政大的选手中有三个大四生。就算他们真的取得种子队资格,明年该怎么办?照这样看来,参赛人数会不足呢。"

"这倒也是,"谷中笑着说,"只有十个人出赛的队伍,可以说是破天荒。至少,从电视台开始转播箱根驿传以来,还不曾有过前例。他们要是跑进前十名,恐怕只能让那几位大四生留级参赛了。"

"哎呀,这样好吗?"播报员打趣地说。

谷中接下来的口气变得较严肃:"留级只是玩笑话。我想,这对他们来说,应该不会是问题。看到宽政大这次的精彩表现,一定会有新生想加入的。比赛有强校参加固然很好,不过,能有这种愿意为没跑步经验的年轻人敞开大门的学校参与,也是一件好事。毕竟,举办箱根驿传的目的,除了培育世界级跑者之外,也是为了拓展日本长跑界根基的版图。"

"说得好,谷中先生。"清濑喃喃说道。

"这人是谁啊?"

"你对田径选手的事,还真的很不熟啊。他在大约三十年前是大和大的王牌，而且曾经代表日本，参加过奥运的马拉松大赛。现在的话，应该是在某个企业集团当顾问吧。"

"是吗。"在世界级舞台上跑过的人，说起话来果然不一样，阿走心想。

这时候，出现在电视画面上的，正好是跑四区的城次。

"城次在搞什么？怎么跑得疯疯癫癫？"

"真的啊，嬉皮笑脸的。"

"说到这个，刚才城太在平冢，也是一张脸红通通。"

"他又不是会紧张的人，搞什么啊？"

正当阿走纳闷着，清濑的手机响了。这一次他毫不犹豫地按下免提功能键。

"哟！灰二，事情有点不妙。"

是尼古打来的。

"发生什么事了？"

阿走不自觉地提高声音问。尼古好像被搞糊涂了。

"咦？我拨成阿走的号码了吗？"

"你没拨错，这是我的手机。"清濑似乎懒得说明免提模式这个功能。"到底怎么了？"

"嗯……阿走也听得到吗？这样的话，不知道该不该说。"

"你就说吧。"

尼古可能感觉到清濑口气中透露的不耐，开始说明情况。

"双胞胎啊，好像发现叶菜妹的心意了，所以城太跑完后整个人都酥了，开跑的城次也跟着酥了。"

清濑看阿走一眼。阿走心想，干吗看我？

"现在才发现？"清濑对着手机说，语带无奈的叹息。

"对啊，现在才发现。怎么办？"

294　第九章　奔向彼方

"都这样了，还能怎么办？我会注意城次的状况，必要时会想办法处理。"

"了解，那我就和城太去小田原的旅馆了。不过，让叶菜妹住横滨没关系吗？"

叶菜子原定要去王子所在的横滨的饭店投宿。等城次跑完四区，应该也会到横滨跟他们会合。

"没必要变更计划。"

"你有话要跟城太说吗？"

"没有，因为他跑得很完美。"

"那我就这样跟他说。"

"我说阿走，"结束通话后，清濑扭了扭僵硬的脖子，"今晚你别在横滨的饭店吵架喔，我和王子可没有把握能排解你们之间的纠纷。"

"吵架？你在说什么？"

阿走一脸正经地反问。清濑盯着阿走。

"搞到最后，全世界就剩你还不知道，"清濑笑着说，"公交车终于来了，上车吧。"

"你到底在说什么，灰二哥？喂，等一下！"

阿走与清濑搭上经旧道开往芦之湖的公交车，两人并肩坐在双人座上。这条路线的道路比较窄，而且绕得比较远，但至少没有一号国道那么多车，或许反而比较快。

受到山壁的屏障，电视或广播的信号都无法顺利接收。

"看来在抵达芦之湖前，都别想收到赛况的情报了。"

清濑抓着收音机的天线寻找接收信号的角度，一下子转过来、一下子扭过去，活像在用探测棒找水源一样。好一会儿后，他终于死心，摘下耳机，肩膀往车窗一靠。

"希望城次可以摒除邪念，把精神集中在比赛上。"

"邪念？有这么严重吗？"

阿走苦笑说。双胞胎终于明白叶菜子的心意了，这不是件好事吗？没错，这是好事，但是为什么我高兴不起来？这感觉跟因为跑不好而心慌意乱时一样，胸口好难受。感觉就像细胞燃烧不完全，身体因此囤积了一堆多余、没有用的热量。

阿走沉默不语，清楚感觉到清濑正定定地看着自己。算了，要笑要干吗的随便你吧。阿走做好被继续挖苦的心理准备。真想赶快上场跑步，这样就能早点从这种无法言喻的暧昧感情中彻底解放，感受风的吹拂。

公交车内热烘烘的暖气，让人脑子昏昏沉沉，很不舒服，跟那种明明想睡、却迟迟无法睡着时的感觉很像。阿走像是要回避清濑的视线，挪动一下腰部，让身体深深埋入座椅中。

"得想办法把城次的注意力转回比赛上才行。"清濑说。

没想到清濑就这样放过他，话题回到正事上。阿走不禁抬眼看他。

"如果是你，会怎么跟城次说？"清濑看着窗外。杉木的枝叶近到要擦到车窗了。

"我会……"阿走思考一下，说出他的回答。

什么情况？叶菜妹真的喜欢我？

城次满脑子都是叶菜子的事。

啊，不对！老哥他好像是说"我们兄弟俩"，这什么意思？是指我们两个其中一个，还是，其实他是要说"叶菜妹喜欢跟我们做朋友"？这我也知道好不好！如果是这样，老哥还真是大惊小怪。我也很喜欢跟叶菜妹做朋友，甚至希望还能跟她更要好咧。

咦！慢着！等等！如果老哥的意思是，叶菜妹有"那个"意思，那不就表示她喜欢……？虽然或许是老哥也说不定，不过，如果她喜欢的是我呢？怎么办怎么办？我会高兴死……所以，我是不是该下定决心，跟她告白看看？

边跑边胡思乱想的城次，脸上洋溢着无限春光。

由于心有旁骛，城次跑得非常散漫。从大矶[1]回到一号国道，就连自己已经通过东海道[2]的松树林道，他也浑然不觉。现在的他只是任凭景色流逝，机械化地摆动身体向前进。

四区是从平冢到小田原，全长20.9公里。在箱根驿传各区间当中，属于短距离赛道，但为了在交棒时让五区爬坡选手取得优势，四区选手还是不能大意。

沿着一号国道经过二宫[3]、国府津[4]，到进入小田原城下町[5]为止，一路上有许多细小的河川注入相模湾[6]，跑者必须渡过几座小桥，而每座桥都是一段上下坡。

城次不擅长平坦的赛道，因为他在稍有起伏的路面上更能掌握节奏，也多亏了这样，尽管这一路他跑得魂不守舍，还是能保持一定的步调向前推进。

现在的城次没有半点企图心，完全无意追赶前方的喜久井大与东体大。打从在平冢中继站接过接力带起，他与这两校的时间差既没有拉长也没有缩短，一心一意都在揣测叶菜子的心意。

四区是前半段与后半段地貌落差很大的区间。在进入小田原市街

---

[1] 大矶，位于神奈川县南部中郡的都市，为东海道五十三次驿站之一。
[2] 东海道，江户时代由日本桥经西方沿海诸国至京都的街道，幕府时代在沿道各大名领地上设置五十三次驿站。
[3] 二宫，神奈川县中南部中郡的都市，面对相模湾，北有大矶丘陵，平安时代相模国二宫川匂神社所在地为名。
[4] 国府津，神奈川县小田原市东方地名，面对相模湾，平安时代为相模国府外港。
[5] 城下町，位于小田原市的城池，原为大森氏的据点，后为北条早云所夺，作为北条后世五代的主城，北条氏灭亡后，由大久保、稻叶氏进驻。
[6] 相模湾，位于神奈川县南方的海湾，由真鹤岬至城岛朝北连成一线的海域，渔获丰富。

之前，都是气候比较温暖、跑起来比较不费力的沿海道路；一旦穿过市街、来到临近箱根登山口地带，气温便急遽下降，跑步时还得正面承受从山上吹袭而下的冷风。最后三公里则是一段漫长爬升的坡道，尤其是最后一公里，简直已经可以说是登山道，完全就是陡峭的上坡。

不论事先进行过的地形调查，或是之前的试跑经验，全被城次抛在脑后。这时的他根本无心于比赛，三魂七魄都被叶菜子勾走了。

说到城次的感情史，他是属于被爱的一方。从以前到现在，他跟几个女孩子交往过，也都是真心喜欢她们，只是每段恋情都不顺，最后总是自然而然分手了。

原因是，他有个长得一模一样的哥哥。

举例来说，当他的女朋友到家里玩、城次到玄关迎接时，对方一定会问："……你是城次吧？"高中时，当他和城太穿着相同的制服、走在学校走廊上，他的女朋友一定不会从背后叫他，而是先绕到双胞胎前面，比对出谁是城太、谁是城次后，才开口跟城次讲话。

因为兄弟俩长得很像是不可抹杀的事实，所以城次倒不是在气她们总得先顿一下的微妙反应。他讨厌的，是那些女生老是想找出他与城太的不同。

城次也知道自己这样的要求，是有点过分而且傲慢。对于有个和自己长得很像的哥哥，他其实没有任何不满；相反的，小时候他还会故意模仿城太的动作来捉弄朋友，而且乐在其中。

不过，如果是在很喜欢的女孩子面前，他就会拼命地想要强调"城次"的身份。每当女友的反应出现瞬间的空白、努力想找出他和城太之间的差异时，城次总会觉得有点受伤，甚至很想问女朋友：你觉得我会骗你吗？

城次当然知道这些女孩子没有恶意，是他自己对这种事太敏感，所以他也从没因此指责过她们的不是。

城次只是不希望最亲爱的哥哥和自己，被别人拿来比较。他只是一个"跟哥哥长得很像的人"，希望别人很自然地接受他这个人。他想要的就这么简单。

叶菜子在这方面，跟别人有点不一样。

她绝对不会把城太和城次搞混，就算兄弟俩穿着一样的外套或是背对她，叶菜子总是能毫不犹豫、正确地叫出双胞胎的名字，就像呼吸一样自然。更难得的是，她从不曾尝试找出城太和城次个性上的差异，就好像没人会刻意指出清濑和阿走有什么不同。

"叶菜妹，为什么你分得出我们兄弟啊？"

城次因为觉得不可思议，所以问过她本人。不过，叶菜子好像不太懂他的问题。

"为什么？什么意思？"

"我和老哥，算是长得很像的双胞胎，连大学的朋友也常把我们两个搞混，叫错名字。"

"住在竹青庄的人，应该也不会搞错吧？"

"那是因为，嗯，我们相处的时间很长啊。"

叶菜子陷入一阵沉思。

这是发生在两兄弟送叶菜子回"八百胜"的途中。叶菜子走在双胞胎的中间。城次感觉另一边的城太也在默默等待她的回答。

"因为我从来没想要分辨你们两个，所以不知道怎么回答，"叶菜子说，"第一眼见到你们，我就觉得城次和城太是一对感情很好的兄弟。对我来说，你们两个同时出现是理所当然的事，而且你们俩又都很……很帅。"

啊！城次差一点边跑边叫出声来。

我想起来了！叶菜妹说过我们两个人"很帅"！她果然喜欢我们，只是后来也没说到底是喜欢谁。

不管叶菜妹喜欢的是老哥还是我，都无所谓。不管我和老哥有哪里相像、哪里不一样，叶菜子都能全盘接受。她对我来说，永远都会是一个特别的存在。

可是……城次又再次沦陷在思绪的汪洋。我一直以为叶菜子喜欢的是阿走呢。

这就是为什么，虽然城次对叶菜子有好感，却不敢积极表态的原因。

不管是夏天集训时，还是她来竹青庄玩的时候，叶菜子经常跟阿走讲话。阿走跑步的姿势，真的很漂亮。虽然城次觉得把"漂亮"两个字用在同性身上，感觉有点别扭，但他是在看了阿走跑步的样子后，才头一次体会到认真投入一项运动时的力与美。

阿走是个只懂田径的傻瓜，社会适应能力似乎也不太高明，但是他拥有非常纯真的一面。阿走不像我可以马上跟别人称兄道弟，但是他会一边发出"嗯、嗯"，一边想着该怎么响应，努力去了解对方与自己。

阿走的生存之道，跟他跑步的样子很像：强而有力、直视前方，永远对眼中看到的一切抱着希望与期待。

正因为如此，虽然城次常跟阿走吵架，却还是很喜欢他。城次总是想象着，如果自己能像阿走那样跑，眼前看到的会是什么样的世界。他一直以为，叶菜子既然对田径比赛那么着迷，一定也会喜欢阿走。

而且，阿走应该也不排斥叶菜妹才对。

"喂！城次！有没有听到我在叫你？喂！"

房东的怒吼声，终于让城次回过神。

咦？这里是哪里？城次环顾四周，前方的选手穿着东体大和喜久井大的队服，而他现在正跑在横跨酒匂川[1]的大桥上。这里是15公里

---

[1] 酒匂川，位于神奈川县西部的河川，源自富士山东麓，由小田原市东方流入相模湾。

处，快要进入小田原市街。

怎么已经跑到这里了？观众的加油欢呼声仿佛这一刻才传入他耳里。城次吓了一大跳。

"城次！"

教练车上的房东再次大吼，城次挥了挥右手表示"我在听"。我得把心思放在比赛上才行。城次接过瓶装水，把水往自己头上一淋，舔了舔流到嘴角的冰凉水滴。

"什么意思我不懂，阿走要我转达这句话给你，"房东说，"'喜欢就好好跑下去'！完毕。"

你在跩什么啊！城次忍着不笑出来。连自己的心意都没发现，你还好意思说别人！

但是你说得对，阿走。我会好好跑下去，因为我是真心喜欢跑步。我要为了在这有苦有乐的一年间认识的所有人而跑。不管是衷心的打气，还是无心的中伤，我全都收下，把它们转化为飞跃而出的强劲步伐。现在，我要尽情享受我们最喜欢的"跑步"这件事。

其他的事，就等跑完再说吧。

城次全力奔驰在恬静又古老的小田原街道上。这一带的居民倾巢而出，沿着街道为选手送上声援。每年过年时，这镇上的人大概都会来帮箱根驿传的选手加油吧。城次有这种感觉。他们平常虽然和跑步扯不上任何关系，这个时候也会把它当成自己的事，全神贯注看着飞驰过街上的选手。

能参加箱根驿传，真好；能体会什么叫做认真的跑步，真好。

当城次在小田原本町[1]的十字路口右转时，终于追上喜久井大的选手。虽然湿漉漉的发丝受到箱根来的冷风吹拂，却让人觉得通体舒畅。

---

1 本町，神奈川县西南部的都市，自古即为箱根山岳东麓要地，以北条氏主城为著称。

东体大选手的身影,已经完全进入他的视野中。

穿过箱根登山电车的高架铁桥,左手边是早川[1]潺潺的溪水,城次终于来到最后一公里的上坡道。好吃力。前半段跑得太心不在焉,导致他现在跑得很不顺。

一辆开往箱根汤本的小田急浪漫特快车,从他的右手边驶过。

城次突然想起清濑的话。

"只有速度才是衡量一切的基准吗?那我们干吗跑步?去坐新干线啊!去坐飞机啊!那样不是更快!"

那个时候,他还不懂清濑对阿走说这话的意义。现在他懂了。想去箱根,搭浪漫特快就到得了,还能在车厢里跷脚吃着冷冻橘子,轻松又快速。

但是,这不是我要的。我,我们想去的地方,不是箱根。我们的目的地,一定得靠着跑步才能到达,那是个更远、更深,更美丽的地方。虽然我现在没办法马上去到那里,但总有一天,我一定要目睹那里的风景。在那之前,我会一直跑下去。看着吧,熬过这痛苦的一公里,我会离那个世界更近一点。

城次的速度毫不逊于喜久井大的选手。他不顾一切地紧跟着,在严峻的爬坡路上,抬头挺胸向前奔驰。

小田原中继站所在的箱根登山电车风祭车站,传来一阵奇妙的乐声。

"你那边怎么那么吵?"清濑说。

阿雪单手捂着耳朵,朝手机扯开嗓子大喊:"是鱼竹轮[2]和半片[3]在

---

[1] 早川,全长21公里,位于神奈川县西南部,发源于芦之湖北端,向北流经仙石原由汤本改为东南流向,于小田原市注入相模湾。
[2] 鱼竹轮,圆筒状鱼糕。
[3] 半片,鱼肉山芋饼

跳舞。别管这个了，你那里的天气怎么样？"

位于风祭车站前的中继站，就设在小田原鱼糕工厂的门市停车场上。中继站里聚集了许多观光客，穿着鱼糕工厂吉祥物人偶装的工作人员正配合着音乐跳舞。太鼓阵头响彻云霄，让现场就像祭典的最高潮一般热闹滚滚。

四区的各校选手正陆续接近中继站。阿雪陪在神童身边等待城次到来，预计再过不久他就会抵达小田原中继站。

被箱根登山电车铁道和早川包夹的一号国道，一路通往箱根汤本，并继续往更远的山区延伸。

"这里挺冷的，"清濑通过电话传递情报，"现在大概4度左右，不过山上有云，气温有可能再下降。"

一般来说，风祭这一带与芦之湖之间的气温大约相差两度。阿雪分析，还是让神童穿上长袖运动衫比较好。

"神童身体状况怎么样？"

"他现在去厕所。啊，回来了，我叫他听电话。"

"神童！灰二打电话来。"阿雪挥了挥手上的移动电话。

神童刚踏出鱼糕门市的厕所，往停车场走来，现场的观众见状，纷纷让出一条路给他，原因不完全因为他是即将出赛的宽政大选手，而是他的样子实在太怪异了。

神童还是那副打扮：毛巾包住了大半张脸，上头又戴着两层口罩。而且，因为他在发烧，走起路来有些不稳。

"这个模样，如果再加上一顶安全帽，肯定上得了《安田讲堂[1]写真集》。"阿雪心里一边这么想，一边把手机递给神童。

---

[1] 1968年，东京大学学生（医学部的全体斗争委员会）发动学生运动时曾占领安田讲堂，后来机动队才强行解除学生的封锁，这次事件后来被称为东大安田讲堂事件。东大安田讲堂事件发生后，安田讲堂长期荒废，直到1988年至1994年修复完成后才再度启用。

"我没事。"神童一接过电话就劈头这么说。他因发烧而沙哑的声音,一点都不像没事的样子。神童和清濑讲了一下后,挂掉电话。

"灰二怎么说?"

"叫我一定要多补充水分。"

这种时候,灰二也没别的话可说了。阿雪和神童都了解他的心情。神童一旦弃权,宽政大学的箱根驿传就到此为止,所以,神童无论如何都得撑到芦之湖。

"神童!阿雪!"

人声嘈杂中传来一阵呼唤,原来是"八百胜"老板牵着尼拉来了。这两天因为竹青庄的人都不在,所以请"八百胜"老板帮忙照顾尼拉。尼拉看到神童和阿雪后,兴奋地拼命摇尾巴示好。

"城次现在好像正在跟喜久井大争第十名。"

"八百胜"老板说。这天一早,他就带着尼拉守在小田原中继站附近。神童将决心藏在心底,不发一语点点头。由于他身体不适的情况实在太明显,"八百胜"老板知道问他"你还好吗?"这种话等于白问,于是只默默在一旁守护他,看着他抚摸尼拉的头。

这时候,鼓声突然狂飙起来。房总大的选手以第一名顺位,率先交出了接力带。紧接着到场的是大和大。它在平冢时还排名第五,却在这一区提升了名次。至于"箱根王者"六道大选手的身影,则到现在都还没出现。这出乎意料的发展,在观众群中引起一阵骚动。

大和大抵达后20秒,真中大也进入小田原中继站。再七秒之后,终于轮到落后到第四名的"王者"六道大把接力带交给五区选手。

神童脱下防寒外套,交给阿雪。他在队服底下多穿了一件接近银色的灰色长袖T恤。登上箱根山后,气温会随之下降。其他大学的选手中,也有不少人穿上长袖T恤。

"走吧。"

阿雪接过防寒外套，和神童一起走向中继线。甲府学院大、动地堂大、北关东大，依序交递出接力带。到这里为止，这一批选手跟第一名房总大的时间差约为四分半。由于各校的时间差不大，比赛在五区的登山路线上极有可能发生逆转，最后究竟是哪所学校取得去程优胜，现阶段仍很难预测。

神童摘下口罩和毛巾。

"请把这些东西装袋后密封，交给八百胜老板。上面有感冒病毒，阿雪学长你千万不能把这些东西留在身边。"

有必要这样神经质吗？阿雪心想，但神童一脸认真地看着他。可能是因为就要上场了，才会让他紧张成这样吧。

"知道了。"阿雪很干脆地答应了。因为如果让跑者有任何一点牵挂，都有可能影响到跑者的专注力。

西京大和东体大的选手也抵达中继站了。工作人员的广播声响起："接着抵达的是，喜久井大、宽政大。"阿雪犹豫着到底要不要开口，最后还是叫住正准备踏上中继线的神童。

"真的很痛苦的话，中途弃权也没关系。"

神童惊讶地转头，两眼直盯着阿雪。这句话，或许会对神经紧绷、战战兢兢的神童，在身心上都造成不良影响，但就算这样，阿雪还是没办法不说。

神童那对因发烧而有点浑浊的双眼，这一瞬间竟闪过一抹清澈的光芒。阿雪与神童四目相望，再次开口说："就算你这么做，也不会有人会怪你的。所以，真的撑不下去时，拜托你一定要立刻弃权。"

"我知道。"神童带着微笑，站上中继线。

城次和喜久井大的选手使出浑身解数，并列着往前奔，双方互不相让。最后那几步，两人屏住了呼吸往前冲，同时越过中继线。

"神童！"

绣着"宽政大学"银色字样的接力带在风中飘扬。神童没答腔,接过接力带的瞬间握到了城次的手,接着就从小田原中继站出发了。

"神童的手好烫!"

他怎么会比刚跑完 20 公里的我还烫?城次愕然望着神童的背影渐渐消失在山里。我简直就是浑球!为什么不能集中精神好好跑?神童就算感冒了,还是那么相信我、等着我。这些我明明都知道,为什么没跑出更好的成绩,再把接力带交给他?

宽政大从大手町出发,经过 4 小时 24 分 47 秒,在小田原中继站交出接力带,与喜久井大并列第十。

城次的区间纪录是 1 小时 04 分 24 秒,在同样跑完四区 20.9 公里的选手中排名第十一。而在三区跑了 21.3 公里的城太,区间纪录是 1 小时 04 分 32 秒,名列第十。不论从距离或城次与城太的实力来看,城次确实应该可以拿到更好的成绩才对。

虽然宽政大学终于挤进前十名,城次心里却只留下满满的懊悔。

"辛苦了。"

面对这样的城次,阿雪只说了这么一句。他知道城次对自己的成绩不满意,但这种情况下,旁人实在很难给他安慰或鼓励。就外人看来,城次为宽政大学带来了希望,表现可圈可点。就算城次心里觉得不服气,也只能靠他自己排解了。

"阿雪学长,我实在很不甘心。"城次说完,紧抿着嘴。

"我也是。"

城次垂头丧气,阿雪抓着他的头轻轻地摇晃,接着说:"我没办法阻止神童。我知道应该阻止他上场,最后还是做不到。"

阿雪带着城次离开喧闹的人群中,来到"八百胜"老板和尼拉等待的地方。

"把头抬起来,你已经跑得够好了,"阿雪轻声告诉依旧垂着头的城次,"有的时候,就算再怎么努力,也不见得能达成目标。可是,正因为这样,也未尝不是一件好事,不是吗。"

一切还没结束。不会就此结束。不论是宽政大的箱根驿传,还是城次的懊悔或喜悦。正因为觉得自己还没达到目标,才会有无数个"下一次"的努力。

"嗯。"城次揉了揉眼角,挺起胸膛。

接下来,阿雪为了隔天的出赛而前往芦之湖,城次则是出发到横滨的饭店集合。"八百胜"老板开着小货车带尼拉回商店街,为明天晚上的庆功宴做准备。每个人都有自己该做的事,也有自己该去的地方。

比赛还在进行,他们还有许多机会。城次跟"八百胜"老板和尼拉挥手道别后,和阿雪一起走向风祭车站。

体内一股寒意直窜,皮肤上却不断冒汗。湿透的T恤被风吹得冰凉,却不能降低身体表面发烫的温度。每踏出一步,脚底的冲击就引发头痛,鼻塞也严重到让人无法正常呼吸。

神童在意识模糊的状态下,挑战箱根登山赛道。他感觉自己头上好像套着一层透明泡膜,周遭的声音和身体的感觉都离自己好远。

好痛苦、好难过。好痛苦、好难过。这两个词汇,在脑髓形成一道漩涡,顺着背脊而下,充斥他的体内。但不可思议的是,他想都没想过要放弃。

跑完最初的一公里,神童花了3分30秒。虽然是上坡路,但这样的速度还是偏慢。在小田原中继站同时出发的喜久井大,现在已经跑到前头,连个背影都看不到了。

通过位于3.4公里处的箱根汤本温泉街后,四周的景色开始转换成峡谷的面貌。

神童跑到函岭洞门隧道¹时，本来在小田原中继站比宽政大晚出发的横滨大选手追上了他。隧道的左面临河，右面则是格子状水泥墙柱。射入隧道内的光线与墙柱形成一幅黑白相间的画面，横滨大的选手若隐若现地向前跑去，看起来就像一部等秒间隔的幻灯片。神童只能目送他离去。

离开还保留着古老民房的塔之泽温泉乡²后，有好几处连续弯道。蜿蜒的赛道缓缓地向上爬升。神童在视线模糊的状态下，勉强摸索着路线。跑弯道时必须由内侧切向内侧，因为沿着路边跑会增加许多不必要的距离。

两脚又酸又痛。可能是因为发烧，开始引发关节炎。但是，真正的上坡，接下来才要开始。穿过箱根登山电车的出山铁桥³下方，神童踏着摇摇摆摆的步伐，上坡却无止无尽。这时他的平均速度已经降到一公里 3 分 35 秒。

沿着早川爬到 7.1 公里处，是大平台⁴的发夹弯。一旁的陪跑车，引擎也发出低沉的呻吟。原来不是只有我觉得痛苦，连机器也在受这条山路折磨。神童恍惚地想着。

进入宫之下温泉乡⁵，通过富士屋旅馆前方时，许多前来这家老字号温泉旅馆过新年的游客，挤满狭窄的道路两旁。神童的名次渐渐落后，到这里已经被三所学校超越了。但这些素未谋面的游客还是大声地为他打气："宽政加油！"或许他们在电视上看到了宽政大的介绍，

---

1 函岭洞门隧道，1931 年竣工，位于神奈川县足柄下郡箱根町，为防止一号国道线路段落石所建造的隧道。
2 塔之泽温泉乡，江户时代起即"箱根七汤"之一，广受骚人墨客与政要喜爱的温泉地，由早川溪谷中涌出。东邻箱根汤本温泉，结合成独具风格的温泉旅馆区。
3 出山铁桥，原名为早川桥梁，位于神奈川县足柄下郡箱根町，是箱根登山电车路线其中一段，跨越早川之上。
4 神奈川县足柄下郡箱根町的地名。
5 大平台，宫之下温泉乡，"箱根七汤"之一，标高 420 米，位处箱根温泉乡中心处。

期待这支弱小田径队能有活跃的表现吧。

神童像是被这阵加油声推着跑,一路撑到宫之下十字路口左转,抬头望去。看了就讨厌的上坡道,又在前头严阵以待迎接跑者。

位于 10 公里处的小涌园[1],标高 610 米,而小田原市内的标高是 40 米。也就是说,选手们一口气必须爬升五百米以上的高度。

难关还不止如此。15 公里过后是一号国道的最高点,标高 874 米。在五区全长 20.7 公里之间,标高的差距就有东京都厅的三倍之多。

在五公里处保持沉默的教练车,首次传来房东的喊话。

"神童,围棋这玩意儿啊……"

这是什么天外飞来一笔?还是说,我在不知不觉间,连耳朵都烧坏了,开始出现幻听吗?房东的破锣嗓音透过扩音器传来,神童努力集中精神听他说。

"什么时候该认输,是最困难的决定。实力越强的棋手,在发现自己赢不了的时候,就会努力思考该怎么承认失败。如果他已经尽了所有努力想逆转,甚至抱着必死的决心去分胜负,却还是被对手围剿,这就是该认输的时候了,就算当时棋盘还没整个下满。没有人会因为这样去责怪棋手,说他怎么下到一半就认输。相反的,棋手在适当的时机投降,就算输了比赛,也会被称赞'识时务者为俊杰',因为他一直都抱着必胜的决心,也确实坚守到最后一刻。"

房东还没说完,神童就听出他想说什么。

"很难受吗?神童。如果真的很难受,就举起双手,我会马上下车阻止你再跑下去。"

神童双手握拳,摇了摇头。这是驿传,如果不能十个选手跑完每

---

[1] 小涌园,位于神奈川县足柄下郡箱根町二之平小涌谷的温泉观光地,腹地中有许多有形文化财产。

一个区间就不算完成。我绝对不会认输。就算结果会很难看，就算错失光荣退场的时机，我还是要跑下去。只要我的双脚还能动，不，就算倒下了，我用爬的也要爬到芦之湖。

或许是看到了神童的决心，接下来房东什么都没再多说，直接关掉麦克风。

多亏了到小涌园为止的这段弯道，让神童勉强抓到了跑步的节奏。每过一个弯，就确实感觉到自己又往上爬了一点。但是接下来的路段上，弯道数量减少，沿途也几乎没有游客了，路边只剩下融化的残雪。神童只能在这凄凉的景色中，一个人默默埋首以一号国道最高点为目标跑上去。

通过惠明学园正门前的时候，因为海拔高度上升，嘴里呼出的气息也开始变白。这时的气温是3度，吹东南风，风速3.0米，天空一片湛蓝晴朗。

故乡的双亲，应该正守在电视机前，担心着自己的赛况吧。不用担心，等比赛结束我就会回去，带着姆萨一起回家，告诉你们箱根驿传是多么好玩、多么精彩的比赛。

神童在15公里处补充水分时，从给水员口中得知"目前是第十七，和第一名相差大约十分钟。"不知道什么时候，似乎又被两所学校超越。神童把水倒入因发炎肿胀而变窄的喉咙，本来以为冰凉的水应该可以稍微减轻身体的痛苦，结果水在进入胃部之前就已经变温。

和第一名的时间差超过十分钟的队伍，回程将被安排在同一组同时出发。神童无论如何都想避免这样的结果，因为明天怎么开跑，会对阿雪跑第一棒的心情，以及回程所有队友的士气造成影响。

由这里开始先是一段下坡，之后就是往最高点挺进的爬坡路段。神童奋力向前，体力已经几乎要耗尽。他伸出拳头捶打感觉开始抽筋的大腿，也像在鞭策自己一般。

芦之湖闪耀的波光映入眼帘。

这是到达芦之湖之前的最后一个下坡道。这时的神童，甚至不确定自己的身体是否真的在向前移动。身旁传来一阵脚步声。又有一所学校超过他了。

由于无法顺利切换上下坡的跑法，速度拉不起来，一股懊恼的情绪涌上神童的心头。我不想输！不管再怎么难看，不管被几所学校超越，我才不要在这种地方输给自己。这份意志，正是让神童继续奔跑的动力。

到了元箱根[1]，耳边传来游客的欢呼声。穿过19.1公里的大鸟居之后，神童的意识开始恍惚。

芦之湖畔恩赐公园[2]内的新芽、耸立在湖面对岸的富士山、最后直线赛道上拉拉队敲打太鼓的声音，这些神童全都看不到、听不到，就连痛苦的感觉也不复存在。

只有"向前跑、向前跑"这句话，有如咒文一般，在神童蒙上雾霭的脑袋里回荡着。

阿走和清濑在稍过正午时抵达芦之湖，小电视又再度接收得到信号，画面上出现的是城次跑在四区后半段的身影。

清濑分别打电话给教练车上的房东，以及在小田原中继站的阿雪，对他们各自说明传话内容与指示。这段时间，阿走晃到不远处眺望湖面。

眼前的景色让阿走难以想象，几小时之前，他还在大楼与柏油路的世界里。围绕在平缓群山当中的湖面映照着天空，闪耀着银色光芒，宛如覆着一层薄冰。海盗船造型的游湖船悠扬地横切过湖面，划出一

---

1 元箱根，神奈川县箱根町的一部分，由芦之湖发迹的村落，内有箱根神社与关所遗址。
2 恩赐公园，第二次世界大战前由宫内省将天皇所有领土改建为公园，存在日本各地。

道道涟漪。富士山仿佛披着纯白的雪裳，鸟瞰着这幅美景，清晰动人的身影映入眼帘，有若近在咫尺。

这恬静优美的景致，看来有如经过加工雕琢般的不真实。

然而，作为箱根驿传去程终点兼回程起点的芦之湖停车场，却与这壮丽的大自然形成强烈对比，场内人声沓杂。等待五区跑者到达的观众与工作人员，早就将停车场挤得水泄不通。虽然从湖面吹来刺骨寒风，但聚集在停车场的群众，手上都拿着协办企业贩卖的啤酒，或当地居民熬煮的猪肉蔬菜汤，热切盯着特别搭建的巨型电视墙。

选手们奔跑在山路上的身影，出现在屏幕上。好几台转播车相互支持，从第一名到最后一名跑者的镜头都没有遗漏，由此可见他们的用心。入山之后，所有选手总算分散成一列纵队。

跑在首位的学校，是在小田原中继站以第一名之姿交递接力带的房总大，紧接着是进入山区后急起直追、扳回劣势的六道大。虽然途中顺序有所变动，但去程的比赛结果仍如赛前众人所预测，目前第一是房总大，六道大以些微差距排在第二。

在小田原中继站以第二顺位交出接力带的大和大，以坚强的实力排在第三。而本来第三名的真中大，目前名次大幅落后。

这时最受瞩目的队伍就是喜久井大，在小田原与宽政大并列第十名，进入山区后却一再超前，在芦之湖前方的下坡路段，终于挤进第五名。尽管才刚跑完艰难的上坡路段，选手的速度却没有因此降低。看来喜久井大几乎已经笃定能创下五区的新区间纪录。如果照现在的气势跑到最后，极有可能跑进史无前例的 1 小时 11 分 30 秒内。

阿走不自觉地紧握拳头。屏幕上出现喜久井大跑五区的稻垣选手，今年才大学二年级。

他轻盈的步伐，让人感受不到体重和地心引力，而且每一步都强而有力。他跑步的模样，让人几乎看不出他正在爬坡，脸上也一副游刃有余的神情，仿佛可以这样一路直接跑上富士山。

厉害的对手不只有六道大的藤冈，箱根驿传里原来还有这样的选手！之前默默无闻，却如彗星一般乍现，让人见识到什么才叫真正的跑步。

阿走心中既懊恼又开心。好想跑！快点让我上场吧！让我体验那个连藤冈和这名选手都尚未见过的至高境界吧！

画面切换，神童出现在巨幅屏幕上。他和稻垣一样都是备受瞩目的五区选手，原因却完全相反。宽政大名次大幅落后，目前是第十八名。因为感冒而身体不适，神童等于是在近乎昏厥的状态下步履蹒跚地蛇行，死命地移动身体向前。

"神童……"

神童双眼涣散却仍死盯着前方的模样，刹那间让阿走不知道该说什么。神童现在面临的战斗，谁都无法伸出援手。他是为了自己而战，同时也是为了竹青庄伙伴而跑。

阿走一直认为跑步是一种埋头苦干的个人行为。现在的他还是这么想，也坚信这个想法绝对没有错。

但神童在比赛中这样的表现，已经完全超越结果与纪录，是另一个次元的境界。

好强，阿走突然想起。清濑曾经说过的"强"，或许就是这个意思。不论个人赛或驿传，跑步需要具备的强韧，在本质上是永远不会改变的。

那是再怎么痛苦也要向前进的一种力量，以及持续与自己战斗的勇气，也是不只着眼于眼睛看得到的纪录、更要一次又一次超越自我极限的毅力。

阿走不得不承认，神童真的很强。今天如果让阿走来跑五区，或许宽政会取得更好的名次，但这不代表阿走赢过神童。

神童非常强，而且还向阿走亲自示范了跑步应该是什么样子。

我，我们这群人，到底为了什么而跑？

阿走目不转睛看着巨幅屏幕。

明明这么痛苦，这么难过，为什么就是不能放弃跑步？因为全身细胞都在蠢蠢欲动，想要感受强风迎面吹拂的滋味。

"阿走，"不知何时，清濑已经来到他身后，"联络旅馆，请他们铺好棉被。如果他们有认识的医生，也请医生来一趟。"

"好。"

神童已经出现脱水症状了，连能不能抵达终点都是个未知数。阿走急忙拿出手机，拨出湖畔旅馆的号码。清濑也去找主办单位的工作人员，请他们协助准备担架。

现场欢呼声与拉拉队歌声，变得更响亮了。

从大手町开赛至今，已经过了5小时31分06秒。房总大的选手终于穿过终点线，完成东京往返箱根大学驿传的去程比赛。1分39秒后，六道大摘下第二名。

阿走和清濑一起站在终点线旁。这时还看不到宽政大的队服。

"听说虽然房东劝神童弃权，但神童没有答应，"清濑低声说，"希望他没事。只要他能平安到达这里，不论时间还是名次，都、都……"

跑完山路的选手，一个接一个抵达终点。在现场等待的队友群起而上，照料并慰劳他们，簇拥着离开停车场。

喜久井大在跑完五区时排名第五，稻垣选手以1小时11分29秒的成绩，刷新了五区的区间纪录。区间排名第二的六道大选手，成绩是1小时12分15秒。从这样的时间差距来看，不难想见，明年之后恐怕很难有选手打破稻垣的纪录，因为他的成绩已经构成一个高门槛。

对于正在为弃权问题而忐忑不安、引颈期待神童到来的清濑和阿走，喜久井大一行人的欢喜若狂，更显得遥远而不真实。

东体大抵达终点时排名第十一，成绩是 5 小时 38 分 53 秒，和第一名差了 7 分 47 秒。这样的成绩，回程仍然很有希望再把名次往前推进。

电视墙传来播报员的声音。

"从房总大摘下去程优胜后，时间即将来到八分钟。只要超过十分钟，之后到达的学校，明天回程就必须同时间一起出发。到底，今年会有几所学校被挡在这道十分钟的高墙之外呢？终点芦之湖的赛况真是让人看得目不转睛！"

在这段转播当中，真中大、帝东大、曙大也相继越过终点。又过了一会儿，城南文化大也以第十五名的成绩抵达终点，时间是 5 小时 40 分 56 秒。

"到此为止，"清濑望着屏幕，神情严峻，"十分钟了。"

学联选拔队的选手这时出现在屏幕上，看他奋力奔跑的样子，显然很想跨过十分钟这道关卡。画面跟着选手经过两侧挤满观众的湖畔道路，在红绿灯处右转后，只差一小段直线距离就能到达停车场。

然而，残酷的是，这时离房总大抵达终点的时间，已经超过十分钟。观众纷纷发出扼腕的叹息声。只见选拔队选手失望地仰天叹息，然后随即立刻打起精神，向前全力奔向终点，取得 5 小时 41 分 33 秒的成绩。只差 27 秒。选拔队回程必须与同样未能跑进十分钟限制的选手一起出发。

"是神童！"

阿走指着电视墙。神童跟在欧亚大选手后方，脚步踉跄地跑着。阿走和清濑从人墙间往终点线急奔而去。

第十七名是欧亚大，成绩是 5 小时 42 分 34 秒。接着，身穿宽政大队服的神童，终于转过红绿灯，进入终点前的直线道。

神童的身体状况十分虚弱，甚至只能靠四周的呼喊声来判断前进方向。他每跟跄一步，现场的观众就为他倒抽一口气。

阿走好想冲上去搀住神童。离终点不到四十米了。好想告诉他"别再撑了"，抱着他直接去找医生。但是，他不能这么做，因为只要任何人碰触到赛道上的选手，该校就会马上丧失比赛资格。这一刻，除了在一旁守护挣扎着跑到这里的神童，除了叫他的名字，什么事都不能做。

"神童！"

"神童！这边！只差一点点了！"

在周遭的嘈杂人声下，清濑和阿走扯开嗓子拼命喊。他们很清楚，神童来到这里已经耗尽全副精神与体力。

最后五步，神童每一步都结结实实地踩在地面上，笔直地向前跑，终于越过终点线。眼看他就要瘫软倒地，阿走和清濑冲上前合力抱住他，发现他的身体就像着了火一样滚烫。

"担架，拜托！"

听到清濑大喊，原本愣在一旁的工作人员，连忙取来简易式的布担架。

阿走拿着水瓶把水往神童头上淋，并轻轻拍打他的脸颊。

"神童，喝水！你能喝吗？拜托你喝一点！"

神童双唇微启，阿走急忙把瓶口凑到他的嘴边。

神童摇摇头。他不是想要喝水，而是想说话。阿走和清濑低着头，紧盯着神童。在两人的注视下，神童挣扎着想对他们挤出一句话。

他想要道歉。

把神童放上担架后，阿走才察觉他的心思。

"为什么我……"

阿走伸手抱住神童的头。绝对不让他说出口。

"神童你已经跑到最后了，这样就很够了不是吗？对我们来说……"

跑下去就代表一切了。

宽政大这条黑银相间的接力带，穿越了去程107.2公里，现在，终于抵达芦之湖。这就是大家的愿望。这样就够了。我们已经别无所求。

出场的二十支队伍中，宽政大以第十八名的成绩跑完去程。从大手町出发后，历经5小时42分59秒，和第一名相差11分53秒。

"麻烦到芦原旅馆。也请医生马上过来。"

清濑对工作人员提出请求。神童躺在担架上，慢慢地被抬上来。

住在旅馆附近的医生到旅馆帮神童看诊。

"他这个样子，竟然还能跑完。"

医生惊讶地摇摇头继续说："他的感冒症状本来就很严重，再加上疲劳和脱水的双重打击，当然会倒下。幸好他还年轻，体力也不错，应该不至于引发肺炎。今晚就让他好好休息吧。"

点滴注射完后，医生离开了。阿走和清濑，一直待在神童身边照顾他。搭教练车赶来的房东，以及等到交通管制解除、好不容易才抵达芦之湖的阿雪，也来到神童枕边集合。

神童睡得很沉，直到下午3点多，才终于醒来，开口的第一句竟然是："口罩。"

阿走从口袋里拿出事先买好的口罩，神童立刻接过来戴上，然后慢慢从被窝里坐起身。

"对不起，都怪我，给大家添麻……"

"不，该道歉的是我，"清濑打断神童的话，"是我判断能力不足，把所有对外交涉的事都丢给你，明明知道你已经很累了还……勉强你。"

再不阻止清濑和神童，这两人恐怕会一来一往道歉下去，没完没了。这件事不能怪任何人，但是该怎么说服他们才好？阿走觉得很困扰。

"好了，好了。"房东对拼命低头道歉的清濑与神童说。

对喔，房东是长辈，应该有办法化解这种僵局。阿走心里期待着，没想到,房东却是用郑重其事的口吻说:"总之,明天会很辛苦。"

这种话,别说化解僵局,简直跟在伤口上撒盐没两样!

"才不会!"阿走气死了,瞪房东一眼。

"'因为明天我会上场',你想这么说对吧?阿走,"房东揶揄阿走一句,然后坐直身子继续说,"无法预测的考验,本来就是比赛的家常便饭。我现在要讨论的,是开跑前照料选手的工作分配问题。在比赛前稳定选手的身心状况,是很重要的任务。但是看神童这个样子,谁来照顾明天跑六区的阿雪?我又必须坐镇教练车……"

"不用担心我,"一直保持沉默的阿雪开口了,"我不需要有人陪着我到开赛前也能正常出赛。我没那么脆弱,神童只要安心休养就好。"

"不。"神童摇摇头。

看神童没有躺下的打算,阿走将姆萨之前穿的防寒外套披到他的肩上。神童拉住外套胸口的位置,用坚定的口气说:"只要好好睡一晚,我就会好了。明天早上,我一定会负起照顾阿雪学长的责任。"

"好吧,"房东端详神童的表情好一会儿后,点点头,"那就照原来的计划,由神童来照料阿雪。这样好吗?灰二。"

"……嗯。"

清濑低着头回答。阿走见状,赶紧刻意用开朗的声音说:"既然决定了,赶快来打电话给其他人吧。大家很担心神童,都在等我们联络呢。"

接下来,阿走打给人在横滨的王子和城次;阿雪打给在藤泽的姆萨和KING;清濑则打给在小田原的城太和尼古。全部接通后,每个人都把脸凑近手机,这样就可以十个人同时对话了。

"神童兄你没事吧?"

"也太久了吧!我带来的漫画全都看完了。"

"城太那家伙一直吵着说肚子饿,可以让他去买鱼糕吗?"

"啊！不公平！也要买我的份喔，老哥。"

"不要所有人同时讲话！"清濑对着手机斥众人，"我先跟姆萨说，神童他没事。"

阿雪将手机交给神童。神童和姆萨互相称赞起对方奋战的结果。

"王子，"清濑拿起阿走的手机问他，"胜田小姐到你那里了吗？"

"刚才 CHECK IN 了，说等一下会来找我和城次聊天。"

"双胞胎已经察觉她的心意了。"

"是吗。"

"在我和阿走到之前，你尽量别让城次和她独处。"

"为什么？"王子的口气摆明了一副想看好戏的样子。

"要是城次沉不住气跟她告白了，我担心会影响到明天的比赛。"

清濑一边说，同时瞥了阿走一眼。干吗又看我啊？阿走心想。

"了解。"王子窃笑着回答。

"好，现在，所有人到手机旁边集合。"

清濑一声令下，阿走将三支手机都切到免提模式，摆在神童前方的棉被上。阿走可以感觉到，这些身在不同地点的伙伴全都围到了手机前。

"大家今天都非常努力，"清濑开始说，"宽政大在去程结束时排名第十八，虽然不是很理想，但是回程，我们绝对还有机会。"

"喔——"手机另一头突然沉默了一下，然后才传来一阵有点压抑的加油声。

阿走不禁觉得好笑，因为大家听起来好像硬挤出声音来一样。大概是因为这群人本来就比较内向害羞吧。

"明天要上场的人，睡觉时不要着凉，也要注意别吃太多东西。我要说的，就这些。"

"就这些？"手机传来 KING 的声音，"没别的更有用的建议吗？"

"没有，"清濑微笑着说，"都已经来到这里了，接下来只能靠自己集中精神拿出实力了。"

"明天，一切就结束了呢。"一个感慨良多的声音说道。

是城次。城太听到他这么说，也出声了。

"笨蛋，干吗把气氛搞得这么感伤？"但城太一说完，也抽了一下鼻子。

阿走对着并排的手机，说出自己的心里话。

"明天，我们大手町见。"

"大手町见！"

明天，当竹青庄众伙伴在那里会合时，大家脸上会是什么样的表情呢？

真让人期待，阿走心想。这样的心情，他从来没有过。从来不曾为了跟某个人见面而这么期待过；从来不曾想要飞奔到某个地方，只因为有人在那里等着自己。

从来不曾体验过的，还有跑步的喜悦，以及那个超越痛苦、让胸膛燃起熊熊烈火的理由。

为了再度聚首。见到面后，大家一起分享跑步的喜悦。

明天也要奋战到底，全力以赴。

东京往返箱根大学驿传，现在还只进行到折返点而已。

阿走和清濑离开芦之湖的旅馆，接下来必须回横滨的饭店。房东给了他们一点钱，要他们保存体力，所以两人搭出租车下山，直奔小田原车站。

在出租车里，清濑始终保持沉默。大概在思考回程比赛可能的发展状况吧。为了不打扰他的思绪，阿走也不发一语。

弯道绵延不绝的山路，已经披上一层夜色。树木间隙中，偶尔透出山下街道的灯火。

"天气变冷了。明天说不定会下雪。"

出租车司机喃喃说道。

只要下一点点雪,路面也会结冰。要是积雪的话,箱根的山路就会变得跟蜿蜒的滑雪坡道没两样。明天得一口气冲下山的阿雪学长,会不会有问题呢?

阿走把脸凑近玻璃窗,几乎能感觉到外头冰凉的气温。抬头一看,片片厚实的白云覆盖着夜空。

接着他们从小田原搭上东海道线。少了通勤族的电车车厢,在橘色灯光下静静摇晃着。阿走和清濑在一个四人座上比肩而坐。

"今天都没怎么跑到呢。"

"嗯,等一下到饭店后,在附近稍微跑一下吧。"

或许是心情兴奋又紧绷了一整天,两人这时只是有一句没一句地说着。阿走感觉一阵睡意袭来,随着电车节奏,头也跟着不知不觉晃起来。

但在他几乎就要这么被带入沉睡的世界时,旁边传来清濑叫他名字的微弱声音。

"嗯?"

阿走抬头看向身边,只见清濑双手支在膝盖上,有如祈祷一样的姿势,两眼则定定看着十指交握的拳头。

"你的名字,真的很适合你。"

阿走不禁纳闷,不懂清濑为何突然讲起这个话题。

"我的父亲以前也练过田径,不过他高中毕业开始工作后,就没有再跑步了。"

"是他鼓励你跑步的?"

"不是,他没有特别鼓励过我。"

阿走是在进入中学、正式投入田径后，才感觉到父亲对他这方面的期待。但自从以体育生推荐上高中却又退出田径队以来，阿走就几乎没再跟父亲说过话。就连确定参加箱根驿传后，他也没有和父亲联络。

灰二哥到底想说什么？

"怎么了？突然说这个。"阿走问。

"只有十个人就来挑战箱根，果然还是太勉强了，"清濑巧妙地将话题岔开，"人家都说箱根山上栖息着魔物，我却……因为我的一意孤行，害得神童……不，是硬把这种重担强加在你们每个人身上。"

清濑深深叹了一口气，让阿走觉得很不安。

不知道为什么，感觉灰二哥变得有些怯弱。

怎么办？怎么办？阿走拼命思考，好不容易挤出一句"事到如今才说这种话"，结果话一出口，又觉得好像有些词不达意，更手足无措了。

"不是啊，所以说，也就是说，我的意思是，我们只有十个人，这不是从一开始就知道的吗？"

阿走开始语无伦次，却还是努力地说下去："大家都知道这一点，而且，也一路打拼来到这里了不是吗？更何况，我们不是只有十个人而已。商店街的人，还有学校的朋友们，也都一直在帮助我们，替我们加油。"

"是没错，你说得对……"

清濑又叹了口气，但这次看起来像是为了将新鲜空气吸入体内的深呼吸。

"我父亲，在我老家那里，是高中田径队的教练。"

"啊？——这样。"

平常清濑讲话总是条理分明又合逻辑，唯独今晚的话题没有脉络可循。阿走虽然觉得莫名其妙，但仍配合着答腔。

"对我来说，'跑步'这件事，好像从我出生起，就是理所当然注定的事。"

清濑微低着头,映在漆黑车窗上的侧脸显得有些苍白。见他似乎又要开口,阿走集中精神聆听。

"我父母是相亲结婚,而我父亲之所以会娶我母亲,主要原因好像是他觉得,我母亲就算上了年纪应该也不会发胖。"

"什么?!"

清濑只牵动一下嘴角,继续说:"因为,肥胖基因对跑步的人来说是最大的敌人。我父亲甚至去见了我母亲的家人,确认他们家族是属于不太会发胖的体质。他做的这一切,都是为了生出一个适合跑步的孩子,有点夸张吧?"

"……应该说很夸张吧。"

其实,阿走平常看路上的女生,或电视节目上的偶像时,最关注的也是体型。对跑步来说,肥胖是一种罪恶。因为这也是他自己很在意的部分,所以在看女孩子时,首先都会确认对方身上有没有赘肉。阿走甚至认为,这个世界上,真正因为体重而患得患失的人,不是口口声声说要减肥的女生,而是长跑选手才对。

不过,就连阿走这样的人,也从来没想过要为将来自己孩子的体型未雨绸缪。就算自己喜欢的女孩子变胖了,也不会因为这种理由而跟她分手。因为对方看起来不太会发胖而结婚,这种想法简直匪夷所思。

"托父亲的福,我确实拥有怎么吃也吃不胖的体质,"清濑用双手搓了搓脸,"我父亲虽然人不坏,但是从这件事就可以看出他的个性。他真的就只是个田径狂。"

因为没有立场说什么,阿走也只能沉默以对。清濑再次把双手放回膝上,望着上头空无一物的置物网架。

"后来我进了父亲指导的高中就读,在他的指导下练跑。他就是阿走你最讨厌的那种教练,独裁管理作风。每天每天,我被逼着一直跑,但是我不敢有半句话,就算觉得脚不舒服也一样。我跟你不一样,没有勇气对父亲说:'这样的训练方式太不合理了。'"

电车停靠在一个小车站。车门开了又关,没有任何人上下车。电车再度开始行驶。

"我高中时跟教练吵架……"阿走努力挤出声音,"跟有没有勇气无关,只是我没办法控制自己的情绪而已。"

"我以前从来没有真心喜欢过跑步,"清濑说,再次低下头,"只是照着大人说的去做,相信在适当的距离里反复练习,就能越跑越快,什么都没多想。我没有像你这样,是打从灵魂深处在探索跑步这件事。我唯一能做的渺小反抗,就是从没有强大田径队的大学中,选择一所自己想念的来读。"

清濑用手掌抚摩着右膝,慢慢揉着,仿佛他过去所有的痛苦都埋藏在那里。

"直到我没办法继续跑步了,我才第一次打从心底想跑。这一次,没有任何人强迫我,是我自己发自内心想和一群认真面对跑步的伙伴一起追逐梦想。"

"灰二哥……"

"竹青庄的每个人,都是有实力的人才。我想证明这一点。弱小的社团也好,外行人也好,只要有实力和热情,一样也能跑。不用对任何人唯命是从,只要凭着两只脚,就能跑到任何想去的地方。我想在箱根驿传里证明这件事。这是我长久以来的心愿。"

阿走闭上眼。清濑的决心,以及他进大学以来独自怀抱了四年之久的心情,就像冰冷强劲的潮水般一波又一波打在他身上。

"那天晚上,当你在街上狂奔、经过我身边的时候,"清濑平静地说,"我心想,终于让我找到了。当时我很想大喊,'我的梦想,现在正奔驰在我眼前!'我骑着脚踏车追你,很快就发现你是仙台城西高的藏原走。明知道你是谁，却还是把无处可去的你拖下水。"

为什么偏偏要在这时候说这些？清濑性格上的洁癖，在阿走眼里既好笑又残酷。

之前他说，是因为看到我跑得那么自由又开心，所以才叫住我，还说完全没发现我就是仙台城西高的藏原走……这些谎言，他根本没必要说破的。

"灰二哥，"阿走睁开眼，看着清濑，"是你给了我一个属于我的地方，还指引我该走的方向。灰二哥，是你教会我去思考这些的。"

电车开始减速。横滨车站快到了。阿走站起身，抓住清濑的手腕，将他从座位上拉起来。

"我要你知道，我很感谢你为我所做的一切。"

阿走和清濑在横滨车站下车，从挤满人潮的地下道朝东口走去。

"灰二哥，"阿走压低声音，一副要说什么天大秘密的样子，"明天，我们好好跑吧。跑出以前没有过的最高水平。"

不管过去曾有什么样的误解，也不管真相如何，他们俩之间一点一滴建立起来的信赖与感情，事到如今已经不可能被任何事物伤害或抹灭。

不管前方有什么样的恶魔在等着，他们绝对不会再逃避，也绝不畏怯。

梦想化为现实的日子已经到来。接下来，只需要全心全意去跑。

"说得对，阿走，就这样。"

两人四目相对，轻轻一笑，然后不知道是谁起的头，一起迈开步伐往饭店跑去。

第十章　流星

1月3日，上午5点。

阿雪在芦原旅馆昏暗的客房里，换上宽政大学的队服，再套上长袖运动服，手里拿着防寒长外套。

其实阿雪已经起床两个小时。旅馆非常贴心，让他可以在相当于深夜的时间吃早餐和梳洗沐浴。等到肚子里的食物消化得差不多时，阿雪又回到前晚入住的客房。

这一夜，阿雪分不清自己到底有没有睡着，只知道自己现在头脑十分清醒，兴奋与紧张像利刃一般刨削他的身躯，让他感觉身子轻盈起来。

今天状况绝佳，阿雪心想。司法考试合格的时候，也是这种感觉。当时，他看了论文的考题，题目的意思仿佛直接渗入大脑一般，在他思考怎么作答之前，答题纸上已经写满文字。简直就像神明附体一样，不知不觉中，所有到目前为止输入他脑内的东西，完全流畅无碍地输出到试卷上。那时他不只意识变得异常清晰，连第六感也活跃起来，感觉痛快极了。

阿雪知道，当时那种亢奋与专注力，在这一瞬间又回来了。

箱根驿传的回程比赛，是上午8点起跑。接下来的三小时，阿雪打算用来做他自己发明的"精神热身操"，在比赛前慢慢提升精神状态：先用两小时放松紧张的心情，剩下一小时用来持续集中精神。有过参加司法考试的经验后，他就喜欢用这样的步调来提升专注力。

六张榻榻米大小的客房里，刚好够铺三床棉被。神童戴着口罩，微微吐息着。阿雪把手放到他的额头上，觉得他还有点发烧。旁边的房东睡得很熟，还发出磨牙声。

为免吵醒睡梦中的两人，阿雪轻手轻脚地折好自己的棉被，推到房间角落。他走到窗边，轻轻掀起窗帘。窗外是一片小巧典雅的庭院，覆盖在一片轻薄的白雪下。黑蒙蒙的天空不断落下如灰烬般的雪花。

阿雪没滑过雪。他无法理解为什么会有人在冷得要命的季节里，刻意跑到冷得要命的地方玩，还在脚底下粘两片让自己很难走路的板子。对他来说，有时间做这些事，不如拿来念书还比较有意义。更何况，和母亲相依为命的他，根本没有闲钱花在这种娱乐上。

从积雪的陡峭坡道往下跑，我真的行吗？但事到如今，他也不能说自己没办法跑六区了。早知道有这一天，以前真该体验一下滑雪的感觉才对。

玻璃窗接触到阿雪的叹息，马上结成一片灰白的雾气。阿雪、神童和房东三人散发的体温，让房里变得比较温暖。

不是只有我会紧张，阿雪在心里这么对自己说。这几年的新年期间，箱根的道路都没有积雪。大部分选手……不，应该说所有选手，大概都没有积雪时从箱根山路往下跑的经验。所以我也不用担心，因为所有人都一样经验不足。我一定能跑的。一定能跑。

像在自我暗示一样，阿雪心里不断复诵这句话。然后，他拿起放在壁龛[1]的宽政大接力带。它吸足了去程五个人的汗水，现在仿佛仍带着湿气。

阿雪恭恭敬敬地折好接力带，放入外套口袋，安静地离开客房。

穿过走廊来到玄关时，阿雪碰到旅馆老板娘正好拿着报纸站在那里。

---

[1] 传统日式建筑房间内，有一处凹陷的地方，可供吊挂书画或放置花瓶等摆饰。

"唉呀，你已经换好衣服了？"

"是的，我想开始热身了。"

"到外面吗？"

旅馆的女老板望着仍漆黑一片的外头，不禁蹙眉露出担心的神情。

"外面现在是零下5度啊。"

本来打算到外头去的阿雪，立即改变心意。得等气温高一点再出去，否则肌肉会冻僵。

"我可以借用那里吗？"阿雪指了指空无一人的大厅。

"请用吧，"老板娘也马上回答，"要看报纸吗？我请送报员今天提早送来了。"

阿雪一边看着报纸，一边开始在地板上拉筋。他深深吐气，慢慢放松全身的筋骨和关节。

报纸上大篇幅刊载了箱根驿传去程的报导。房总大以些微差距夺得去程冠军，六道大能否在回程逆转？最后到底会是哪所学校赢得总优胜？目前仍是无法断定的混战状态。

报社以"只有十人参赛的挑战"为题，也做了一篇宽政大的报导。上面放着神童脚步蹒跚、拼命跑在山路上的照片。阿雪张开双腿，压低上身，一边读着报导。

"只有十名队员的宽政大在五区受挫，名次大幅落后，去程结束时仅取得第十八名。然而，这支队伍回程有一年级藏原、四年级清濑这两位王牌级选手，目前仍然有十二万分的机会挽回劣势。这支小田径队会如何面对这项伟大的挑战，值得瞩目。"

这则报道的最后，署名是：记者（布）。一定是布田先生，阿雪心想。夏天集训时去白桦湖采访的记者布田政树，一直持续关注宽政大。

还有十二万分的机会。虽然他们自己也这么深信，现在看到第三者也这样说，阿雪的心情更受到鼓舞了。他把报纸收进大厅的书报架上，一个人默默努力继续拉筋。

到了 6 点左右，神童出现在大厅，身上披着姆萨的防寒外套，脸上还是戴着口罩。

"早。"神童用沙哑的声音说，伸出双手压住阿雪背部，帮忙他拉筋。

"你应该继续睡的。"

"我就知道学长你会这么客气，所以昨天拜托姆萨打电话叫我起床。"神童在阿雪身边坐下。"下雪了。"

"是啊。"

两人并肩坐在地上，透过大厅窗户望着外头片片飘落的雪花。

"今天状况怎么样？"

"好得很，你呢？"

"差不多快全好了。"

阿雪开始做仰卧起坐，神童帮忙轻轻固定住他的脚踝。

"老实说，"阿雪低声道，"我现在根本紧张得要命。可以的话，还真想开溜。"

"我昨天也一样啊，"神童戴着口罩，两眼露出笑意说道，"要不要听听音乐？我擅自从学长你的行李里拿来的。"

阿雪从神童手上接过 iPod，把耳机塞入耳里，静静听了一会儿自己喜欢的曲子，但唯独今天，音乐的世界也没办法带给阿雪任何安慰。

"没用，"阿雪取下耳机，"再听下去，总觉得等一下跑步时，那些我没兴趣的曲子会莫名其妙在脑袋里反复唱个没完没了，而且偏偏是那种要死不活的歌，例如《古老的大钟》！"

"你不喜欢这首？"

"我讨厌风格郁闷的曲子。"

"我倒觉得这歌不错。"神童这么说。

阿雪不以为然，"哼"的一声站起来。神童抬头，看着正在转动脚踝的阿雪，提出一个建议。

"不管脑袋里响起什么样的曲子，你只要自己重新编曲，把它变成快板的曲风不就好了？"

"神童你真的很神，"阿雪露出一脸佩服的样子，"我现在很不安，满脑子想的都是，我会不会在坡道上跌倒？鞋带会不会断掉？反正不管怎么想，都是些坏事。"

"我倒觉得学长你可以拿到区间优胜。"

"怎么说？"

"因为学长从以前到现在，说过的话都一定会达成。司法考试也好，箱根驿传也好，学长不是都说要做，然后都做到了？"神童又双眼含笑地说。"所以，这次请你也一定要说出来，说你要拿下区间优胜。"

在神童这股沉静却有力的压力之下，阿雪说了声："好，我拿。"

"好了，那就没问题了！学长一定会跑出好成绩的。"

神童看起来心满意足地点点头。阿雪低头看着他，不禁笑出来。

"现在我终于知道昨天我有多没用了，"阿雪说，"你昨天在比赛前，压力应该跟我现在一样大，我却没办法做到像你现在一样，说这样的话来鼓励你。"

"不管人家怎么鼓励，想克服压力，最后还是只能靠自己啊。"

神童语毕站起身，催促阿雪。

"差不多该去跑跑了。"

两人在玄关穿好鞋子后出门去。外头丝毫没看到阳光露脸，只有山上的鸟类鸣叫声。细小的雪花拂过脸庞，感觉干干的。

"不过，昨天一直到我出发的那一刻，学长陪着我到最后的最后，真的给了我很大的力量。"

神童摘下口罩，让胸腔吸入满满的寒冷空气。

"所以，今天我也会在学长身边，直到出发为止，一直陪着你。"

阿雪说不出话来，只是开心地看着神童再次把口罩戴上。

"一直站着不动会冷，来跑吧。"

"话说回来，房东先生呢？"

"他说早上起来要去泡个澡。"

"这家伙是来观光的吧。"

"而且睡觉时一直磨牙，好吵。"

两人一边慢跑，一边有一句没一句地聊。在下着雪的昏暗湖畔道路上，只见阿雪和神童吐出的白色气息袅袅飘散在空中。

阿走心里一点都静不下来。

因为清濑的样子真的很奇怪。吃完早餐后，阿走找他一起去慢跑，却被拒绝了。

"你自己先去，我还有很多事情要联络。"清濑说。

他今天早上竟然不慢跑？绝对有问题。昨晚他好像也睡得不太好。难道是脚在痛？

阿走一边想东想西，一边在横滨车站附近跑步。大约30分钟后，他决定了。

"还是回饭店看看吧。"

要热身的话，到中继站再做也还来得及。阿走从来不曾在练跑时半途中断，不论身体再怎么不舒服也没有过，但他现在实在太担心清濑了。灰二哥该不会打算做什么逞强的事吧？阿走心里突然涌现一股不祥的预感，赶紧往饭店跑去。

小小的商务饭店大厅里，城次正在看电视上的天气预报，面前摊着一份体育报纸。阿走穿过大厅，按下电梯的上楼按钮。

"怎么这么快就回来了？"城次发现他，走了过来，"真难得，你今天好像只跑一下子而已。"

"灰二哥呢？"

"在房间里吧。王子跟叶菜妹一起在整理行李，我被他赶出来。总觉得，他好像故意不让叶菜妹靠近我。"

城次不满地噘起嘴，但阿走现在根本没心情听这些，踏入电梯直奔五楼。

"你干吗？怎么了吗？"城次问，跟在他身边。

宽政大在这间饭店共订了三间房，阿走和清濑的房间是走廊的最边间，隔壁是城次和王子的房间，再过去是叶菜子的房间，最靠近电梯。

阿走出电梯，在走廊上和一个男人擦肩而过。那人年纪大约接近四十岁，手里提着一个宽底的黑色公文包。跟医生出诊时用的包包好像，阿走心想，随即心头一惊猛回头。男子已经进了电梯，门正好关上。

阿走直觉认为他不是住在这里的房客。一定是来帮灰二哥看脚的医生！

阿走在走廊上跑起来，用房卡打开走廊最后一间房。

"灰二哥！"

房内并排着两张床，清濑坐在靠窗的那张床上，惊讶地抬头看着来势汹汹的阿走。

"给我看你的脚！脚！"阿走大步冲到清濑身边。

被他这样一吼，清濑惊愕地往床上一倒。阿走不管三七二十一，伸手就要掀清濑的运动裤裤管。

"阿走，冷静一点！我会跟你解释！"

城次在房门口看着纠缠成一团的阿走和清濑。隔壁房的王子和叶菜子也听到骚动，把头探出走廊张望。

"出了什么事？"叶菜子问城次。

"我也看不太懂。"城次歪着头，不解地说。

清濑好不容易推开阿走，对站在门口的几人招了招手。

"都进来吧。"

宽政大入住横滨的所有成员全都集合在此,房里包括床上、椅子上,能坐的地方都坐了人。

"灰二哥,刚才有医生来过,对不对?"阿走坐在床上质问清濑。

"对,"清濑也只能承认了,"我一直都是找他看诊。这次拜托他过来一趟,帮我打止痛针。"

"你的脚伤还没治好?"王子诧异问。

这是叶菜子头一次听说清濑的脚受过伤。只见她露出难以置信的表情,和城次面面相觑。

"今天的比赛怎么办?"阿走努力克制自己,才没让声音发抖。

"当然要跑。"

"你怎么可以这么冷静做出这么乱来的决定?"

"现在不乱来,要等什么时候才乱来?"

"万一……"

阿走犹豫着该不该说下去,害怕自己一语成谶。

"万一你因为今天逞强,结果以后都不能再跑步了,那怎么办?"

阿走虽然没转头,但知道城次闻言倒抽一口气,也知道王子一直低着头,叶菜子则是一动也不动,看着阿走和清濑。

阿走目不转睛看着清濑,等待他回答。

"应该会很痛苦吧,"清濑的声音非常冷静,由此可知他一定早就想过这个问题无数次了,"但是我不会后悔。"

已经阻止不了他了,阿走心想。但如果是他自己站在清濑的立场,一定也会选择上场比赛。

阿走心中已经有觉悟。既然这样,那我唯一能做的,就是尽量减轻灰二哥的负担。我一定要在九区,尽可能缩短时间。

清濑的手机铃声响起,打破弥漫在房里的这阵沉默。他简短说几句话后挂断电话。

"神童打来的。芦之湖最后的选手名单已经公布了,六道大果然在九区派藤冈出赛。"

城次看看阿走,眼神既期待又有点担心的样子。阿走低声说了句:"太好了!"

他感觉血液在体内狂奔,欣喜和斗志让他心跳加速。在同一个战场上跟藤冈一较高下的日子终于到来。春天时在东体大的纪录赛中,他只能跟在藤冈的后面跑。那天之后,自己到底变得多快多强了,今天总算能够一探究竟。

"阿走,不要输给他。"清濑说。

阿走用力点点头,表示自己必胜的决心。

时间来到上午 7 点钟。

宽政大一行人离开饭店,之后就是个别行动。阿走和城次前往户冢中继站,清濑和王子到鹤见中继站,叶菜子则到终点大手町待命。

"让城次陪你没问题吗?要不要我跟他换?"王子问阿走。

阿走完全不懂王子为什么这么问。

"干吗?照之前安排的就好。"

一片好意却碰壁,但王子也没有因此觉得不快,只是笑着轻轻摇头,仿佛在说:"真拿你没办法。"

"关于刚才那件事,"当众人进到横滨车站里,清濑告诉阿走,"没有你想的那么严重,止痛针已经发挥作用了。我想应该不会造成无法挽回的后果。"

"真的?"

"我骗过你吗?"

"经常啊。"

清濑顿了一下,仿佛在回想自己从以前到现在的种种作为。

"没问题,这次是真的,"他保证,跟着又一笑,"我很期待在鹤见看到你的表现。"

阿走心里有千言万语想对清濑说,诸如感谢、不安,还有决心,但这些都是无法用言语表达的心情,结果他只能说:"我一定会用最快的速度把接力带交到你手上。"

过了检票口,一行人挥手道别,在此暂时分道扬镳,各自踏上通往月台的阶梯,前往自己现在该去的地方。

上午8点。

芦之湖发出一声信号枪响,房总大的选手率先向前跑去。1分39秒后,六道大的选手紧随其后出发。

根据去程抵达芦之湖的时间差,各大学选手再度披上接力带,相继从芦之湖出发。箱根驿传回程比赛正式展开。今天,选手的目的地是东京大手町。

跟去程冠军房总大的时间相差十分钟以上的大学,在房总大回程开跑后十分钟将同时出发。这次的大赛中,共有学联选拔队、欧亚大、宽政大、东京学院大、新星大这五队,依规定必须在回程同时出发。

宽政大与房总大的时间差距是11分53秒。虽然十分钟后是和其他学校同时出发,但这多出来的1分53秒不会就这么算了,而是会自动加到最后的合计时间里。而由于这些学校统一在十分钟后出发,所以回程时选手跑出的名次,有可能与时间纪录上的名次不同。

跑回程的选手,尤其是后段的队伍,不只要注意眼前的赛况,脑袋里也得计算有点复杂的时间顺位,才能尽可能提升实际名次,因此选手们必须更冷静应战。

这种比赛太适合我了,阿雪心想。因为跟人拼高下不是他的强项,反倒是针对情报研拟方向与对策,从中找出发挥自己实力的方法,进而达成目标，才是他擅长的。箱根驿传六区的下坡路段，正好符合阿雪的个性，因为他不会被眼前的排名所惑，而是直接把时间设定为他的敌人，运用技巧从弯弯曲曲的坡道往下冲。

神童也信守自己所说的话，到出发前都一直待在阿雪身边，帮他拉筋，或帮他按摩小腿，避免它因为寒冷而僵硬，有意无意地陪他聊天等。总之，各方面照顾得无微不至。托神童的福，阿雪才能平心静气地将全部心力集中在比赛上。

出发的时刻终于要到了，阿雪脱下防寒外套交给神童。芦之湖的气温只有零下3度，空中还飘着细雪。路面上积雪被车轮压过的地方，冻出两道冰痕。就算在队服底下穿着长袖T恤，也无法完全阻挡像压力一般渗入的寒气。没有风已经算是不幸中的大幸。

最后一队能以与房总大时间差距出发的学校是城南文化大，然后在工作人员唱名下，同时出发的各队立刻到起跑线前集合。

阿雪望向拥挤的围观人墙。神童的身形几乎要被观众淹没了，但仍目不转睛注视着他。

"大手町见。"阿雪说。

在观众嘈杂欢呼声的包围下，阿雪这句话或许无法传到神童耳中，但神童仍点了点头。

城南文化大出发后十秒，最后五队的选手配合着信号同时起跑。阿雪的眼镜因为急速上升的体温而蒙上一层雾气，但迎面而来的寒风一吹后，视野又马上恢复清晰。

路面积了一片薄雪，就连跑在平坦的地方，也得绷紧神经以对。但这些在赛道上奔驰的选手，根本没时间确认脚下的情况。每踏下一步，有如冰沙的积雪就会弹跳到脚上。即使穿着最先进的轻型跑鞋，每当脚底踏上路面，也没办法完全止滑。

从湖畔道路到一号国道最高点为止，最初四公里大多是上坡。同时出发的五所学校当中，欧亚大选手抢在前头，阿雪也毫不犹豫跟了上去。他确认一下手表上的时间。速度大约是一公里3分20秒。

在上坡路段，考虑到恶劣的路面状态，这样的速度有些太快。但是，如果在这里不跟上，宽政大就无法在回程提升名次……阿雪思考着。各校派出的六区跑者中，只有六道大的选手拥有一万米28分钟左右的纪录。换句话说，各校在挑选六区跑者时，速度不是最关键的考虑。

从最高点开始，到箱根汤本的街道为止，整个六区几乎都是下坡路。即使跑平地时成绩不是那么好，只要善用下坡地形，轻轻松松就能带出速度。最重要的，是必须根据地形起伏，仰赖身体的平衡感来切换跑法，同时还要有不畏恐惧在下坡路上往前冲的气势。

虽然刚开始上坡时速度有点太快，但他的体力还很充沛。阿雪如此判断，心中也不再有任何畏惧。

这时，阿雪已经离开湖畔，开始往山上跑。到达最高点之前，有个小小的起伏路段。进入最初的下坡时，阿雪再度看了一次手表。虽然清濑给他的指示是"上坡保持在一公里3分20秒"，但现在他的速度已经达到一公里3分15秒。

阿雪确定自己一定办得到。他觉得身子很轻，配合着地形的高低起伏，脚步在下意识间自然而然切换着跑法。

稍早一点出发的城南文化大被他们追上了，形成六校并行的局面，但这个集团中的东京学院大、新星大眼看着就要被甩脱。

阿雪满脑子只想着往前跑，能够甩掉一队是一队。现在他已经感觉不到寒冷，一口气就冲到最高点。

接下来有将近连续15公里的下坡。放眼望去，飘散的雪花点缀着绵延不绝的弯道。

"速度会不会太快了？"

到达户冢中继站的阿走，和城次一起看着便携式小电视关注赛况。

画面上，阿雪与其他选手的身影，正通过五公里处的花卉中心[1]正门前。

"可是，在六区，五公里跑 13 分钟左右不是很正常吗？"

城次一如往常的乐天，却无法消除阿走心中的不安，况且，这个速度是指真正进入下坡以后的节奏。在全是下坡路的赛道上，连选手本身都很难放慢速度。只要身体随着下坡的重力加速度去跑，要达到一百米 15 秒的速度也不是不可能。即便是长达 20.7 公里的距离，随着路段不同，也有可能跑出不输给短跑选手的速度。这就是六区的特性。

但是，最初的五公里不只有上坡，路面状况又那么恶劣，竟然只花 16 分钟就跑完。从阿雪的实力来看，很显然是冲太快的结果。这一点阿走看得很清楚。

"我打给灰二哥看他怎么说。"阿走从城次口袋里拿出手机。

"你就是爱操心啊。"城次对阿走耸耸肩说道。

"是我，清濑。"

电话一接通，清濑的声音就伴随着户外的喧哗声一起传来。看来他也已经抵达鹤见中继站了。

"你在听广播吗？"

"王子的手机有电视功能，他自己也是刚刚发现，所以我们正在看。现在的手机功能真的很强大。"

"对啊，哎，不是，我不是要说这个……"

我行我素的王子，加上机械大白痴清濑，阿走不禁头晕起来。

"阿雪学长的速度，会不会有点太快了？"

"哦哦，对啊，我正想打电话给房东先生，不过我看应该也没用，因为在箱根的山路上，教练车没办法紧跟着选手。"

"那怎么办？"

---

[1] 位于神奈川县足柄下郡箱根町芦之汤的花卉中心。

"不能怎么办。接下来是下坡，都已经跑到这里了，笨蛋才会减速。我们也只能祈祷阿雪千万不要脚滑摔倒了。"

清濑刻意发出轻快的笑声，像是要抛开所有挂念一样。

"倒是阿走你自己，要确实慢跑跟热身。我现在还要跟尼古学长和 KING 联络，有话等下再说吧。"

结束通话后，阿走叹了口气。

"放心吧，"城次从阿走手上拿回手机，"阿走你要更相信我们才行。"

"相信……吗？"阿走转动脚踝，开始为练跑做准备，"哦，胜田小姐好像也跟我说过同样的话。"

"什么？叶菜妹吗？"城次突然满脸通红，"为什么会突然讲到叶菜妹？"

"什么为什么？"

"我说，你到底是装傻，还是天然呆啊？"面对阿走的答非所问，城次再也按捺不住，直视着阿走，"告诉你吧，我喜欢叶菜妹。"

"我知道啊。"

"你知道？！为什么你知道？"

"昨天，尼古学长在电话里说过。"

怎么就算不在竹青庄，却还是地板破个洞，啥都守不住啊，城次忍不住一个人嘀咕。

"那阿走你呢？"城次接着问了他最想问的事，"我可以跟叶菜妹告白吗？"

这种事，干吗征求我的同意？为什么竹青庄的人，都随便认定我喜欢胜田小姐？想到这里，阿走感觉有如突然被人推了一把，就像那种刚睡着不久却猛地向下坠落而惊醒过来的感觉。

我喜欢胜田小姐。

原来我根本没资格笑双胞胎迟钝。只不过，这份感情是如此安静，又好像很理所当然似的存在心里,难怪我一直没有发觉。

叶菜子的每个身影,阿走都珍藏在记忆里。不管是并肩走过的那个夜晚,还是叶菜子曾经围过的围巾颜色;在夏天云海翻涌的天空下,叶菜子望着我们练习时的侧颜;第一次见到叶菜子那时候,她踩着脚踏车朝商店街远去的背影。

阿走一直看着叶菜子,却也看到叶菜子的视线和心情,总是投向双胞胎。

"原来是这样。"阿走总算明白自己的心意,也为此惊讶不已。

"怎么了你?"城次怯怯地问。

城次看阿走突然发起愣来,一个人在那里又是自言自语又点头的,不禁觉得毛毛的。

"没事,"阿走摇摇头,"我觉得你跟她告白看看也好。"

他不是在逞强,反而觉得心中一块石头落了地。叶菜子如果知道城次的心意,一定会很开心。说不定如果是城太跟她告白,她也一样开心。这个问题可能会有点伤脑筋,但这就轮不到阿走操心了。

感情的事,不是比赛,没有输赢。叶菜子的心,只属于叶菜子。城次的心只属于城次。而阿走的心,同样的,也只属于阿走,任谁也无法夺走,无法改变。这是一个不受任何框架束缚的领域。

无关速度或胜负,一份稳定却强烈的情感存在自己心里,这已经让阿走觉得非常满足了。因为叶菜子的关系,才能体会到这样的感情,也让她在阿走心中更加重要了。叶菜子的恋情如果可以一帆风顺,阿走也会为她开心。

况且,我本来就适合长跑,耐心等待机会是我的长处。就算叶菜子现在喜欢的是双胞胎,但未来的事情谁也说不准。

"所以我果然应该跟她告白?呃——怎么办,超紧张。"

越是紧要关头反而越有耐性的阿走,就连初次发觉自己喜欢上一个女孩子时,也像牛在反刍食物一样慢条斯理地咀嚼品味。城次完全没察觉他的反应,开心地下定决心要跟叶菜子告白。

阿雪顺利地奔下箱根的山路。

一开始,他为了不在冻结的雪地上滑倒,刻意跑在车胎轨迹上,但这么一来,转弯时反而有妨碍,无法顺利取得较佳的行进路线。而且,太过害怕滑倒,身体会使出过多的力气,肌肉也会因此无法负荷。最后阿雪决定还是照平常的方式去跑,一边留意怎么跑才不会多跑冤枉路。

下坡道跑起来很轻松,阿雪心想,全身都感觉到加速的快感。在这样的速度下,迎面而来的轻柔雪花打在身上,感觉就像小石头砸来一样微疼。阿雪努力保持全身平衡,顺着斜倾的路面踏出脚步。速度带来的快感,让他完全忘了对跌倒的恐惧。

到了小涌园,正好是六区10公里处,也是电视台的转播站。在天气恶劣的情况下,即使天色尚早,道路两旁依然挤满了来帮选手加油的观众。阿雪跟着欧亚大的选手,切入往右的弯道。新星大选手踏在地面上发出的溅水声,从后方传来。

这时,电视台播报员与解说员谷中正针对直播影像,对各校选手赛况进行评论。阿雪当然无从得知内容。

"后段队伍在10公里处的影像传过来了。您觉得怎么样?谷中先生。"

"唉呀,速度相当快。本来我觉得六区的区间优胜应该是现在从第十二名稳稳提升名次的真中大,但现在看起来,也很有可能由后段队伍跑出来。"

"从手边的数据来看,除了六道大的田村同学以外,六区选手一万米的正式纪录都在29分钟左右。"

"这一区是下坡路段,所以平地的时间纪录不是很可靠的参考依据。

拥有一万米29分的实力，之后就看每个人的胆识了。"

"您是说……胆识？"

"是的。选手们切身感受到的速度和坡道倾斜度，绝对超出电视画面呈现出来的。那种感觉，就好像放开双手骑脚踏车，从陡峭的坡道往下冲一样。再加上今天路况很差，所以对选手来说，最重要的是必须有冷静保持平衡的能力，还有不减速的胆量。"

"您认为后段的队伍当中，谁最有可能得到区间优胜？"

"目前还看不出来，不过宽政大的岩仓同学表现不错。你看，他的下半身非常稳，上半身也没有多余的摆动，而且，不管路况多差，他的腰杆也依然挺直。这样的姿势，简直可以拿来当成下坡跑法的模板。"

"原来如此。接下来，就要看从箱根汤本开始进入平坦的赛道，谁能坚持到最后了。以上是10公里转播站的分析报导。"

随着海拔高度下降，雪开始夹杂着雨水落下，路面覆上一层冰沙状的泥泞。这时，阿雪发现自己跨两步就穿越一个行人穿越道。

刚才的斑马线宽度大约有四米。两步就跨过，这不是等于一步两米？阿雪再度为自己的速度之快而惊讶。借着下坡加速度，跑步时仿佛真的在飞跃一样，步幅也跟着加大。阿雪瞥一眼手表，确认这五公里的距离，他每公里差不多费时2分40秒。

一公里跑2分40秒。如果是在平地，阿雪一定跑不出这种成绩。平地上能够保持这种速度跑五公里，在阿雪认识的人里，也只有阿走一个人而已。

路旁的杉树树枝，因为纯白积雪的重量而下垂。树干因为受潮而变黑。整座山竟然过了一晚，就化成黑白色调的美丽世界。而这些美景才映入眼角，就立刻往后方流逝，比电影胶卷的卷动还要快速，还要平顺。

啊，这大概就是阿走跑步时所体验的世界吧。阿雪心里突然涌现一连串思绪。

阿走，没想到你都一个人待在这么寂寞的世界里。嘈杂的风声从耳边呼啸而过，眼中的景色瞬间稍纵即逝。虽然这感觉舒服到让人不想停下脚步，但这毕竟是你只能一个人独享的世界。

阿雪感觉自己好像终于可以体会，为什么有时候阿走会那么沉迷在跑步中了。一旦跑出这种速度，确实就像中毒一样教人沉溺其中，想跑得更快，想看见更美丽的瞬间世界。那感觉，或许就是所谓瞬间的永恒吧。但是，这实在太危险了。得用这副肉身不断去挑战才能到达，这是何等的严苛，又过度凄美。

现在借着箱根山路之力，我也只能远远遥望通往那个世界的大门，阿雪心想。同时，他也不敢想象自己还能更接近那个境界。

在清濑那股热情的牵动下，这一年里阿雪的生活重心只有跑步。这样的生活，到今天就会结束。因为阿雪知道他有自己的生存之道。他追求的目标并不是日复一日锻炼身心，只为瞬间的美丽与悸动。就算会沾满一身污浊，他也宁可选择在人群中度日。正因为如此，他才会突破万难通过司法考试，一心成为律师。

过了今天，一切就结束了。但在人生中，能体验一次这种速度带来的快感，夫复何求啊。想到这里，阿雪脸上不由自主浮现浅浅的笑意。阿走，你可别跑得太远。虽然我知道你追求的世界有多美，但那里未免太寂寞太寂寥了，不是我们活生生之人归属的境地。

要是能有某样事物牵绊住阿走的灵魂就好了，阿雪心想。只要能让他在人的生活里、在人的喜悦与悲苦中驻足，阿走一定可以变得更强。怎么在这当中取得平衡是非常重要的，就跟在积雪的山路上奔驰是一样的。

进入宫之下温泉乡、通过富士屋旅馆前方时，阿雪被眼前意料之外的画面吓了一跳，忍不住叫出声。

"哇！"

许多投宿的旅客挤在旅馆前，挥舞着箱根驿传的旗帜。还有人轻装打扮只穿着浴衣、披着棉袄，缩着身体忍受风寒，声嘶力竭地叫喊着。这时，阿雪发现他的母亲、只有一半血缘关系的妹妹，以及母亲再婚的对象也在那个人群中。

"雪彦！"

母亲大声喊着他的名字。

"哥哥！加油！"

年幼的妹妹探出身子。抱着妹妹的继父也对他频频点头示意。

"真是太丢脸了……"

阿雪虽然一眨眼就跑过旅馆前，却仍继续低着头跑了一阵子。这一家子，竟然跑来富士屋旅馆开心优雅地过新年，日子过得不错嘛。

为了掩饰害羞的心情，阿雪故意冷言毒舌几句。他们一定是知道就算找我，我也不会回去，所以才瞒着我，筹了一笔旅费自己跑来，想给我一个惊喜。还真的呢，吓得我差点心脏病发。现在只希望他们的样子和声音，没被电视台拍到或广播电台录到。否则要是被尼古学长知道，一定会拿出来取笑我。不过，反正他身边应该只有收音机，不可能看到。

阿雪的心情突然愉快起来。刚才老妈脸上的表情，就好像是她自己上场比赛一样紧张，而且一副泫然欲泣的样子。

阿雪对亲生父亲完全没有印象。他在阿雪出生后没多久就出事故身亡，所以有关父亲的记忆，他只能从母亲的转述和照片得知。父亲死后，阿雪就一直和母亲两人相依为命。他非常珍惜母亲，高中时的女朋友甚至问他："阿雪你是不是有恋母情结？"但他觉得恋母情结是理所当然的事，甚至认为这世上不珍惜母亲的孩子，根本就是禽兽不如。

或许因为总是看着母亲工作到深夜、辛苦将他拉拔长大，阿雪很早就立下自己的目标：找一份稳定的工作，让母亲过好日子。幸运的是，他早早就在求学阶段发现自己头脑还不错。既然如此，他认为最快的快捷方式就是参加司法考试，取得人人称羡的国家考试最高资格。本来，他就觉得律师这项工作，总是在人情与法理之间钻研，还挺适合自己的个性，而它丰厚的收入也符合他的目标。于是阿雪打从进高中后，就开始自修准备考试。而且他在念书的同时，也不忘增强体力，甚至为了理解男女间的微妙关系，也交往过几个女生。

这时，发生了一件事，几乎让阿雪的努力成了泡影，那就是母亲决定再婚。对方是个有稳定收入的上班族，可以让母亲不必再辛苦工作。母亲也爱着新任丈夫，看起来非常幸福。阿雪一心想为母亲做的事，继父轻而易举就做得比他好。

虽然阿雪因为此事受到严重的打击，但由于他自尊心极强，还有一旦决定做某件事、不完成绝不死心的个性，所以没有放弃司法考试。结果，母亲再婚的来年，就生了一个妹妹。对十几岁的阿雪来说，这是让他觉得非常难为情的事，也很难接受，于是在考上大学后就借机搬出家里，之后就连过年期间也几乎都没有回家。

今天，看到家里人来帮自己加油，阿雪突然觉得，自己一直放在心上那些微不足道的芥蒂开始慢慢融化。而天空的雪花就像他的心境转变一样，这时也完全化为雨水。

继父和妹妹一直把阿雪当成那个家的一份子。最重要的是，母亲现在过得很幸福。这样不就够了吗？这就是我一直盼望的结果。就算母亲得到幸福的形式，跟我心里描绘的蓝图有些不同，我也不能永远像个小孩子一样闹脾气。

阿雪吐出的气息化成白色雾气，掩盖了他嘴角的笑。不知不觉中，阿雪发现前方转角处，出现了帝东大选手的背影，而他的背后也感觉不到有人跟上来。同时出发的后段队伍，似乎已经被他拉开距离了。

阿雪看了看手表，确认自己的步调完全没变慢，身体和心理都处于轻盈的状态。照这气势继续下去，下坡道绝对不成问题。关键在于过了箱根汤本之后的最后三公里平地，是不是能维持现状跑到最后。

清濑昨天说过："跑完下坡路段后，平坦的赛道也会感觉像在上坡一样。从那里开始，才是比赛的胜负关键。"这是他给阿雪的建议。

放心吧，阿雪在心里这么回答。今天我不打算输。这场跟自己身心对决的战役，我不会输的。

小田原中继站里，太鼓阵乐依旧响彻云霄。风祭车站前鱼糕厂商门市的停车场上，涌进大批人潮等待六区选手到达。

"城太！你有没有看到阿雪刚才脸上的表情？"

尼古通过手机的电视功能，完完整整目击了富士屋旅馆前的影像。不久前，灰二打电话来时有提到，他们这才发现原来城太的手机也能看电视。尼古虽然对电脑很在行，平时却也只把手机当通话的工具，城太则最多拿来收发电子邮件。或许，这群人就是对电子产品的日新月异兴致缺缺，才会甘于窝在竹青庄这种破烂公寓里。

"阿雪学长的母亲，真是年轻又漂亮，"城太把一片鱼肉鸡蛋糕塞进嘴里，"不过，看这样子，阿雪学长应该会拿到区间优胜吧？"

"但是阿雪自己好像没感觉的样子。而且真中大派出的家伙，跟阿雪差不多快，所以结果还很难讲。"

"啊——急死人了！真想告诉阿雪学长他现在的成绩。"

"怎么做？"

"用念力之类的啊。"

城太把吃到一半的鱼肉鸡蛋糕收进背包里，开始一脸正经地猛盯着手机。

"再过不到二十分钟，就要轮到尼古学长你上场了。"

电视画面正在播放领先的房总大选手的画面，后方跟着大约只差一分半的六道大选手。他们终于跑完下坡路段，朝着箱根汤本车站前进。真中大的选手以区间优胜为目标，名次也提升到第八名，整体步调依旧没有减慢。

"阿雪现在情况怎样？"

"电视上没播，后段集团还没跑到箱根汤本车站，所以画面很少带到他们。"

尼古交代城太注意真中大的时间纪录后，开始进行最后的调整，在停车场内慢跑来放松身体。

上午9点，房总大选手首先抵达中继站，时间是60分46秒。紧接着，六道大、大和大也依序交递出接力带。尼古焦急地回到中继线附近的城太身边。

"阿雪学长好厉害！"城太兴奋地大叫，"就算进入平地，速度还是没有减慢！加油啊！"

手机画面上这时正在播放箱根新道岔路附近，阿雪从帝东大选手一旁超前的情况。目前第十四名的宽政大，目标锁定了前方的东体大。

"漂亮！干得好！"

尼古脱下运动外套，等着看阿雪是否能够夺得区间优胜。

"真中大在哪里？"

"很快就会跑到看得见的地方了。"

城太抬头，视线离开手机的同时大叫出声："来了！"

沿着赛道移动的真中大红色队服特别醒目，眼看就要离开马路进入中继站。观众似乎知道他很有希望得到区间优胜，欢呼声也格外大声。真中大终于交出了接力带。

"纪录多少？"

"60分24秒。"

手机上的电视屏幕打出时间，城太照着念出来。

在积雪的赛道上，这样的成绩算很不错了。连10公里纪录28分上下的六道大选手，也都花了60分48秒才跑完。

中继站里各校陆陆续续交棒。手机屏幕上，出现了即将到来的阿雪身影。

阿雪，再一下就到了。听到工作人员唱名后，尼古站到中继线上。阿雪正在跟时间对决。身边的东体大选手接过接力带，往前跑去。这时尼古听到城太读秒的声音。他正看着手表计算阿雪的时间。

"60分17秒！18！19！"

阿雪跑进中继站。他咬紧牙关，右手握着从身上摘下的接力带。或许沿途的观众告诉了阿雪真中大的选手成绩，因此他在最后直线距离上竭尽全力奔跑着。

"阿雪！"尼古放声大吼。

"60分24秒！"城太哀嚎似的喊出。

观众群骚动起来。接力带还没传到尼古手上。阿雪和区间优胜只有一步之差。

突然，时间成绩被尼古完全抛到脑后，因为阿雪的两眼正直直注视着他。阿雪心里根本没有什么区间优胜，一心只想早一步把接力带交给尼古。在最后三公里这段平坦的赛道上，他满脑子只有这件事。当尼古接过接力带、轻触到阿雪指尖的那一瞬间，他完全明白了。即使受尽寒风吹袭，湿透的指尖仍然灼热，阿雪真正的心意借此传给了尼古。

"跑得好。"尼古轻声说。

"累死我了。接下来看你的了。"

阿雪拍了一下尼古的背，努力稳住颤抖的双脚，以免摔倒。

"阿雪学长！"

城太从工作人员手上抢过大毛巾，跑到阿雪身边撑住他的身体。

"虽然很可惜，不过你真的太棒了！"

"可惜？可惜什么？"

阿雪喝着瓶中的水，好不容易发出声音。

"区间优胜啊。阿雪学长，你的成绩是 60 分 26 秒，再快个两秒，就跟区间优胜平手了说。"

"是吗？"

两秒……阿雪不禁笑了出来。区区两秒，只是呼吸一次就逝去的短暂时间。这么些微的差距，让我没办法取得这个区间的优胜啊。

"算了，"阿雪说，"这两秒，对我大概就像一个钟头一样长。"

阿雪脱下鞋子。城太看着他的脚底，差点哭出来。只见阿雪脚拇指根部的水泡已经整个爆开、渗出血水来。这一年来的训练，让每个人脚底都长出一层厚厚的茧，结果还是跑成这样。这个事实让城太明白冲下箱根山路是多么艰辛的挑战。

"嗯，阿雪学长跑得太好了！你真的太棒了！"城太呜咽着说。

阿雪摸摸他的头安慰他，同时抬眼望向通往小田原的那条道路。

交给你了，尼古学长。

尼古一边跑，脑海中一边想着刚才在小田原中继站时，清濑打电话来所说的话。当时清濑的口吻，一如往常一样淡定。

"你的状况怎样？尼古学长。"

"跟平常一样啊。"

"真是太好了，那今天也请像平常那样跑吧。"

"意思是对我不抱任何期待吗？"

"怎么会呢，只是阿雪跑得比我预期的还好，我希望你不要受到影响。只是这样而已。"

尼古不以为然"哼"了一声。阿雪跑得这么卖力，当然会让人很激动，但他才不会因此一头热而高估自己的实力。

"那好，我就慢慢跑吧。"

"尼古学长，"清濑换个口气继续说，"请你保持一公里三分钟左右的节奏去跑吧。不能让学长轻松地跑，真不好意思。"

"灰二啊，"尼古搔了搔头，"真的要轻松的话，不跑最轻松，我也不用减肥、戒烟了。不管用什么速度，只要决定要跑就不可能轻松。打从一开始，我就只是为了身体健康才跑的，所以呢，不管最后我跑几名，你可都不准抱怨。"

"是，"清濑似乎笑了，"那我们大手町见了。"

尼古不是在跟清濑说笑。不跑，最轻松。但是尼古一点都不后悔，在经过一大段空白后，又再次开始练田径。跑步的痛苦，跟一群亲密伙伴朝同一个目标迈进的快乐，交混成一种甘美的成果。对于一向自己赚学费、一直独立生活的尼古来说，这是他遗忘许久的体验。

尼古一边跑着，一边感受背后从箱根山吹下来的风。七区从小田原中继站到平塚中继站，全程21.2公里，整体来说是最平坦又好跑的区间。它和去程四区的路线相同，只是反过来改成朝东京方向，但因为得在大矶车站多绕一段路，所以距离比四区稍长一些。

最初的三公里到进入小田原市街之前，是一段和缓的下坡，如果在这里因为大意而跑得太快，后半段会很辛苦。尼古努力压下心里的兴奋与紧张，配合着自己的身高专心调整速度。

灰二那家伙，真的很会看人，尼古心想。他知道尼古从阿雪手中接过接力带后，一定会发奋图强，有可能会意气用事。为了避免他被气氛冲昏头、在前半段就一头栽进去，所以要求他要自制。清濑应该是看准了尼古的性格，加上长年观察他与阿雪的微妙关系，才会在七区派他上场。当然，清濑的另一个考虑应该是七区的地形起伏较少，对尼古的脚比较不会造成负担，能够让他发挥最大的实力。

天空持续飘着细雨，尼古的头发已经完全湿透。比起干燥的日子，在雨天里跑步呼吸会比较顺畅。幸好今天没什么风，否则在淋得一身湿的情况下，再加上箱根的寒风吹袭，跑起来会死人的。现在气温大概只有1度。据说，七区是很容易因为寒暖温差而消耗最多体力的区间，多亏了今天有雨，所以可能不必太担心这一点。接下来是沿着海岸线的赛道，随着时间接近中午，气温或许还会再稍微上升。

现在比较大的问题，应该是这身湿答答黏在皮肤上的队服，尼古皱着眉头想道。湿黏的队服让他的身材原形毕露，使他觉得像在裸奔一样不自在，虽然这种衣服本来有穿就跟没穿差不多。

尼古很讨厌这种轻薄材质做的运动衫和短裤。长跑选手不论男女，身形大多都很瘦削，而且全身都是线条优美又强韧的肌肉，让他们的身材看起来宛如蹬羚一般。这样的选手，确实很适合穿上用很少布料做成的服装。但是，尼古天生就是大骨架的体型。虽然他靠着减肥消除了身上的赘肉，却减不去厚实的肩膀、宽广的腰骨和壮硕的大腿骨。

身材壮硕的尼古穿上布料单薄短小的队服，外露的地方看起来就是会显得特别多，尤其现在它正湿漉漉地紧贴在身上。

尼古觉得自己就像一条被海浪卷上岸的胖人鱼，尴尬得不得了。早知道至少也先把小腿毛刮一刮。真是失策，完全没想到自己毛茸茸的小腿会这样放送到全日本所有家庭客厅里的电视上。

尼古瞥一眼身旁那名选手的腿。这家伙的腿毛还真少，至少从这里看过去不会很明显。不知道他是天生就少毛，还是事先修过了？就在这个问题闪过脑海的瞬间，尼古这才惊觉：我的身边有人！不知不觉间，后面的选手竟然追上来了！他会超过我吗？尼古连忙确认身边选手的身份，再把脸转回前方。

是东体大。他记得东体大在小田原中继站，比尼古还要早十秒交接接力带。原来不是我被追上，而是我追上别人了。尼古看了看手表，确认自己保持着正确的速度。很好，尼古在心里点点头，判断自己应该可以甩开这个选手。

不过，前方看不到其他大学选手的身影。自己现在到底是跑在第几名？扣除同时起跑那部分的时间后，宽政大现在实际排名又是第几？尼古毫无头绪。

管他运动服湿不湿，现在我们打的可是一场没把握的仗啊，尼古一边想着，一边跑进小田原市街。沿途加油的人潮互相推挤、摇旗呐喊着。当中也有宽政大的旗帜，还有一群人看起来像是商店街的居民在大喊着，但声音被周围的喧闹声淹没了，听不懂他们在叫什么。看来只能等跑到五公里处，从教练车取得情报了。

总之，现在尼古只能集中精神保持自己的速度，同时想办法甩开宿敌东体大。他很怀疑教练车上的房东取得正确情报的能力，但宽政大还有个地下队长，也就是清濑。虽然他自己上场的时间也越来越逼近，但就算在这个时候，他一定也在努力搜集情报，准备向房东提供最好的建议，下达能让尼古安心的指示。

尼古很信任清濑担任队长的能力。他在宽政大的选手中，时间纪录仅次于阿走，但他最优秀的能力还是看人的眼光，还有安排人事的手腕。如果没有清濑，大家绝对不可能会想到要以箱根为目标，也不可能真的走到今天这一步。

虽然清濑也会采取强势的手段来对付他们，但他从来不曾苛责那些没有跑步经验的人，也绝不会伤害他们的情感，或看不起别人引以为傲的事物。他总是配合每个人的性格，不厌其烦地引导着大家，让他们愿意主动面对跑步。

正因为清濑以前在田径场上受过挫折，所以才能循循善诱竹青庄这群几乎全是田径初学者的伙伴。在他身上，温柔和坚强兼具，还有满腔对跑步的信念和热情。这些事尼古全都感同身受，因为他自己在上大学前也曾醉心于田径。

但是尼古一进大学，就断然舍弃那段田径生涯，因为他已经无法从这件事当中看到希望。高中时代，他曾经那么认真地投入，订定目标、日复一日练跑，虽然感觉很辛苦，有时也觉得很麻烦，但他是真的很喜欢跑步。

不过，尼古的体格开始越长越壮，骨骼也越来越粗。不管他再怎么喜欢跑步，也必须承认，在这个以时间长短为胜负条件的运动项目上，身材的适应性也不能忽视。比起同年龄的大多数人，尼古当然跑得更快更远，但如果要以一名长跑选手的身份继续比赛，恐怕很难再上层楼。到了高三时，尼古知道自己不可能再进步了。天生壮硕的骨骼，以及容易囤积脂肪的体质，确实不适合练长跑，任凭他再怎么努力也无法克服这个限制。

大学时期加入田径队，毕业后被企业赞助的运动社团延揽，接着挑战世界的舞台——到底有几人能成为这样的选手？当目标越远大，越能看出天赋才能的光芒有多耀眼。尼古在自己的实力范围内尽可能累积经验与练习，却也因此越明白，有一种境界是他穷极一生也无法达到的。面对自己持续壮硕中的体格，尼古只能无奈感叹自己的无力。

尼古的不幸是，没有任何指导者曾经告诉他，就算他不能当田径选手，也还是可以继续跑步；没有人告诉他，如果真的喜欢跑步，尽情享受跑步的美好就好。尼古从年轻时就义无反顾投入田径运动，当时的他以为如果不能当上选手、在场上发光发热，一切就完全没有意义。尼古因此对自己彻底失望，从此远离田径运动。

在漫长的大学生活中，尼古学会了独立生活之道，也累积了许多田径以外的经验。过程中他终于明白了一个道理：没有意义也不是什么坏事。这不是在说什么漂亮话。跑步的目的，当然是要取得胜利，但胜利其实有许多种形式。所谓的胜利，不单是指在所有参赛者中跑出最好的成绩。就像人活在这世上，怎样才算"人生胜利组"，也没有明确的定义。

清濑也抱着相同的想法，这对尼古来说是极大的鼓舞。高中时代的尼古，一股脑儿地认为通往胜利的道路只有一条，现在回想起来，自己都觉得幼稚又可笑。尼古在远离跑步后，心态也变得更成熟，然后在对清濑的认同与信赖下，终于再次一头栽进日复一日练跑的生活。

清濑是很优秀的指挥官。他明白人心的痛楚，也了解竞技场上的冷酷。面对个人的价值观差异，他全盘接受，并且以强韧的意志力与热情，带领追随他的队员。

能让灰二抱持着这股热情而不减的人，一定是阿走，尼古心想。清濑就是没办法不管阿走，因为他与生俱来的可贵才能，让他就算伤痕累累，也仍然闪耀夺目。

最难能可贵的是，这两个人简直有如天作之合。尼古一边想，一边擦去从鼻梁流下的雨滴。把清濑与阿走连结在一起的，不单只有跑步；他们在其他地方好像也很契合，对彼此的存在产生相互影响。至少在尼古眼里看起来是这样。因为对方的优点而被吸引，又为彼此的缺点而激动，尼古觉得这就是人与人之间情感的证据。像友情或爱情这样美丽又珍贵的情愫，确实存在清濑和阿走之间。同时都喜欢跑步，又这么心有灵犀的两个人，这么巧合的邂逅，让尼古感觉有如奇迹。

清濑和阿走间的心心相系和争吵冲突，总是让尼古再三玩味。原来跑步这件事，能够将人与人之间的交流，升华到这么高贵的形式。

所以这一年间，尼古才会跟着这群伙伴一起努力练跑，而现在的他也正尽全力跑着。在即将离开小田原市街时，东体大选手已经一步步被他拉开差距。越过酒匀川后，就是沿海的直线赛道。不知道能不能在那里看到前面几所大学选手的身影？

来到五公里处时，尼古身后的教练车传来房东的声音："尼古，你现在是第十三名，跟前面的甲府学院大大概有30秒的差距。"

甲府学院大的七区选手，一万米成绩好像是29分10秒左右，实力比尼古高出许多。他只能尽最大努力去跑，不让差距继续扩大。他竖起耳朵仔细听，同时分析获得的情报。

"另外，如果加上同时出发的时间后，宽政大真正的名次……"

房东透过麦克风扯开嗓门大声喊出："六区结束时，第十六名！"

阿雪的成绩是六区第二名，结果也才推进到第十六名吗？尼古不禁感觉前途多难，甚至有点头昏眼花。不过，想到昨天去程结束时是第十八名，这代表宽政大的名次确实在提升中。我绝对不会就此放弃。至少，要尽可能在最短时间内把接力带交出去。

"灰二要我跟你说：'还有希望，千万不要自乱阵脚。'完毕！"

尼古轻轻举起右手，表示已确实收到讯息。是啊，还有希望。或许宽政大在这次的箱根驿传没办法得到优胜，去程掉到第十八名，回程直到七区为止，名次也没有突飞猛进的跃升。但是，如果以跑进前十名，取得种子队资格为目标，就目前情况来看，还是大有可为。

以十名内为目标，不是为了明年可以无条件参加箱根驿传，而是我们只凭十个人就来挑战，最后还是希望能够取得一个具体的成果。因为尼古不想再听到有人说，一支连选手能不能凑齐都是未知数的队伍，就算取得种子队资格也没有意义。

不管有没有意义，为了证明我们到今天为止所做的一切是值得自豪的，现在唯一能做的就是尽全力去跑。

尼古的双臂冒出热气，毫不畏惧冬天降下的冰雨。

负责八区的KING和陪伴他的姆萨，正在平冢中继站等待。结束热身的KING，不是在中继站周边慢跑，就是去厕所，总之就是没办法待在一个地方。从这里也能看到沿途的赛道已经挤满观众，让KING开始紧张起来。

看到KING无法保持冷静，姆萨决定随他去，因为不管跟他说什么，KING就像在转轮里咕噜咕噜跑的仓鼠一样，根本停不下来。

算了，反正等他累了就会静下来吧。虽然在比赛前把自己搞太累不是好事，但照这情况看来，只能等KING自己恢复平静了，姆萨如此判断。KING这个人的神经出人意料之外的纤细，要是硬逼他别动，可能反而会让紧张感积压在体内，之后一口气爆发。

因为上述的理由，姆萨一个人坐在中继站角落的塑料垫上，看着小电视追踪比赛实况。阿雪稍早精彩跑完全程时，姆萨曾经情不自禁放声欢呼，现在则是凝视着尼古奔跑的身影，默默守护着他。电视画面上偶尔会出现尼古在七区奋斗的影像，现在他正跑到刚过10公里的二宫附近。这里有座跨河大桥，形成几个上下起伏，但尼古未受影响，视线紧盯着前方，以稳健的步伐向前迈进。

KING好像总算暂时恢复平静了，来到姆萨身旁坐下。

"尼古学长的情况怎样？"

KING探头望向屏幕。姆萨递给他一条大毛毯。

"他的节奏没有变慢，但是和甲府学院大的差距越来越大，因为对方跑得很快。"

KING用大毛毯把身体包起来，坐在地上开始拉筋。

"排名呢？"

"没有变，还是在甲府学院大后面、东体大前面的位置，看起来是第十三名，但时间加总后还是第十六名。"

"啊……"

KING发出不知是附和或叹息的声音，接着倾身把额头贴到膝盖上。保持一个动作静止不动的他，身体自然而然因为不安而颤抖。

"阿雪那家伙，跑得也太好了。"

KING像是要摆脱不安一样，刻意用开朗的口气说。

"对呀，神童一定也很开心。"

姆萨微笑道，之后两人暂时陷入沉默。坐在地上的他们，各自从低矮的角度愣愣望着眼前的风景。选手、工作人员或来加油的观众，来往穿梭在中继站里，现场有如庙会一样热闹。只有KING和姆萨的周遭，仿佛被声音和时间遗忘了一般的安静，感觉像被隔绝在蓄满紧张感的水槽里。

这时，两人的视野中，出现一双穿着运动裤的脚，并停在他们面前。姆萨和KING同时抬起头，看到东体大的榊正朝下俯视两人。

"宽政大学田径队的箱根之旅，看来到这里也已经差不多了。不用担心明年社员不足的问题，或许也可以说是一件好事呢。"

榊的口气平静而有礼，让人更觉得听不下去。KING愤慨地要起身，却被姆萨硬揪住毛毯挡了下来。榊被分派到负责八区，就快轮到他上场了，才会刻意过来挑衅跑同一区的KING。姆萨从榊这个举动中，察觉到他心里的紧张和压力。

"现在还很难说，"姆萨神态自若地回答，"你们东体大能否取得种子队的资格，现在也在关键时刻不是吗？"

"而且现在还跑在我们后面。"KING用挖苦的口气反击。

"那只是表面上看起来这样而已，况且我在八区就会追过你们了，"榊的言辞中充满坚强的意志，"不只要超过你，连你前面那几所学校我也会超前。"

好啦好啦，那你加油吧。KING在心里吐槽他。

"听起来你很拼？"KING嘴上故意这么说。

榊的眉毛就像坏掉的雨刷一样，猛地往上一挑。

"当然要拼，这可是箱根驿传！我就是为了参加这个比赛，才一直跑到今天，而且是从中学就开始了！像你们这种吊儿郎当、把跑步当儿戏的人，不可能了解我下的苦功。"

"我们没有把跑步当成儿戏。"姆萨倏地站起身,态度坚定地说。

KING被他吓了一大跳。姆萨与榊对峙,继续说:"世界上哪有这么痛苦的游戏?榊同学你应该也很明白才对,为什么要故意说这种话来跟我们吵架?KING马上就要上场比赛,请你别再说这种会扰乱他心情的话。"

帅啊,姆萨。KING身上裹着大毛毯仰望姆萨,觉得他很靠得住。

这时,榊的身后来了几名协助掌控现场的东体大高年级生。夏天集训时,这些高年级生压根没把宽政大放在眼里,现在态度已经大不同。

"榊,你在干什么?"高年级生喊着,似乎在担心和KING他们对峙的榊,但榊连头都没回。

KING突然有点同情起榊。原来不只阿走和宽政大的选手,就连东体大的队友,对榊来说都是竞争对手。死心塌地、把一切奉献给跑步,让榊处于四面环敌的状态。他没办法向任何人诉苦,也跟任何人都处不来。对于其他跑者,他在乎的只有他们的名次和成绩。

榊只能用这种方式来看待跑步,让KING觉得很悲哀。他把毛毯夹到腋下,站起身来。

"我问你,你快乐吗?箱根驿传一直是你的梦想,等一下终于可以上场了,可是你看起来却一点也不快乐。为什么?"

"因为我根本不需要,"榊丝毫不为所动地说,"因为这是比赛。"

"是没错,不过……"

KING思考着该怎么跟他说才好。

"我们队长清濑常说,跑步不是光快就好了。长跑选手一定要'强'才行。我是这么想的,他这话的意思应该是要我们享受跑步,才能跑下去。"

"好天真啊。"榊的眉毛又竖了起来,像在教训一个玩泥巴的小孩子说:真拿你没办法。

"如果只想在学生时代留下美好的回忆,你们就尽管去玩吧,这么做也满适合你们的。我可不一样。不停奋战,赢得比赛,这才是我跑步的目的。叫我跟藏原一样,堕落到跟你们这群弱鸡一起跑步,那就免了吧。"

"你说什么!"

KING 闻言暴怒大吼,刚才心中的感伤顿时抛到九霄云外。但榊好像已经说完想说的话了,一脸满足的样子扬长而去。

"真的是气死人不偿命。"

KING 气得咬牙切齿,姆萨也只能在一旁尽力安抚。

"其实他的话也有部分是事实。"

"是没错,可是我就是不爽!我要打电话给阿走!"

KING 从运动外套口袋掏出手机。

阿走稍微跑一下后,回到户冢中继站。他感觉身体已经放松了,等一下做完拉筋运动后,再去跑一下应该就准备得差不多了。想到这里,负责帮忙看管行李的城次对他招了招手。

"阿走,你的手机响了。"

阿走拿回寄放在城次那里的手机,看一眼来电显示。本来以为应该是清濑,没想到是 KING。

"喂。"

阿走还来不及问什么事,就传来 KING 大呼小叫的声音,差点震破他的鼓膜。

"阿走!你绝对要跑第一!一定要让那个臭小子痛哭流涕,被他自己的眼泪淹死!听到没!"

KING 一口气说完一大串,然后就挂断电话。剑拔弩张的气氛,从手机通话口流泻而出。

"什么啊？"

"这……"

阿走和城次面面相觑。

"难得看到 KING 这么激动。"

"跟他看猜谜抢答节目时差不多激动吧。"

"啊我知道了，"城次模仿按铃抢答的动作猛拍一下，"东体大的榊不是也跑八区吗？一定是他在中继站跟 KING 说了什么。"

阿走也认为大概八九不离十。结果，KING 好像因为太过生气而忘了紧张。这或许也算好事一件，但阿走一想到榊对自己的怨念竟然这么深，心里不免仍有点难过。

虽然他努力掩饰伤感的表情，但城次还是敏锐地察觉到了。

"这种事，随它去就好了，"他轻轻拍了拍阿走的背，"不过，我真的也很希望你可以跑第一。"

"那当然，我也有这个打算……"

城次这番话好像不光单纯只是在帮阿走加油，话里似乎还有其他涵义的样子。阿走看着他。

"我打算在灰二哥冲过终点线时，跟叶菜妹告白。啊啊啊！真是等不及了。"城次害羞地笑着说。

原来如此啊，阿走点点头。城次一直希望八区比赛赶快开始，就是这个原因。

"可是，不管你再怎么急着从这里赶过去，也不见得赶得上灰二哥抵达大手町那时候。"

"不会吧！真的吗？！"

"嗯，我每年都看转播，跑完八区的选手，通常在转播结束前都赶不回大手町。"

"那怎么办！我可以现在就出发去大手町吗？"

看来城次为了爱情，不惜放弃陪伴选手的工作。

"我是无所谓了，不过要是让灰二哥知道了，我想你应该会血流成河。"

"我想也是……"城次身子扭来扭去，一副苦恼不已的样子，"看来我最好还是等接力带交到你手上之后再走……不知道叶菜妹会不会等我？"

这还用说。叶菜子无论如何，一定都会在大手町等双胞胎到来。就算要等到半夜、等到被大雪掩埋了，她也不会离开。

虽然心里这么想，阿走嘴里却故意说："很难说哦……"

阿走已经算很钝的人了，但是跟城次的钝比起来，就像看着一只狍狳在地上慢慢爬一样，让人忍不住在一旁干着急。这样稍微逗他一下，应该无害吧。

想到自己竟然这么坏心眼，阿走心里不禁觉得好笑。这时候，一个声音传来。

"宽政大好像永远都这么欢乐。"

一回头，六道大的藤冈就站在他们身后。阿走和城次的谈话，他好像都听到了，嘴角挂着一抹笑，让人联想到涅槃中的释迦牟尼微笑。他那颗光溜溜的头，在今天这种微阴的天气里依然闪闪发亮。

"喂喂喂，这个人是……"城次拉拉阿走的运动外套衣袖。

"新年快乐。"阿走开口向对方打招呼。

"下一句是'今年也请多多指教'吗？"藤冈揶揄道。"终于等到这一天了。"藤冈的脸立即换上严肃的神情。

"藏原，今天我会刷新九区的纪录。"

藤冈威风凛凛的宣言，让阿走为之震慑。藤冈的目标不只是区间优胜。他这话的意思是，他不只要站在本次大赛所有九区选手之上，更要凌驾历年参加箱根驿传九区的选手，站上这个区间的顶点。

区间新纪录，代表改写在箱根驿传历史中长年累积下来的伟大纪录，从历史纪录挑战者的身份，转而成为令人景仰、紧追不舍的超越者。况且，九区的区间新纪录已经五年没被人刷新了。对出赛箱根的选手来说，创下区间新纪录，等于造就自身莫大的荣耀。

"那我会再刷新你的那个纪录，"阿走昂首挺胸，斩钉截铁说道，"你顶多当个区间新纪录的保持者，大概十分钟吧，我想。"

听到阿走如此大胆宣战，连一向不知天高地厚的城次也不禁傻眼，吓得不由自主颤抖。六道大的藤冈一定会先接到接力带开跑，所以就算藤冈跑出区间新纪录，这项"新纪录"最多也只能维持到后出发的阿走抵达鹤见中继站为止。这就是阿走的意思。

城次看着毫不相让的两人。阿走和藤冈的眼底都燃烧着斗志，以及对彼此表现的期待。这是一场谁也无法触及或介入、自尊与自尊的对决。

"王者"六道大的藤冈一真，对决"杂牌军"宽政大的王牌藏原走。户冢中继站里在场所有人，都在这两人散发出如火焰般气势的影响下而激动期待起来。

这一天终于到来。受到"田径之神"眷顾的这两个人即将正面对决，箱根驿传进入终章前的最后一战。

尼古一个人沿着海岸线的一号国道不停跑着，前方看不到可以追赶的身影，后方也听不到让人焦急的脚步声。

沿途道路两旁挤满了观众，房东坐在教练车里尾随在后。到了15公里处，穿着宽政大运动服的给水员，告知尼古他与前后选手的时间差。但往前跑下去的尼古，始终还是一个人而已。海风将群众的欢呼声切割成丝。

"守住一公里三分钟左右的速度。"清濑的指示像回声一般在脑海中回荡，尼古默默跑下去。

是了，长跑就是这么寂寞，尼古心想。像在没有星星的夜空下，踏上旅途一般的孤独与自由。跳动到极限的心脏，涔涔的汗水冷却后又马上让肌肤发热、血液流窜奔腾的肌肉，这一切的感受除了尼古自己，都没有任何人知道。到跑完既定的道路、抵达既定的地点为止，都不会跟任何人有接触，尼古必须独自面对这场旁人无法理解的战斗。

我都忘了，或是假装自己忘了，跑步是这么苦闷又令人欢喜的事。是一起住在竹青庄的这群人，让我再次想起这些事，把我带到能够再次品味这种体验的地方。从放弃田径那一刻起，我就一直在等待。等待有人再给我一次机会。等待有人就算知道我的身体不适合田径赛，但能看到我打从灵魂深处热爱跑步、追求跑步、渴望跑步。等待着有人能对我说：尽管去跑吧！

尼古也知道，这是他最后一次以选手身份上场比赛。田径选手的大门，并没有为尼古而敞开。就算他再努力练习，想再提升一点成绩，对尼古而言都是不可能的事。

尼古没有受到青睐与祝福——如果真的有"田径之神"，神一定也会这么说。和阿走相处这么久以来，就算不想承认，尼古自己也知道，不管他再怎么诚心祈求，他也无法成为像阿走一样的跑者。

不过，无所谓了，尼古心想。就算不受神的眷顾，还是可以热爱跑步。心里那分无法压抑的热情，就像跑步孕育的孤独与自由一样，都在尼古心中发出灿烂的光芒。只要曾经拥有，让它长存心中，这样就够了。现在的尼古，只能把一切奉献给最后的这场比赛，长年以来对田径抱持的牵挂，将在今天画下休止符。

赛道从大矶车站前会离开一号国道，朝北延伸进入一段迂回路段。因为弯道的关系，总算可以稍微看到前桥工科大的选手。与此同时，尼古感觉好像有人逼近他背后。不用回头也知道，是东体大选手追上来了。

虽然有点心急，但尼古还是忍了下来。跑了二十多公里，到这里体力已经大幅滑落。这时候不能躁进，得继续保持每公里三分钟左右的速度，保留足够的体力。真正该冲刺的地方，是最后那三百米。

尼古相信自己身体的感觉，就像没有星象指引也能远渡重洋的候鸟，以稳定的节奏朝目的地平冢中继站前进。从中继站涌出的人潮，让道路两旁的人墙变得更厚实了。前桥工科大的选手抬起下巴全力奔跑。尼古直觉这是冲刺的时机。

尼古摆动起肌肉灼热的四肢，展开猛烈的冲刺急起直追。东体大的选手也抓住这个时机，像弹射而出的箭矢一般加速。喉头涌上一丝淡淡的血腥味，但尼古还是强忍着有如全身要被压扁的痛楚，全力向前。在中继站观众的摇旗呐喊中，尼古看到 KING 冲到中继线上，他身旁还有前桥工科大的八区选手，以及东体大的榊，也都已经站上中继线。三个人并排着，呼唤着长驱径入的队友。

尼古摘下接力带，紧紧握在手中，仿佛那是一条吸饱汗水的救生绳。这时他的眼里只看得到 KING，视野中只有那件黑银相间的队服。尼古向前跑去。

我终于跑回这个既定的地点了。

"看我的了，尼古学长。"

KING 接到接力带后冒出这句话，之后头也不回地往前跑。尼古沉默地点点头，推了 KING 的背一下。往大手町的方向。

姆萨把防寒长外套铺到地上。尼古在倒下的同时，动手把手表上的马表按停。他已经横渡了与时间竞赛的世界，没有必要继续计时了。

尼古的战绩是，1 小时 6 分 21 秒跑完全程 21.2 公里，区间排名第十二。

宽政大在平冢中继站以第十二名的成绩交出接力带。前桥工科大慢了四秒钟，跟东体大同时交出接力带。

多亏了尼古的拼斗，宽政大在加总同时起跑的时间后，实际排名上升到第十五。东体大看起来虽然比宽政大还慢，但实际排名仍然保持在第十三。六道大和房总大互争首位的结果，房总大毫无退让之意，目前时间领先六道大一分半以上。第三名的大和大，跟六道大的差距是三分钟。

领先的各校排名是否会有变动？第十名附近的大学，形成一场拉锯战，到底是哪几所学校能够取得种子队资格？胶着的时间差，看似平静实则暗潮汹涌。这场战役的走向，没有任何人能够断言。

尼古躺在中继站的角落，仰望着东方的天空。希望还没破灭。KING、阿走、灰二，你们尽情去跑吧，以大手町的终点线为目标。我们一定要证明给世人看，让大家明白我们这一路来在追寻什么。

虽然身体已经达到疲惫的极限，但为了亲眼见证结果决定的瞬间，尼古还是站起身来。默默在一旁照料他的姆萨，也轻轻扶住他的肩膀。收拾好行囊后，在平冢中继站观众意犹未尽的兴奋之情下，姆萨和尼古动身启程，往大手町出发。

在 KING 出发前一刻，灰二打过电话来。

"你会紧张吗？"

"拜托不要问，害我想起紧张这件事。"

"那真是不好意思了。"

清濑口气很认真地道歉。

"不过，你本来就很容易紧张不是吗？比如快要大考了、交报告的期限快到了、明天要去面试打工、绝对要看的猜谜节目不知道会不会没录到……不管什么事，你都可以当成紧张的理由，让我一直都很佩服。"

"你是打来找我吵架的吗？"

"不是不是，我只是想跟你说，反正紧张是你的常态，所以就算你现在会紧张，其实也没什么大不了。"

这不是摆明来找我吵架吗？KING本来想这样吐槽清濑，却不知为何反而笑了出来。虽然看不到也听不到清濑在鹤见中继站的情况，但随着电波传来的感觉，KING知道现在电话那一头的他应该也在笑着。

"我说，灰二，你有没有在找工作啊？"

"我看起来像有在找吗？"

"那你打算怎么办？以你的实力，应该会被企业赞助的运动社团网罗吧？还是你要延毕一年，明年再来参加箱根驿传？"

说着说着，KING自己开始觉得奇怪。怎么我一副很肯定宽政大明年还会来参加箱根驿传的样子？他甚至忍不住想说："我准备延毕一年，你也陪我吧。这样我们又可以一起跑步了。"

"将来的事，我都还没想过，也没办法想象，"清濑冷静地说，"这四年来，我一心只想着参加箱根驿传这件事而已。就连现在，我都怀疑自己是不是在做梦。"

KING觉得有些失望。他心里其实是期待清濑跟他说："明年当然也要跑，你也一起来吧，KING。"但KING不想表明自己的心情。

"都练成这样了，如果现在只是在做梦，那我真的会抓狂。"

"说的也是。"

"KING，"清濑轻轻一笑，马上又恢复平常的淡然口吻，"八区原本就很难跑，就算你被超过了也不要在意。重点是16公里以后那个游行寺[1]的上坡。跑到那里之前，尽可能保留体力。"

"知道了。"

"等箱根的比赛结束，我会帮忙你找工作。"

---

[1] 位于藤泽市的清净光寺俗称。

"怎么帮？"

"帮你把面试穿的西装压在床垫下睡平，或是帮你烫衬衫啊。"

"不必了，再见。"

KING把手机交给姆萨后，脱下运动外套。清濑他没有说："我们一起找工作吧。"这一点让KING隐约有种不祥的预感。

清濑说话的感觉，仿佛他觉得自己过了今天以后就没有未来似的。

穿着队服的KING用力甩了甩头，仰望天空。云朵顺着赛道的方向朝西飘去，灰蒙蒙地覆盖了整片天空。好像又要下雨了。KING绑紧鞋带，跟姆萨击掌之后，跑向中继线。

从尼古手中接过接力带的KING，才起跑没多久，就被东体大的榊和前桥工科大的选手追上。这两所学校，瞬间就追平了在平冢中继站落后宽政大的四秒。

KING转头确认紧跟在后的两校选手，只见前桥工科大的选手额上冒出豆大的汗珠。这时的气温是两度，右手边微微有海风吹拂而来。这种天气不是太难跑的酷热，也不是在奔跑间会冻僵的酷寒。KING心中暗忖，这家伙大概身体不舒服吧。

眼前的敌人，果然还是榊。榊为了避免海风的影响，拿前桥工科大的选手当掩护，跑在KING左后方的位置。当KING回头看的时候，榊的脸上明显露出轻蔑的眼神，好像在说：我随时都可以超越你。怎样？你能拿我怎么办？榊用眼神发出无形的威胁，逼迫KING把路让出来。

KING当然不会这么简单就屈服于榊的胁迫。当KING跑在车道正中央，榊从他的左侧超前而去，完全没有并排齐跑，瞬间就跑到他前方，而且还拉开距离。KING啐了一声："臭小子！"也不认输地加快速度，然后在三公里处的湘南大桥追上了榊。前桥工科大的选手跟不上KING与榊，杂乱的呼吸声在背后渐行渐远。

KING完全忘了灰二交代他要保存体力一事。跑在宽广漫长的桥上，他根本没有心情眺望右手边的汪洋大海。笼罩在阴天下的海面，仿佛拒绝相模川流入一般地拍打出波浪。KING完全无视这片景色。被榊激起的好胜心，让他忘了自己与榊之间的实力差距。

不管KING再怎么追赶，榊还是把距离拉开了。拼命追赶的结果，令KING的呼吸开始紊乱。沿路上，观众投射而来的视线与欢呼声，在他脑子里只是一阵阵蒙眬的声响和不规则的反射，感觉一点也不真实。KING只能盯住榊的背影，不顾一切跑着。

KING已经陷入失控的状态。比赛中的各种突发状况，包括榊先向KING做出挑衅的宣示，之后更以实际行动证明自己的实力。这一切都给KING带来压力，扰乱他的注意力，最后夺去他应该有的判断能力。

KING的表现，当然全被清濑看在眼里。到了五公里处，教练车传来房东的声音。

"KING，给我深呼吸！你在急什么啊？喂，KING！"

KING终于回过神，深深地吐了口气，原本绷紧的肩部也不再出力。他转了转两臂，向房东示意他已经放松了。

"你最好每五公里都深呼吸一次比较好，"房东的声音听起来放心了不少，"看你的节奏整个乱掉，灰二很紧张，打电话给我。"

安排在沿途的宽政大学生，都会打手机向清濑报告情况。听他们说KING两眼直盯着榊，而且比设定时间跑得还快许多，清濑就知道事态不妙，绝对不能再让KING受到榊的挑衅影响。为了防止KING自取灭亡，必须尽快让他恢复冷静。

由于教练只能在每五公里处跟选手喊话一次，而且只有一分钟，所以房东用飞快的速度说："灰二说，'在大手町会合的时候，记得告诉我游行寺的由来。'听到没？"

对了，游行寺的坡路。灰二提醒过要我注意。

KING再次转动手臂，让房东知道他已经没问题了。他必须放慢速度，慎重地推敲自己现在的疲劳程度。由于大会工作人员的车辆挡在中间，KING已经看不到榊的背影。没多久后，就连那辆车也变得越来越小。但KING还是守住自己的节奏，稳定且努力地向前跑。因为他已经想起，自己真正要面对的对手是谁。

我不能输的，不是榊。我不能输的，是自己那颗受到一点挑衅就昏头、忘却自己实力的心。

KING做事向来胆小谨慎，所以自尊心也特别强。他很怕受到伤害，所以无法跟人深交。而他不想让人知道自己生性胆小，所以表面上总是装出开朗、很好相处的样子。

因为他装得还不错，所以身边也有许多一起玩耍打闹的朋友，跟竹青庄众房客的感情也很好。但是，真要问他有没有可以诉说烦恼的朋友，他却想不出任何人。要是再问他遇到困难时，哪个朋友会跳出来帮助他，他更没自信能答得上来。

清濑从来不会伤害KING的自尊心。如果跑八区的人是双胞胎或阿雪，清濑一定会直接问他们："现在就跑这么快，到时候可以顺利跑完游行寺那段上坡吗？"

以前，KING曾经因为清濑的善解人意而不安，难以忍受自己胆小鬼的自尊心被人看穿，却又因为有人这么了解自己而暗自雀跃。当这两种情感同时向他袭来，KING就会更讨厌自己。或许清濑可以全盘接受这样的自己，KING心里这么期待着，却又怕会受伤害，因为他知道清濑没有把自己当成"最重要的朋友"。

进宽政大就读的那一年春天，KING在学生事务课的公布栏角落，看到一张褪色的房屋平面图。超低廉的租金吸引KING到竹青庄一探究竟，一听到还有另外两个一年级生也住在这里，马上心想"住在这种破烂公寓里说不定会蛮有趣的"，所以决定入住。这两个同年级的房客，不用说也知道，就是清濑和阿雪。

由于一楼的房间都租出去了，所以KING住进202号房。好像是因为怕二楼地板破掉，所以都让房客先从一楼开始入住。当时二楼只有神童现在住的205号房住着一个四年级生。

住在竹青庄的四年级生都是很亲切的学长，包括现在还住在104号房的尼古，还有另一位住在阿走那间103号房。清濑和阿雪经常会跟KING聊天，让他觉得竹青庄是个很舒服的地方，就安心住了下来。但就算这样，他心里的疏离感依然如影随形。

KING怎么也学不会跟人保持一种若即若离、自然而然的绝佳距离。不管身在何处，不论和谁相处，他都觉得自己像漂浮在半空中。虽然他可以八面玲珑、避免与人争执，却没办法向任何人敞开心胸，只会为了掩饰软弱而虚张声势。面对这样的KING，当然没有人会想踏入他的内心世界。再加上KING自己认为，觉得寂寞是很丢脸的事，结果他的表面功夫也越做越好。

竹青庄的房客，每个人都有意气相投的对象，例如清濑和阿走、阿雪和尼古、双胞胎和王子、姆萨和神童。他们就算没有约好、没有问过对方的意思，却总是不约而同地聚在一起；就算不讲话，他们也不会觉得有什么不对劲；就算待在同一个房间里，各自做自己的事情也很自然。在竹青庄里，KING经常看到这样的光景。

但KING从来没有交过这么心灵相通的朋友。他可以和所有人一起开心过日子，却也仅止于此。

KING很讨厌自己。他知道这样的自己很讨厌，却不知道怎么改变自己的生存方式。

但是，跑步的时候就不一样了。

驿传是少一个人就没办法参加的比赛，所以他可以感受到自己被需要，所有顾虑和自尊心都可以完全抛开，还能和队友相互扶持。而且，每个人跑步时都只有自己一个人，可以从他人的想法和人际关系的纠葛中解脱，真诚地面对自己的心。

只有在跑步的时候，KING 不用强颜欢笑，不必汲汲营营找寻自己的归属，不必在意别人对自己的看法，只要集中精神去跑就可以。

KING 在滨顺贺的十字路口左转，离开滨海道路，开始往藤泽的方向北上。左转后就是 10 公里处，身后的房东再次透过麦克风喊话："现在的速度刚好！灰二也说，'KING 已经顺利找回他的节奏了。'现在你和东体大的差距大约 30 秒。但是你别再管那家伙了，反倒要注意后面的帝东大，他好像快追上来了。你只要保持注意力，照现在的节奏去跑就好。完毕。"

KING 转动一下双臂，示意他听到了。每五公里，房东都很规律地向他喊话，看来应该是收到清濑的指示。透过房东的声音，清濑要传达的另一个讯息是："我在看着你。"所以，KING 你就安心地跑下去吧。

瞒不过他，KING 心想。真的什么事情都瞒不了灰二。

通过藤泽警察署后，天空开始下起雨来。沿途的观众却没人打算撑伞，只是挥舞着箱根驿传的小旗子为选手加油。相对于静静落下的蒙蒙细雨，纸做的旗子摇动时，发出啪嗒啪嗒的声响。阵阵声响交叠，配合着 KING 的前进方向，有如波涛一般起起落落。

道路两旁满满都是观众。KING 看着一张张陌生的脸孔。这道人墙应该会不中断地一直延伸到大手町，加油声也会鼓励着选手，催促他们向前。

接下来的赛道避开藤泽车站前方，朝东北前进，又接上通往内陆的一号国道。KING 在 15 公里处，从穿着雨衣的给水员手中接过瓶装水。初春的雨水,淋在皮肤上也渗入体内。即使不需要补充水分,但是为了让心情冷静下来,KING还是含了一口水。

"'接下来要一决胜负了,准备好按铃抢答了吗?'以上是灰二要我转告你的话。完毕。"房东说。

KING把瓶子丢到路边,转动一下双臂放松身体。过了16公里处,终于看到游行寺的坡道。

喜欢猜谜的KING,当然也知道跟游行寺相关的知识。

游行寺是时宗[1]本寺,正式名称是藤泽山无量光院清净光寺,从镰仓时代吞海上人建立游行寺以来,寺院门前的藤泽市街就十分繁荣。

确实记得寺院的由来,让KING觉得相当满足。能够想起正确解答,代表他在精神上还游刃有余。灰二,等着吧,我会在大手町好好给你上一课。

江户时代的人,为了祭拜江之岛的弁才天女神,都会在藤泽停宿,之后登上这条坡道到游行寺参拜,当时的景色和遗迹,至今仍残留在街道上。巨大的常绿树张开枝叶阻挡雨水落下,仿佛也在保佑奋力奔跑的KING一样。

就算我很了解这个地方,但这条坡道也太难跑了吧。从书本上得到的知识,跟实际跑一趟的感受完全不同。江户时代的人真的都爬上这条坡路了吗?

KING的下巴越抬越高。坡道本身长度不到一公里,坡度看起来也不是太陡。如果是坐车,大概一眨眼就可以开上去,甚至可能会怀疑:"这里真的有上坡吗?"不过,对于已经跑完16公里的KING来说,游行寺的坡道就像箱根山一样高耸。

---

[1] 日本净土教其中一个法门,于1274年开宗,特别崇尚净土三部经当中的《阿弥陀经》。开宗祖师一遍智真上人,生平以临终与体悟为宗旨。

脚步的沉重感，让 KING 不禁怀疑，难道柏油变成泥巴了？他忍不住低头看了一眼地面。刚才中了榊挑衅留下的后遗症，让 KING 无法顺利随着路面起伏切换跑法。这时，背后传来观众摇旗呐喊的声音。应该是帝东大的选手追上来了。

我才不会认输，KING 心想，有如痉挛了一样加快呼吸频率，不顾形象地用力挥动手脚前进。

灰二，刚才你跟我说，你怕这一切是在做梦。但对我来说，这如果是一场梦就好了。

刚开始，大家是在你的强迫下才开始练跑。当时我随口附和说："箱根驿传？我不是很熟，不过，参加就参加吧。"一副没什么大不了的样子。其实，那是因为我不想一个人被排除在外，不想再在竹青庄里当个可有可无的人。

但是，现在不一样了。箱根驿传不再是灰二你一个人的梦想，而是我们所有人的梦想。跑步让我觉得很有趣、很痛苦又很快乐。跟你们朝着相同的目标前进，就像猜谜抢答一样让我觉得兴奋……所以我才会一直跑下去。

我从来没有和别人这么亲密过，也不曾和别人一起打从心底欢笑或生气。将来我想应该也没有这样的机会了。很久以后，再回想起这一年，我一定会怀念又感伤。

灰二，我真的很希望这一切是一场梦。

一场让我不想醒来的梦，一场我希望能够永远徜徉其中的梦。

"六道大学一定会拿到今年箱根驿传的总优胜。"藤冈冷静地说。

KING 跑完八区之前二十分钟，户冢中继站的某个角落里，阿走和藤冈并肩坐在塑料垫上。

"为了网罗有潜力的跑者，我们学校早就在全国中学和高中都部署了人脉。而且除了选手的实力之外，我们还拥有能够达到有效成果的训练设施、优秀的指导员，以及维持这一切需要的庞大资金。综合以上种种条件，就是让六道大获胜、成为王者的基础。"藤冈断断续续说着。

他这番话没有半点夸大，阿走很清楚。他现在正坐在六道大的阵营里。藤冈一个人，身边有五个学弟陪伴，负责在开跑之前照料他所有需求。就像每年赏花季节抢位置那样，在拥挤的中继站里占位置的人，也是这群学弟。阿走是在藤冈的邀请下，才来六道大的阵营叨扰。

藤冈这五个学弟，好像很怕打扰到他，全都站在离塑料垫一段距离之外。城次好像也震慑于藤冈的威严，选择跟那些学弟待在一起。他不时担心地看看阿走，却不敢靠近。

在箱根的"王者"六道大学，藤冈是王中之王。就连涌进中继站的观众，也对他十分敬畏，只敢从远远的地方看着他。这块塑料垫，宛如在狂风暴雨的夜里航行在汪洋大海上的航空母舰，坐在上头有种与世隔绝、远离尘嚣的感觉。

"像这样非得拿冠军不可，不觉得很辛苦吗？"阿走问道。

"不辛苦，因为再怎么辛苦也总会习惯，"藤冈闭上眼，好像在冥想一样，"不过……感觉很沉重。这四年来，我承受着这份重担，把它当成跑步的精神食粮，只为了让自己变得更强。"

藏原你待过仙台城西高中，应该也很清楚吧？被他这么一问，阿走连忙摇头。就算那所高中在全国大赛中得过冠军，但还是不能跟箱根的常胜学校相提并论。不论跑步的实力，还是来自周遭的压力，都不是阿走所能体会的。而藤冈就肩负这样的重担，投身跑步的世界里。

"我必须带领六道大迈向胜利之路。"

藤冈从塑料垫上站起身，脱下运动外套。身后的学弟立刻跑上前来，毕恭毕敬地伸出双手，接下运动外套。

房总大在八区20公里处，仍旧维持领先的局面。六道大虽然在后方追赶,但两校仍有一分钟的差距。

"我会超越自己,同时也赢过你,藏原。"

"我也是。我一定会战胜我自己,还有藤冈你。"

阿走也站起身,与藤冈正面相视。藤冈吁了口气,脸上似乎绽出笑意,微微点个头后,走向中继线。突然,藤冈好像想起什么,转头又叫住阿走。

"我之前提过,清濑和我在高中时是队友吧?"

"有,你提过。"

"其实六道大也曾经邀请清濑入学,我也很期待上大学以后,还可以跟清濑一起跑步。但是他拒绝了,参加一般入学考试进了宽政大。"

原来还有这一段故事啊。靠田径推荐进六道大,应该是所有高中生跑者憧憬的梦想。阿走想起昨晚在东海道线列车上,清濑对他说过的话。

灰二哥,你说我"是打从灵魂深处在探索跑步这件事"。这句话,说的应该是你吧。是灰二哥你自己的写照。

一股暖意涌上阿走的心头。他不禁咬住下唇。

"藏原,到底清濑他选择的是什么,你就跑给我看吧。"藤冈说。

"我一定会的!"阿走这么回答。

上午11点13分45秒,六道大的藤冈选手接过接力带,以第二名的顺位从户冢中继站出发。六道大想在回程逆转胜,以及他们所有人对全程总优胜的期待,全由他一肩扛起。这时他们和暂居冠军的房总大,时间相差有58秒。

箱根驿传,已经进入回程九区。

阿走目送藤冈离开后,才意识到自己很紧张。虽然他想把这份紧张感转化为赛前的亢奋情绪,指尖却仍不停颤抖。

城次拿着小电视,终于敢走到阿走身边。

"KING他好像追不上东体大的榊，而且还有可能被帝东大超前。"

没关系，我会追回来。阿走本来打算这么说，话却卡在喉头。他怕被城次发现，徐徐吐了一口长长的气来掩饰。

"我打个电话给灰二哥。"阿走说。

城次似乎以为他在担心清濑的脚伤，所以回答一声"嗯"后，转头继续看小电视。阿走若无其事地离开城次，按下清濑的手机号码。

"喂，我是清濑。"铃声还没响满一声，清濑就接起电话。

"灰二哥。"冒出来的声音竟然有点沙哑，阿走赶紧清清喉咙。

"难得你也会怯场呀。"清濑半开玩笑地说，阿走也因此稍微恢复平常心。

"不是，我是想问你脚伤的情况……"

"止痛针很有效，状况很好，"清濑的口气很肯定，让阿走放心不少，"你在中继站遇到藤冈了吧？"

"对，我们聊了一下，然后我好像因为这样，变得有点怯场。"

"傻瓜，"清濑笑着说，"我太了解藤冈这个人，所以我可以肯定告诉你，你是很厉害的跑者，以后也一定还会跑得更快、变得更强。"

"你的意思是说，现在的我还赢不了藤冈吗？"

畏怯的心情还没完全消除，让阿走不禁不安地问。

"当初你说不想参加纪录赛和大专院校杯时，我跟你说的话，你还记得吗？"

"灰二哥跟我说：'你要变得更强。'"

"然后呢？"

"然后……"

那之后灰二哥说了什么？阿走还在努力回想，清濑先一步揭晓谜底。

"我说，'我对你有信心'。想起来了吗？"

对了，在东体大纪录赛之前，我确实退却了。我怕自己会输给进入田径强校的榊,说不定还会被人在背后指指点点,说我是引发暴力事件的选手。我也怕万一我的本性曝光了,可能会被赶出这个我好不容易才找到、真心喜欢的地方。我怕同居共寝、每天一起练习、感情日渐深厚的竹青庄伙伴们会讨厌我。这一切,都让我害怕。

但是灰二哥当时却这么对我说,说他对我有信心。因为这句话,让我决定参加纪录赛,也开始思考所谓"强"的真正意义。

"想起来了。"阿走说。

"其实,"清濑突然严肃地说,"我是骗你的。"

"什么!"阿走发出几近怪叫的声音,令城次好奇地抬起头。

手机的另一头,清濑刻意重复再说一次:"我说我对你有信心,其实是骗你的。"

阿走突然觉得很想哭。

"竟然到这时候才跟我说……"

"我也是不得已的啊。"

清濑叹了一口气继续说:"那时候我们才认识一个多月,我怎么知道信不信得过你?可是,如果不那样说,你又不想参加纪录赛或任何比赛……这算人家说的苦肉计吗?"

听到清濑这么说,阿走开始理解他这番话的意思。

"那,现在呢?"

期待与不安,让阿走费了好大的劲才让语气保持平静。说吧,说你相信我,这次一定要是真心的。跟我说,藏原走是比谁都强的跑者,绝对不会输给藤冈。

"这一年来,我看着你跑步的样子,跟你一起生活到现在,"清濑的声音有如一潭深邃的湖泊,静静地浸润阿走的内心,"我对你的感觉,已经不是'有没有信心'这句话可以表达的了。相不相信不重要,重要的只有你。阿走,我心目中最棒的跑者,只有你而已。"

喜悦之情盈满阿走的心。这个人，给了我世间无可取代的东西。就在现在，给我一个永恒闪耀、最珍贵的宝物。

"灰二哥……"

谢谢你，在那个春天的夜里跑来追我，引导我追求跑步的真正意义，全心全意信赖我、认可我这个人的一切。

阿走想要这么说，却说不出口。因为这时他心里的感受，已经无法用言语传达。

片刻沉默后，清濑似乎敏锐地察觉到阿走内心的想法。

"要向我道谢还太早吧。"

"我马上就去找你，等我。"

"不要跌倒哦。"

清濑这么说，听起来很开心的样子。

上午11点20分，阿走结束通话后，把手机交给城次，脱下运动外套，身上穿着宽政大队服，开始做简单的拉筋运动。毛毛细雨落下后被风吹散，让周围蒙上一层雾气，让阿走队服上的银色线条因湿润而闪亮。这段期间，八区选手也陆陆续续抵达中继站，接过接力带的九区选手也相继出发。

上午11点23分，在工作人员唱名下，阿走往中继线走去。城次抱着大小行头紧跟一旁，一脸紧张。

"城次，我也喜欢胜田同学。"

阿走终于亲口说出自己对叶菜子的心意，但这个世界也不会因此而改变。

"可是城次跟她如果可以顺利发展下去，我觉得也很好。我说真的。"

阿走突如其来的发言，似乎让城次很错愕。只见他睁大双眼，跟着很快露出笑容说："你可别在大手町抢先我告白，阿走。"

"不会的。"

阿走笑着说，接着向挥手道别的城次点点头，走向中继线。东体大的榊正好跑完八区，交递出接力带，往路边靠过来，正好和阿走错身而过。

"没用的，藏原，宽政大已经玩完了。"

榊在阿走耳边咕哝。他在八区超越了包括宽政大在内四所学校，让东体大的名次提升到第十，所以才会自信满满这么说吧。榊的成绩是1小时06分38秒，排名区间第五。

阿走朝藤泽的方向望去。甲府学院大、曙大的选手正往中继站跑来，KING就跟在后方。KING遭到帝东大追击，在快到中继站之前被超前。即使如此，KING还是没有放慢速度，还是竭尽全力奔向中继站，跑向阿走。

"我们不会这样就结束。"阿走看着榊的双眼，坚定地说。

榊，因为我的任性，曾经毁了一切。高中时代的我完全不顾比赛和队友，我知道你一定不会原谅我。事到如今，向你道歉也没有意义，更何况，我也不想道歉，因为我直到现在还是觉得我没错。

只是，当时我应该用其他方法来表达我的想法、我的意志，而不是诉诸暴力。

我希望你能看到，我已经不一样了。阿走想这么告诉榊，但他也知道，不用指望榊会接受自己一厢情愿的想法。于是他只是把自己的决心告诉榊，便转身离开。

"我绝对不会让它在这里结束。"

阿走站到中继线上。帝东大选手在他身边完成接力带的传递。

"KING。"

阿走高举右手，就像雾里的一盏明灯。KING伸长握住接力带的手说："对不起，阿走。"

KING上气不接下气地说，把接力带用力塞进阿走的右手。那一瞬间，阿走的左手顺势轻轻一握KING的拳头，上头满是汗水和雨水。KING，你完全不需要道歉啊。

KING跑完八区21.3公里，整整比东体大的榊慢了一分钟。总计时间是1小时07分42秒，排名区间第十。

宽政大目前是第十四名，实际排名第十六。跟目前跑进种子队名额第十名的东体大，时间差距总计2分53秒。想取得种子队资格，就必须使这个差距归零，而且还要超前，一秒钟也好。

上午11点24分29秒，阿走披上了满载着众伙伴热切希望的接力带，从户冢中继站出发。

沿途加油的人们，在电视上看转播的观众，以及在现场实况转播的播报员与解说员谷中，全都目不转睛盯着九区的优胜之争。

首先是跑在最前方的房总大，紧接着是相差58秒的六道大。房总大企图保持现状领先到底，六道大则希望夺回冠军展现王者的实力。九区素有"回程的王牌区间""下半场的二区"之称，因此这两所学校都投入了主将。比赛进行到这里，可以说是意志力的对决。

房总大的主将是四年级的泽地，虽然目前取得领先，却丝毫不敢大意，最初一公里只花了2分46秒，速度相当快。六道大藤冈目前的位置，还看不到领先的泽地。藤冈面无表情，无从得知他的心情如何，只是默默地跨步向前，而他最初一公里花费的时间是2分48秒。到底哪一边会先耗尽体力、放慢速度呢？还是，两人都会保持这样的快节奏，一直到比赛结束？两校队长之间的对决，是众所瞩目的焦点。

"虽然彼此都看不到对方，但是在最初的一公里，双方都展现出不甘示弱的步调，"播报员难掩兴奋地说，"看来这会是一场激烈的战斗。谷中先生，您怎么看？"

"泽地和藤冈同学的表现，都不辱他们背负的队长之名。不过，单从画面上来看,藤冈同学似乎显得比较游刃有余。或许到了横滨车站附近,名次会有变动也不一定。"

这时,画面切换成二号转播车传来的影像。

"哇!这是?第四名是西京大,但后面紧跟着喜久井、真中、北关东大!"

"是的,这几所学校已经形成一个集团,在争夺第四名!"

画面传来二号车上的转播员声音。

"真中、北关东两校选手,最初一公里只花了2分40秒。追赶的脚步非常惊人,眼看就要追上西京、喜久井。"

"也就是说……"跟谷中一起坐镇摄影棚内的主播,开始整理赛况,"目前情况大致如下。房总大与六道大在争夺领先位置。大和大落后六道大五分钟左右,位居第三。而晚大和大一分钟交递接力带的学校是第四名西京大,但是后面的喜久井大、真中大、北关东大的集团已经要追上来了。"

"回程比赛来到后半段,战况又开始变激烈了。"

谷中倾身盯着屏幕看,画面这时切换成三号车传来的影像。它正在跟拍第八名的动地堂大。

"这里是三号车。动地堂大后面,第九名的横滨大选手,很快就跟上来了!横滨大最初的一公里跑了2分43秒。在户冢慢横滨大两秒交递接力带的第十名东体大,在这里似乎被拉开距离了。"

"太刺激了!每个选手都使出了浑身解数!"主播佩服不已,语带惊讶的感觉。

九区长达23公里,属于赛道较长的区间,最初一公里竟然有选手只用了2分40秒,简直可以说是毫不考虑配速、有勇无谋的跑法。

"怎么会这样?谷中先生,您怎么看?"

"因为横滨大、东体大的排名刚好落在取得种子队资格的边缘,当然会这么拼。而且九区刚开始三公里是下坡,也比较容易加速。不过,一开始步调就这么快,有些选手之后可能会乱了节奏。"

"也就是说,就算一开始名次有变化,最后还是有可能再被追回,您是这个意思吗?"主播紧盯着屏幕,"咦?那是雪吗?好像又开始飘起雪了。"

从转播摩托车传来的影像中可见,天空正降下纷纷细雪。由于电视台派出的三辆转播车无法顾及后段学校的选手,因此由机动性较高的摩托车负责跟拍。

"这里是转播摩托车,现在正跟着第十三名的宽政大。速度相当惊人,通过一公里竟然只花了2分42秒!"

下雪了。如灰烬般的细小雪花落下,在视线中欣然狂舞,阿走这才发现下雪了。刚才还只是像雾一样的细雨,什么时候下起雪来的?难怪感觉变冷了。

刚才在箱根下雪还说得过去,但过了户冢、进入平原地带,竟然又出乎意料地下起雪来。阿走没有穿长袖也没有戴臂套。早知道穿暖和一点就好了,阿走心里闪过这个念头,但瞬间又抛到脑后,因为他的体内开始燃烧,连迎面袭来的寒风也败退。

比阿走还早七秒出发的帝东大选手,离开户冢中继站不到四百米就被他超前。这一刻,宽政大排名第十三。现在和东体大的时间差多少?实际名次又是多少?阿走想知道,又苦无情报。他只能往前跑,以最快的速度赶到鹤见中继站。快一秒钟也好。这是他唯一能做的事。

阿走乘着和缓的下坡道,飞速跑过最初的一公里。他觉得没必要看马表确认时间,因为就算不看时间,他也知道自己现在正处于前所未有的极佳状态。关节的活动非常滑顺,血流也毫无阻碍地把氧带到全身。尽管不觉得自己很出力,双脚踏在地上的每一步,却清楚感受到路面传来的触感。

阿走的状况十分良好，内心却像无风的水面，宛如一面可以映照未来的魔法之水，清澄透澈、静谧无声，没有一丝涟漪。

怎么回事？难道我失去斗志了吗？阿走突然觉得不安起来。现在感觉跑得很顺，会不会只是一种错觉，其实自己跑得超慢？

阿走开跑后首次看了看手表，发现自己两公里跑了 5 分 30 秒。成绩果然不错。不过，会不会是手表坏了？如果是这样的话，怎么办？

心里的不安让阿走呼吸有些紊乱。突然，道路两旁的加油声钻入他耳里。沿着两旁的车道护栏，长长的人墙一直延伸到远方。对向车道因为有驾驶停下来观看比赛而造成塞车。阿走感觉到车辆行列中投来的视线，甚至有人摇下车窗帮他加油打气。

阿走发现，斜前方一台转播摩托车的摄影机正朝着自己拍摄。会刻意拍我，表示我跑得不错才对。阿走这时终于相信自己的实力，再次定下心。

快到三公里的地方，是九区的第一个坡道。分支道路缓缓画出一道曲线，绕上拱门状的山坡后又与主干道汇合。阿走的身体很自然地配合短暂的上坡路，感觉就像受到跑步节奏支配，不由自主地向前移动。

周围的景色与喧嚣，再一次逐渐脱离意识的认知。映入眼帘的景色，已经见山不是山，就像焦距对得太准的照片一样变得平面而失真。至于声音，就像置身室内游泳池一样，宛如回音一般从远方传来。灼热的皮肤，好像被一层无形的薄膜包覆着，就算碰触到飞舞而下的雪花，温度的感受也如梦似幻一般，没有真实感。

高度集中的注意力，让阿走的身心处于一种不可思议的平稳与零感的状态，但他自己对此还没有半点自觉。

最早注意到阿走这种状态的人，果然还是清濑。在鹤见中继站的他，正和王子盯着手机的屏幕收看着。

转播摩托车送来的影像，虽然有些噪声，但还是能看到阿走全力奔跑的模样。完全没有多余的动作，完美的姿势展现出无比的强度与速度，仿佛在向世人宣告："这才是跑步！"

"太美了。"

清濑喃喃说道，脸上露出有如着魔的陶醉神情。王子瞥他一眼。

"这种跑法，有点别扭啊，"王子笑道，但有点闷，"也太梦幻了。"

清濑完全了解王子的心情。任何人看到这种力与美的极致表现，只会心生一种望尘莫及的感觉。而这样的体悟，其实让人颇难堪。可是，心里尽管难受，却又忍不住想凝视它，忍不住想追求相同的境界。除了用"梦幻"这个字眼，实在想不到其他形容词来表达心里这种纠葛的心情。

"只要努力就一定能成功，其实是一种傲慢。"

清濑说，借此鼓励并安慰王子。事实上，这些话也是说给他自己听的。

"田径的世界没有那么天真，但是，目标也不是只有一个。"

就物理观点来看，大家都跑在同一条赛道上。然而，每个人到达的境界却各有不同，借由跑步找到属于自己的终点。跑者们总是不断在思考、迷惘、犯错，然后再重新来过。

如果每个跑者的答案与终点都相同，长跑就不会这么令人着迷了。如果跑步只是这么表面化的行为，看到像阿走这么梦幻的跑法后，恐怕不会还有人想继续跑下去。

所以，不管是亲身演出完美跑法的阿走，还是为此眼中绽放喜悦与斗志的清濑，以及实力完全比不上这两人、却仍旧跑到最后的王子，在长跑的世界里，他们的价值完全相同，全都立于平等的地位。

"说得也是。"

王子点点头,像是看开了,一股满足的踏实感油然而生,和清濑继续一起静静凝视画面中的阿走。这时,一阵手机铃声忽然划破这片宁静,让人不禁感觉房东刻意挑这时机打来。

"灰二你怎么都不跟我联络?"房东急惊风地说,"已经快到五公里了,我应该给阿走什么指示啊?"

"什么都不用。千万别跟他说话。"

"可是阿走对路边的加油声没半点反应,眼神也有点恍惚,说不定是被比赛的压力压垮了?"

"不对,刚好相反,"清濑信心十足地回答,"阿走现在的精神非常集中,千万别去干扰他。"

就像道行高深的僧侣,通过坐禅达到开悟的境地;又或者像萨满巫师,跳着节奏单调的舞步,进入神灵出窍的状态——阿走通过"跑步"这个再熟悉不过的行为,进入了一个不同次元的境界。

他的专注力,有如一根紧绷的丝线,来到濒临断裂前的张力极限;他紧张又高昂的情绪,就像水盛满土钵,再多加一滴就会溢出钵缘。阿走就是保持着这样的精神状态,心无旁骛地向前跑。

这种时候,任何人都不能打扰他。谁都不能与阿走有任何接触。

阿走已经跑过八公里处。灰色的天空下,落地即融的雪花,寂静无声、纷纷不绝飘过眼前。

这段双向都是一线道的马路,画出一条绵延的曲线。郊区的沿途街道,并排着两层楼高的朴素商店。阿走很喜欢眼前的景色,以萧条来形容也不为过,是个平凡且随处可见的小镇。但是,这里确实散发着人们生活的气味。路上零零星星的起伏未经修整,正是人们往来此处留下的历史印记。

阿走以一公里不到三分钟的速度,不费吹灰之力爬上权太坡。路旁的常绿树上，茂盛的树叶有如幢幢的黑影。

正前方出现一座天桥，挂着一条箱根驿传的横幅布幕，随风飘扬舞动。两旁道路挤满了观众，天桥上却一个人都没有。宛如一顶没人要的王冠，被丢在路上形成一幅奇妙的景象。

从权太坡的顶点可以一眼望穿坡道。阿走认出下坡路段上有曙大、甲府学院大、东体大的选手身影。他感觉脑子开始发烫，就像一头看见猎物的肉食动物，伸展曲线优美的肌肉，一眨眼便敏捷地逼近猎物。

乘着下坡的冲力，阿走追上了前方集团并超越他们。他没有并排齐跑观察状况，丝毫无意在他们身边多做停留。这样子一口气拉开距离，更能抹杀对手反击的干劲。

但即使阿走超前许多选手，也只是改变赛道上的排列顺序，实际上宽政大的合计时间仍然落后东体大。然而，眼前没有必要在意这些事。就算只是虚张声势，也要让对手心生"那种速度，自己怎么可能跑得过"的感觉。在对手脑海中留下深刻的印象，就达到效果了。

阿走在权太坡下坡路段，速度提升到一公里2分40秒，来到平地后再调整回一公里2分55秒的节奏。过程中，他的身体很自然地配合着地形，无需经过计算就自动切换速度。

超越三所学校后，表面名次提升到第十。阿走稍微盘算一下。但目前的实际名次，还没挺进足以取得种子队资格的范围内。九区还剩不到15公里，就算再加上十区的23公里，宽政大可以力拼的距离已经不到40公里。在这段赛道上，我们还可以缩短多少时间差？

距离不够！阿走不禁焦急与悔恨，咬紧牙根。如果距离能再长一点；如果我能继续再跑下去，绝对可以超前更多人。我一定可以超越前面的所有队伍；一定可以跑出比任何人都快的成绩。

想到这里，阿走不禁笑出来。

真是死性不改啊我，怎么老是希望能够永远一直跑下去？

雪花纷飞。以前他也在雪中独自奔跑过。无论是在高中的操场上，还是在经常慢跑的河岸边，阿走总是一个人跑着。当然学校里有其他队友，但是除了田径这个交集之外，阿走和他们一点都不熟。

教练只在乎速度和团队规矩，让阿走对他很不满。他只是喜欢在跑步时和自己对话，照着自己的节奏、默默地沉浸在跑步中。但即使如此，阿走还是不断跑出优秀的成绩，队友们也因此躲得更远，对他指指点点：因为藏原是怪胎，因为藏原是天才。等等。

不是这样的！还是高中生的阿走，当时很想这么大声呐喊。我没有什么特殊才能，我只是比任何人都勤于练习，然后就跑出好成绩。就是这样！我只是想要跑步而已！

为什么大家都要对教练唯命是从，只想着怎么维持社团纪律？为什么已经练到筋疲力尽了，还要拖拖拉拉地再慢跑一个小时？阿走觉得这种做法根本毫无意义。靠这种不合理的训练和拼一口气的论调，真的就能跑得比较快吗？阿走完全不能认同，因为就算队友们接受这样的训练，还是没人跑得比他还快。

阿走无法理解，为什么队友们会因为怕惹教练和学长生气，一直乖乖服从"社团"的安排。他只想忠于自己的身心，全心投入跑步这项运动中。

高中时代的阿走很寂寞。他不认为自己跑步的样子和态度有什么不对。不管周遭的人怎么说，他还是坚持自己的做法。只是，越跑，他变得越孤单。优秀的成绩让他得到赞赏，却也从他身上夺走与人相处的喜悦。

阿走不想被禁锢在永无止境的椭圆形跑道中，却又无法从中逃脱。他是靠田径专长推荐进高中，学杂费全额减免。他的父母也对儿子的田径才能，抱持很大的期待。所以，就算阿走想逃，也不知道该逃到哪里。

但是说到底，是阿走自己深爱着跑步，无法自拔。对他来说，任何赞赏都只是过眼烟云。只是他越投入跑步，就越陷入孤立的深渊。这些虽然他自己也很清楚，却还是无法放弃跑步。

阿走哪里也去不了，只能反抗队友的妒忌和扯后腿的行为，以及强制的练习与纪律。就这样，一个人孤单地跑下去吧。可是，他又看不到终点。无路可走的封闭感，让阿走感觉快要窒息。

但是现在不同了。阿走伸手轻碰一下斜挂在胸前的宽政大接力带。这一年来，阿走改变了，也明白了。

跑步不是自己一个人的事。原来，通过跑步，还可以跟人交流往来。虽然它本身是必须自己一个人孤单向前的行为，但它真正的意义是隐藏在其中、那一股将你与伙伴连结起来的力量。

在遇见清濑之前，阿走不曾意识到自己拥有什么力量，也不知道长跑竞技的意义是什么，就这样不求甚解地跑着。

跑步是力量，而不是速度；是虽然孤独，却也跟他人有所连结的一种韧性。

这些事，是灰二哥教我的。面对竹青庄的成员，他循循善诱，还以身作则，让这群嗜好、生长环境、跑步速度都各不相同的伙伴，通过跑步这个孤独的行为，在一瞬间心灵相交，感受到相知相惜的喜悦。

灰二哥，你说"信心"这个字眼不足以表达你心里的感受。我也这么想。因为任何说出口的话都有可能变成谎言，而百分之百的信任只会自然涌现在心里。这是我头一次明白，信任自己以外的某个人，是多么崇高的一件事。

跑步跟信任很像，不需要理由和动机；它也跟呼吸一样，是我活下去的必要手段。

跑步已经不能再伤害阿走，也不会再让阿走被排除、孤立在人群之外。阿走付出一切追求跑步，它也没有背叛阿走——不仅响应他的期待，也让他更坚强。跑步永远陪着阿走，像个喊一声就会回头、立即来到身边的挚友。它不再是阿走要去征服、打败的敌人，而是永远陪伴在他身边、支持他的一股力量。

"灰二哥，快看！"

王子的手机屏幕上，正在播放横滨车站前方的赛况。六道大的藤冈总算追上房总大的泽地。两人并排没多久后，藤冈就超前而去。播报员这时大叫起来："藤冈超前了！王者六道大在九区终于站上顶点！"

开跑后已近15公里，藤冈却仍保持一公里三分钟的速度，并超越泽地取得领先。他的速度非但没有降低，反而还在逐渐加快脚步。

之后藤冈应该能够维持优势跑完九区，率先抵达鹤见中继站。打从公布区间选手名单那一天起，六道大应该就已经算到这个局面。

六道大一直在预测房总大到底会把主力选手放在去程或回程，因此把藤冈放入区间选手名单的候补位置，静待房总大出招。当他们发现房总大的布局是以去程为胜负关键后，便在回程比赛当日变更选手名单，将藤冈排入九区。这个战术的重点，是在去程时以紧跟着房总大为优先，回程时再一举逆转。

这是只有实力好手如云的六道大，才有办法实行的战略。而扛起逆转大任的人，正是主将藤冈。旁人很难想象他心里到底承受多大的压力，但藤冈果然不负众望，尽力达成自己的使命。他通过跑步，告诉大家王者应有的风范。

"泽地好像跟不上了。"

这时候清濑察觉到，藤冈的企图不只是帮六道大取得胜利。

"藤冈想要缔造区间新纪录。"

"是吗？！"

王子不由得睁大眼看着电视画面。九区的区间纪录是五年前由六道大的选手创下的，时间是1小时09分02秒。屏幕画面的角落，正以马表形式显示藤冈目前的时间，一旁并列着区间时间纪录。如清濑所言，他确实正以足以匹敌区间纪录的速度在跑着。

藤冈脸上表情看起来满不在乎，内心却抱着如此强烈的争斗心，让王子很惊讶。没想到，藤冈不满足于夺得总优胜的宝座，还想让自己的名字留在区间纪录上。好大的野心。这个人就这么坦荡荡地，把自己对跑步的欲望彻底表现出来。

"能够跟藤冈抗衡的选手，只有阿走了。我们得提供情报，好让阿走在后半段冲刺。王子，你密切注意藤冈的时间。"

清濑脱下防寒外套交给王子。

"我去热身一下再回来。"

阿走距离横滨车站还有四公里。道路已经变成双线道，沿途的人墙也多了好几层，甚至还有人被挤到车道上。

"为了避免危险，请后退！请注意别让旗子挡到选手！"

负责维持秩序的工作人员与警察，拼命阻止人墙向前推挤，喊叫的声音近似悲鸣。对跑步中的阿走而言，路旁的景色总是稍纵即逝，但类似的攻防战已经绵延好几公里，让他不禁觉得有点不可思议。

对我来说，箱根驿传是一场严肃认真的比赛，但是对这些观众来说，就像新年的一场祭典。

还真是什么样的观众都有呢，阿走强忍着笑意。有些人打从心底向选手送上声援，也有人大喊选手名字"藏原！"表示支持。明明是素昧平生的人，却事先调查过上场比赛的选手，真心为选手打气。

相对的，在选手们拼命跑步时，有些观众只关心转播的摄影机有没有拍到自己。

有一名男子手上拿着旗子跨到车道上，害阿走差一点迎面撞上。

由于选手们跑步的速度比骑自行车还要快，要是真的撞上的话，双方一定都会受伤。阿走轻轻抬起手，拨开妨碍他跑步的小旗子。而为了避免动作显得粗暴，他刻意轻轻拨开，没想到薄纸做成的旗面划开了他的手掌，在皮肤上留下一道细细的伤痕。

阿走舔了舔手上渗出的血滴。他不觉得痛，也没有生气，反而是因此察觉自己的手因为太冷而冻僵了，脑中闪过"对了，我怎么忘了戴手套"的念头。

既然是祭典，所以，大家开心就好了，阿走豁达地想。我不奢求有人理解自己到底是用什么样的心情在跑步，在这项运动中投注了多少体力与精神。这种痛苦和兴奋，只有跑者自己明白，但跑者可以和现场所有人分享参与比赛的喜悦。不论跑者或观众，都能够一起感受、一起玩味这一路连绵不绝直到大手町的热情欢呼声。

虽然只有一个人，却又不是一个人。跑者和观众将道路化成一条流动的河川。

到了13公里处，阿走终于看见西京大与喜久井大的选手跑在前方。追上去。超前。一定可以的。阿走不慌不忙地，一点一点拉近距离。

通过13.7公里的户部警察署前方时，沿途的人潮不但没有中断，反而越来越多。越过14公里处的高岛町十字路口，穿过高架铁桥底下后，道路终于变成四线道。快速道路的巨大高架桥，在头顶上方复杂交错着。

到了横滨车站前，现场挤满大批人潮。人行道上满满都是观众，不论街道旁的植栽花台上，还是建筑物大门的阶梯上，全被观众占据了。欢呼声在高架桥下回荡形成回音，发出怒号一般的轰隆声响，令宽敞的马路都为之震动。

没想到竟然有这么多人来为跑者加油。他们发出的声音，让阿走不由得惊讶地往路旁看去。翩翩飞舞的小旗海，就像暴风雨侵袭下的黑夜森林，频频发出低吼。

阿走接连超越了西京大与喜久井大的选手。观众看到眼前的逆转戏码，兴奋地高喊。阿走跑步的模样，让观众瞬间忘了自己本来支持哪一所大学或选手。在他的身上，众人见识到令人赞叹不已的美感、速度与力量，

到了15.2公里附近，给水员从人墙中冲出来。这个穿着宽政大运动服的短跑社员跟阿走并跑着，但他一时间并未察觉。

"藏原！藏原！"

听到对方的叫唤，阿走才望向一旁，看到对方手上拿着一瓶水，才想到："到给水站了吗？"这天的气温很低，路面因为下雪而变得湿漉漉，所以阿走不觉得口渴。但对方拼命跟着阿走的速度追上来，努力递出手上的水瓶，于是他也就接过手来。

"藤冈好像快要创下区间新纪录了！"

给水员飞快传达了这句话。是吗？果然如此，阿走心想。他没时间多问详细成绩，把达成任务、不再并跑的给水员留在身后，一个人继续往前跑。

藤冈到底是用多快的速度跑这段路的？我能不能超越他的成绩？不对，我一定要超越他！

阿走目前跑在第八名的位置，不知道和前面的选手相差几秒，也看不到对方的身影。但阿走要对抗的敌人，不是看得见的他校选手，而是时间。他必须把无形的时间拉到自己这一边，尽可能提升宽政大的名次，就算只有一名也好。同时，也是为了在箱根驿传的历史上，留下自己迄今为止最精彩的表现。

马路变成了四线道后，视野大开，让速度感变得和刚才大不相同，感觉仿佛怎么跑都没怎么向前推进。不要慌，阿走告诉自己，嘴里含了一口水。我的状况没问题，还能更快、还能再跑。他浑身的细胞都

在发热，肌肉像快被撕裂般大声呐喊着。再加速吧！突破自己极限的极限！

阿走把瓶子往路边一丢。沁凉的液体滑入体内。

"啊……"阿走不由自主地喊出声，但没人听到他嘶哑的声音。

他的体内深处，好像有什么东西被刺穿，而且因此爆裂。从那个点涌出的力量，扩散到指尖。不，好像不是扩散，而是汇聚？这股能量的流速实在太快，让他难以判断分辨，只觉得自己的身体被一道漩涡吞没。

那一瞬间，周遭所有声音远离，大脑冷澈又清晰。阿走感觉仿佛正在俯瞰着另一个自己奔跑中的身影，呼吸也突然变得顺畅无比。飞舞的雪花，一片一片极鲜明地飘过眼前。

这种感觉是怎么回事？与狂热仅有毫厘之隔的静谧。没错，无上的寂静。仿佛奔跑在洒满月光的无人街道上一样。淡淡的白色光辉指引出他该前往的道路。

感觉好舒服，让人想顺着这条路一直跑下去，再也不回去现实的世界。然而，一股恐惧也油然而生。只有自己孤零零地冲向一颗灿烂的恒星。有没有谁能来拦住我？不对，谁都别来挡我的路！这样很好，就这样跑下去，前往更远的地方。就算全身燃烧成灰烬也无所谓。看！另一个世界，在那里闪耀着璀璨光芒。还差一点点。就快到了。

清濑做完热身运动回来，王子仍盯着手机屏幕看得入神。电视的转播画面，正好从奋力飞疾的阿走切换到藤冈跑完九区的影像。

"六道大的藤冈选手，以1小时09分整交出接力带，创下区间新纪录！"

下午12点22分45秒，整个鹤见中继站都为藤冈刷新纪录而兴奋不已。清濑抬起头，藤冈这时正好从中继线那里迈步往中继站的准备区走来。

六道大学田径社的低年级生为自己学校取得领先而欢喜若狂,把藤冈团团围住。观众纷纷出声赞许藤冈的优异表现,记者也争相上前采访。藤冈才刚跑完比赛,却连坐下休息的时间也没有。

藤冈神情带着些许困惑,迅速环视四周欢腾不已的人群。最后,他的视线停留在中继站的最角落——清濑所在之处。他穿过层层包围的人墙,朝清濑走来。

"王子,打电话给房东,告诉他藤冈的成绩,请他在20公里处转告阿走。"

清濑小声向王子下达指示后,对藤冈微笑说:"恭喜了。"

"你这是违心之论吧。"

明明刚创下区间新纪录,藤冈却面无表情,脸上丝毫不见半点胜利的自满。

"你觉得藏原会打破我的纪录对吧。"

"谁知道呢?"

清濑脸上仍带着笑,心里却已经披上一层不让人看穿的盔甲。

中继线附近又传来一阵骚动,似乎是房总大的泽地交出了接力带,跟六道大差了1分31秒。目前没有任何其他大学接近的迹象。有资格争夺冠军的队伍,已经缩小到六道大和房总大两所学校。而在只剩一个区间的情况下,藤冈在九区拉开了一分半,可谓相当悬殊的时间差。从两校负责十区的选手实力来看,六道大占有极大的优势。

"冠军应该就是六道大了,"清濑接着说,"你的跑法,还是跟以前一样有力又沉稳。"

"优胜应该是确定了,不过……"

藤冈欲言又止。附近的人手上的收音机,这时传来现场的转播报导。

395

"过了20公里处,宽政大的藏原选手又开始加速了!这个选手的体力,简直就像完全没有极限一样!九区的区间纪录或许又要再被刷新也不一定!"

藤冈脸上终于露出微笑,但那个表情,就像明明吃下什么很苦的东西、却仍硬要说很甜一样。

"清濑,我们到底要跑到哪里才能停下?以为已经抵达目的地,结果前方还有路,而且又长又远。我所追求的跑步……"

清濑在藤冈的眼中,看到暗淡的绝望之光。一个人孤独地跑着,永无止境追求着。阿走身上也有跟他一样的阴影。

藤冈,你并不孤单。托你的福,让阿走变强了。今后你们俩一定会以彼此的存在相互激励,朝更高的境界迈进,直到有一天,克服万难,到达那个任何人都到不了的地方。

清濑其实想这么说,却紧闭着双唇不语,因为他心里其实非常羡慕。羡慕阿走,羡慕藤冈。因为他们是被"选中"的人。于是,清濑只是这么说:"但你还是不会放弃吧?"

他只说这么多。

"你就是没办法放弃跑步,不是吗?"

"说得对,"藤冈这次真的敞开心房,嘴角扬起笑意,"反正就是再重新来过而已。"

藤冈和众学弟一起离开中继站。清濑静静望着他的背影。藤冈那些队友中没有任何人发现,即使他跑出决定胜负的成绩,同时创下区间新纪录,但藤冈心里仍然存在着一片无可填补的空虚。

这不是因为他输了,而是因为他不满足。而且正是这个原因,驱使他继续跑下去,变得更加强大。

"原来,被选中的人也有很多烦恼啊,"清濑喃喃自语着,往王子走去,"阿走应该已经收到情报了吧?"

"嗯，刚才房东打电话来，说他一报出藤冈的成绩，马上感觉到阿走好像斗志更高昂了。"

清濑盯着王子的手机屏幕，画面上是阿走的镜头。离中继站还有两公里。阿走脸上完全不见跑了二十多公里的痛苦，两眼直视着正前方。

就快到了。清濑心想，同时隔着运动裤轻轻地揉了揉右脚。它却像麻痹了一样，只有似有若无的感觉，不过，痛感也一样遥远。没问题，我能跑。

第三名的大和大，比房总大慢了 5 分 08 秒交出接力带。之后，中继站开始陷入一片混乱。北关东大、真中大也相继来到中继站。

"横滨大、动地堂大的选手，请到中继线就位，"工作人员拿着扩音器唱名，"接下来，请宽政大的选手准备。"

此话一出，中继站所有人开始骚动起来，因为去程在芦之湖取得第十八名的宽政大，竟然在回程一路挺进，即将在鹤见中继站以第八名的顺位递交接力带。在回程前四个区间内追过十个队伍的宽政大，实际的名次到底是第几名？是否已经晋升到足以取得种子队伍资格的名次了？

宽政大的十区跑者清濑成了众人瞩目的焦点，但他完全不理会他人的视线与耳语，神态自若地朝中继线走去。王子也不在意他人眼光，接下清濑的防寒外套和运动服，最后又瞥一眼他的右脚小腿。清濑既没有戴护腿，也没有裹运动绷带，给人一种毫无防备的感觉。王子不禁担心一问："你的脚不固定一下吗？稍微给它一点保护？"

"不用了，我怕麻烦。"

清濑平静地答道，话中展现他绝不会拿旧伤来当借口的决心。既然这样，我只能笑着送他离开了。王子直视清濑，告诉他："灰二哥，这一年，我过得很开心。"

"我也是。"清濑轻轻抓住王子的肩头摇一下。

清濑站上中继线。虽然身旁的横滨大与动地堂大正在交递接力带，但这一切已经不在清濑的眼里。

此时的他正目不转睛望着中继站前方的道路。九区的最后一百米。清濑凝视着这条笔直道路上阿走朝他直奔而来的身影。

从第一次相遇的那天晚上起，我就知道了。我一直等待的、一心一意追求的，就是你，阿走。

阿走让清濑目睹了自己心目中的跑步。那是他长久以来不断渴求，却因为遍体鳞伤而不得已打算舍弃的梦想，阿走却轻而易举地将它展现在他眼前。在这个世界上，我从没见过比阿走更美丽的生物。

宛如划破夜空的流星。你奔跑的姿态，就像那一道冷冽的银色流光。

如此璀璨夺目。我可以看到，你奔行的轨迹散发出白色的光辉。

阿走在九区 20 公里处获知藤冈创下的区间纪录。房东的话一传入耳中，他的身体就自动反应起来，立即加快速度，但其实他当时仍处于那种不可思议的零感状态余韵中。

阿走以前也体验过所谓的"跑者高潮"（Runner's High）。在那个当下，心理和生理处于一种兴奋状态，仿佛跑到天涯海角都不成问题。但他现在的感觉，跟"跑者高潮"有点不太一样，而是一种更澄澈、更冷静的恍惚感。

在这种情况下，阿走依然能分析脑中得到的情报。藤冈的成绩是 1 小时 09 分，能否超越这个成绩，就看自己在最后一公里能够坚持到什么地步。阿走如此判断。

但其实这一切和他脑内的思考回路完全没有关系。他大部分的意识与感觉，宛如已飘向遥远的岸边；他全身的神经无比清醒，意识却轻飘飘地浮游着。他对这个状态完全无能为力。它就跟在半梦半醒的浪潮间浮沉时，那种如梦似真的情境一样；像是明明已经起床准备上学了,睁开眼却惊愕地发现自己还躺在床上。这种感觉,在阿走奔跑的过程中不断向他袭来。

这一切并未让阿走觉得不舒服,也没造成什么不良的影响。事实上,在这种接连不断的温和快感中,他反而觉得跑起来比平常还要灵活。只不过,不明白自己到底发生什么事,以及原因不明的恍惚状态,难免让他心里有点不安。

等到了大手町,再问问灰二哥吧。等箱根驿传结束后,一定要把我现在的体验告诉他。

阿走心里这么想着,以为自己正维持应有的节奏在跑着,下一刻却发现身体竟然在加速冲刺。他连忙确认周遭的景色。看来,刚才他的意识似乎又陷入短暂的空白,自己在不知不觉间已经来到最后一公里。主办单位在赛道旁立起标示,让选手得知自己跑了多少距离。而阿走似乎是在无意识中看到标示,身体自然而且确实地判断是决胜负的时候了。

络绎不绝的人墙发出的欢呼声,有如滚滚洪流一般传入阿走的眼睛与耳里。他看一眼手表。从出发到现在,已经1小时08分24秒。来得及吗?能不能打破藤冈创下的纪录?有点危险。得再加速才行。好痛苦。心脏仿佛此刻才开始跳动,在头盖骨下发出激烈声响。

跑完种满行道树的分支路线,就是进入鹤见中继站前的最后直线赛道。剩下一百米。阿走看到路边人群拥挤嘈杂。看到中继线。看到清濑就站在那里。

清濑的样子有如自始至终都站在那里一样,定定凝视着阿走。他的神情喜悦中又带点哀愁,对阿走绽开笑颜。

突然,阿走像是想起什么,又像被无形的力量操控着,伸手摘下背在身上的接力带。剩下十米。跑步。交出接力带。除了这两个动作,其他都是多余的。阿走屏住呼吸。眼睛一眨都不眨。体内所有氧气与能量，全都用在最后这几步。

清濑跨出左脚、摆出起跑姿势，朝阿走伸出右手。阿走毫不犹豫把右手往前伸。

没有必要呼喊对方的名字。只在接触的一瞬间，眼神交会，一切尽在不言中。

灰二哥，我们终于来到这么远的地方。言语或肢体碰触，在这最后一刻都不需要了。前往这遥远的国度，我们一起做到了。

黑色接力带从阿走的手中滑走。

他跨过中继线、停下脚步，望着清濑披上接力带的背影往前奔驰而去。阿走再次开始呼吸，贪婪地大口吸气，心脏狂暴地跳动，肩膀剧烈上下起伏。飞舞而下的雪花，一碰到阿走的皮肤就立即化为细小的水滴。

"阿走，你成功了！成功了！"

王子大叫着往阿走飞奔而来。

"宽政大藏原走的成绩是 1 小时 08 分 59 秒！比藤冈选手刚才创下的纪录还要快一秒，刷新区间纪录！"

同一时间，王子的手机传来播报员连珠炮一样的结论。

王子激动得无以复加，抱住阿走的脖子、吸着鼻子发出啜泣声。工作人员前来请他们俩离开中继线。阿走只好让王子挂在自己的脖子上，连拉带扯把他带到鹤见中继站里。

中继站内的人纷纷上前向阿走道贺。电视台摄影机也跟在一旁，镜头对着他。有几名看似运动杂志记者的人也跑来要求采访。

阿走徐徐看向左手腕上的表。刚才忘记按停的马表，仍在继续计时。这时阿走尚未完全从恍惚状态中清醒，一脸呆滞，一时间还反应不过来。

走了几步之后，刚才跑步时的高昂情绪渐渐平复。就像滑翔机翩然着陆一般，阿走的脑子慢慢找回现实感。

回过神后，他的第一个想法是："不能在这里继续浪费时间。"

"王子，行李呢？"

"都收好了。"

"那我们去大手町吧。"

阿走提起放在中继站角落的运动背包，完全没休息就又跑起来。王子急忙拿起装有替换衣物的纸袋。

"阿走，你至少也先擦个汗吧！"

王子从纸袋中拉出大毛巾和运动服，拼命追在阿走后面。"等一下！不要一下子就跑这么快！喂！"

阿走和王子往鹤见市场站的方向跑去，把聚拢过来的群众丢在中继站，一脸错愕目送他们离开。本来打算采访阿走的电视台工作人员个个面面相觑，面带难色："这下怎么办？"

午后12点33分28秒，阿走创下区间新纪录，仅在六道大藤冈改写区间纪录的10分43秒后。箱根驿传九区23公里的纪录，虽然只比稍早短少区区一秒，却确确实实首次突破了1小时09分的障壁。

宽政大在鹤见中继站以第八顺位交棒，之后东体大也在51秒后，以第十一名的成绩交递了接力带。但是就实际时间来看，东体大仍然维持在第十名，而在户冢中继站排名第十六的宽政大，因为阿走在九区的奋力疾走，排名提升到第十二。虽然已经缩短与第十名东体大的时间差，但仍然差了1分02秒。

从鹤见中继站第九名的西京大算起，往后依序是东体大、曙大、宽政大，然后是第十三名甲府学院大。这几所学校的整体时间差，只有1分18秒。也就是说，在第十名左右的五个队伍，正在进行一场差距微小的拉锯战。每个队伍都有可能取得种子资格，也都有可能被挤出前十名榜外。

比赛进行到箱根驿传的最终区间：总长23公里的十区。从此刻开始，战局进入以秒为单位的热斗。

在鹤见市场站等车的空当，阿走向王子借手机打给阿雪。阿雪马上接起电话说："我都看到了，你太厉害了！"这是他对阿走刷新区间纪录的感言。阿走愣了一会儿才会过意，因为这时他满脑子都是跑十区的清濑。

"谢谢你，阿雪学长。你现在人在哪里？"

"除了城次和KING，所有人都到大手町了。"

"我和王子现在正要搭电车赶过去。这段期间，麻烦你负责支持灰二哥，分析时间和赛况，然后转告房东先生。"

"你放心，我有准备秘密武器。"

什么秘密武器？阿走纳闷。电车正好这时进站，让他来不及跟阿雪问清楚。

午后12点46分，阿走和王子搭上京滨特快车，准备在川崎换乘东海道线，目的地是东京车站。阿走在车内迅速穿上运动服，然后披上清濑的防寒外套。王子一边用手机查询路线，一边说："如果从京急川崎全力冲到JR的川崎站，可能赶得上特急踊子号。你觉得呢？"

"那还用说，当然冲了啊。"

"那这个给你拿。"

王子把纸袋交给阿走。不能让他空着双手，否则王子根本追不上他跑步的速度。

午后12点43分，清濑通过位于三公里处的六乡桥。越过多摩川，终于从神奈川县进入东京都。

在全长超过四百米的巨大桥梁正中央，清濑看到前方动地堂大选手的身影。动地堂大在鹤见中继站比宽政大还早一分半左右交递接力带，没想到会在这里看见他。清濑猜想那个选手可能身体状况不佳。或许是肚子痛？天空还下着雪，气温也相当寒冷。整座桥上没有任何遮蔽物。河面上阵阵寒风吹袭而来，气温应该在一度上下。

清濑保持着一公里3分03秒的速度稳稳地跑着。虽然看得到动地堂大的选手，但这不表示他就要加速追过他。只要保持这样的速度跑下去，在五公里左右应该就能超前动地堂大。不可以得意忘形。因为要是一开始就强加无谓的负担在脚上，可能导致自己跑不完全程。

清濑面对的敌人，不是其他大学的选手，而是时间，以及自己脚上的旧伤。

越过六乡桥后，清濑沿着国道第一京滨一鼓作气朝东京跑去，左手边可以看见京急本线，赛道就沿着轨道前行。

在五公里处，教练车上的房东传来情报。

"到九区为止的合计时间结果出来了，第一名是六道大，成绩是9小时53分51秒，房总大落后1分31秒排名第二。"

不需要这种情报。清濑摇摇手示意。知道冠亚军之争的状况，现在对我而言没有意义。我想知道的是宽政大要抢进十名以内，至少要缩短多少时间。

房东本来还打算接着念出第三名以后的各校成绩，察觉清濑的意思后，清了清喉咙说："呃，中间省略，宽政大现在排名十二，时间合计是10小时06分27秒，第十一名曙大成绩是10小时05分28秒，第十名东体大成绩是10小时05分25秒。另外，比东体大早三秒出发的西京大现在第九名。"

清濑脑袋里开始飞快计算着时间差。简单来说就是，他在十区必须比东体大快1分02秒以上。

很辛苦，清濑心想。表面上看起来东体大是跑在宽政大后面，所以对清濑来说，没有一个明显的对手可以当成指标，让他清楚知道"超过这个选手，就是第十名了"。而且，他没办法亲眼确认东体大选手目前的速度，必须靠自己确实加快脚步来缩短差距。当然，要是他在这一区被东体大超前了，那就完全没戏唱了。

能给选手指示的一分钟时间已经快到了，房东也一鼓作气加快速度补充："顺带一提，东体大通过三公里时的速度，一公里是3分05秒。完毕。"

为什么房东说得好像亲眼看到一样？清濑不禁觉得奇怪。一定是阿雪够机灵，把搜集到的情报转达给房东的吧。

我现在的速度是一公里3分03秒，东体大是3分05秒。也就是说，以十区全程23公里来计算，我只能缩短46秒而已。这样没办法逆转。

必须加快速度，清濑如此判断。趁脚上的旧伤还没痛起来之前，必须尽可能缩短时间差。

再往前一点，已经可以看到京急蒲田站的平交道。这个车站隶属京急空港线，之后会与京急本线会合，途中的铁轨就横跨在赛道上。

不巧的是，平交道这时响起警铃声，似乎正好有电车要进站。沿途的拥挤人潮，看看清濑、又看看平交道，异口同声大喊："快跑！"平交道栅栏不会放下来，由警察和工作人员出面指挥交通。只见他们急忙用红色手旗挡下对向来车，同时不断用无线对讲机联络相关单位，以便让选手及时穿越平交道。

绝对不能在这里被平交道挡下来、停下脚步，否则跑步的节奏会被打乱。清濑决定趁此机会加快速度，并以眼神示意工作人员。别拦我！千万别拦我！清濑冲进闪着警示灯的平交道。人墙中发出近似哀号的声音，大喊着：一定要赶上！——然后改而爆出欢呼声。

清濑通过京急蒲田站平交道，观众全放心地长吁了一口气。然后他挟着加速后的步调，一举超前了动地堂大的选手。现在的速度已经是一公里三分钟以内。清濑冷静掌握着自己的状态。这一刻，脚还没痛。

沿途绵延不绝的观众。这加油声。我正在跑箱根驿传。竹青庄众人在昨天与今天经历过的兴奋与喜悦，身为宽政大第十名跑者，现在我也体会到了。

清濑突然想起阿走在九区奔跑时的身影。在观众最多的横滨车站前超越领先集团，真的很有阿走的风格。他的跑步很有看头。压倒周围选手的速度自然不在话下，还能抓准时机让人见识他的实力。

清濑确信，箱根驿传已经让身为跑者的阿走又成长许多、更上层楼。不知道他本人是否有发现，他在跑步的过程中已经进入"ZONE"的状态。"ZONE"的意思是指在精神高度集中下，身心产生变化的一种特殊状态。据说，经过严酷训练的运动员在比赛中发挥体能极限时，有少数人可以达到"ZONE"的境界。

清濑自己没有体验过"ZONE"，但读过相关的书籍。书中不只提到田径选手，其他诸如高尔夫球、棒球、竞速溜冰、花式溜冰等顶尖选手，各自阐述了他们体验过的"ZONE"。起先清濑思忖"ZONE"会不会就是"跑者高潮"，但书里的描述让他觉得两者有些微妙的差异。

即使只是慢跑，也有可能出现"跑者高潮"的现象；当身心状态都达到某种条件时，只要持续跑上一段距离，就可以进入这种状态。

清濑觉得"跑者高潮"是一种"习惯状态"：只要习惯了，就会在它发生前，从身体的细微变化中察觉到"现在这种状态，等一下就会进入'跑者高潮'！"就像有习惯性脱臼毛病的人，会知道当自己把手举到某个角度，肩膀关节就容易脱臼；或是每次只要把啤酒加红酒一起喝，就容易做噩梦。这些其实都是身体已经记下这些习惯，在脑中引发的条件反射，

然而，"ZONE"的状态似乎都是莫名、突然发生的，感觉比"跑者高潮"还要鲜明强烈，而且只会在比赛过程中瞬间出现。

斗牛士在刺杀牛只时，脑中会感受到一种不可思议的"真实瞬间"，

仿佛超越时间的恍惚感——当清濑读到这篇信息时，跟着恍然大悟。"跑者高潮"和"ZONE"这两种现象虽然很相似，但启发的回路大不相同。"跑者高潮"是由身体律动引起的，相对的，"ZONE"可能是因为心理极度紧张与专注造成的。

举个简单的例子来说，它就像我们踩空阶梯时，那种突然袭来的脑子空白状态。虽然不论是"跑者高潮"或"ZONE"，都是脑内麻药的恶作剧所致，但如果能够在比赛中专注到进入"ZONE"的境界，可以证明自己绝对有成为一流选手的条件。

阿走在跑过横滨车站前那一瞬间，脚步比平常还灵活轻巧。即使是透过手机屏幕的小画面，清濑仍然看得一清二楚。之后阿走虽然看起来似乎对自己所处的状态感到困惑，却仍保持着高度敏锐感，一直到清濑在鹤见中继站从他手上接过接力带为止。

阿走一定能成为受所有人喜爱的跑者，就像清濑从第一眼看到他起，整颗心就被他虏获了一样。只要看过他跑步的样子，一定都会为他深深着迷。

清濑感到前所未有的满足，对打在脸上的雪花与湿滑的路面，都毫不以为意。

午后12点50分，位于东京大手町的读卖新闻大楼周遭，被人群挤得水泄不通。到现场来为宽政大加油的商店街人士，一心只想在路边抢个好位置。

尼古、阿雪、神童、姆萨、城太与叶菜子为了避开人潮，选择在皇居护城河畔等待。从这里可以看到东京车站。尼拉也跟在他们身旁。叶菜子抚弄着它的耳边，只见它眯起双眼，一脸很享受的样子。

"八百胜"老板要准备庆功宴，所以留在商店街，由泥水匠代替他把尼拉带来大手町。尼拉似乎不习惯见到这么多人，一跳下货车，就紧张地夹起尾巴。叶菜子看它可怜，于是带它来一起召开作战会议。

尼拉似乎是觉得"只要是人比这里少的地方，哪里都好"，开开心心地跟来了。

作战会议的主角，就是阿雪所谓的秘密武器：一台笔记本电脑。他在赛前交给叶菜子保管，因此她这两天来一直很小心地带在身上。

"这些只会跑直线的人代表什么啊？"城太盯着阿雪放在膝上的电脑，"动作好像三十年前的电玩。"

笔电的屏幕上有几个人物，动作僵硬地从左向右移动。

"十区比赛的模拟战况，"阿雪回答，飞快敲着键盘的手指没有停下，"黑色这个是灰二，蓝色是东体大选手，粉红色是其他大学的选手。"

"这是我写的程序，"尼古补充说明，"只要在各队到目前为止的时间，输入跑者速度的默认值，就可以在画面上呈现十区的赛况。"

"好厉害！"姆萨感兴趣地盯着画面猛瞧，"你们看！灰二兄超前一个粉红人了。"

"那应该是动地堂大。"阿雪这么说。

"动地堂？灰二哥刚才就超前他了！"城太大叫，"比现实还慢的模拟，这不是白搭吗！"

"好了好了，电脑已经很努力在算了。"神童戴着口罩，用仍带着鼻音的声音安抚城太。

银色的电脑发出喀哒喀哒声，仿佛十分吃力地在运算。城太嘀咕："在方格纸上画图表示还比较快。"叶菜子也有同感，所以决定把话题岔开："城次他们好慢，不知道能不能在清濑学长抵达终点前赶到。"

"阿走和王子应该赶得上，"城太似乎害羞得无法直视叶菜子，只能对着趴在地上的尼拉回答，"刚才传简讯给他，他回了一句：'踊子，赶得上。'"

"你该不会是传给舞厅公关[1]了吧?"尼古歪着头问。

"他应该是指特急踊子号吧。"神童这么说。

"阿走和王子平常不用手机发短信,能打出这几个字对他们来说已经很厉害了。"姆萨贴心地帮不在场的人解释。

"那……城次呢?"叶菜子低下头,假装看着尼拉,脸颊染上淡淡的红晕。你直接无视 KING 了……所有人都在心里这么想。

"KING 和城次可能会晚点到,"城太回答时,不动声色地刻意强调了'KING'这个字,"刚才他们打电话来说,因为交通管制,要多花一点时间才能到户冢车站。"

"模拟的结果出来啰。"阿雪从电脑屏幕上抬起头来。

"给我看给我看。"

"结果怎样?"

所有人都蹲着身子盯着电脑屏幕。阿雪神情严肃地说:"结果是,假设灰二照平常速度下去跑,要超越跟东体大的时间差可能有点困难。"

"这种事不用模拟也知道!"城太又一次大叫,"重点是该怎么办才对吧?"

"只要相信灰二,在这里等他就对了。"阿雪这么说,神态自若地合上电脑。

"这秘密武器到底干吗用的?根本是来闹的吧!"城太第三度大呼大叫。

尼古马上把仿真程序这档子事从脑中删除,紧盯着姆萨的携带型小电视。

"喂你们看!东体大的速度好像慢下来了。"

画面上是跑过九公里处的东体大选手,只见他不时痛苦地按着侧腹。

---

[1] 踊子号原文为'踊り子',在日文中为舞娘的意思。尼古应该是在故意装傻搞笑。

"快打电话跟房东说！"

清濑在 10 公里处从房东口中得到东体大的相关情报。这时他刚通过京急大森海岸车站，与横滨大的选手并排跑着。

东体大的速度慢了，对清濑来说是好机会。问题是，他的右脚这时也开始痛起来。

右脚每次踏到地面，小腿就传来一阵不舒服的麻痹感。尽管如此，清濑仍然保持着一公里 3 分 04 秒的速度。穿过高架桥下方后，电车行走的高架桥变到右手边，他就沿着京滨特快车的轨道向前跑。

通往品川车站的街道，像被涂上了一层灰色的颜料。或许是因为天空笼罩着一层厚重的雪云，也可能是高耸的水泥高架桥，才会让清濑产生这种错觉。封闭感，是清濑对这里的第一印象。一条小小的商店街进入他眼帘。店家看准新年期间的商机开门做生意，顾客也络绎不绝。这个小镇面向着东京湾却被高架桥挡住视野，但长年住在这里的居民，似乎把这里经营得很有活力。

清濑突然想起故乡岛根的天空。当年刚到东京时最让他惊讶的事，就是这里的晴天怎么这么多！然而，夜里看得到的星星却少得可怜。岛根虽然阴天的日子占多数，记忆中的天空大多是灰色的，但一到夜晚，云层不知道都跑哪儿去了，可以看到满天的星斗。

这一带的街道，感觉跟清濑的故乡相似。人们没有被封闭在沉默的灰色景象中，而是脚踏实地生活着。

清濑以前读的高中，是县内首屈一指的田径强校。藤冈是从外县市入学，所以住在宿舍。清濑想起从前和藤冈一起慢跑的路线。夏天的田园间，飘散出甘甜的香味。夜里练跑的时候，那条路上会出现无数发出淡淡黄绿色光点的萤火虫。清濑还记得，藤冈曾经面露恶心的表情："这数量也未免太多了。"

能够和实力坚强的队友一起跑步，让清濑觉得很幸福。虽然他对当教练的父亲的做法颇有微词，但是跟藤冈在一起就能得到慰藉，偶尔一起互吐苦水，就能忘记对父亲的不满。然而，这样的日子只持续到他的脚出现异样。

在高中一年级那个秋天，他第一次感觉，只要稍微跑得猛烈一点，小腿就会感觉到疼痛。虽然尝试了按摩、针灸疗法，却还是无法消除疼痛感，而且不久后演变成持续性症状。清濑瞒着父亲去医院，医生诊断的结果是疲劳性骨折，还告诉他停止练跑是唯一的治疗方法。

这时的清濑，正在不断刷新纪录中，所以没办法停止练习。他长久以来已经习惯严苛的训练方针，根深蒂固地认为不能减少练习量。同时，也因为脾气固执，让他不想在身为教练的父亲面前示弱。

之后他开始采取减轻小腿负担的跑法，结果反而造成膝盖骨剥离性骨折。一块骨头的小碎片在关节里滑动，最后只能动手术取出。高中二年级那年暑假，清濑无所不用其极地复健，好不容易能够再开始跑步，但他知道自己的速度已经无法像从前一样再往上提升了。

一切都结束了，清濑这么想。他相信自己是为了跑步而生，打算把一生奉献给跑步，但这副身体背叛了自己的意志。虽然父亲告诉他不要着急，清濑心里却只剩下深深的绝望。他比任何人都清楚，自己脚上的伤对田径选手而言是致命的障碍。

清濑的纪录虽然在高中生当中称得上傲人，却已经没办法再上层楼了。如果他勉强自己，右脚恐怕会废掉，再也无法参加比赛。但他仍抱着一丝希望，继续练习。

清濑感觉自己就像一株被关在黑漆漆的箱子里、却还在继续生长的丑陋植物。头顶上明明已经被盖死，根部也已经枯萎腐朽，却还是贪婪地想伸展枝叶；明知自己无法突破肉体的限制，却还是不能放弃跑步。

他觉得，放弃跑步，自己也跟死没两样了；而当精神死去，肉体也会跟着衰败。他没办法忍受自己变成行尸走肉。就算他大脑里的某个地方很清楚自己所做的一切都是徒然，却还是在田径比赛的世界中一直拼战到极限为止——因为他找不到别的方法让自己的心继续活下去。

藤冈一直在旁边支持着清濑，安慰他只要先把身体养好，膝盖的伤势或许就会痊愈。他还说，难得六道大向他们招手了，就两人一起去六道大继续跑步吧。

清濑思考了很久。关于长跑比赛，关于跑步这件事的意义，他都彻底思考过，最后选择了宽政大。六道大的每个选手，毫无疑问都拥有继续成长的实力。那样的地方，他觉得不适合自己。但他想继续跑下去的愿念，又像火焰一般炙热、无法平息，因此他觉得自己必须找一个地方，而那里的人与跑步完全无关，然后再次审视自己、问自己。

我，到底为什么而跑？

宽政大不是一个为跑步而打造的环境。入学之后，清濑不知多少次曾为此后悔不已，甚至想过要放弃跑步，却没有真正付诸行动。住进竹青庄后，他终于明白了。

不管跑不跑步，每个人都有自己的痛苦，同理，也有各自的喜悦。不论任何人，都有他必须面对的烦恼；即使明知愿望无法达成，也挣扎着向前进。

跟田径保持一段距离后，清濑反而认清一个道理：既然不论去任何地方都一样，不如坚定立场，遵循内心的渴望坚持到最后。

清濑抱着右脚上这颗随时可能爆炸的炸弹，一边跑，一边等待机会。耐心等待的结果，终于让他在四年级时遇到阿走，竹青庄也因此集结到十个人，现在正同心协力在箱根驿传中战斗着。

箱根的山区并非海市蜃楼，箱根驿传大赛也不只是一场梦，而是充满跑步的痛苦与喜悦、再真实不过的比赛。它的大门永远敞开，等待所有认真面对跑步的学生，等待挣扎着、拼命继续跑下去的，清濑。

元旦那天，清濑接到父亲难得打来的电话。自从他离开家乡、进宽政大就读后，有时就算放假回家，父亲也几乎没跟他说上几句话。

"家里买了一台新电视，我会跟你妈一起看比赛，"父亲在电话中这么对他说，"你跟队友的感情看起来挺不错。"

没错，这些人是我最棒的队友！我的"希望"终于具体成形、掌握在手中，你好好看仔细了。看看我们十个人，怎么用自己的身体来诠释跑步这件事！

当我知道自己的脚受伤、没办法再像以前那样跑步时，我感觉自己被背叛了；把一切奉献给跑步，它却背叛了我。但是，事实并非如此。如今跑步以更美丽的姿态复苏了，回到我的身边。

我实在太开心了。高兴到想流泪、想大叫，心中满满都是喜悦。

就算以后再也不能跑步也无所谓。能够得到这么美好的回报，对我而言，这样就足够了。

在13公里处八山桥那一段平缓的上坡路，清濑甩开了横滨大的选手。数十条轨道汇聚在巨大的转辙站，从这座桥下通过。之后赛道向右转，下坡后会通过品川车站前方。

雪停了。

下午1点14分，阿走从东京车站里往丸之内的方向跑出来。他身上斜背着一个运动背包，左手提着一个纸袋，视线不曾离开右手上的手机屏幕。从王子手上抢过手机后，他就一直盯着电视转播看。

画面上正在播放超越横滨大后、在赛道上取得第六顺位的清濑。播报员说："宽政大的主将清濑灰二继续奋勇往前冲。"

"不对。"阿走喃喃道。

他的脚开始痛了。压力和寒冷，已经把灰二哥的身体逼到极限了。即便如此，灰二哥仍然一脸若无其事的样子往前狂奔。

"阿走，往那边！"

王子上气不接下气，跟在阿走后头向他喊着。在阿走把手机抢走前一刻，阿雪刚好传简讯过来。

"大家都在护城河那里，不是大手町。我们去那里看看！"

一群人穿着宽政大的运动服和防寒外套，背对着皇居外苑站着。尼拉发现阿走与王子后，立刻跳起来。叶菜子用力握着牵绳，以免它冲到车道上。城次和KING似乎还没赶到。

"辛苦了！阿走，恭喜！"城太这么说。

"怎么感觉好像很久没见了。"尼古笑道。

"看到阿走你跑步的样子，电视台播报员说了一句很有意思的话喔。他说，呃……"

神童的身体似乎还没痊愈，话说一半却想不起最重要的部分，只见他拼命眨着因为发烧而湿润的双眼。

姆萨赶紧接着往下说："是'黑色子弹'。播报员说：'宽政大的藏原走，跑起来像一颗黑色子弹！'"

阿走闻言不禁涨红脸。

"大家为什么待在这里？"

"因为刚才在开作战会议……"

叶菜子正想说明没派上用场的秘密武器，阿雪马上起身来打断她的话："终点附近人实在太多了，所以我们先来这里避难。现在差不多该回去了。"

众人从护城河畔往大手町方向前进。风中传来拉拉队的演奏声。各校互不相让地飙起校歌，搅和成刺耳、完全不协调的曲音。

回程十区在东京车站附近的路线和去程一区有点不同。去程是从护城河畔直线前进接到田町[1]，回程则是由马场先门[2]右转，绕到东京车

---

1 田町，东京都港区东部，JR京滨东北线・山手线田町车站附近的旧地名。
2 马场先门，江户城内门之一，坐落于日比谷门与和田仓门之间，日俄战争后拆除并填平沟渠。

站东侧，越过日本桥之后，朝皇居正面一直跑到大手町。阿走一行人从护城河畔的道路往大手町走，正好接到终点的正后方。

越接近读卖新闻社的大楼，人潮就越多，喧闹声也变得越大。或许是受到人群散发的热气所影响，连大楼间隙吹出来的楼风也变得温热。

"很难想象自己昨天才从这里出发，"王子环顾着四周，"感觉像是一百年以前的事。"

办公大楼的窗口，露出几张看似公司员工的脸庞，向下俯瞰着街道。本来还讶异这些人连过年都要上班，仔细一看却发现大多数人手上都拿着啤酒。看来他们似乎是特意前来公司，从楼上的"特等包厢"观看选手冲过终点的高潮瞬间。

工作人员看出阿走一行人是宽政大学选手，拉开禁止通行的围栏绳索让他们通行。穿过绳索进入终点后，视野马上变得开阔起来，下日本桥转弯后到终点这段直线距离得以一览无遗。

"哇……"

众人不禁发出赞叹。宽广的道路两旁，大概围了四五层人墙。有拿着小旗子的观众，还有各校的拉拉队，全都引颈期盼着选手的到来。厚实的人墙一望无际，过了东京车站的高架铁桥后仍继续不断延伸下去。

"人多得吓死人！"城太看得目瞪口呆，"电视上看不出有这么多人。"

阿走点点头："亲眼看到，真的很震撼！"

"这里聚集的人潮，大概跟我家乡镇上的居民一样多。"姆萨不知是太吃惊还是太感动，徐徐摇着头说。

"我很肯定这里的人绝对比我老家村子里的人还多。"神童好像因此感到头昏目眩，脚步有些踉跄。

播报员和解说员谷中已经从摄影棚移动到现场，坐在读卖新闻总部顶楼露台上设有麦克风的转播台前。播报员从电视机传出的声音，

414　第十章　流星

与透过露台扬声器往下传出的声音，两者交迭传入耳中。

"东京大手町现在的气温是 0.4 度，雪已经停了，强风吹拂。再过十分钟左右，应该就能看到第一名的选手，迎着楼风朝跑向终点。"

虽然只允许相关人员进入，但终点处仍然挤满了人。阿走一行人好不容易才在大楼外墙一个内凹处找到地方站定。尼拉从刚才就一直被叶菜子抱在怀中，身子抖个不停，尾巴夹在两条后腿间，两耳往下垂，可怜兮兮的样子。

尼拉是中型犬，叶菜子这么一直抱着它一定很累。阿走正想跟她说"我来抱吧"，想起自己手上还拿着纸袋，于是先把它往地上一搁，再次往前探出身子。但在同一时间，城太也注意到叶菜子的状况。

"借我抱一下，"语毕，城太从叶菜子怀中抱走尼拉，"还挺重的。叶菜妹，你力气真不小。"

"因为人家常常要帮忙搬青菜嘛。"叶菜子害羞一笑。

阿走已经伸出手，这下子不知该往哪儿摆，只好改而插进运动外套口袋里。尼古和阿雪见状不禁偷笑，神童和姆萨则是装作没看见。王子一如往常，自顾自看起从运动背包拿出来的漫画。叶菜子跟王子搭话聊起来："啊，这套漫画我也看过，情节很有趣！"阿走趁这个机会，走到城太身边低声说："城次说他要跟胜田同学告白，还禁止别人抢先他行动。"

"不会吧！"听到阿走的耳语，城太突然抓狂似的大叫。尼拉被他吓到耳朵抖了一下。"那我也要！"

又不是好朋友相约一起小便，阿走心想。但看到城太脸上兴奋的表情，他笑了出来："那我也一起好了。"

"啥！什么意思？咦？难道阿走你也对叶菜妹……"

尼古这时正好出声叫阿走，他趁机离开吵闹的城太身边。

"你觉得灰二的状态怎么样？他的脚是不是在痛啊？"

尼古递过来的手机画面上，正在播放各选手跑过15公里的成绩。

六道大跑十区的一年级选手，正以企图刷新区间纪录的速度一个人独跑着。看他气势惊人的跑步模样，似乎想为藤冈的遗憾争回一口气。房总大落在后头，望尘莫及。看样子，如果没有突发状况，六道大已经笃定拿下冠军了。

清濑通过15公里处的时间，仅次于六道大，排在第二名。然而，大家这一年里与清濑朝夕相处，所有人都看得出来，画面上的清濑脸上隐隐带着痛苦的神色。

"灰二哥今天早上请医生帮他打了止痛针。"

"果然……"

尼古搔搔头，阿雪则叹了口气。

"就算请房东叫他不要勉强，应该也没用吧。"

"东体大通过这里的时间多少？"阿走问。

"目前排第三。中途虽然节奏有些乱掉，但后来好像又调整回来了。"

"人家也很拼呢。"

听到尼古和阿雪的对话，阿走斩钉截铁地说："灰二哥一定没问题的。"

"你怎么知道？"

"因为他跟我保证一定没问题。"

阿雪同情地看着阿走。

"你啊，被他骗了那么多次，怎么就是学不乖。"

无所谓，阿走心想，两眼直盯着不久后可以看到清濑身影出现的转角。被骗多少次都无所谓。只要灰二哥说他要跑，我就会等他。我会一直静静等下去，等着亲眼看到灰二哥使尽全力跑来的那一刻。

经过品川车站后，放眼望去都是高楼大厦。在16.6公里处从芝五丁目十字路口向左弯，清濑从国道第一京滨跑进日比谷大道。马路的车道变得宽广起来，眼前的景致总算比较有都市的感觉了。

两侧的大楼栉比鳞次而立。清濑一边跑，发现路上绿色景观出乎意料的多。他跑过芝公园的增上寺。连堂皇的山门前，也有观众在为选手加油。

　　在交通管制的宽敞道路上，清濑一个人独占整条路往前跑。现在的他，右脚一踏上路面，就传来灼热的剧痛，但眼前情势不容许他去考虑右脚的伤势。跟东体大的时间差，到底缩短了多少？说不定差距反而是被拉大了……总之他绝对不能在这时候松懈下来。

　　清濑拼命跑着，分不清楚自己是在追逐，还是被追逐。就算是被猎豹盯上的斑马，大概也没这么卖命在跑吧。清濑心里这么想着，强压下剧痛继续加速。

　　一辆车出现在前方。是真中大选手的教练车。驾驶发现清濑在步步逼近中，连忙切换到隔壁车道。清濑盯着毫无防备的选手背影，一鼓作气从右侧超前他。

　　真中大选手也不愿示弱，紧咬着清濑不放，两人就这么并肩跑了约两百米。分不清到底是由谁发出的，急促的呼吸声不断传入耳里。清濑感觉到真中大选手的视线停留在自己左脸颊上，借此刺探他的动向。但他完全没有转头看对手，只是看着前方往前跑。

　　经过日比谷公园后，左侧视野变得更加开阔，因为皇居护城河就在那一面。在马场先门的十字路口向右转时，清濑突然灵光一闪，知道这是超越的好时机，于是利用转弯时位于内侧的优势，一举拉开与真中大选手的距离。清濑至今历经过无数场竞赛的磨炼，从身经百战中学到了如何掌握胜负的最佳时机。

　　在意志力的驱使下，他的身体柔韧地加速。清濑知道，真中大选手已有如沉入水中一般，在他背后渐落渐远。清濑咬紧牙根忍住呻吟。他的右脚无法承受加速的力道发出嘎吱声，痛觉宛如直接连结在神经上，直冲脑门。

右小腿上就像长了一颗巨大的蛀牙一样。这阵从腰部到大脑无一幸免的痛楚，让清濑反而忍不住想笑。原来骨骼和牙齿同样都是钙质组成的，所以痛起来也差不多吗？事实上，清濑现在若不逼自己笑一笑，根本无法再撑下去。

穿过高架铁桥底下，接着要从八重洲[1]这一面通过东京车站。他明明不感觉冷，却仍吐出白色的气息。

在20公里处，房东透过麦克风发出刺耳的咆哮。

"Mayday! Mayday!"（SOS）

房东喊了几声，测试麦克风功能是否正常。都什么年代了，竟然还有人这样试麦克风，清濑苦笑着心想，随即集中精神准备听取情报。道路两旁的欢呼声有如雷雨般响亮，几乎盖过房东的声音。

"以下是阿雪试算的结果。照现在这个速度跑下去，会跟东体大差六秒。"

可恶，我都跑成这样了，还是追不上吗？清濑咬紧牙根暗忖。

不，还没结束。还有三公里。绝不能放弃。我要跑，尽全力去跑。要是在这里放弃，这一次我真的会失去最重要的东西。我好不容易才找回奋战的理由，绝对不能让它化为幻影。

绝对不能放弃。等着瞧，我一定办得到。

左转进入中央大道[2]。这是一条办公大楼与百货公司林立的热闹街道。还有两公里。脚好痛。接力带好沉重。就物理层面意义来说的那种重。从昨天开始吸收了雨水、雪水与十人份汗水的接力带，沉甸甸地压在肩膀上，感觉已经不是一块普通的布条了。

剩下一公里。跨越位于首都高速公路高架桥下的日本桥。在这个

---

[1] 八重洲，位于东京都中央区西端，JR东京车站车侧的商业区。
[2] 15号国道第一京滨道路由日本桥到新桥之间称为"中央大道"（中央通り）。

阳光照射不到的地方，河川静静地流入大海。

过了日本桥后左转，马上就听到如地动雷鸣般的人群欢呼声，拉拉队乐声也以排山倒海之势传来。距离终点只剩下八百米的直线道。清濑再一次从首都高速公路与电车的高架铁桥下穿过。

一阵强劲的楼风袭来。

清濑在前方看到自己追求的目标。竹青庄的伙伴们站在写着"东京往返箱根大学驿传大赛"的横幅布条下。他们正在对清濑大声呐喊着。

这就是我的终点。好不容易，终于来到这里。

清濑再次加速。最后五十米。来得及吗？让我的时间暂停吧。让我超越时间吧。这辈子就这一刻，我要像飞翔一样向前飞奔。清濑让上身微微前倾，开始最后的冲刺。

右小腿的骨头突然发出"啪"的一声。这一瞬间，仿佛大批观众的加油声全都不可思议地停止了。清濑的耳里，只听到自己骨头剥离发出的一声轻响。

痛觉引发大量冷汗，从全身上下涌出。清濑的身体几乎快向右边倾倒，却仍坚定地跨出脚步向前迈进。阿走站在终点线后方，一脸快哭出来的样子。强忍着悲伤与绝望的表情，看起来也像在生气一样。

傻瓜，我没事的。

我一定会跑到那里的。拂过身边的强风告诉我，我还在跑。我正在用自己的身躯，体现我心目中的跑步。好痛快。这辈子从来不曾比现在还要幸福。

啊——清濑突然看向天空。大楼上方宽阔的天空，覆盖着厚实的云层，但清濑确实看到了。

云端的角落隐隐透着阳光，露出微微泛白的光。

终点的休息区内，得到冠军的六道大成员正在接受采访。穿着紫色队服的田径社队员无不为了胜利而欢腾，到处都听得到他们兴高采烈的喊叫声。

在人群围成的圆圈里，藤冈只是静静站在那里。阿走被来来往往的选手与工作人员推过来挤过去，突然发现藤冈的存在。藤冈也看到阿走了。两人不发一语，四目相对了几秒钟，以眼神称许对方的优秀表现。

"总算赶上了！"

某个人一边大喊着，一边冲到阿走身后。回头一看，原来是城次。看来他似乎是从东京车站一路跑来，一旁的 KING 也气喘吁吁。

"比赛怎么样了？"

"房总大刚才通过终点，得到第二名。第一名是六道大，两校相差4 分 41 秒。"

"六道大还是没有让出王者的宝座吗？"

城次先哀叹一声，随即打起精神、开朗地说："没关系，反正我们总有一天把他们拉下来。"

城次这番话充满了自信，而阿走也没有像以前那样劈头就泼他冷水："爱说笑。"现在的他，感觉只要说"好！大家一起努力吧"，一切都可能能成真。

因为十个人挑战箱根驿传，大多数人嘲笑他们是痴人说梦，结果阿走和这群伙伴真的办到了。

下午 1 点 41 分，大和大以第三名的成绩抵达终点。清濑还没有出现。电视上正在播放冠军六道大的专访，现场转播暂时中断，没办法从节目得知宽政大目前的名次。

"我们也差不多该去终点线附近了吧？"

无所事事的姆萨出声提议。

"还早吧？"

尼古虽然嘴巴上这么说，脚下却开始动作了。

"不知道东体大现在怎样了。"

阿雪低声嘟囔，阿走不禁也小声地回答："不知道。"不安与期待几乎撑破他的胸腔。竹青庄众人纷纷移动脚步，阿走也跟着客气地请旁人让路，慢慢挤向终点线附近。

"又有选手往终点跑来了！"

播报员的声音，在大楼之间回响。"是北关东大！紧接着在高架铁道下出现的是……"

"是灰二哥！"阿走大叫。

"真的是！"

"灰二，快！可以的话，冲啊！"

城次和KING在原地跳起来，呼喊着使劲狂奔的灰二，并用力地对他挥手。

"是宽政大！没想到第五名跑到大手町的学校，竟然是宽政大！"

播报员兴奋到连嗓子都哑了。

"全队只有十名选手，而且是初次参加箱根驿传大赛的宽政大，竟然在十区跑出第五名的成绩！起跑后在一区本来是最后一名，之后虽然顺利提升名次，却在五区又大幅落后。在今天的回程比赛，宽政大是以第十八名成绩出发！"

"够了啊，这种事不用倒带强调吧！"王子嘀咕，神童也不太开心地踱步。

"但是，从那之后，宽政大展开猛烈的进击！"

播报员语带哽咽，甚至开始颤抖。

"六区的岩仓选手取得区间第二名成绩，九区的藏原选手创下区间新纪录。之后在十区，最后一棒清濑选手也全力奔驰，现在正要越过大手町的终点线！他们确实靠十个人的力量跑完了全程呢，谷中先生。"

421

"是的。"

谷中用低沉的声音回答："我想，只要箱根驿传继续举办下去，这支小队伍勇敢面对挑战的事迹，将会一直传颂下去。宽政大的出场，让这次的大赛变得更有意思，过程也非常刺激。"

谷中语毕，观众的欢呼声更加响亮了。街道两旁和大楼窗口中的观众，纷纷对穿着宽政大队服的一行人献上掌声。城太低着头，双肩微微颤抖，神童则静静地闭上双眼。

在朝他们倾泻而来的加油声中，阿走目不转睛看着逐渐接近的清濑。他知道清濑正忍着脚上的剧痛，却仍然没有放慢速度。他的目标是超越东体大的时间差，就算只快一秒也好。

够了，不要再勉强自己了！阿走想对清濑这么说，却只能拼命压抑这份心情。现在的清濑，正倾注肉体与灵魂的所有力量在跑。紧张的气氛弥漫四下。为了进行最后的加速，清濑的身体释放出力量、散放耀眼的光芒。

就在那一瞬间。

不是眼睛看到，也不是耳朵听到，阿走就是察觉到清濑身上的异状。他想要大声呼喊灰二的名字，却无法发出声音。

清濑踉跄了一步，但立即重新站稳脚步，速度也没有减慢。朝着终点线，清濑的步伐越来越强劲。

快停下来，你会毁了自己！再跑下去，你会永远都不能再跑了！在焦急与混乱的情绪下，阿走环顾身边的竹青庄伙伴。你们都没有发现吗？为什么？我该怎么办？阿走好想冲出终点线去搀扶清濑。如果不用这种强硬的手段阻止他，会造成无可挽回的后果。

阿走的视线再度回到清濑身上，几乎已经准备冲到赛道上。但当他与清濑四目相对时，看到清濑汗水淋漓的脸上慢慢绽出微笑。那是当一个人豁出所有、也得到所求的一切时，才会露出的神情。

这就是比赛。清濑全身上下都在这么说。尽管他的右脚痛得像要碎裂了，他的决心却未有一丝动摇。就算最后与种子队资格失之交臂，但我们这支十个人的队伍也奋战到最后了。我们不需要虚情假意的言语，只要通过跑步表达坚持到最后的决心，为了争取每一秒钟而跑。奋战不懈，抓住只属于我们自己的胜利。不就是这样吗？清濑用眼神向阿走传达这股强烈的意志。

　　阿走收回踏上前的脚步。我没办法阻止他，也不能叫他不要再跑了。渴望跑步、决心为跑步献出一切的灵魂，谁也没有资格阻止。

　　阿走看到了。突然仰头望向天空的清濑，仿佛找到什么珍贵又美丽的东西，脸上浮现豁然清明的神情。

　　灰二哥，你曾经对我说，你想知道跑步的真谛究竟是什么。我们之间的一切，就从这里开始。现在，让我告诉你，我的回答。

　　我不知道。虽然我还是不知道答案，但我知道在跑步里有幸福也有不幸。我知道在跑步这件事中，存在着我和你的一切。

　　阿走有一种近乎确信的预感。我，大概到死为止都会一直跑下去吧。

　　就算有一天，我的身体再也跑不动，我的灵魂在我咽下最后一口气之前，也不会放弃跑步。因为跑步带给阿走一切。这地球上存在的最珍贵事物——喜悦、痛苦、快乐，或是嫉妒、尊敬、愤怒，还有希望——通过跑步，阿走学到这一切。

　　1月3日，下午1点44分32秒。

　　清濑越过大手町的终点线。阿走赶紧上前扶住呼吸急促、膝盖几乎已经无法站直的他。

　　竹青庄众房客一一上前拥抱阿走与清濑，口中发出没人听得懂，有如野兽低鸣一般的吼叫。清濑在人墙包围的中心，高高举起右手，拳头中紧握着黑色接力带。

宽政大学田径社的接力带，历经216.4公里[1]的漫长路程，再度回到大手町。

大伙儿兴奋地几乎无法控制自己。阿走用手架住清濑的肩膀，发现他全身是湿黏的冷汗。

"灰二哥，我们快点去找医生吧！"

"不用，我没事，"清濑抬起头，马上否决阿走的提议，"我想待在这里。东体大呢？"

阿走和清濑一同朝终点线望去。东体大的十区选手正在终点线二十米前全力冲刺着。

竹青庄众人聚集在一起，屏住了呼吸。东体大一行人在一旁异口同声高喊着最后一棒跑者的名字，大叫着："快呀！"榊的身影也在其中。阿走看着榊，心中不再有愤怒或厌烦。所有感觉都已经麻痹，甚至没办法祈求东体大最后一棒跑慢一点。

阿走只是在心里某个角落不断重复着"拜托、拜托"，但其实脑中一片空白，不知道自己在向谁祈求，也不知道自己在求什么。

东体大的选手终于越过终点线。所有观众屏住呼吸，终点区瞬间陷入一片阒寂。

"时间多少？"

阿雪焦急地大吼。下一个瞬间，读卖新闻大楼露台上，传来播报员近乎尖叫的声音。

"合计时间的结果出来了！东体大落后宽政大两秒！"

这一份喜悦，让所有人都说不出话来了。阿走、清濑、尼古、阿雪、姆萨、神童、KING，以及城太、城次、王子，大家无语地紧紧相

---

[1] 各届箱根驿传赛事的总路程时而略有变动。第75至80届因第十区间路线有所调整，总路程为216.4公里。第81届起，总路程变动为217.9公里。

拥。十个人有好一会儿就保持着这样的姿势,合而为一。

"初次参赛的宽政大,获得种子队资格!"

播报员的口气激动不已,接着继续说:"宽政大的时间,合计是 11 小时 17 分 31 秒,排名第十。第十一名东体大以两秒之差,含泪饮恨。"

KING 全身颤抖着忍住呜咽,神童和姆萨伸出手轻轻环抱住 KING 的肩膀。阿雪摘下眼镜交给尼古,用手背揉揉眼睛。城次和王子相互击掌,一旁的城太把下巴埋到怀里的尼拉背上,流不停的泪水把尼拉身上的毛都弄湿了。

阿走和清濑并肩站着,看着对方的脸庞,然后同时开心地大叫出声。就像狼群利用嚎叫传达讯息一般,竹青庄的房客们一个接着一个发出"啊呜——啊呜——"的呼号,搭着彼此肩膀围成一圈。

相机的闪光灯此起彼落,拍下他们欣喜若狂的激动身影。然后,两台电视台摄影机、三名拿着相机的摄影师围了上来。"恭喜你们获得种子队资格!"记者开口,准备进行采访。在终点休息区内静静守候着的房东与叶菜子,这时也来到竹青庄众人的身边。

阿走一票人终于散开来,难为情地环顾四周,没有人知道该说什么好,最后只好由房东代替他们接受采访。叶菜子拿出一个装着冰块的袋子,递给清濑。

"谢谢。"清濑对她说。

"清濑学长的成绩是 1 小时 11 分 04 秒,荣获区间第二名。宽政大在回程以 5 小时 34 分 32 秒完成比赛。"叶菜子露出喜极而泣的神情。

"灰二哥……"

阿走又一次意识到大家一起达成了什么样的壮举,愣愣地出声叫清濑。

"我们真的办到了。"

"是啊,"清濑的口气也没有什么抑扬顿挫,"我们跑完箱根驿传了。"

阿走和清濑,紧紧相拥了一秒钟。然后清濑露出淘气的神情,看着阿走。

"我早说了,青竹的房客都很有潜力。现在你总该对我有点信心了吧?"

"当然有!"阿走大声回答,"信心这种东西,用什么话来说都不够!"

清濑笑了,打从心底开心地笑了。接着,他环视每个人的脸庞。

"你们看到顶点了吗?"

尾 声

不知从何处飘来的甘甜花香味，混杂在黄昏的空气中。

又到了春天时节。藏原走望了望渡过铁桥的小田急线快车，不禁想起和竹青庄伙伴们来到这里的情景。那仿佛是前阵子才发生的事。

电车车窗透出车厢内的灯光。这一天多摩川仍然安稳地流动，夜色开始缓缓洒下。河边杳无人迹。阿走缓缓放慢跑步速度，从河堤往下跑了几步。柔软的草丛包覆着他常穿的慢跑鞋。

阿走坐在河堤上，盯着对岸霓虹灯的水面倒影好一会儿。

"阿走学长。"

听到有人叫唤，阿走抬起头来。堤防上的道路，站着一名今年春天才加入田径社的一年级新生。阿走对他点点头，一年级新生面露喜色地坐到他身边。

"你一直跑到现在？"阿走这么问，接着提醒道。"不要练过头了。"

"没有，我刚刚是去商店街买东西而已，"一年级新生稍显紧张地回答，"过头的人是城次学长。他说'今晚要开趴'，买了一大堆肉和菜。"

看来晚上要吃烤肉，阿走心想。难怪白天他会看到城太去体育会馆跟餐厅的老太太借铁板。一定是双胞胎想吃牛肉，又想去"八百胜"买东西，才会决定晚餐吃烤肉。

"要拆掉真的很可惜，"一年级新生说，"我也很想住在竹青庄呢。"

"地板会破掉哦。"

"原来这是真的？"

"嗯。"

有这么破烂啊,一年级新生笑着说。

"大家都到齐了吗?"阿走问。

"到齐了,"一听到阿走这么问,一年级新生马上正色回答,"其实,也是因为这个原因,我才会出来跑一跑。全都是些我不认识的学长,让我有点不自在。"

突然,一年级新生坐正身子。

"请问……那个清濑学长是什么样的人啊?"

"什么样的人?……为什么这么问?"

"因为城次学长跟我说,学长你本来可以加入实力更雄厚的大企业旗下的队伍,结果却选择加入一支新成立的队伍,就因为清濑学长在那里当教练。"

"我是因为我的个性很难融入那种大组织,才这样决定的。"

"是吗……"一年级新生好像不是很懂阿走的意思,"不过我的心情有点兴奋,因为,竟然可以见到清濑学长本人!当年我就是看到他在箱根驿传跑完最后一区,才决定一定要进宽政大,而且一定要加入田径社的。"

阿走扯了一把河堤上的杂草,又放开手让杂草随着河床上的风吹走。

"有点变冷了,回去吧。"

阿走准备起身,一年级新生连忙也跟着站起来。阿走不着痕迹地配合一年级新生的速度跑着。

"你刚才问我灰二哥是什么样的人。"

"是的。"

"他是个骗子。"

"咦?"

"他很会说谎,你要小心别被他骗了。"

"什么？"一年级新生听得一头雾水。阿走淡淡一笑。

他明明说"我没问题的"。大骗子。他一定早就知道自己只要出赛，以后就再也不能跑步了。那一天，他却骗了所有人。就为了遵守和我之间的约定，也为了实现我们所有人的梦想。

我从来不知道，世界上竟然存在这么纯洁又残酷的谎言。

离开河边的空地后，两人在住宅区的小路上慢跑。栉比鳞次的平房屋顶上，一座突兀的公共浴池烟囱写着"鹤之汤"耸立在远方。周围景色已经覆上一层淡淡的夜色。道路两旁的住家窗户，飘出晚餐的香气，和春天的空气融合在一起。

"会说谎的人，适合当教练吗？"一年级新生喃喃说道，不解地歪着头，"不过，我们学校当年第一次到箱根比赛，真正的教练其实就是清濑学长吧？而且他现在还是企业团的教练。"

"这个嘛……怎么说呢？"

清濑适不适合当教练，这个问题阿走从来没有想过。因为在他心目中，清濑就是清濑，总是一派超然的样子，永远站在选手的立场来思考，比任何人都认真地追求跑步的真谛。他所追求的，也同样严格要求选手去追求。只要有人愿意献身跑步、有心跑步，清濑就会每时每刻、义无反顾地陪伴在这个人身边。

"对我来说，是灰二哥他教会我关于跑步的一切，"阿走说，"除了一件事以外。"

"那是什么事？"

跑步的真谛到底是什么？

只有这件事，灰二哥他没有教我。或许，这是不能靠别人来教的事。

因为想知道答案，阿走才会跑步，持续不停地跑。他也曾经以为自己已经到达顶点，但那感觉总是瞬间即逝，而且这些成绩也不代表跑步的意义。

"你很快就自己发现那是什么了，"阿走平静地对身旁的一年级新生说，"只要你继续跑步，总有一天也会开始追寻它。"

越过转角后，可以看到竹青庄的矮树篱，里头传来热闹的说话声。最近由于上了年纪、散步距离变短的尼拉，也跟着附和似的拼命吠叫。一年级新生消失在矮树篱的间隙中，阿走也跟着他跑进去。

竹青庄的前院里，聚集了所有熟悉的脸孔。

尼古和阿雪相视笑着；竹青庄的窗户上，透出王子穿梭在每个房间里开灯的影子；姆萨和神童分配刚烤好的肉给大家；KING拿酒给尼拉舔，被房东骂了一顿；叶菜子和双胞胎三个人凑在一起，开心地聊成一团。

这一切，说不定是在做梦。说不定是时光倒流，让他又回到如梦似幻的那一年。

阿走踏过碎石子进入院内。清濑正站在铁板另一边微笑着，两手拿着盛满酒的杯子，微跛着右脚走过来。

"回来啦，阿走。"

"我回来了。"

阿走接过他手上的酒杯。

这是竹青庄的最后一夜。明天阿走也要离开这里了。

就算日后想回来这里，过了今晚，竹青庄也不复存在。这里将会改建成田径队的新宿舍。不过，阿走不感到寂寞；就像比赛中每一项纪录都会被改写，只有记忆能够永远留在心中。阿走知道，他绝不会因为这里被拆除就失去这一切。

竹青庄所有房间的电灯都已经打开，柔和的光线射向酒杯。阿走定定地看着杯中的倒影。

"灰二哥，你还记得吗？"

清濑没有反问阿走记得什么，只是静静微笑着。

庭院一角传来一阵欢笑声。虽然还不到夏天,但他们点燃了一颗不合时节的小型烟火,潮湿的火药味随之飘向空中。阿走和清濑肩并肩站在那里,目光追随着硝烟的白色轨迹向上。

那一瞬间,天空绽放出光点,在每个人脸上照映出缤纷的色彩。

这群无可取代的伙伴,曾经亲密地共度无可比拟的一年。那样的时光或许今后也不会再有。但即使如此……

——阿走,你喜欢跑步吗?

四年前春天的夜里,清濑这样问阿走。就像一脸纯真的孩子在问,人为什么要活在这世上。

——我很想知道,跑步的真谛究竟是什么。

我也是,灰二哥,我也想知道,虽然我一直在跑,但现在我还是不知道这个问题的答案。直到现在,我跑步时都仍会思考这个问题,今后也会不停问自己。

我真的很想知道。

所以,让我们一起跑吧,跑到天涯海角。

信念发出的光芒,永远存在我们心里。在黑暗中照亮延伸向前的道路,清楚地为我们指引方向。

"阿走,快来快来!"

在伙伴的呼唤下,阿走和清濑一起迈开大步,走向他们围绕着铁板构成的那个圆。

致谢

在采访与资料搜集过程中,受到各方人士的协助,在此致上最诚挚的谢意。本作中与事实相异之处,不论有意或无意,皆为作者的责任。

大东文化大学田径社教练　只隈伸也先生
大东文化大学田径社所有成员
大东文化大学田径社社长　青叶昌幸先生

法政大学田径社驿传教练　成田道彦先生
法政大学田径社所有成员
法政大学田径社前社长　苅谷春郎先生

日产汽车田径社　久保健二先生、山崎浩二先生、饭岛智志先生

小岛敏雄先生、榎本史一先生
上野武男先生、铃木とし子小姐

关东学生田径联盟　故　广濑丰先生

成田雅子小姐

田中范央先生

主要参考文献

历年《箱根駅伝公式ガイドブック》(陆上竞技社)
《讲谈社MOOK 写真で見る箱根駅伝80年》(陆上竞技社)
《箱根駅伝　熱き思いを胸に襷がつないだ80年間》(ベースボール・マガジン社)